LA FEMME DE MIDI

Julia FRANCK

LA FEMME DE MIDI

Traduit de l'allemand
par Élisabeth Landes

Flammarion

Livre traduit avec le concours du Centre National du Livre

Titre original : *Die Mittagsfrau*
Éditeur original :

ISBN : 978-2-0812-1373-9

« Rien de mal : Une fois franchi le seuil, tout est bien.
Un autre monde et rien ne t'oblige à parler. »

(Franz Kafka, *Journal*, Douzième Cahier, 1922) [1]

1. Franz Kafka, *Journal*, 19 janvier 1922, trad. : Marthe Robert.

Prologue

Une mouette était perchée sur le rebord de la fenêtre, elle criait, d'une voix perçante, comme si elle avait la Baltique en travers du gosier, les crêtes écumantes de ses vagues, le ton criard du ciel, sa clameur se perdait dans le silence de la Königsplatz où le théâtre maintenant était en ruine. Peter clignait des yeux, il espérait que le seul battement de ses paupières l'effaroucherait, la ferait s'envoler. Depuis que la guerre était finie, Peter savourait le silence du matin. Quelques jours avant, sa mère lui avait installé un lit par terre dans la cuisine. Il était un grand garçon désormais, il ne pouvait plus dormir avec elle. Un rayon de soleil l'atteignit, il remonta le drap sur sa figure et écouta la voix douce de madame Kozinska. Elle lui parvenait par les fissures du dallage, de l'appartement du dessous. La voisine chantait. « Ah, mon cœur, si tu pouvais nager, nage donc jusqu'à moi [1]. » Peter aimait cet air, la mélancolie dans sa voix, le désir, la tristesse. Ces sentiments le dépassaient tellement, et il voulait grandir, c'était son souhait le plus vif. Le soleil tiédissait le drap sur sa figure, mais déjà il entendait les pas de sa mère approcher, comme de très loin. Soudain le drap fut retiré. Allez, allez, lève-toi ! le pressait-elle. Le maître attend, affirmait sa mère. Mais

1. Extrait d'une ballade très connue *Es waren zwei Königskinder* (Il était deux enfants de roi) qui évoque le destin tragique d'un prince et d'une princesse épris l'un de l'autre et séparés par un lac infranchissable.

Les notes sont de la traductrice et s'appuient généralement sur les commentaires de Julia Franck au Forum des traducteurs de Straehlen de juillet 2008.

il y avait longtemps que monsieur Fuchs ne relevait plus les absences, bien peu d'enfants pouvaient encore fréquenter chaque jour l'école. Cela faisait des jours qu'ils se rendaient à la gare chaque après-midi, sa mère et lui, avec la petite valise et qu'ils essayaient d'avoir un train en direction de Berlin. Quand il en arrivait un, il était tellement bondé qu'il n'y avait pas moyen d'y monter. Peter se leva pour faire sa toilette. Sa mère ôta ses chaussures en soupirant. Du coin de l'œil il la vit enlever sa blouse pour la mettre dans la lessiveuse. Sa blouse blanche revenait tous les jours maculée de suie, de sang, de sueur, elle devait la faire tremper des heures avant de prendre la planche à laver et de l'y frotter jusqu'à ce que ses mains soient toutes rouges et les veines de ses bras toutes gonflées. De ses deux mains la mère de Peter enleva sa coiffe, elle retira ses épingles à cheveux, et ses boucles retombèrent avec souplesse sur ses épaules. Elle n'aimait pas qu'il l'observe à ce moment-là. En lui jetant un regard en coin elle dit : ça aussi, et il eut l'impression qu'elle désignait avec un certain dégoût son sexe pour qu'il le lave, puis elle lui tourna le dos et passa la brosse dans son opulente chevelure. Elle brillait dorée au soleil, et Peter se dit qu'il avait la mère la plus belle du monde.

Même depuis qu'au printemps les Russes avaient pris Stettin [1] et que quelques-uns des soldats couchaient dans l'appartement de madame Kozinska, on entendait celle-ci chanter tôt le matin. La semaine dernière, la mère de Peter s'était assise à la table de la cuisine pour raccommoder une de ses blouses. Peter lisait à haute voix – monsieur Fuchs leur avait demandé de s'entraîner à la lecture à haute voix. Peter détestait la lecture à haute voix, et il avait remarqué à plusieurs reprises que sa mère ne l'écoutait guère. Sans doute était-elle horripilée par l'irruption du bruit dans le silence. Elle était plongée dans ses pensées la plupart du temps, et elle ne semblait pas du tout remarquer que Peter continuait parfois à voix basse au beau milieu d'une phrase. En lisant ainsi par-devers lui, il avait écouté la voix de madame Kozinska. On devrait lui tordre le cou, avait-il entendu sa mère déclarer tout à trac. Étonné, Peter l'avait regardée, mais elle s'était contentée de sourire et de piquer son aiguille dans le lin.

1. Stettin, aujourd'hui Szczecin (Pologne).

Les incendies du mois d'août de l'an passé avaient complètement détruit l'école, les élèves se retrouvaient donc maintenant chez les Fuchs, dans la crémerie de la sœur. Il n'y avait plus grand-chose à vendre, et mademoiselle Fuchs attendait les bras croisés debout contre le mur derrière son comptoir vide. Bien qu'elle fût devenue sourde, elle se bouchait souvent les oreilles. La grande vitre du magasin avait sauté, les enfants étaient assis sur le rebord de la fenêtre, et monsieur Fuchs leur montrait les nombres au tableau, trois fois dix et cinq fois trois. Les enfants lui demandaient où l'Allemagne avait été battue, mais il ne voulait pas le leur montrer. Il disait que désormais on n'allait plus faire partie de l'Allemagne, et il s'en réjouissait. Mais alors de quoi, de quoi va-t-on faire partie, voulaient savoir les enfants. Monsieur Fuchs haussait les épaules. Aujourd'hui Peter allait lui demander pourquoi il s'en réjouissait.

Posté devant l'évier, Peter se séchait avec la serviette les épaules, le ventre, le sexe, les pieds. Lorsqu'il inversait l'ordre, ce qui n'était pas arrivé depuis longtemps, sa mère s'impatientait. Elle lui avait sorti un pantalon propre et sa plus belle chemise. Peter alla à la fenêtre, il cogna à la vitre, et la mouette s'envola dans un bruit d'ailes. Depuis qu'il manquait la rangée des immeubles d'en face, ceux des arrière-cours, et toute la rue d'après, il avait une vue dégagée sur la Königsplatz où se dressaient les vestiges du théâtre.

Ne rentre pas trop tard, dit sa mère comme il s'apprêtait à sortir. Cette nuit à l'hôpital une infirmière avait annoncé qu'on mettrait des trains supplémentaires aujourd'hui et demain. On fiche le camp. Peter acquiesça, depuis des semaines il rêvait de prendre le train. Il n'avait pris le train qu'une fois, avec son père qui leur avait rendu visite lors de son entrée à l'école, il y avait deux ans de cela, pour aller voir un collègue de son père à Velten. La guerre était finie depuis huit semaines maintenant, et son père ne rentrait pas. Peter aurait bien demandé à sa mère pourquoi elle ne voulait plus l'attendre, il aurait bien aimé devenir son confident.

L'été dernier, dans la nuit du 17 août, Peter s'était trouvé seul dans l'appartement. Sa mère assurait souvent deux services de suite pendant ces mois-là et elle était restée à l'hôpital, enchaînant le service du soir et la garde de nuit. Chaque fois qu'elle n'était pas là, Peter avait peur de la main qui allait surgir dans l'obscurité de dessous le lit par l'interstice qui séparait les draps du mur. Il sentait le contact métallique de son couteau de poche contre sa jambe, et ne cessait de calculer la vitesse à laquelle il faudrait l'ouvrir quand la main apparaîtrait. Cette nuit-là Peter s'était couché à plat ventre sur le lit de sa mère, aux aguets comme toutes les nuits. Il valait mieux se placer au milieu du lit, on avait plus d'espace de chaque côté pour repérer la main à temps. Il faudrait frapper vite et fort. Peter avait des sueurs à l'idée que la main allait surgir et qu'il serait incapable de brandir le couteau, paralysé par la peur.

Peter se souvenait très bien du moment où, de ses deux mains, dont l'une étreignait en même temps le couteau, il avait saisi le velours pesant du couvre-lit et frotté sa joue contre l'étoffe. Le premier son de la sirène s'était élevé, faible, presque ténu, puis elle s'était mise à hurler avant de s'éterniser dans un glapissement strident. Peter avait fermé les yeux. Le son lui incendiait les oreilles. Peter n'aimait pas les caves. Silence. Il élaborait sans cesse de nouvelles stratégies pour échapper aux caves. Le son de la sirène enfla de nouveau. Son cœur battait, et sa gorge semblait se rétracter. Tout en lui se raidissait, se pétrifiait. Il fallait respirer à fond. Le duvet d'oie. Peter enfouit son nez dans l'oreiller et aspira l'odeur de sa mère, comme s'il avait pu s'en rassasier. Puis ce fut le silence. Un silence impressionnant, Peter leva la tête et s'entendit claquer des dents, il tenta de contracter les mâchoires, serra les dents de toutes ses forces, baissa la tête et replongea dans le duvet. En frottant sa figure contre l'oreiller, ce qui l'obligeait à tourner la tête d'un côté à l'autre, il entendit quelque chose crisser dessous. Avec précaution il glissa la main sous l'oreiller et les extrémités de ses doigts tâtèrent du papier. Au même instant un sifflement terrifiant s'engouffra dans ses oreilles, le sifflement du premier lâcher de bombes, la respiration de Peter s'accéléra, ça craquait, ça éclatait, le verre cédait à la pression, les vitres sautèrent, le lit sur lequel il était se mit à trembler, et Peter eut soudain l'impression que toutes les choses alentour étaient plus vivantes que lui. Vint ensuite le silence. Bravant l'adversité, de sa main libre il extirpa une lettre. Peter reconnut l'écriture. Il fut pris d'un rire fou, ah oui, son père, ah oui, il lui était complètement sorti de l'esprit, lui qui voulait toujours le protéger pourtant. C'était son écriture, sa façon de former les M de Ma, les A d'Alice. Les syllabes se succédaient imperturbables, rien ne pouvait leur faire quoi que ce soit, ni la sirène, ni les bombes, ni le feu, Peter eut pour elles un rire de tendresse. Les yeux lui brûlaient et les lignes se brouillaient. Il y avait quelque chose que son père déplorait. Il fallait la lire, la lettre de son protecteur, lire ce qui était écrit là, tant qu'il lirait, il ne lui arriverait rien. Le destin mettait toute l'Allemagne à rude épreuve, écrivait-il. Dans les mains de Peter la feuille tremblait, sûrement à cause des secousses du lit. En ce qui concernait l'Allemagne, il faisait de son mieux, poursuivait son père. Elle lui demandait s'il ne pouvait pas travailler dans un des chantiers navals. Les chantiers navals certes, les sirènes hurlaient, pas celles des navires, les autres. Les yeux de Peter pleuraient. On avait un urgent besoin d'ingénieurs comme lui ailleurs. Un chuintement tout proche, qui semblait venir de la fenêtre, un fracassement, suivi d'un deuxième, encore plus fort. L'autoroute du Reich terminée, pas grand-chose à faire à l'Est. Pas grand-chose à faire ? Peter entendit à nouveau le chuintement, une odeur de brûlé lui chatouilla les narines, l'odeur se fit âcre, cuisante, mais Peter continuait à rire, comme s'il ne pouvait rien lui arriver tant qu'il aurait la lettre de son père entre les mains. Alice. La mère de Peter. Elle lui reprochait d'écrire rarement. Il y avait de la fumée, peut-être aussi une puanteur d'incendie, les craquements d'un brasier ? Cela n'avait rien à voir avec ses origines à elle, assurait-il. Rien à voir avec quoi, quelles origines, qu'est-ce qu'il écrivait donc là, ce père ? Un envoi avec de l'argent, y avait-il écrit envoi ou renvoi ? Il se passait des choses qui changeaient la donne entre eux, disait son père.

Comme il avait peiné à déchiffrer cette lettre. S'il avait su mieux lire, aussi bien qu'aujourd'hui, presque un an plus tard à près de huit ans, il aurait peut-être pu croire au pouvoir protecteur de la lettre, mais la lettre avait failli, Peter n'avait pas pu la lire jusqu'au bout.

Quand il prit le chemin de la crémerie de monsieur Fuchs ce matin-là, tout allait bien, il n'avait plus besoin d'une lettre du père pour venir à bout d'une nuit, il n'en aurait plus jamais besoin. La guerre était finie, aujourd'hui ils allaient fiche le camp, sa mère et lui. Peter avisa une boîte en fer-blanc dans le caniveau et donna un coup de pied dedans. Formidable de l'entendre tinter, de la voir rebondir. L'horreur resterait ici, ils la laisseraient derrière eux, pas un rêve ne devrait en ranimer le souvenir. Peter ne put s'empêcher de penser aux premières offensives ennemies de l'hiver et de nouveau il sentit la main de son copain Robert avec qui il avait sauté jadis la haie basse peinte en blanc qui longeait le chemin, pour traverser la rue du Berliner Tor et se réfugier dans le fossé devant le kiosque à journaux. Leurs chaussures avaient dérapé sur la glace et ils avaient glissé. Quelque chose avait dû toucher son copain et séparer sa main de son corps. Peter, lui, avait dévalé les mètres qui restaient, comme si l'arrachement de son copain l'avait fait accélérer. Il avait senti la main ferme et chaude, et il ne l'avait pas lâchée, longtemps. Quand il s'était aperçu un peu plus tard qu'il tenait encore la main, il n'avait pas pu la laisser tomber bêtement dans le fossé, et il l'avait rapportée à la maison. Sa mère lui avait ouvert la porte. Elle l'avait fait asseoir sur une chaise et avait tenté de le persuader d'ouvrir sa main. Elle s'était accroupie par terre à ses pieds en tenant une des serviettes de table blanches brodées à ses initiales et elle avait attendu qu'il lâche prise en lui caressant les mains et en les lui massant.

Peter ne savait toujours pas ce qu'elle avait fait de la main. Il shoota violemment dans la boîte de ferraille qui alla rouler de l'autre côté de la chaussée, presque jusqu'à la crémerie. Maintenant encore il avait l'impression de tenir la main de Robert – tantôt il la tenait, tantôt c'était elle qui le tenait – et que son père dans sa lettre n'avait fait allusion à rien d'autre qu'à cet événement. Mais la vérité était qu'il n'avait pas vu son père depuis deux ans et qu'il n'avait jamais pu lui parler de la main.

L'été dernier finalement, dans cette nuit des bombardements d'août, quand Peter avait lu la lettre du père, il avait vite été incapable de déchiffrer plus d'une phrase sur trois ou quatre. La lettre ne l'avait pas aidé. Ses mains tremblaient. Le père ne voulait pas manquer de respect à la mère de son fils, il serait franc, il avait rencontré une femme. Des pas résonnèrent dans l'escalier, puis de nouveau une explosion, si proche qu'il en fut totalement assourdi une fraction de seconde, puis un craquement et un cri. Peter survolait précipitamment les lignes. Il ne fallait pas perdre courage, on allait bientôt gagner la guerre, c'était sûr. Lui, le père, ne pourrait pas venir les voir de sitôt, la vie oblige un homme à faire des choix, mais il enverrait bientôt un peu d'argent. Peter avait entendu des coups à la porte de l'appartement, on ne pouvait pas vraiment savoir si le hurlement provenait d'une bombe, d'une sirène ou d'un être humain. Il avait replié la lettre et l'avait glissée à sa place sous l'oreiller. Il tremblait. La fumée le faisait pleurer et le brasier de la ville approchait par vagues brûlantes.

Quelqu'un l'avait empoigné et descendu à la cave sur ses épaules. Lorsqu'il se faufila à l'air libre avec les autres des heures plus tard, il faisait jour dehors. L'escalier qui conduisait à l'appartement avait tenu le coup, seule la rampe avait éclaté et les tronçons jonchaient les marches. Il y avait de la fumée. Peter monta l'escalier à quatre pattes, il dut escalader quelque chose de noir, puis il poussa la porte de l'appartement et s'assit à la table de la cuisine. Le soleil tombait d'aplomb sur la table, la clarté le forçait à fermer les yeux. Il avait soif. Longtemps il n'eut pas la force de se lever pour aller à l'évier. Quand il ouvrit le robinet, il n'entendit qu'un gargouillis, l'eau n'arrivait pas. Sa mère ne rentrerait peut-être pas avant des heures. Peter attendit. La tête sur la table, il s'endormit. Sa mère le réveilla. Elle lui prit la tête dans ses deux mains, la serra contre son ventre et ne relâcha sa pression que lorsqu'il eut répondu à son étreinte. La porte de l'appartement était ouverte. Peter voyait la chose noire sur le palier. Il pensa au cri de la nuit passée. Sa mère ouvrit une armoire sans ménagement, chargea des draps et des serviettes sur ses épaules, prit des bougies dans le tiroir et dit qu'elle devait repartir tout de suite. Peter l'aiderait à porter, on manquait de pansements et d'alcool pour désinfecter. Ils passèrent au-dessus de la chair carbonisée devant la porte de l'appartement, c'est peut-être aux chaussures que Peter comprit qu'il s'agissait d'une personne, une personne qui avait rétréci, et il aperçut une grosse montre de gousset en or. Et voilà qu'un sentiment proche du bonheur l'avait envahi ce matin-là, parce que cette montre ne pouvait pas avoir appartenu à madame Kozinska.

La photographie de l'homme en costume élégant et à la stature imposante, qui se tenait majestueusement accoudé à une rutilante carrosserie noire et levait ses yeux clairs vers le ciel pour affronter le destin ou suivre au moins quelque vol d'oiseaux, n'avait pas bougé de son cadre sur la vitre du buffet. La mère de Peter soutenait que son père viendrait les chercher et les amènerait à Francfort, maintenant que la guerre était finie. Là-bas son père construisait un grand pont sur le Main. Peter pourrait aller dans une véritable école, disait sa mère, et Peter était mal à l'aise de l'entendre mentir ainsi. Pourquoi n'écrit-il pas, demanda-t-il dans un sursaut de défi. La poste, répondit sa mère, plus rien ne marche depuis que les Russes sont là. Peter baissa les yeux, il avait honte de sa question. À partir de ce moment-là, il attendit avec sa mère, jour après jour. Il était possible en fin de compte que son père change d'avis.

Un soir, alors que sa mère était allée travailler à l'hôpital, Peter avait regardé sous son oreiller. Il voulait en avoir le cœur net. La lettre avait disparu. Il avait ouvert son secrétaire avec un couteau pointu, mais il n'y avait trouvé que du papier, des enveloppes et quelques timbres qu'elle conservait dans une petite boîte. Peter avait fouillé sa penderie, il avait soulevé ses blouses repassées soigneusement pliées et ses sous-vêtements. Il y avait deux lettres, de sa sœur Elsa, ces lettres venaient de Bautzen. L'écriture d'Elsa était tellement tremblée que Peter n'avait pu lire que la formule initiale : Ma petite Alice. Il n'avait plus trouvé une seule lettre de son père.

Quand Peter arriva à la crémerie ce matin-là, monsieur Fuchs et sa sœur étaient partis. Les enfants attendaient en vain et regardaient les gens qui entraient dans la crémerie, d'abord hésitants, puis frénétiques, et ouvraient tous les placards. Ils inspectaient les caisses, les tonneaux, les pots. Ils pestaient et juraient, il n'y avait plus une goutte de crème, plus un seul morceau de beurre. Une femme d'un certain âge donna un coup de pied dans le placard et la porte sortit de ses gonds.

À peine le dernier adulte eut-il quitté la boutique que le plus âgé des garçons s'agenouilla par terre, il souleva prestement un carreau et mit au jour une cachette dans le sol frais. Un garçon émit un sifflement et les filles hochèrent la tête, admiratives. Mais la cachette était vide. Ce qu'elle avait pu contenir de beurre ou d'argent n'y était plus. Lorsque le garçon leva les yeux, son regard méprisant s'arrêta sur Peter et il lui demanda pourquoi il s'était mis sur son trente et un comme ça. Peter baissa les yeux, s'examina, vit sa chemise du dimanche, et c'est à ce moment seulement qu'il se rappela qu'il devait rentrer tôt. On fiche le camp, avait dit sa mère en dernier.

De l'escalier Peter entendait tinter les casseroles. La semaine dernière sa mère avait été de service de nuit. Ça faisait des jours qu'elle nettoyait l'appartement – comme s'il avait jamais été sale –, cirait les planchers, essuyait les chaises et les armoires, astiquait les vitres. La porte d'entrée était juste poussée, Peter l'ouvrit. Il vit trois hommes autour de la table de la cuisine, et sa mère dessus, moitié assise, moitié couchée. Le derrière nu d'un des hommes s'agitait d'avant en arrière à la hauteur des yeux de Peter, la chair flageolait tellement que Peter faillit se mettre à rire. Mais les soldats tenaient sa mère. Sa jupe était déchirée, ses yeux écarquillés, Peter ne savait pas si elle le voyait ou si elle regardait à travers lui. Sa bouche était grande ouverte – mais elle restait muette. Un des soldats aperçut Peter, il rajusta la ceinture de son pantalon et voulut le pousser dehors. Peter appela sa mère : Maman, maman, cria-t-il. Le soldat lui asséna un violent coup de pied dans les jambes, et Peter s'affaissa sur le seuil, un second coup l'atteignit au derrière, puis la porte se referma.

Assis dans l'escalier Peter attendait, il entendait chanter madame Kozinska : « Un petit oiseau sauvage, perché sur un rameau vert. Chanta toute une nuit d'hiver, sa voix s'élevait haute et claire. » Mais c'était l'été, Peter avait soif, les trains allaient partir et il voulait fiche le camp avec sa mère. Peter serrait les lèvres. Son regard tomba sur la porte avec le trou où se trouvait la serrure, avant. Il y avait encore des copeaux sur le sol. Peter s'arrachait de minces lambeaux de lèvres avec les dents. Une fois déjà sa mère avait eu la visite des soldats il y avait juste quelques jours de cela, ils avaient dû enfoncer la porte et faire sauter la serrure. Ils étaient restés toute la journée en buvant et en braillant. Sans arrêt Peter avait donné des coups dans la porte. On devait l'avoir bloquée de l'intérieur, peut-être en calant une chaise sous la poignée. Peter avait regardé par l'ouverture de la serrure brisée, mais la fumée était si dense là-dedans qu'il n'avait rien pu distinguer. Alors il s'était assis dans l'escalier et avait attendu comme maintenant. Les dents, on ne pouvait pas les aiguiser. Peter mâchonnait avec précaution un lambeau de peau déchirée. En se mordant les lèvres, il se frottait les pouces des deux index. Bien que sa mère lui coupât les ongles à ras, il parvenait toujours à détacher de l'index les petites peaux du pouce à la base de l'ongle.

Quand la porte avait fini par s'ouvrir la dernière fois, les soldats étaient sortis un à un dans l'escalier en titubant, ils avaient descendu les marches et ils avaient frappé à la porte de madame Kozinska. Le dernier s'était retourné et avait lancé à Peter en allemand : J'en ai un comme toi moi aussi à la maison. Et le soldat avait levé l'index en riant : Fais un peu attention à ta mère. Quand Peter avait pénétré dans la cuisine enfumée, il avait vu sa mère courbée dans un coin en train de lisser un drap de lit. Tu es un grand garçon maintenant, avait-elle dit sans regarder Peter, tu ne peux plus dormir dans mon lit.

Elle ne l'avait pas regardé, pas comme aujourd'hui, jamais avant il n'avait vu une telle expression dans les yeux de sa mère, glaciale.

L'attente devant la porte pesait à Peter, il se levait, s'asseyait dans l'escalier, se relevait. Il voulut regarder par la brèche de la serrure brisée. Dressé sur la pointe des pieds en haut de la dernière marche, il se pencha en avant. Il aurait pu facilement perdre l'équilibre. Peter s'impatientait, son estomac criait famine. Normalement, quand sa mère était de service de nuit, elle rentrait à la maison le matin, elle le réveillait pour l'école, et à midi elle l'attendait avec le repas. Elle préparait la soupe avec de l'eau, du sel et des têtes de poissons. Après avoir enlevé les têtes elle parsemait un peu d'oseille dans la soupe. Elle disait que c'était nourrissant et bon pour la santé, c'était rare qu'elle ait pu se procurer un peu de farine pour confectionner de petites boulettes à cuire dedans. Les pommes de terre manquaient depuis l'hiver précédent. Il n'y avait pas de viande, pas de lentilles, pas de chou. Même à l'hôpital ils n'avaient rien d'autre que du poisson à donner aux enfants. Le regard de Peter était suspendu comme la dernière fois à la porte fermée et à la brèche laissée par la serrure manquante. Il s'assit sur la marche du haut. Il se rappela qu'ensuite, la dernière fois, sa mère lui avait demandé de se procurer une nouvelle serrure. On en trouvait partout, dans toutes les maisons, dans tous les appartements laissés à l'abandon. Mais Peter avait oublié.

Peter mâchonnait maintenant les petites peaux rugueuses autour de l'ongle du pouce, là où on peut détacher de fins lambeaux de peau bien longs. Sa mère aurait pu fermer la porte, s'il n'avait pas oublié la serrure. À travers le chambranle carbonisé de la porte le regard de Peter errait dans l'appartement déserté des voisins. Partout on voyait des traces d'incendie, les murs, les plafonds, les planchers étaient noirs. Avec ça qu'ils avaient eu de la chance, sa mère et lui, seul l'appartement du dessus avait brûlé, et celui des vieux voisins d'à côté.

Soudain la porte s'ouvrit brusquement, et deux soldats sortirent. Ils se tapaient sur l'épaule, ils étaient de bonne humeur. Peter se demanda s'il pouvait entrer dans l'appartement, tout à l'heure il en avait compté trois. Il devait y en avoir encore un à l'intérieur. Doucement Peter se leva, il gagna la porte de l'appartement et l'entrebâilla. Il entendit des sanglots. La cuisine avait l'air abandonnée. Cette fois aucun soldat n'avait fumé, tout semblait aussi propre et aussi confortable que le matin. Sur le buffet reposait le chiffon de sa mère. Peter se retourna et découvrit un soldat nu derrière la porte. Les jambes repliées, la tête dans les mains, l'homme était assis par terre et sanglotait. C'était un spectacle étrange parce que le soldat portait un casque, alors qu'autrement il était tout nu et qu'on disait la guerre terminée depuis des semaines.

Peter laissa le soldat assis derrière la porte et entra dans la chambre voisine où sa mère était en train de refermer la penderie. Elle avait mis son manteau et elle prit la petite valise sur le lit. Peter voulait lui dire qu'il était désolé d'avoir oublié la serrure et de n'avoir pas pu l'aider, mais il ne put proférer qu'un mot : Maman. Il lui saisit la main. Elle se dégagea et passa devant.

Ils passèrent devant le soldat qui sanglotait accroupi par terre dans la cuisine derrière la porte d'entrée et ils descendirent l'escalier, puis la rue, tout droit jusqu'aux quais. Sa mère allait tellement vite sur ses longues jambes que Peter peinait à la suivre. Il marchait à petits bonds, et tandis qu'il la suivait ainsi en sautillant, presque au pas de course, un vif sentiment de bonheur l'envahit. Il fut pénétré de la certitude qu'aujourd'hui ils auraient le train, qu'aujourd'hui ils partiraient pour le grand voyage, le voyage vers l'ouest. Peter sentait qu'il ne les mènerait pas à Francfort, mais peut-être à Bautzen chez la sœur de sa mère, et d'abord direction Berlin. Autrefois pour l'endormir, sa mère lui parlait du fleuve, de la belle place du marché à Bautzen et de l'odeur merveilleuse qui régnait dans l'imprimerie de ses parents. Peter se mit à battre des mains et à siffler, mais sa mère se retourna sans crier gare et lui ordonna d'arrêter de siffler. Peter tenta à nouveau de lui prendre la main, mais elle lui demanda s'il ne voyait pas qu'elle avait la valise et son sac à main à porter.

Je peux porter la valise, proposa Peter. Sa mère refusa.

Peter avait souvent accompagné sa mère au marché aux poissons. Elle connaissait bien l'une des rares marchandes qui y travaillait encore. Cette jeune femme avait été brûlée au visage en août dernier et on ne distinguait plus guère sa jeunesse. C'était peut-être cette brûlure perçue comme une tare au début qui protégeait la jeune femme, ces semaines-là. Elle était la seule à ouvrir encore chaque jour à l'aube un grand parasol rouge, comme autrefois, disaient les gens. Autrefois, il n'y avait pas si longtemps à les entendre, le marché tout entier était une constellation de grands parasols rouges. Ces dernières années, ces derniers mois, ils avaient disparu. C'est à cette marchande que sa mère prenait fréquemment du poisson pour les enfants, des anguilles, des sandres, des carpes, des tanches, des brochets, parfois même un de ces poissons migrateurs de la lagune du Haff – à l'hôpital, tous les poissons étaient les bienvenus – et au printemps, elle avait rapporté à la maison une jeune alose pour Peter. Quand ils arrivèrent au quai, la jeune femme avait installé depuis longtemps sa caisse sur la petite charrette, et son parasol en biais dessus. Dans la chaleur estivale l'odeur du goudron se mêlait à celle du poisson. Des chats vivaient dans les ruines des quais, et Peter observait un matou efflanqué qui longeait le rivage d'une démarche un peu chaloupée, puis sauta d'un bond sur un petit ponton de bois. Là où deux ans plus tôt les lourds bâtiments de pêche se balançaient encore, serrant de près les cutters, on ne voyait plus un seul bateau. Le matou plongeait une patte dans l'eau et reculait la tête chaque fois en tressaillant, comme si quelque chose l'effrayait. Y avait-il là un poisson, oui ou non ? La mère de Peter ouvrit son sac à main et en sortit des billets. Ce qu'elle lui devait, dit-elle. La marchande de poissons s'essuya les mains sur son tablier où scintillaient des milliers d'écailles, le rendant semblable à un habit de lumière, une parure de sirène, puis elle prit les billets et remercia. Alors son regard tomba sur la valise, et quand la mère de Peter lui tendit la main, elle dit : Bon voyage ! Les lèvres de la jeune femme étaient presque intactes, elles avaient un aspect charnu, brut et jeune, et sa voix pétillait comme si son rire allait s'égrener. Elle n'avait plus de sourcils, ses cils avaient peu repoussé, mais Peter aimait la manière dont elle s'était détournée en baissant les yeux et en balbutiant, gênée : Bon alors, bonne chance, et Peter s'imagina qu'elle l'avait regardé, que c'est à lui qu'elle pensait. Il se serra contre sa mère, posa sa tête sur son bras et effleura doucement du nez la saignée de son coude comme par hasard, mais sa mère fit un pas de côté et changea la valise de main.

Ils allèrent à la gare au pas de course. Dans l'escalier qui y descendait, ils croisèrent une infirmière en tenue avec un gros ventre, une collègue de sa mère apparemment, elle leur dit que les trains supplémentaires n'entraient pas dans Stettin et qu'il fallait gagner Scheune, l'arrêt suivant, que les trains partaient de là.

Ils marchaient entre les voies. L'infirmière s'essoufflait vite. Elle se pressait contre la mère de Peter, et Peter les suivait, il voulait saisir de quoi elles parlaient. L'infirmière déclara qu'elle n'avait pas fermé l'œil, elle n'avait pas cessé de penser aux cadavres qu'ils avaient trouvés la nuit dans la cour de l'hôpital. La mère de Peter se taisait. Elle ne souffla mot de la visite des soldats. La collègue sanglotait, disant qu'elle admirait le dévouement de la mère de Peter, d'autant plus que tout le monde savait à présent qu'il y avait un problème avec ses origines – haletante elle posa la main sur son ventre rebondi – mais elle n'allait pas parler de ça maintenant. Surtout que personne n'avait été aussi courageux que la mère de Peter, ajouta-t-elle. Elle-même aurait été bien incapable d'empoigner un des pieux comme ça et de le retirer du corps de cette femme empalée comme un animal qui avait le bas-ventre entièrement déchiqueté. La collègue s'arrêta, appuya son corps pesant à l'épaule de la mère de Peter, et prit une profonde inspiration : et cette survivante ne cessait d'appeler sa fille qui s'était vidée depuis longtemps de son sang à côté d'elle. La mère de Peter s'arrêta et enjoignit d'un ton abrupt à l'infirmière de se taire. Pour l'amour du ciel. Qu'elle se taise.

À Scheune le quai étroit était encombré de gens qui attendaient. Ils étaient assis par terre en groupes et considéraient les nouveaux venus avec méfiance.

« Alice ! » L'appel émanait d'un groupe de personnes assises par terre, deux femmes faisaient des moulinets avec leurs bras. La mère de Peter suivit l'appel de la femme qui semblait l'avoir reconnue. Elle s'accroupit à côté des autres. Peter s'installa près de sa mère, la femme enceinte les avait suivis, mais elle restait debout, indécise. Elle se dandinait. Les femmes chuchotèrent quelque chose entre elles, puis deux femmes et un homme s'éclipsèrent avec la femme enceinte. Quand une femme avait une envie pressante, on l'accompagnait à plusieurs autant que possible, les gens racontaient que les buissons étaient infestés de Popov qui assaillaient les femmes.

Plusieurs heures devaient encore s'écouler avant qu'un train n'arrive. Les gens se pressèrent contre le train avant même qu'il soit à l'arrêt, essayant de s'agripper aux poignées et aux barres. On avait presque l'impression que c'était cette masse de gens qui obligeait le train à stopper, que c'était eux qui l'arrêtaient. Le train semblait n'avoir pas assez de portières. Les bras se levaient, les pieds donnaient des coups, frappaient, et on se boxait du coude. On s'invectivait, on sifflait. Les plus faibles, écartés, restaient en rade. Peter sentait la main de sa mère le pousser dans le dos à travers la foule, il avait des étoffes de vêtements dans la figure, des manteaux, une valise lui entrait dans les côtes, finalement sa mère le saisit parderrière et le hissa au-dessus des épaules des gens. Le contrôleur siffla. Au dernier moment la mère de Peter franchit en force le mètre décisif et elle propulsa Peter de toutes ses forces dans le train en poussant violemment. Peter se retourna, il tenait fermement sa main, s'y cramponnait, le train eut une secousse, s'ébranla, les roues tournaient, sa mère courait, Peter se tenait bien à la portière, il tenait bien sa mère, il allait lui montrer comme il était fort. Saute ! lui cria-t-il. À ce moment leurs mains se dénouèrent. Les gens qui étaient restés sur le quai couraient à côté du train. Quelqu'un avait dû tirer le signal d'alarme ou bien c'était la locomotive qui peinait, les roues grincèrent sur les rails. Derrière, une grosse dame en chapeau cria : Chaudes les saucisses, chaudes ! Et voilà que beaucoup de gens se retournèrent vers elle, s'arrêtèrent, se hissèrent et se haussèrent sur la pointe des pieds pour voir qui avait crié et où étaient les saucisses. La femme profita de l'occasion pour conquérir quelques mètres. La foule des gens poussa la mère de Peter valise comprise dans le train. Peter enlaça sa mère des deux bras, plus jamais il ne la lâcherait.

Dans le train ils se retrouvèrent debout dans le couloir, les gens se poussaient en jouant des coudes, et les enfants durent monter sur les valises. Peter était bien sur la valise, maintenant il était juste à la taille de sa mère. Quand elle se retournait, ce qu'elle faisait régulièrement, ses cheveux le chatouillaient, une boucle s'était échappée de son chignon. Sa mère sentait le lilas. La porte du compartiment était restée ouverte à côté d'elle, et dans l'embrasure deux fillettes en robes à manches courtes juchées sur leurs valises se tenaient au porte-bagages plein à craquer. Sous leurs bras pointaient de petits poils naissants, clairsemés, et Peter se dévissait le cou au-dessus de l'épaule de sa mère pour mieux voir leurs robes qui s'arrondissaient à certains endroits. Sous son menton il sentait le doux frottement du manteau de sa mère. Elle devait transpirer, mais elle n'avait pas voulu laisser son manteau. Il y eut une secousse, et le train démarra lentement. Aux fenêtres défilaient les gens qui n'avaient pas décroché de place. Une des fillettes faisait des signes de main en pleurant, et Peter vit que de fins petits poils perçaient aussi sous ce bras-là.

Tiens-toi bien, lui dit sa mère en désignant de la tête l'encadrement de la porte du compartiment. Sa toque reposait toujours sur ses cheveux blonds relevés, elle l'avait gardée malgré le manteau et bien qu'ils ne fussent franchement pas à l'hôpital. Tu rêves ? Tiens-toi, lui intima-t-elle. Mais Peter posa ses mains sur les épaules de sa mère, il repensait au soldat qui sanglotait accroupi derrière la porte, il était heureux qu'ils aient enfin fichu le camp et il voulait serrer sa mère dans ses bras. À ce moment il reçut un coup de coude dans le dos et il heurta sa mère si brusquement qu'elle faillit perdre l'équilibre, la valise chancela sous les pieds de Peter, elle bascula, et Peter tomba sur sa mère. Sa mère trébucha dans le compartiment. Jamais elle n'aurait crié, mais elle poussa un grognement excédé. Peter posa une main sur sa hanche pour ne pas perdre le contact. Il voulait l'aider à se redresser. Les yeux de sa mère étincelaient de colère, Peter s'excusa, mais elle ne semblait pas l'entendre, sa bouche restait pincée, et elle repoussa sa main. Il fallait à tout prix que Peter regagne son attention.

Maman, fit-il, mais elle ne l'écoutait pas. Maman, il saisit de nouveau sa main qui était froide et ferme et qu'il aimait. L'instant d'après le train émit une secousse, les gens tombèrent les uns sur les autres, et sa mère resta accrochée des deux mains au porte-bagages et à l'encadrement de la porte tout le reste du voyage, pendant que Peter en profitait pour attraper son manteau sans qu'elle puisse le remarquer ni l'en empêcher.

Peu avant Pasewalk le train s'arrêta en pleine voie. On ouvrit les portes, et les gens se pressèrent dehors en se bousculant. Peter et sa mère se laissèrent porter par la masse humaine jusqu'à ce qu'ils aient atteint le quai. Une femme criait à tue-tête qu'on lui avait volé ses bagages. Peter s'aperçut qu'ils avaient perdu la femme enceinte. Elle n'était peut-être pas revenue, à Scheune, après s'être éclipsée pour faire ses besoins. La mère de Peter marchait vite maintenant, les gens qui arrivaient en sens inverse leur barraient le passage, Peter était tout le temps bousculé et ne lâchait pas le manteau de sa mère.

Tu m'attends ici, dit-elle en atteignant un banc qu'un vieil homme venait juste de libérer. Ici, il y a des trains qui partent pour Anklam et Angermünde, on pourra peut-être avoir des billets. Je reviens tout de suite. Elle prit Peter aux épaules et l'assit sur le banc.

J'ai faim, dit Peter en riant et en s'agrippant solidement à ses bras.

Je reviens tout de suite, attends-moi ici, dit-elle.

Lui : Je viens avec toi.

Elle : Lâche-moi, Peter. Mais déjà il se levait pour la suivre. Alors elle lui fourra la petite valise dans les bras et le rassit sur le banc avec la valise. Obligé de tenir la valise sur ses genoux, Peter ne pouvait plus attraper sa mère.

Tu attends. Elle parlait sévèrement. Puis un sourire affleura sur son visage, elle lui caressa la joue, et Peter se rasséréna. Il pensa aux saucisses dont la dame de Scheune avait fait l'article, il y en avait peut-être ici, il voulait aider sa mère à chercher, il voulait l'aider tout simplement, il ouvrit la bouche, mais elle coupa court, tourna les talons et se fondit dans la foule. Peter tenta de la suivre des yeux et repéra sa silhouette au loin, à l'entrée du hall de gare.

Il avait très envie et il chercha les toilettes du regard, mais il fallait attendre qu'elle soit de retour, on pouvait facilement se perdre dans ce genre de gares. Le soleil déclinait lentement. Peter avait froid aux mains, il tenait fermement la valise et trépignait d'une jambe sur l'autre. De petites particules de la couleur de la valise lui collaient aux mains, rouge sang de bœuf. Sans cesse il regardait en direction de la porte où il avait vu sa mère pour la dernière fois. Des flots de gens passaient devant lui. Les réverbères s'allumèrent. À un moment donné la famille à côté de lui sur le banc se leva et d'autres s'assirent. Cela le fit penser à son père qui allait construire un pont sur le Main, quelque part à Francfort, il savait comment il s'appelait, Wilhelm, mais pas où il habitait. Son père était un héros. Et sa mère ? Elle aussi, il connaissait son nom, Alice. Elle avait des origines douteuses. Peter regarda de nouveau vers la porte qui donnait sur le hall de gare. Il avait la nuque raide, car ça faisait des heures maintenant qu'il était assis là, les yeux rivés dans cette direction. Un train arriva, les gens saisirent leurs bagages, leurs proches, il fallait tenir tout bien fort. Anklam, le train n'allait pas à Angermünde, il allait à Anklam. Mais les gens étaient contents du moment que le voyage continuait. Il était minuit passé, Peter n'avait plus envie, il ne faisait plus qu'attendre. Le quai s'était vidé, ceux qui restaient avaient dû aller dans le hall. S'il y avait un guichet, est-ce qu'il n'était pas fermé depuis longtemps ? Peut-être qu'il n'y avait même plus de hall de gare derrière la porte, peut-être que cette gare-là avait été détruite elle aussi, comme celle de Stettin. À l'autre bout du quai surgit une femme blonde, Peter se leva, sa valise coincée entre les jambes, il se haussa sur la pointe des pieds, mais ce n'était pas sa mère. Peter resta debout un moment. Quand il fut rassis en train de se manger les petites peaux des lèvres, il entendit sa mère dire qu'il s'épluchait et se mangeait les peaux de toutes les parties possibles du corps et il eut son expression de dégoût devant les yeux. Quelqu'un va bien finir par venir, peu importe qui, se dit Peter. Ses yeux se fermaient, il les rouvrit, il ne devait pas s'endormir, sinon il allait manquer la personne qui viendrait le chercher, luttant contre le sommeil il pensa à la main et hissa ses jambes sur le banc. La tête appuyée contre les genoux, il ne quittait pas des yeux la porte de la gare. Quand le jour commença à poindre, il se réveilla, il avait soif, et l'étoffe mouillée de son fond de culotte lui collait à la peau. Alors il se leva, et il alla chercher les toilettes et de l'eau.

Le monde nous appartient

Deux fillettes étaient couchées dans un lit en métal blanc émaillé et heurtaient à tour de rôle de leurs pieds nus le cuivre brûlant d'une bouillotte. Inlassablement la petite tâchait d'amener la bouillotte de son côté en la poussant des orteils et en la roulant du talon. Mais au dernier moment la longue jambe de sa sœur l'en empêchait. Helene admirait la longueur des jambes de Martha, ses pieds fins et délicats. Mais la détermination et l'aisance apparente avec laquelle Martha s'annexait la bouillotte et repoussait sa convoitise la mettaient au désespoir. Elle arc-bouta ses mains contre le dos de sa sœur, et ses orteils froids tentèrent de se faufiler entre les jambes et les pieds sous la lourde couette. La lumière de la bougie vacillait au gré des courants d'air de la lutte sous l'édredon qui se soulevait, s'abaissait brusquement, et agitait la flamme. Se retenant de rire ou de pleurer nerveusement, Helene serra les lèvres et étreignit sa sœur, la chemise de nuit était retroussée, et sa main atterrit sur le ventre nu de Martha, les hanches de Martha, les cuisses de Martha. Helene voulut la chatouiller, mais Martha gigotait, les mains d'Helene glissaient sans cesse, et il lui fallut bientôt pincer pour attraper ne serait-ce qu'un petit quelque chose de Martha. Il existait un accord tacite entre les sœurs, aucune d'elles ne devait proférer un son.

Martha ne criait pas, elle se contentait de tenir les mains d'Helene. Ses yeux brillaient. Elle serrait tant qu'elle pouvait dans les siennes les mains d'Helene qui craquèrent, Helene couina, gémit, Martha continua de presser jusqu'à ce que la résistance d'Helene lui semble anéantie, et que la petite ne cesse de souffler : Lâche-moi, s'il te plaît, lâche-moi.

Martha souriait, elle aurait bien voulu tourner la page de son livre maintenant. Les cils blonds de la petite sœur clignaient, ses yeux se dilataient rosis par l'effort. Que le réseau de veinules qui ceignait ses prunelles était délicat. Martha ne manquerait pas de gracier Helene tôt ou tard. Tout ça pour une bouillotte de cuivre à leurs pieds. Les supplications d'Helene rendaient un son familier qui apaisait Maria. Elle lâcha les mains de la petite et lui tourna le dos, entraînant la couette avec elle.

Helene eut froid, elle se dressa sur son séant. Bien que ses mains fussent encore meurtries, elle les tendit, toucha l'épaule de Martha et attrapa la lourde tresse d'où s'échappait un foisonnement de petites boucles. Les cheveux de Martha étaient indisciplinés et soyeux, légèrement plus clairs que les cheveux noirs de leur mère. Helene aimait la regarder peigner leur mère quand Martha en avait le droit. Assise les yeux clos, leur mère fredonnait alors une chanson qui rappelait le ronronnement des chats, elle ronronnait d'aise tantôt dans les graves, tantôt dans les aigus, pendant que Martha étrillait de la brosse son épaisse et longue toison. Un jour Helene avait rincé un drap à l'évier et elle l'essorait au-dessus d'une grande bassine après en avoir éliminé le savon. Elle prenait garde d'éclabousser le sol de la cuisine. Mais ce n'était qu'une question de temps, leur mère allait crier. Ses cris n'étaient pas hauts, clairs, mais profonds, rauques, tels les feulements d'un grand animal. Elle se cabra. La chaise qu'elle occupait une seconde avant bascula avec fracas. Elle repoussa Martha, la brosse tomba par terre. Elle battait l'air de gestes violents et confus, les barrettes et les peignes volèrent de la table, elle fonça vers la chaise, la saisit, la souleva, et la projeta en direction d'Helene. Ses rugissements résonnaient comme les grondements de la terre quand elle s'ouvre sur ses profondeurs. Les ouvrages au crochet épars sur la table valsèrent à travers la pièce. On lui avait tiré les cheveux.

Or, tandis que leur mère invectivait ses filles et pestait contre cette engeance de bonnes à rien qu'elle avait mise au monde, Helene se mit à ressasser comme une prière la même phrase : Est-ce que je peux te peigner ? Sa voix tremblait : Est-ce que je peux te peigner ? Une paire de ciseaux vola dans les airs et elle leva les bras au-dessus de sa tête pour se protéger : Est-ce que je peux te peigner ? Elle s'accroupit sous la table. Est-ce que je peux te peigner ?

Leur mère ne semblait pas l'entendre jusqu'à ce qu'Helene se tût, alors elle se tourna vers elle. Ses yeux verts lançant des éclairs, elle se pencha en avant pour mieux la voir sous la table. Tout sauf ça, tempêta leur mère. Elle se redressa et frappa la table de la paume à s'en faire mal. Helene avait intérêt à sortir de sous cette maudite table. Elle était encore plus maladroite que la grande. Leur mère jaugeait comme une étrangère la fillette aux boucles claires et dorées qui s'extirpait avec peine de son refuge.

Je vais t'en donner, moi, des cheveux à peigner ! La mère eut un rire méchant. Pouah, tu n'es même pas capable d'essorer le linge correctement ! Elle empoigna le drap dans la bassine et le balança par terre. Tu as peur de t'abîmer les mains, peut-être ? Elle donna un violent coup de pied dans la bassine, puis un second, jusqu'à ce qu'elle bascule avec un bruit métallique.

Helene sursauta involontairement et battit en retraite. Les fillettes connaissaient les accès de fureur de leur mère, mais leur soudaineté, leur totale imprévisibilité les terrifiait. Des bulles minuscules crevaient sur ses lèvres, de nouvelles s'y formaient en scintillant. Leur mère fulminait littéralement, elle bouillait. La bouche écumante, elle leva le bras, Helene fit un pas de côté et saisit la main de Martha. Quelque chose effleura son épaule en tintant et se fracassa en deux accompagné des hurlements de leur mère. Du verre se brisait. Des milliers et des milliers d'éclats de verre. Helene murmurait ce chiffre inconcevable, incompréhensible, des milliers et des milliers. Des milliers et des milliers de chatoiements. D'innombrables éclats de verre jonchaient le sol. Leur mere avait dû précipiter du buffet son vase en cristal de Bohême. Helene aurait voulu s'enfuir, mais ses jambes étaient trop lourdes.

Leur mère se tordit en sanglotant et tomba à genoux. Les éclats de verre devaient transpercer le tissu de sa robe, mais elle n'en avait cure. Elle farfouillait des deux mains dans les éclats verdâtres, des gouttes de sang commençaient à perler sur ses doigts, pleurant comme une enfant elle demandait d'une petite voix fluette s'il n'y avait donc aucun Dieu fichu de l'aider, et elle finit par balbutier sans relâche en geignant le nom d'Ernst Joseph, Ernst Joseph.

Helene voulut se pencher pour s'agenouiller près de sa mère, la consoler, mais Martha la retint d'une main ferme.

C'est nous, maman. Martha parlait d'une voix calme et sévère. Nous sommes là, Ernst Joseph est mort, comme tes autres fils, mort-né, tu entends, maman. Depuis dix ans, mort. Mais nous sommes là.

La voix de Martha vibrait de révolte et de colère, ce n'était pas la première fois qu'elle tenait tête à leur mère.

Ah ! Leur mère hurla comme si Martha lui avait enfoncé un poignard dans le sein.

Martha entraîna Helene hors de la pièce.

Répugnant, murmura Martha, ça suffit maintenant, viens, mon petit ange, allons-nous-en.

Martha enlaça Helene. Elles allèrent dans le jardin étendre le linge.

Helene n'avait pu s'empêcher de jeter des regards répétés vers la maison dont la fenêtre ouverte laissait échapper les plaintes et les cris maternels qui avaient faibli, s'étaient espacés, puis enfin complètement taris, si bien qu'Helene avait craint que leur mère n'eût perdu tout son sang ou ne se fût infligée quelque chose de plus grave encore.

Assise dans le lit près de Martha, Helene suivait le cours de ses pensées, leur mère ne pouvait peut-être hurler que devant ses enfants, seule, elle devait trouver cela sans intérêt. À quoi bon hurler sans audience ? Transie de froid elle toucha la tresse de sa sœur, cette tresse d'où jaillissaient de petites boucles fines et soyeuses, cette sœur qui était bonne et la protégeait au besoin.

J'ai froid, dit Helene. S'il te plaît, laisse-moi venir sous l'édredon.

Et elle se réjouit de voir le monticule s'entrouvrir et Martha tendre la main en arrondissant le bras en arceau pour qu'elle puisse se glisser près d'elle sous le duvet. Helene fourra son nez dans l'aisselle de sa sœur, et quand celle-ci se retourna vers son livre, elle pressa sa figure contre son dos, inspirant à longs traits son odeur chaude et familière. Elle se demanda si elle devait dire sa prière du soir. Elle aurait pu joindre les mains. Elle se sentait bien. Un sentiment de gratitude l'envahit, mais elle le ressentait envers Martha, pas envers Dieu.

Dans l'ombre projetée par la lueur de la bougie, Helene jouait avec la tresse de Martha. La lumière mate fonçait encore ses cheveux, ses boucles semblaient presque noires. Helene se caressait le front avec le bout de la tresse de Martha, les cheveux lui chatouillaient les joues et les oreilles. Martha tourna une page de son livre, et Helene commença à compter les taches de rousseur sur son dos. Chaque soir Helene comptait les taches de rousseur de Martha. Quand elle était sûre du nombre de celles de l'épaule gauche jusqu'au grain de beauté au-dessus de la colonne vertébrale, elle repoussait la tresse de côté et comptait celles de droite. Martha se laissait faire et tourna une page en riant sous cape.

Qu'est-ce que tu lis ?

Ce n'est pas pour toi.

Helene adorait compter. C'était excitant et apaisant. Quand Helene allait chez le boulanger, elle comptait les oiseaux à l'aller et, au retour, les personnes qu'elle rencontrait. Quand elle sortait avec son père, elle comptait les fois où son grand chien doré nommé Baldo levait la patte et celles où on leur disait bonjour, et elle se réjouissait de l'importance des chiffres, elle avait joué aussi à les opposer, chaque bonjour supprimant une marque du chien. De temps en temps, quelqu'un donnait jovialement du monsieur le Professeur à son père, mais il s'agissait plutôt d'une flatterie que d'une méprise. Car si tout le monde savait qu'Ernst Ludwig Würsich éditait depuis quelques années des livres philosophiques et littéraires qu'il faisait imprimer chez lui, cela ne lui conférait nullement le titre de professeur. Koban, le maire, s'était arrêté et cajolait la tête de Baldo. Les deux hommes avançaient des chiffres de tirage pour la publication en l'honneur de la réunion du conseil, et Koban demanda au père d'Helene quel type de chien était Baldo. Mais son père refusait toujours de se perdre en conjectures sur les croisements de races et répondit : un bon chien.

Helene s'étonnait de toutes ces connaissances qui les dépassaient à la hâte sans saluer, dès qu'elle sortait dans la rue avec sa mère. Sa mère n'avait pas l'air de s'en apercevoir. Helene comptait tout bas en cachette, sans dépasser un seul salut parfois. Madame Hantusch, la boulangère, qui sautait presque au cou de son père d'habitude, ne les regardait même pas. Elle préférait baisser légèrement son parapluie et elle avançait en le poussant devant elle comme un bouclier, empêchant tout échange de regards. C'est sans doute par Martha qu'Helene avait appris un beau jour qu'on ne disait point madame Würsich en parlant de leur mère. Les habitants de la Tuchmacherstrasse l'appelaient l'étrangère, une étrangère qui avait bien épousé le maître imprimeur Würsich, honorable citoyen de Bautzen [1], mais qui restait une étrangère, même derrière le comptoir du magasin de son mari ou dans la rue en tenant par la main leurs filles à tous deux. Bien qu'en Lusace il fût parfaitement d'usage de célébrer les mariages dans la ville de la promise, dix ans après la conclusion de leur union, on jasait encore sur l'origine de la mariée. On disait que les époux s'étaient mariés civilement, à Breslau [2]. Un mariage civil, voilà qui évoquait un lien infamant. Tout le monde savait que l'étrangère n'accompagnait pas son mari le dimanche à la cathédrale Saint-Pierre. Le bruit courait qu'elle était impie.

Peu importait que ses filles eussent été dûment baptisées à la cathédrale. Les habitants de Bautzen ressentaient manifestement l'absence de mariage religieux comme un affront à la réputation de la bourgeoisie locale. Personne n'honorait l'étrangère d'un bonjour. Même s'il n'atteignait guère Selma Würsich, qui, fort prudemment, se souciait plus des rares trouvailles qu'elle faisait entre les pavés de la ville que de ses citoyens, chaque regard était accompagné d'un hochement de tête ou d'un chuchotement désapprobateur. Gênés ou dédaigneux, les passants ne voyaient pas Helene et sa mère, leurs regards glissaient sur la femme accroupie par terre, ils la traversaient sans la voir. Quand Helene allait à la main de sa mère et qu'elle rencontrait Koban, le maire, l'ami de son père, celui-ci changeait de trottoir sans saluer. Les fils du juge Fiebinger se retournaient sur elle en riant, l'été ils trouvaient les robes légères de sa mère inconvenantes, l'hiver ses amples vêtements bizarres. Mais sa mère ne semblait rien remarquer de tout cela. Elle se baissait rayonnante et montrait à Helene une petite perle de verre qu'elle avait trouvée. Regarde comme elle est belle ! Helene acquiesçait. Le monde regorgeait de trésors.

Dès que leur mère quittait la maison, elle ramassait ce qu'elle trouvait par terre – des boutons, des pièces de monnaie, une vieille

1. Bautzen, Land de Saxe, centre de la Lusace et de la culture sorabe.
2. Breslau, aujourd'hui Wroclaw (Pologne).

chaussure qui devait pouvoir faire encore quelques mois et qu'on allait peut-être réutiliser, car le lacet en était neuf contrairement à la semelle, et les crochets de la tige lui semblaient d'une grande rareté, d'une valeur peu commune. Le moindre bout de céramique coloré déniché en bas au bord du fleuve lui arrachait les mêmes exclamations de joie pourvu qu'il fût poli par les eaux. Ayant trouvé une aile d'oie juste sur le pas de la porte un jour, elle en versa des larmes d'attendrissement.

Martha avait alors prétendu que quelqu'un avait dû déposer ce plumeau devant leur porte rien que pour voir l'étrangère se baisser et le ramasser, ça ne faisait pas l'ombre d'un doute. Les plumes en étaient déjà usées, rognées, et quelques tiges pointaient lisses et nues comme des dents éméchées.

Leur mère collectionnait les plumeaux, bien qu'elle époussetât rarement[1]. Elle fixait les ailes d'oiseaux sur le mur au-dessus de son lit. Un essaim d'oiseaux pour accompagner les âmes, ainsi nommait-elle sa collection. La place au-dessus de sa tête de lit était réservée à ces plumeaux trouvés. Avec celui-là, ils étaient au nombre de neuf, elle espérait trouver le dixième. Lorsqu'elle en aurait enfin dix, elle pourrait compléter les vingt-deux lettres de l'alphabet et éclairer leurs voies, c'est ainsi qu'elle s'exprimait. Aucune de ses deux filles ne demandait de quelles âmes il s'agissait, ni d'où elles venaient ni où il faudrait les accompagner. La signification que conféraient à ces âmes errantes les mondes parallèles dont elles émanaient ne laissait de les inquiéter. À côté de leur monde où une chose était une chose et une créature vivante une créature vivante, il était donc censé y en avoir un autre dans lequel les rapports entre les choses et la vie constituaient une unité. Helene se bouchait les oreilles. N'était-ce pas bien assez compliqué de se représenter la nature de l'âme ? Quel pouvait bien être le sort de l'âme quand elle se mettait à pérégriner ? Restait-elle identique à elle-même, reconnaissable, unique ? Faudrait-il vraiment se retrouver dans l'autre monde, l'heure venue ? Leur mère les en menaçait. Quand je serai morte, nous nous retrouverons, nous serons réunies. C'est inéluctable. Helene effrayée ne voulait plus entendre parler des âmes.

1. À l'époque, on utilisait dans cette région les ailes d'oiseaux telles quelles, en guise de plumeau.

Leur mère connaissait à chaque objet une prétendue vocation, au besoin elle en inventait une. Au cours de sa vie conjugale, la maison s'était remplie, non seulement les armoires et les vitrines, mais même le sol entre les meubles menaçait constamment de se muer en un paysage proliférant qui n'obéissait qu'à ses propres lois, car leur mère aménageait des collines et des tas, des collections d'objets bien précis ou aléatoires. Seule Marja, la bonne, que les maîtres de maison appelaient Mariechen et qui était de peu son aînée, parvenait à force de patience et d'obstination à préserver dans certaines pièces un ordre identifiable. La cuisine était sous la régie de Mariechen, ainsi que la salle à manger et l'escalier étroit des deux étages supérieurs. Mais dans la chambre à coucher de leur mère et dans la pièce attenante, on n'était autorisé à marcher que sur des sentiers au tracé incertain. Il y avait rarement une chaise libre où l'on eût pu s'asseoir. Leur mère collectait les branches, les ficelles, les plumes, les tissus, et il ne fallait pas non plus jeter la vaisselle cassée, ni la moindre boîte de fer si cabossée fût-elle, ni le moindre tabouret rongé par la vermine même s'il était branlant parce qu'un de ses pieds, pourri, avait raccourci. Ce que Mariechen mettait au rebut dans les pièces de service était immédiatement transporté par leur mère dans celles du haut où elle remisait pots troués et verres ébréchés, certaine de leur assigner un jour une place et un usage. Nul ne distinguait un ordre dans cet entassement, seule leur mère avait une idée de la pile où elle devait chercher telle ou telle coupure de journal et du tas de vêtements où elle avait rangé la précieuse dentelle sorabe[1]. Le motif en filigrane n'en était-il pas unique et avait-on jamais vu lys ressortir sur le grain d'une étoffe avec une telle délicatesse, une telle fougue ?

Cherchant une robe d'hiver en lainage que Martha avait reléguée depuis près de dix ans et dont Helene devait hériter, leur mère avait fouillé dans la plus haute pile de vêtements atteignant presque le plafond, elle avait bientôt disparu dessous et s'en était finalement

1. Les Sorabes, minorité slave implantée en Lusace. Également appelés Wendes, ils vivent en Haute-Lusace (Land de Brandenburg, autour de Cottbus) et en Basse-Lusace (en Saxe, aux environs de Bautzen). Le bas-sorabe et le haut-sorabe sont reconnus comme langues régionales (la langue maternelle de Mariechen dans le roman est le haut-sorabe, proche du tchèque).

extraite avec une autre robe déjà bien trop petite. Le tas de vêtements s'était déformé au cours de ces investigations et il débordait maintenant sur les étagères, les deux chaises et le petit sentier. Helene avait l'impression que la maison allait s'écrouler un de ces jours sous le poids de ce trop-plein. Leur mère progressait vers un coin de la pièce en se baissant et en ramassant certaines choses qu'elle mettait en réserve à droite et à gauche. Elle tomba sur un carton à chapeau rond posé près du sol. Elle le pressa contre son sein tel l'enfant prodigue.

C'est dans ce carton qu'elle avait transporté jadis son chapeau de fiançailles au domicile conjugal, un chapeau extraordinairement large à voilette orné de plumes de pie d'un bleu foncé aux reflets presque noirs, expliqua-t-elle. Tendrement elle caressa le fin papier gris du couvercle et en effleura les bords à peine bossués. Mais voilà qu'elle se mit à considérer le carton avec méfiance, le retourna, le renversa, et que cela commença à tinter là-dedans comme si le chapeau de fiançailles s'était transformé en un tas de clous et de ferraille. Un instant elle tenta fébrilement de dénouer le ruban de satin violet passé à plusieurs tours autour du carton. Puis elle perdit patience. La colère déformait ses traits. Elle jeta le carton aux pieds de Martha avec un cri perçant : Toi, tu y arriveras bien !

Martha souleva le carton à chapeau, le carton avait une grosse bosse maintenant. Elle inspecta les lieux ; elle n'apercevait à la ronde aucun espace libre où poser le trésor. Elle descendit donc le carton à la cuisine et le posa sur la table. Helene et leur mère suivaient. Les mains de Martha étaient agiles, prestement elle défit les nœuds.

Leur mère tenait à lever elle-même le couvercle. Quand elle eut jeté un regard à l'intérieur, elle poussa un soupir. Une mer de boutons et d'effets de couture apparut, avec des fleurs brodées et des petits lambeaux d'étoffe probablement destinés à recouvrir les boutons dénudés.

Elle dut s'asseoir et respirer à fond. Sa cage thoracique se soulevait et s'abaissait précipitamment comme si elle se défendait de toutes ses forces contre la montée de l'émoi. Elle fut prise de sanglots, les larmes roulèrent sur ses joues, et Helene se demanda où le corps menu de leur mère pouvait bien dissimuler ce réservoir de larmes absolument intarissable.

En fin d'après-midi leur mère s'allongea et les fillettes s'installèrent à son chevet, Helene sur un tabouret, Martha dans le fauteuil à bascule. Penchée sur le carton rond Helene était occupée à en rassembler les œillets par ordre de grandeur et à regrouper les dorés, les noirs, les blancs et les argentés. Dans une pelote de rubans et de cordons, elle découvrit un nid de mites. Les cocons vides des larves collaient aux tissus. Helene jeta un regard alentour. Sa mère reposait adossée à un gros oreiller. Elle avait laissé une main sur le coffret à deux tiroirs où elle gardait des cartes postales et des lettres ainsi que des feuilles séchées et des cartes à jouer – qui sait si on n'allait pas pouvoir un jour reconstituer un jeu entier ou si on n'aurait pas besoin de telle ou telle carte pour en compléter un. Dans le tiroir inférieur, elle conservait surtout des vignettes de café et des timbres. Elle avait fermé les yeux après avoir recommandé à ses filles de ne pas faire de bruit et de s'acquitter de leurs tâches. Depuis des heures elle souffrait de violents maux de tête, et les rides triangulaires de son front entre les yeux accusaient la souffrance. Apparemment Martha jugea l'occasion propice. La tâche qui lui était dévolue devait lui paraître fastidieuse et stupide, il s'agissait de démêler les fils des bobines jetées n'importe comment dans la boîte à ouvrage et de les enrouler correctement. Les bobines devaient être classées par couleur, et en fonction de la qualité des fils.

Dès que le bras de leur mère eut glissé du coffret, lourd de sommeil, et que sa respiration fut régulière, Martha extirpa un petit livre jaune moutarde de sous son tablier et commença à lire. Elle riait sous cape et ses pieds frétillaient comme si elle allait se mettre à bondir ou à danser. Helene lui jetait des regards envieux, elle aurait bien aimé connaître la raison de cette allégresse. Elle observa la pelote de rubans qu'elle tenait en main. Le dégoût la saisit en découvrant sur le velours bleu foncé de sa robe une larve blanche qui progressait péniblement en direction de son genou. Déjà une seconde larve minuscule se détachait du cocon qu'elle tenait et qu'elle avait cru vide et atterrissait dans son giron, non loin de la première. La larve se recroquevillait, on ne savait quelle direction elle allait prendre. Mettant tous ses espoirs de salut en Martha, Helene lui chuchota : Je peux jeter ça ?

À travers les rideaux tirés filtrait une lumière d'un vert couleur de feuilles. De temps en temps un souffle de vent gonflait les rideaux et d'infimes particules de poussière dansaient dans le mince rayon de soleil qui s'échappait brièvement de la fenêtre. Martha se balança en avant, s'immobilisa quelques secondes, puis rebascula en arrière. Elle tourna la page sans accorder un regard à la pelote dans les mains d'Helene. La voyant faire sévèrement non de la tête en souriant, Helene se demanda si elle l'avait seulement entendue ou si elle n'était pas plutôt dans son monde à elle, complètement plongée dans son livre, à moins qu'elle ne fût bien aise tout simplement de ne pas tenir dans ses propres mains la pelote de larves et de rubans mités. Helene eut un haut-le-cœur. Doucement, elle fit glisser la pelote sur le lit maternel au pied duquel s'accumulaient des bas, des jarretelles et divers effets des jours précédents.

Martha se carra dans le fauteuil à bascule en tendant les jambes. Elle replaça d'un geste tendre derrière son oreille une boucle qui s'était échappée de sa lourde tresse. De temps à autre elle claquait la langue, croisait les jambes, fronçait les sourcils ou s'humectait les lèvres, cette lecture était visiblement un régal extraordinaire. Seule l'irruption de leur père et de son chien dans la chambre la fit sursauter. Baldo, la queue basse, alla immédiatement se coucher près du poêle.

Mais leur père était bien incapable de remarquer les joues cramoisies de sa fille aînée ou le livre qu'elle avait vite escamoté sous son tablier. Il n'avait d'yeux que pour sa femme. Il ne savait comment prendre congé d'elle et soupirait en arpentant la chambre dans son uniforme de hussard. À chaque volte-face, il regardait sa femme comme pour solliciter son aide ou lui demander conseil. Helene crut que son père allait parler, mais il ne fit que soupirer bruyamment, puis il déglutit, et congédia finalement les fillettes.

Un peu plus tard Helene frappa à la porte qui était juste poussée, elle voulait dire bonsoir et en profiter pour jeter un œil sur le nouveau sabre et l'écharpe de l'uniforme paternel. Pour Helene, les craintes que son départ à la guerre inspirait à Martha et à leur mère étaient parfaitement injustifiées. Avec cette moustache impériale qu'il portait un peu plus courte que l'empereur, plus en témoignage d'admiration respectueuse que pour exprimer quelque distance à son égard, avec la foi et l'amour inébranlables qu'il vouait à cette mère singulière, leur père lui paraissait absolument invulnérable. Le nouveau sabre qui brillait de tous ses feux confirmait bien cette impression. Helene était en train de frapper quand la porte s'entrouvrit légèrement. Son père était agenouillé sur le sol sombre, un parquet de chêne qu'on avait ciré quelques jours plus tôt. La pièce embaumait la résine et l'oignon. Il avait posé son front sur la main de leur mère.

Bonne nuit, murmura Helene en jetant un coup d'œil sur le sabre que son père avait négligemment posé sur le fauteuil à bascule. Comme il ne répondait pas, Helene le crut assoupi. Sur la pointe des pieds, elle s'approcha du fauteuil. Elle passa le doigt sur la lame et fut surprise de la sentir si peu coupante, si fraîche. Un léger claquement de langue l'effaroucha, et elle vit son père gesticuler du bras pour lui intimer l'ordre de disparaître. Son père voulait être seul avec leur mère. Cela ne le dérangeait pas qu'Helene tâte la lame de son sabre, c'est sa présence qui le dérangeait. Il lui fallait prendre congé de sa femme. Selma Würsich était étendue de tout son long sur son lit les yeux clos. Était-ce la hauteur du col qui raidissait son cou et l'odeur des oignons qui arrachait des larmes à ses yeux clos ? Leur mère n'entendait rien, ne voyait rien, ne disait rien.

Helene recula vers la porte à pas de loup et attendit, espérant encore que son père lui demanderait quelque chose, mais il avait reposé son front sur le dos de la main maternelle et répétait inlassablement : ma colombe, mon amour. Helene admirait son père pour cet amour. À celui qui aimait sa mère, nulle guerre ne pourrait faire quoi que ce soit.

Le soir suivant aucune des fillettes n'était allée souhaiter bonne nuit à leur père. Elles l'entendaient déambuler dans la pièce voisine et elles savaient qu'il n'y obtenait ni aide ni conseil. Parfois, il disait quelque chose qui sonnait comme « joie ! » ou « Dieu ! ». Et ses paroles n'étaient ponctuées que par de rares gémissements du chien.

Les fillettes étaient couchées étroitement enlacées, Helene pressait son nez entre les omoplates de la grande sœur et de temps en temps elle levait le menton pour aspirer une bouffée d'air, tandis que Martha tournait les pages de son livre à intervalles réguliers en riant sous cape. Mais soudain les fillettes entendirent très distinctement la voix de basse de leur mère, quelque peu altérée par l'abus du tabac : Si tu pars, je mourrai.

Helene effleura de la main un grain de beauté brun mat, le dos de Martha était maigre et délicat, elle caressa les taches de rousseur et suivit du doigt la dentelle finement brodée de la chemise de nuit.

Rien qu'un mot, s'il te plaît.

Ne mendie pas.

S'il te plaît. Rien qu'un mot.

Continue d'abord. En haut, oui, plus haut.

Suivant les instructions de sa sœur, Helene promenait sa main sur la peau, sur la chemise de nuit, elle remontait vers les épaules en esquissant des cercles, redescendait le long du bras sur la peau nue, puis repassait de haut en bas et de bas en haut sur le lin dont l'étoffe dessinait nettement la colonne vertébrale vertèbre par vertèbre, tout le long du dos. Puis elle s'arrêta.

Un mot.

Étoile.

Bougeant à peine la main, Helene peignit les dents de l'étoile, s'interrompit et demanda.

Encore un.

Si l'étoile de ma destinée pâlit[1].

Helene récompensa Martha en lui grattant délicatement la nuque. Ligne après ligne, strophe après strophe, Helene gagnait de ses mains les mots de Byron par la bouche de Martha.

Une voiture à cheval passa sous la fenêtre, ses cahots sur les pavés faisaient s'entrechoquer des choses qui tintaient comme si elle avait chargé des verres. C'était probablement un des livreurs de l'Auberge des Trois Corbeaux, qui s'était installée au printemps dans ses nouveaux locaux de la Tuchmacherstrasse[2]. Cette ouverture avait animé la rue. Le cocher de la brasserie obstruait maintenant le trottoir avec ses barriques, et ces dames venaient prendre le café au beau milieu de la journée pendant que leurs cuisinières et leurs bonnes faisaient les courses en haut au Kornmarkt, enfin le soir les hussards braillaient dans la rue qui paraissait soudain trop étroite, trop exiguë.

1. D'après Byron, *Stances à Augusta*.
2. Tuchmacherstrasse, littéralement rue des Drapiers, emblématique de l'activité de cette région de Lusace et des régions voisines de Pologne.

Désormais en fin de semaine, dans la nuit du samedi au dimanche, le quartier situé au sud du Kornmarkt s'enfiévrait. Hommes et femmes chantaient jusqu'à l'aube en battant des pieds pour accompagner les rengaines que jouait le piano. Quand le pianiste était las et que les touches de son instrument se taisaient, un quidam sortait son accordéon. Les gens affluaient des petits villages de montagne, de Singwitz et d'Obergurig, en fin de semaine il en venait même de Cunewalde et de Löba. Le matin ils allaient au marché vendre leurs échelles et leurs cordes, leurs paniers, leurs cruches, leurs choux et leurs oignons, et ils acquéraient les choses qui manquaient chez eux. Des oranges, du café, de belles pipes et du gros tabac. Toute la nuit ils dansaient à l'Auberge des Trois Corbeaux, avant d'atteler et de monter en voiture tôt le matin ou, pour certains, de repartir dans leur village de montagne en tirant une simple charrette à bras. En semaine toutefois le calme régnait à Bautzen.

Helene caressait le dos de sa sœur, elle l'effleurait du bout du pouce en suivant la colonne vertébrale.

Plus fort, dit Martha, avec les ongles.

Helene recourba les doigts pour que ses ongles bien trop courts puissent au moins frôler la peau de sa sœur. Elle se laisserait peut-être pousser les ongles pour l'amour de Martha et elle les limerait en pointe, comme elle l'avait vu chez une amie.

Comme ça ? Helene dessinait de la main gauche une carte astrale sur l'omoplate de Martha, elle tirait des lignes de tache de rousseur en tache de rousseur et les reliait en traçant les constellations qu'elle connaissait. La première était Orion qui portait le grain de beauté de Martha en guise de bouclier devant la poitrine, des trois étoiles plus claires de la ceinture, celle du milieu était un peu proéminente. Helene savait à quels endroits Martha allait s'étirer, se raidir en silence, ou se pétrifier, se courber. Sur sa carte Cassiopée se prolongeait directement par le serpent, un serpent avec une grande tête. En son milieu s'élevait le Serpentaire. Helene l'avait vu dans un livre qu'elle avait trouvé dans le rayonnage de son père. Certains jours Martha se tordait sous les mains d'Helene et celle-ci, en dressant l'oreille, entendait le souffle de Martha se muer en sifflement. Helene s'imaginait l'effet que cela lui ferait de soulever Martha dans les airs, de la porter, le poids qu'elle pèserait. Les soupirs de Martha étaient imprévisibles, Helene les lui soutirait, elle croyait connaître chaque fibre, chaque nerf qui courait sous la peau de sa sœur, elle effleurait son corps sur toute sa longueur, tel un de ces instruments qui ne rendent de sons que lorsqu'on en effleure les cordes d'une manière bien précise. Aux yeux d'Helene Martha était déjà femme. Parfaite, elle lui semblait parfaite. Elle avait des seins aux bourgeons pâles et renflés, soyeux, délicats, et elle lavait en cachette son petit linge, certains jours du mois. Lorsque Helene devait purger une punition, parce qu'elle avait chipé des raisins secs ou lâché un mot inconvenant, Martha lui donnait son petit linge à laver. Helene appréhendait les directives abruptes de Martha. Elle lavait le lin du sang de Martha, prenait le flacon brun de térébenthine, en dévissait le bouchon et elle en comptait trente gouttes dans la dernière eau de rinçage. L'hiver elle étendait ce petit linge au grenier devant la fenêtre exposée au sud. L'essence de térébenthine s'évaporait et le soleil faisait son œuvre, donnant au linge une blancheur éclatante. Helene en aurait encore pour des années avant d'avoir à essorer son petit linge à elle, elle avait neuf ans de moins que Martha et n'allait à l'école que depuis l'été dernier.

Plus bas, disait Martha, et Helene obtempérait, sa caresse descendait le long du flanc de sa sœur là où la hanche s'arrondissait doucement, puis elle repartait en arcs de cercle jusqu'à la naissance de la colonne vertébrale.

Martha poussait de profonds soupirs qui expiraient dans un petit bruit de salive, comme si elle ouvrait la bouche pour dire quelque chose.

Le petit rein, disait Helene.

Oui et remonte vers les petites côtes, vers les poumons, mon cœur.

Cela faisait bien quelques minutes qu'Helene n'avait plus entendu de page tourner. Couchée sur le côté le dos tourné, Martha restait immobile, figée dans l'attente. Les mains d'Helene allaient et venaient, exacerbant le désir de Martha, un soupir, elle en voulait encore un, rien qu'un seul, ses mains voltigeaient maintenant doucement sur la peau, ne faisant que l'effleurer, juste un peu, le minimum, le désir accélérait leur souffle, d'abord celui d'Helene, puis de Martha, des deux enfin, on entendait un halètement, comme lorsqu'on essore le linge, seule à la table de toilette, et qu'on n'entend que sa propre respiration, le gargouillis du linge dans l'eau de la cuvette en émail et le bouillonnement de la lessive, les cristaux de soude, là, c'était le halètement de deux fillettes, pas encore de gargouillis, juste une respiration, un bouillonnement, auquel Martha mit fin en se retournant brusquement.

Mon petit ange, Martha étreignit les mains d'Helene qui la caressaient l'instant d'avant, elle parlait à voix basse, distincte : Demain, je finis à quatre heures, tu viendras me chercher à l'hôpital. Nous descendrons au fleuve. Les yeux de Martha se mirent à briller, ils brillaient souvent ces derniers temps lorsqu'elle annonçait une promenade au bord de la Spree.

Helene tenta de libérer ses mains. Elle constata plus qu'elle ne demanda : Avec Arthur.

Martha posa un index sur les lèvres de sa sœur. Ne sois pas triste.

Helene secoua la tête, bien qu'elle fût triste. Elle écarquillait les yeux, elle ne pleurerait pas. Même si elle avait voulu pleurer, là c'était impossible. Martha caressait les cheveux d'Helene. Mon petit ange, nous avons rendez-vous à l'ancienne vigne derrière la voie ferrée. Quand Martha était heureuse, excitée, elle émettait un rire de gorge. Il va étudier la botanique à Heidelberg. Il pourra habiter chez son oncle.

Et toi ?

Je serai sa femme.

Non.

Le non était venu instantanément aux lèvres d'Helene sans qu'elle eût réfléchi, il lui avait échappé. Elle ajouta tout bas : Non, ce ne sera pas possible.

Pas possible ? Tout est possible, mon ange, le monde nous appartient. Martha jubilait, rayonnante, mais Helene fronçait les sourcils en secouant obstinément la tête.

Papa ne le permettra pas.

Papa ne permettra aucun homme à mes côtés. Martha lâcha les mains d'Helene et ne put s'empêcher de rire malgré sa lucidité. Il m'aime.

Papa ou Arthur ?

Arthur évidemment. Papa me possède. Il ne peut pas me laisser partir. Même s'il le voulait, il ne le pourrait pas, c'est simple. Il ne me laissera à personne.

Sûrement pas à lui.

Martha se tourna sur le dos et joignit les mains comme pour prier. Seigneur, que pourra-t-il faire d'autre ? J'ai deux jambes que je prendrai à mon cou. Et une main que je donnerai à Arthur. Pourquoi es-tu si sévère, Helene, si inquiète ? Je sais ce que tu penses.

Et qu'est-ce que je pense ?

Tu crois que c'est à cause de la famille d'Arthur, tu crois que papa nourrit certains préjugés. Mais ce n'est pas vrai. Pourquoi aussi ? Ils ne vont même pas à leur maison de prière. Quelquefois Papa dit du mal de ces gens, mais tu as bien remarqué son sourire alors, il se moque gentiment, comme quand il t'appelle petit cochon, mon ange. Il n'aurait pas épousé maman s'il pensait vraiment ce qu'il dit.

Il aime maman.

Est-ce qu'il t'a raconté comment ils se sont connus ? Helene fit non de la tête, et Martha poursuivit. Il était allé à Breslau, et à l'imprimerie là-bas il a découvert la demoiselle Steinitz et ses chapeaux extravagants. Elle était hors du commun, raffinée, dit-il, une demoiselle raffinée en manteau bleu roi. Elle l'a encore aujourd'hui, ce manteau. Tous les jours, elle changeait de chapeau.

Raffinée, dit Helene pour elle-même. Le mot sonnait bien, comme un chocolat fin, il était censé désigner quelque chose d'exceptionnel, mais les chocolats laissaient un goût amer.

Son oncle était chapelier, et elle, son modèle préféré. Pas un de ces tas de feutres immettables aujourd'hui ne doit être jeté. J'ai entendu un jour papa lui reprocher d'avoir été amoureuse de son oncle, c'est pour ça qu'elle ne pouvait se séparer de ces tas de feutre. Maman s'est contentée de rire, mais de rire, et je me suis dit que Papa avait touché juste. Penses-tu qu'il se souciait qu'elle soit juive ?

Helene regarda Martha, incrédule, en fronçant les sourcils. Elle ne l'est pas. Elle secoua la tête pour donner du poids à ses paroles. Pas vraiment.

Tu ne le vois pas, parce qu'elle ne porte pas la perruque. Et à quelle synagogue pourrait-elle bien aller ? Elle ne sépare pas la vaisselle, la cuisine, elle la fait faire à Mariechen. Mais bien sûr que c'en est une. Tu crois qu'on l'appelle l'étrangère à Bautzen parce qu'elle parle avec l'accent de Breslau ? C'est ce que tu crois ? Tu crois que c'est l'accent de Breslau ? Moi, je ne crois pas, c'est la langue de sa tribu. Les mots qu'elle emploie te paraissent familiers, tous, tu ne soupçonnes même pas qu'ils la font reconnaître.

Martha, qu'est-ce que tu racontes ? Helene secouait la tête de plus belle, lentement, obstinément, comme si elle pouvait ainsi endiguer les paroles de Martha.

Mais c'est la vérité. Elle n'a pas besoin de nous jouer la comédie. Pourquoi t'imagines-tu qu'elle ne vient jamais à l'église avec nous ? Elle évite soigneusement la cathédrale.

C'est à cause du marché à la viande. Elle dit que les étals de viande sentent mauvais. Helene aurait voulu que Martha se taise.

Mais Martha était intarissable. Quand nous allons à la messe de Noël avec papa, elle prétend que quelqu'un doit rester préparer le repas. Tu parles. Pourquoi serait-ce justement elle qui doit préparer le repas à Noël ? Parce qu'elle veut libérer Mariechen, par bonté d'âme ? Parce que, tout simplement, elle n'en a que faire de notre Noël à l'église et de notre Dieu, mon petit ange. Ça ne t'avait jamais frappée, non ?

Helene mit sa tête dans sa main, imitant Martha. Tu en as parlé avec elle ?

Bien sûr. Elle dit que cela ne me regarde pas. Et moi, je dis que quand je voudrai me marier, on ne la trouvera dans aucun registre paroissial et qu'il manquera son livret de famille, et du coup, la moitié du mien. Devine ce qu'elle a répondu ? Que je devais cesser mes insolences ! Que si je continuais, je ne trouverais pas de mari.

Helene contempla Martha, sa mère mentait, elle le savait. Martha était au moins aussi belle que sa mère, elle avait hérité de son beau nez aquilin, de sa peau blanche aux taches de rousseur et de ses hanches souples. Qui irait se soucier d'un livret de famille ?

Martha dit que Mariechen pouvait toujours leur montrer les points pour broder leurs initiales dans le lin. La tare, c'était leur origine, pas leurs initiales.

Même dans sa famille wende[1] Mariechen passait pour une brodeuse accomplie. Mais les femmes avaient beau venir frapper à la porte de la Tuchmacherstrasse pour lui commander des fichus, des

1. Les Wendes : appellation prussienne des Sorabes.

coiffes et des nappes à broder, Mariechen refusait leurs demandes. Elle était établie, elle avait une place, répondait-elle avec son fidèle sourire. Elle offrait rarement un de ses ouvrages à une sœur, une cousine, une nièce. La plupart des dentelles et des napperons que Marja brodait ou crochetait quand elle avait une minute restaient dans la maison. C'est cette fidélité inconditionnelle qui avait forgé une alliance étrange entre Marja la Wende, et sa dame, madame Selma Würsich. À moins qu'elles n'eussent partagé simplement un même goût des étoffes.

Helene observait Martha. Elle ne découvrait pas de tare. Martha lui semblait parfaite. Son visage aux traits fins n'attirait pas que les regards d'Arthur, loin de là. Quand Helene allait au Kornmarkt avec Martha, les jeunes gens n'étaient pas les seuls à la suivre des yeux, à siffler gaiement et à souhaiter le bonjour. Les vieillards eux aussi émettaient des bruits, qui ressemblaient à des gémissements et à des grognements. Martha marchait à longues enjambées, d'un pas souple, le dos droit, la mine altière, et on la considérait avec respect, du moins était-ce le sentiment d'Helene.

Les hommes claquaient la langue et esquissaient des baisers, ils buvaient du petit lait ! Même les marchandes l'appelaient « Belle Demoiselle » et « Ma Beauté ». Chaque jour, la petite imprimerie de la Tuchmacherstrasse attirait d'avantage d'hommes qui voulaient épouser Martha. Quand Martha aidait au comptoir dans la partie réservée à la vente, quelques jeunes gens s'y rassemblaient au cours de l'après-midi et s'y faisaient montrer différents modèles de papier et d'impression, mais ils parvenaient rarement à se décider. Ils comparaient, liaient conversation en faisant valoir qui leurs propres affaires, qui leurs études, et jetaient des regards non déguisés vers Martha qu'ils courtisaient tant qu'ils pouvaient. Il fallait que l'un d'eux se décide à lui demander s'il pourrait l'inviter à boire un café et qu'elle refuse en riant, alléguant qu'elle n'allait jamais boire de café avec les clients, pour que se dessine la perspective d'une petite commande d'impression. Mais ils revenaient, ces hommes, et ils se surveillaient mutuellement, chacun veillant à ce que nul autre ne le supplante dans les bonnes grâces de Martha. Helene comprenait parfaitement ces hommes, mais elle souhaitait simplement être la seule à s'endormir et à s'éveiller toute sa vie aux côtés de la belle Martha. Le mariage avec un homme paraissait à Helene le comble de l'absurdité et de l'inutilité. Se marier était bien la dernière des choses à faire.

Et pourquoi penses-tu que papa n'accordera pas ta main à quelqu'un comme Arthur Cohen ?

Et pourquoi donc ? Martha laissa retomber sa tête sur l'oreiller, moins pour réfléchir que dans un geste de contrariété, puis elle sortit un mouchoir de sous l'oreiller et se moucha abondamment, comme le faisait leur mère après avoir pleuré tout son soûl, et Helene regretta de lui avoir posé la question. Mais soudain un sourire se répandit sur le visage de Martha, un de ces sourires dont elle se défendait mal ces derniers temps et qui tournait vite au rire déguisé, mais se muait rarement en un rire franc et serein – ou bien uniquement en l'absence de leur père et de leur mère.

Mon petit ange, comment pourrait-il compter sur maman ? Quand maman se rend à une foire, elle disparaît pendant des jours. Elle descend sûrement dans les auberges de Zwickau et de Pirna et y danse jusqu'à l'aube avec des inconnus. Helene se força à sourire, ignorant si Martha formulait cette supposition pour la contrarier ou s'il y avait quelque chose de vrai dans cette assertion.

Et qui s'occuperait de toi alors ? Il ne peut pas enfourcher son cheval et partir à la guerre sans nous savoir en sécurité. Il s'inquiète, c'est tout. Et il souhaite que je m'occupe de toi. Ce que je ferai d'ailleurs. Tu verras.

Helene s'interdit de répondre. Elle le sentait, la moindre de ses paroles fournirait à sa sœur matière à réfléchir plus intensément et plus concrètement aux possibilités de s'échapper. Cela faisait sûrement des semaines que Martha ne pensait à rien d'autre qu'au moyen d'entamer la vie commune avec Arthur Cohen.

C'est de qui ce que tu lis là ?

Ce n'est pas pour toi.

Mais je veux le savoir.

Tu veux tout savoir. Martha fronça le nez, elle se réjouissait de la curiosité d'Helene et de l'avance qu'elle avait encore sur elle. Quand Helene avait enfin été admise à l'école communale de filles du Lauengraben l'année dernière, elle savait déjà lire et écrire. Elle avait appris à jouer sur le vieux piano avec Martha, et Martha avait pu admirer non sans une pointe d'envie la souplesse de ses mains inexpérimentées lorsqu'elles glissaient sur les touches, la dextérité avec laquelle elles couraient même dans les octaves inférieures, et la sûreté avec laquelle Helene retenait les mélodies qu'elle avait souvent dû, elle, reconstituer péniblement en les déchiffrant note après note. Mais Helene jouait de tête avec les chiffres encore plus vite et plus sûrement que ses doigts sur le piano, quels que soient les nombres que Martha lui lançait Helene n'avait aucun mal à les convertir, les fractionner, les diviser, et à les intégrer à d'autres dans un nouvel ensemble. Au bout de quelques semaines d'école, l'institutrice avait placé Helene dans la section des grandes et lui avait donné à faire les devoirs des élèves de dix ans. Helene en avait sept entre-temps. Il était déjà prévisible que dans quelques mois l'institutrice aurait transmis tout son savoir à cette fillette, sans qu'elle eût atteint l'âge prévu. Helene avait honte de ne pas grandir assez vite. Elle avait peur aussi. À quatorze ans, seize au plus, les filles regagnaient le foyer paternel, elles prenaient en charge la tenue de la maison, et on les présentait à des jeunes gens réputés aisés dont la jeune épouse devrait accroitre la respectabilité. Rares étaient celles qu'on autorisait à fréquenter l'école supérieure, et celles-là étaient connues et enviées des autres jeunes filles de la ville. À une amie de Martha qui avait exprimé le vœu de devenir éducatrice de jeunes enfants, ses parents avaient demandé avec condescendance si c'était vraiment nécessaire. La famille jouissait d'une bonne aisance, la jeune fille d'une éducation suffisante, et elle avait d'ores et déjà le choix entre deux prétendants capables et bien pourvus. Lorsque Martha parlait de ses amies à Helene, cela ressemblait à des histoires d'horreur. Elle marquait une pause solennelle : cette amie avait rétorqué à ses parents qu'elle voulait épouser un homme qu'elle aimerait. Là-dessus les parents avaient souri. D'une voix sentencieuse, le père avait fait valoir qu'il fallait d'abord trouver l'époux qui convenait, l'amour naîtrait ensuite. Le juge Fiebinger, lui, dont les fils n'entameraient leurs études qu'après avoir servi un temps dans le régiment local, avait envoyé d'emblée ses filles à Dresde, l'une au Conservatoire et l'autre à l'École normale d'institutrices. Martha parlait souvent à Helene des filles du juge. Institutrice, c'était un métier enviable. Il n'y avait pas si longtemps de cela, Martha était assise à l'école à côté de la future institutrice et elle l'aidait en calcul. Peut-être la jeune fille n'aurait-elle pu passer à l'école supérieure sans son aide. Martha chuchotait à l'oreille d'Helene que leur père l'enverrait sûrement faire des études si elle continuait comme ça, à Dresde ou à Heidelberg. Ses lèvres effleuraient l'oreille d'Helene en chuchotant, cela chatouillait agréablement, et Helene ne pouvait se rassasier de ces chuchotements. Étant donné l'intelligence d'Helene, leur père, qui avait permis l'école d'infirmières à Martha, n'hésiterait pas à reporter toute sa fierté sur sa cadette et à l'emmener à Heidelberg pour en faire l'une de ces rares femmes qui y étudiaient la médecine. Quand Martha lui dépeignait semblable avenir, Helene retenait son souffle, elle espérait que Martha ne suspendrait jamais le cours de cette histoire, qu'elle continuerait à parler, à décrire Helene en train d'étudier un jour l'anatomie dans un grand amphithéâtre de l'université de Dresde, et à citer les drôles de noms que recélait le corps humain : la moelle épinière et le canal rachidien. Helene ne se lassait pas de ces mots que Martha rapportait à la maison et qu'elle lui disait une ou deux fois avant de les oublier bien vite. Helene voulait en savoir plus sur la fosse rhomboïde et les artères de la base du crâne, mais Martha se mettait à bredouiller, comme prise en faute. Déconcertée, elle regardait Helene et avouait qu'elle ne connaissait que les noms, pas leur histoire ni leur emplacement. Elle caressait la tête de son petit ange, consolante, sous peu elle irait faire des études, encore quelques années et elle verrait. Dès que se tarissait le cours des histoires de Martha qui s'endormait parfois tout bonnement du sommeil du juste à côté de sa sœur, des pensées moins agréables venaient hanter Helene. Elle se rappelait alors que s'il lui confiait depuis peu la comptabilité de l'imprimerie, son père se bornait à monologuer irrité à voix basse, quand elle découvrait une erreur quelque part. Il ne semblait nullement disposé à détecter une lueur d'intelligence chez sa cadette. Helene pouvait rester tant qu'elle voulait le soir à faire les comptes dans son bureau, pas une fois son père ne s'en était étonné ou réjoui. Elle édifiait des colonnes entières de chiffres dans le seul espoir de le voir s'arrêter au-dessus d'elle un beau jour et constater étonné qu'elle maîtriserait bientôt ses comptes mieux que lui. Mais son père ne voyait pas les efforts d'Helene. Quand l'institutrice avait convoqué ses parents à l'école du Lauengraben et dit à son père que dans certaines matières Helene avait acquis en un an les contenus des quatre premières années d'école, il avait souri de son air bienveillant et distrait, haussé les épaules, et il s'était absorbé dans la tendre contemplation de sa femme qui extirpait une aiguille du revers de son manteau, sortait de sa poche le fil à repriser ramené de la maison, et s'apprêtait maintenant, au beau milieu de l'entretien et en présence de l'institutrice, à raccommoder au fil rouge un trou dans sa robe de couleur mauve. Certes ses parents étaient soulagés qu'Helene n'eût rien volé et ne se fût rendue coupable d'aucun autre méfait, mais ils ne comprenaient pas pourquoi l'institutrice les avait convoqués et leur contait qu'elle n'allait bientôt plus savoir quoi enseigner à cette petite fille. Elle lui ferait lire des rimes et des contes tout simplement, si ses parents n'y voyaient pas d'inconvénient. Son trou reprisé, la mère d'Helene tranchait maintenant le fils avec ses dents. Le chien battait impatiemment la jambe de son maître de sa longue queue. Le regard interrogateur de l'institutrice mettait son père mal à l'aise. Ce n'était tout de même pas à lui de dire à l'institutrice ce qu'elle devait faire d'Helene.

À leur retour ils ne dirent mot à Helene de leur visite à l'institutrice. On avait l'impression qu'Helene les embarrassait.

Helene ne demandait qu'à rester à l'école, le rêve que Martha avait imaginé pour elle ne laissait de lui inspirer quelques doutes, des petits et des grands. Jamais son père ni sa mère n'avait prononcé le mot Heidelberg ou études supérieures. Helene ne voulait surtout pas être renvoyée prématurément à la maison chez sa mère pour y collecter les cocons de mite de ses armoires.

Qu'est-ce que tu veux faire plus tard ? lui demandait Martha quelquefois.

En fait elle connaissait la réponse qui ne variait pas : Je veux devenir infirmière comme toi. Helene pressait son nez contre l'épaule de Martha et aspirait le parfum de sa sœur. Martha embaumait le pain frais et un tout petit peu ce vinaigre avec lequel elle se frictionnait les mains après le travail. Elle observait le sourire de Martha. Se réjouissait-elle de cette réponse convenue ? Était-elle flattée que la petite annonce vouloir faire comme elle ? Mais Helene vit tout de suite que le sourire de Martha n'avait pas de rapport avec sa réponse. Martha caressait les lettres d'or gravées sur la reliure de son livre.

Quel cadeau.

Fais-moi voir.

Ferme les yeux. Oui, comme ça. Tu peux lire avec les mains.

Helene sentit Martha lui prendre la main, mais au lieu de la couverture du livre, c'est le ventre de Martha qu'elle tâtait maintenant, ainsi que son nombril qui se lovait déjà dans un petit creux, contrairement au sien encore pointu comme un bouton. Elle ferma les yeux très fort et sentit Martha lui prendre le doigt et l'appuyer dans le creux de son nombril.

Alors, qu'est-ce que tu déchiffres ?

Helene percevait le léger renflement du ventre de Martha. Comme la peau de Martha était douce. Contrairement à leur mère dont le ventre était proéminent surtout en dessous du nombril, Martha avait un joli ventre long, à peine esquissé, Helene palpait les côtes de Martha et pensait aux lettres d'or du livre jaune moutarde qu'elle avait déchiffrées en cachette depuis longtemps. Il y avait marqué Byron. Elle dit donc : Byron.

Byron. Martha corrigea sa prononciation. Garde les yeux fermés et continue à lire.

Helene notait au son de sa voix combien son aptitude à lire avec les doigts ravissait Martha. Continue à lire, l'exhortait-elle derechef. Et Helene sentit Martha lui prendre la main et la mener caressante à son ventre par mouvements concentriques, puis à sa hanche. Lis.

Mélange de poésies lyriques.

Helene avait retenu les lettres dorées et se demandait depuis un bout de temps ce que pouvaient bien être des poésies lyriques. Mais Martha prit la main d'Helene et la posa sur l'arc de sa dernière côte.

Peux-tu aussi voir sous la peau, mon ange ? Sais-tu ce qu'il y a ici, sous les côtes ? Il y a le foie.

Savoir d'infirmière. Retiens-le bien, il te faudra apprendre tout ça plus tard. Et là se trouve la vésicule biliaire, tout à côté, oui. Helene avait le mot pancréas sur le bout des lèvres, mais elle ne voulait pas le dire, elle voulait juste ouvrir les yeux, Martha s'en aperçut et ordonna : Garde les yeux fermés.

Helene sentit Martha prendre sa main, la guider de l'autre côté de la cage thoracique et la faire glisser plus haut, vers son sein.

Helene avait beau tenir les yeux bien fermés et ne pouvoir distinguer ce qu'elle touchait, elle sentit son visage s'enflammer brusquement. Sa main guidée par Martha distinguait nettement la pointe de son sein, sa fermeté, sa douceur, sa rondeur parfaite. Puis elle descendit une vallée où elle effleura un os.

Une petite côte.

Martha ne répondait plus, déjà on passait à l'autre colline. Helene cligna des paupières, mais les yeux de Martha ne la surveillaient plus, ils erraient extasiés sous ses paupières mi-closes, et Helene vit les lèvres de Martha s'entrouvrir et remuer.

Viens-là.

La voix de Martha était rauque, de l'autre main elle attira vers elle la tête d'Helene et appuya sa bouche sur la sienne. Helene sursauta en sentant sur ses lèvres la langue de Martha, exigeante, elle n'imaginait pas que la langue de Martha sur ses lèvres serait aussi sauvage, aussi lisse. Ça chatouillait, Helene faillit rire, mais la langue de Martha se raidissait, harcelait ses lèvres comme si elle cherchait quelque chose. Sa langue ouvrit les lèvres d'Helene et se heurta aux dents, manquant d'air Hélène voulut aspirer une bouffée, elle ouvrit les lèvres, et déjà la langue de Martha envahit sa bouche. Elle la sentait fouiller sa bouche, s'agiter, heurter la paroi des joues et pousser sa langue à elle, la forcer, et elle pensa à leur dernière promenade au bord de la Spree, quand Martha lui avait enjoint de marcher à quelques pas derrière Arthur et elle, et elle réalisa soudain que sa main reposait maintenant toute seule sur le sein de Martha, tandis que les mains de Martha, elles, se mouvaient depuis longtemps dans ses cheveux et dans son dos.

Ils étaient allés au môle caché derrière la vigne qu'on ne pouvait gagner que par les prés. Le sol était noir et glissant. Viens, lançait Martha en courant quelques mètres devant avec Arthur. Ils sautaient de souches en souches, le sol meuble cédait, leurs pieds nus s'enfonçaient. Partout de l'eau glougloutait dans de petites mares. Des essaims de moustiques minuscules bourdonnaient. Là, dans un méandre du fleuve, la Spree s'était ménagée une petite crique, un lieu qui n'était déjà plus de terre ferme, où les promeneurs ne s'aventuraient guère. Des boutons-d'or des marais y fleurissaient à perte de vue. La couronne de pâquerettes que Martha avait tressée à Helene dans les champs de la pente n'arrêtait pas de glisser, Helene la maintenait d'une main, de l'autre elle tenait ses chaussures et relevait sa robe pour éviter de la salir. Il était difficile de repérer les endroits où le sol était ferme, il cédait à tout bout de champ, et même en courant vite sur la pointe des orteils, ils eurent bientôt les pieds noirs jusqu'aux chevilles, puis jusqu'aux mollets. Des feuilles de lys en forme de glaives brillaient argentées au soleil.

Arthur avait enfilé un costume de bain derrière un saule et courut le premier dans l'eau, il s'était jeté dans le courant et ramait frénétiquement des bras pour ne pas se laisser emporter en aval. Il avait l'air de faire du surplace. Le vent passait dans les roseaux qui se balançaient et ployaient vers l'eau. Puis il troussait les tiges vert tendre qui se renversaient en s'incurvant. Le grondement du vent déferlait aux oreilles d'Helene. Bien qu'Arthur ne cessât de les appeler, Martha n'arrivait pas à se décider. Elle n'avait pas de costume de bain, cette année elle avait tellement grandi que l'ancien ne lui allait plus.

Nous allons garder nos combinaisons, nous mettrons juste les pieds dans l'eau.

Martha et Helene enlevèrent leurs robes et les suspendirent à la branche basse d'un saule. L'eau était glacée, le froid leur saisit les mollets. Quand Arthur revint à la rive et fit mine de les arroser, les filles s'enfuirent. Martha piaillait et riait en criant le nom d'Helene toutes les deux minutes. Arthur voulait s'allonger dans l'herbe avec Martha un peu en aval au pied de la colline, mais Martha saisit la main d'Helene et dit qu'elle ne pouvait aller nulle part sans sa petite sœur. Et elles risquaient de faire des taches de vert sur leurs combinaisons en s'allongeant dans l'herbe. Arthur dit qu'elle pouvait s'asseoir sur sa veste, Martha refusa. Désignant sa bouche, elle lui fit entendre ses dents qui claquaient tout fort.

Je vais te réchauffer. Arthur posa ses mains sur les bras de Martha, il voulait les caresser et les frictionner, mais Martha claquait maintenant des dents avec une force dont elle seule avait le secret.

Arthur lui apporta sa robe. Il l'invita à se rhabiller, et Martha le remercia.

Un peu plus tard, les deux sœurs s'assirent sur la pente serrées l'une contre l'autre. Arthur avait découvert des petites fraises un peu au-dessus et crapahutait maintenant à quatre pattes dans le champ. De temps en temps, il revenait vers les filles, s'agenouillait devant Martha et lui tendait une poignée de fraises sur une feuille de vigne.

Dès qu'il s'éloignait, Martha prenait les fraises et en fourrait une dans la bouche d'Helene, puis dans la sienne. Elles se laissèrent tomber dans l'herbe sur le dos et contemplèrent les nuages. Le vent s'était transformé en une petite brise qui leur apportait le léger parfum de bois de la scierie d'en bas. Helene aspirait l'odeur du bois à laquelle se mêlait une senteur de fleur, sucrée, indéfinissable. Martha découvrit un hussard dont le cheval n'avait que les jambes antérieures qui disparaissaient elles aussi quand on le fixait longtemps. Alors qu'au sol il y avait à peine un souffle de vent, là-haut les nuages couraient toujours plus rapidement vers l'est. Helene prétendit distinguer un dragon, mais Martha dit que les dragons avaient des ailes.

Pas étonnant que tout le monde parle de mobilisation, leur cria Arthur d'en haut. À vous voir allongées comme ça, on n'a pas de mal à se mobiliser pour vous cueillir des fraises !

Les sœurs échangèrent un regard qui en disait long. Pour Arthur, l'important, c'était leur proximité, pas la mobilisation, elles en étaient sûres. Aucune d'elles n'avait idée de ce qu'Arthur entendait par se mobiliser. Elles pensaient que ce mot lui posait la même énigme qu'à elles. Le vent leur portait par bribes la mélodie qu'il sifflait, une joyeuse marche militaire. Qui pouvait bien partir à la guerre et pourquoi ? Y avait-il lieu plus merveilleux que les rives de la Spree et plus grande quiétude que celle que leur dispensait la chaleur du soleil depuis des mois ? Les vacances ne prendraient jamais fin, personne ne suivrait l'appel à la mobilisation.

Il n'y en a plus, dit Arthur en revenant après un bout de temps les deux mains pleines de fraises des bois et en s'asseyant devant les sœurs. Tu les prends ? Il tendit les mains à Martha, et les fraises roulèrent, prêtes à tomber dans l'herbe.

Non, je n'en veux plus.

Toi, peut-être ?

Helene secoua la tête. Un moment, Arthur contempla ses mains, indécis.

Ma très chère ! Il suppliait Martha en riant. Elles sont pour toi.

Tu parles, on va donner la becquée à l'ange.

Martha tendit les mains et récupéra les fraises d'Arthur dont quelques-unes dégringolèrent sur le pré.

Attrape-la. Martha désignait Helene de la tête. Arthur obtempéra, se jeta sur Helene et la maintint de force sous lui, solidement agenouillé sur son corps menu il lui comprimait les bras au sol de ses fortes mains. Arthur et Martha riaient, et Helene luttait en serrant les poings et en leur criant de la lâcher. Elle tenta de cambrer la colonne vertébrale pour se libérer d'Arthur d'une secousse, mais il était lourd, il riait, il était si lourd que le dos d'Helene ne résista pas à la tension. Martha écrasait maintenant les fraises une à une entre les lèvres de sa sœur. Helene pressait les lèvres l'une contre l'autre aussi fort qu'elle pouvait. Le jus lui dégoulinait des commissures des lèvres et coulait sur son menton et sur son cou. Sans desserrer les mâchoires elle tentait de supplier qu'on la laisse tranquille. Martha se mit à lui bourrer le nez de petites fraises, Helene étouffait, le jus lui brûlait l'intérieur du nez. Martha écrasait les fraises sur sa bouche, sur ses dents, elle pressait si bien que la peau d'Helene la démangeait tout autour de la bouche barbouillée du jus sucré des fraises et qu'elle finit par ouvrir la bouche et par lécher, non seulement les fraises qui lui collaient aux dents, mais aussi les doigts de Martha qu'on lui glissait dans la bouche.

Ça chatouille, Martha riait, ça fait comme, comme... viens sentir pour voir.

Déjà Helene sentait le doigt d'Arthur dans sa bouche. Sans réfléchir elle mordit dedans, carrément. Arthur poussa un cri et bondit.

Il avait fui à quelques mètres.

Tu es folle ? Martha dévisageait Helene, horrifiée, c'était pour rire, voyons.

Maintenant qu'Helene sentait la langue de Martha dans sa bouche, elle se demandait si elle n'aurait pas dû la mordre. Mais elle ne pouvait pas, quelque chose lui plaisait dans la langue de Martha, et en même temps Helene avait honte.

Martha la secouait pour la réveiller. Il faisait encore sombre, Martha tenait une chandelle. Les fillettes devaient suivre leur père dans la chambre voisine. Leur mère reposait sur le lit, toute raide. Ses yeux étaient vitreux, aucun regard ne semblait plus pouvoir leur échapper. Croyant percevoir un clignement, Helene s'appuya du poing sur le lit et se pencha sur sa mère, mais les yeux de sa mère ne remuèrent pas.

Je me meurs, disait leur mère à voix basse.

Leur père se taisait, la mine sombre. Il tripotait fébrilement le pommeau de son sabre courbe. Il ne discuterait pas un jour de plus du sens de la guerre ni de son devoir d'y être. À la caserne en bordure de ville il était attendu depuis la semaine précédente et son régiment ne tolérait aucun retard. Il n'y avait plus d'atermoiements possibles, plus d'échappatoire. Qu'à la perspective de ces adieux sa femme préférât la mort n'était pas pour surprendre Ernst Ludwig Würsich. Elle avait souvent joué avec cette idée et l'avait déjà évoquée, ouvertement ou à mots voilés, en aparté ou devant des tiers. Chaque enfant perdu depuis la naissance de Martha lui était apparu comme une invite à mettre fin à ses jours. Le balancier de l'horloge hachait le temps en petites unités dénombrables.

Avec ménagement Helene s'approcha de la main de sa mère pour la baiser. La main remua et fut retirée. Helene se pencha vers le visage maternel. Mais sa mère détourna la tête sans même lui accorder un de ses regards déroutants. Ses quatre enfants mort-nés auraient été des fils. Ils étaient morts l'un après l'autre, deux en son sein, les autres peu après la naissance. Chacun d'eux était né avec des cheveux noirs, d'épais longs cheveux noirs, et la peau mate, bleutée. Le matin de sa naissance le quatrième fils avait émis un râle, un râle laborieux qui avait résonné comme s'il prenait une profonde inspiration, puis ce fut le silence. Comme si son petit corps n'avait pu expirer l'air inspiré. Et il avait souri, alors que les nouveau-nés ne sourient pas, normalement. Leur mère avait nommé l'enfant mort Ernst Joseph, elle avait pris l'enfant mort dans ses bras et ne l'avait plus lâché, pendant des jours. Il reposait dans ses bras avec elle dans le lit, et elle l'emportait quand elle allait au petit coin. Plus tard Mariechen avait confié à Martha et à Helene qu'elle avait été chargée par leur père d'aller voir ce qui se passait et qu'elle était entrée dans la chambre de leur mère et l'avait trouvée assise au bord du lit les cheveux défaits en train de bercer son enfant mort. Plusieurs jours s'étaient écoulés avant qu'on l'entendît prier et qu'on fût un peu rassuré. Leur mère avait récité un long kaddish pour Ernst Joseph. Bien qu'il n'y eût personne pour dire amen, personne pour faire avec elle le deuil de l'enfant. Leur père et Mariechen s'inquiétaient pour elle, mais aucun d'eux ne pleurait l'enfant mort. Les jours suivants, quel que fût le moment où on lui adressait la parole pour lui dire quelque chose ou lui demander quelque chose, sa voix s'élevait d'un ton en émettant un marmonnement, comme si elle se parlait continûment à elle-même, puis elle déclinait jusqu'à devenir presque inaudible lorsque personne ne s'adressait plus à elle. Aujourd'hui encore on l'entendait prier chaque jour. Ces sons étrangers qui sortaient de la bouche de leur mère ressemblaient à une langue inventée. Helene ne pouvait se figurer que leur mère savait ce qu'elle disait là. Ces paroles avaient quelque chose d'enfermant, d'emprisonnant, elles ne revêtaient nulle signification aux oreilles d'Helene, mais elles isolaient la maison, elles enveloppaient la maison d'une chape de silence, d'un silence lourd de bruit.

Quand Mariechen écartait les rideaux le matin, leur mère les refermait. Depuis ce temps, leur mère ne s'éveillait guère de ses ténèbres qu'un mois ou deux par an, elle se souvenait alors qu'elle avait un enfant vivant, une petite fille nommée Martha, avec qui elle voulait jouer et faire l'enfant, comme si elle-même en était encore une. C'était Pâques et la coutume de faire rouler les œufs sur le Protschenberg arriva à point nommé. Leur mère avait l'air excitée et arborait un de ses chapeaux à plumes. Elle lança son chapeau dans les airs comme un disque, se laissa choir dans l'herbe et fit des tonneaux jusqu'en bas du pré où elle resta couchée. Martha courait derrière elle. Abrités sous leurs ombrelles à distance respectueuse, les dames et les messieurs regardaient dans leur direction, l'étrangère ne les étonnait plus, agacés par ce spectacle ils hochaient la tête et se détournaient, leurs œufs leur important certes plus que cette femme qui venait de dévaler la colline. Le père de Martha avait suivi sa femme et sa fille, il se pencha vers sa femme et lui tendit la main pour l'aider à se relever. Martha qui avait huit ans à l'époque tenait sa mère par l'autre main. Leur mère eut un de ses rires rauques et déclara qu'elle aimait davantage son Dieu à lui que le sien, encore que ce fût un seul et même Dieu, à savoir rien d'autre qu'un fantôme commun à quelques créatures terrestres qui divaguaient, vermines humaines qui depuis des siècles et des millénaires consacraient la majeure partie de leur vie à se creuser la tête pour justifier plausiblement leur existence. Une étrange particularité de ces créatures – ridicule.

Ernst Ludwig Würsich ramena sa femme à la maison pour la calmer.

Martha fut confiée à la servante, et le mari s'assit au chevet de sa femme. Jamais il n'exigerait de respect pour lui-même, dit-il avec douceur, c'est par égard pour Dieu qu'il la priait de se taire. Il caressait le front de sa femme dont les tempes s'inondaient de sueur. Avait-elle chaud, s'enquit le mari en l'aidant à enlever sa robe. Délicatement il lui caressait les épaules et les bras. Il baisait le filet de sueur sur ses tempes. Dieu est juste et clément, dit-il. Il comprit vite qu'il avait dit une bêtise. Car sa femme secoua la tête et murmura : Ernst Joseph. Elle ne termina sa phrase que quelques secondes plus tard, quand il voulut l'adoucir et lui fermer la bouche d'un baiser, alors elle murmura : ... c'en était un parmi quatre. Comment peux-tu qualifier de juste et de clément un Dieu qui m'a pris quatre fils ?

Les larmes lui coulaient des yeux. L'époux baisait son visage, il baisait ses larmes, il buvait son malheur et se coucha près d'elle dans le lit.

Le soir même elle dit à son mari : C'était la dernière fois, je ne veux plus perdre de fils. Elle n'eut pas à lui demander s'il la comprenait, car il la comprenait, bien que cela ne lui plût guère.

Presque dix mois après naquit un enfant. Grand et fort, à la peau blanche teintée de rose, avec une tête chauve aux yeux immenses qui devinrent en quelques semaines d'un bleu lumineux qui effrayait sa mère. L'enfant était une fille, et en elle, sa mère ne reconnaissait rien. Quand le père voulut emmener sa fille chez le pasteur, c'est Mariechen qui choisit le nom de l'enfant. Helene.

La mère n'avait pas d'yeux pour Helene, elle ne voulait pas prendre l'enfant et ne pouvait la serrer dans ses bras. L'enfant criait, elle maigrissait en grandissant, elle ne supportait pas le lait de chèvre et en recrachait plus qu'elle n'en gardait. Pour l'apaiser, Mariechen mit l'enfant au sein, mais son sein était flétri, il n'avait jamais embaumé le lait, il ne pouvait en donner, et l'enfant criait. On trouva une nourrice qui donna le sein à Helene. L'enfant but, elle reprit du poids et des rondeurs. Ses yeux s'éclaircirent à vue d'œil et ses premiers cheveux s'esquissèrent, un duvet d'or blanc. Sa mère gisait inerte dans le lit et détournait le visage quand on lui amenait l'enfant. Quand elle parlait de l'enfant, elle ne l'appelait pas par son nom, elle ne parvenait pas non plus à dire mon enfant. Elle disait : l'enfant.

Helene savait ce qu'il en était de ces premières années. Elle avait entendu la bonne et Martha en discuter. La mère ne voulait plus entendre parler de quelque Dieu que ce soit. Elle s'était approprié une pièce dans la maison, une pièce rien qu'à elle où elle dormait dans un lit étroit sous sa guirlande de plumeaux, et elle parlait d'accompagner les âmes. Quand Helene était couchée le soir dans le lit de Martha, qu'elle comptait ses taches de rousseur et appuyait son nez contre son dos, elle se surprenait de plus en plus souvent à adopter un point de vue qui était censé être l'apanage de Dieu. Elle se représentait tous ces petits bipèdes qui grouillaient à la surface de la terre et qui se faisaient une image de Dieu en lui inventant des noms et en forgeant des récits de création. D'un côté cette idée de vermines ridicules, comme les appelait sa mère, lui semblait plausible, de l'autre elle éprouvait de la compassion pour ces êtres qui à leur manière n'agissaient pas autrement que les fourmis, les rongeurs et les pingouins. Ils se dotaient de hiérarchies et de structures qui correspondaient à leur manie de ratiociner et de douter et qui incluaient ces deux composantes, car l'être humain est inconcevable sans le doute qui l'habite. Elle savait combien son père était affecté par ces pensées. En particulier quand leur mère racontait en riant qu'elle avait passé la nuit avec toutes les âmes, libre à lui de les appeler Dieu, et que portant un fils en son sein maintenant, elle se sentait sereine et voulait partir avec les âmes, unir sa chair aux âmes, pour toujours, alors leur père devenait sombre et taciturne. Helene avait entendu son ami Koban, le maire, tenter de le persuader d'amener sa femme à l'asile. Mais leur père ne voulait rien savoir. Il aimait sa femme. L'idée de l'asile le tourmentait plus que son retrait du monde. Cela ne le dérangeait pas qu'elle se confinât des mois à la maison dans des pièces obscurcies sans mettre les pieds dans la Tuchmacherstrasse.

Même depuis qu'on se déplaçait difficilement dans la maison, parce que dans les quelques mois où elle s'éveillait, sa femme ne cessait de ramasser dehors des choses qu'elle y rapportait pour les collectionner et leur affecter une place dans divers tas qu'elle recouvrait d'étoffes de couleurs différentes, leur père préférait cette vie avec sa femme à la perspective de vivre sans elle.

Alors qu'autrefois encore il avait regimbé contre ce ramassage et cette accumulation, suggérant çà et là de se débarrasser d'un objet, sur quoi elle lui en expliquait l'usage en long et en large – il s'agissait par exemple d'une capsule dont la couleur avait passé de manière particulière et dont elle se promettait d'observer la métamorphose –, ces dernières années, il n'interrogeait sa femme sur l'utilité d'une chose que lorsque lui prenait l'envie d'entendre une déclaration d'amour. Ces déclarations d'amour aux choses réputées superflues et dénuées de valeur étaient les récits les plus excitants que connût Ernst Ludwig Würsich.

Un jour Helene était à la cuisine et elle aidait Mariechen aux conserves de groseilles.

Où sont les écorces d'orange que j'ai suspendues à sécher au grenier ?

Faites excuse, madame, s'empressa de dire la bonne, elles sont dans la boîte à cigares au grenier. Nous avions besoin de place pour les fleurs de sureau.

Les fleurs de sureau, de la tisane ! Les ailes du nez maternel se dilataient de mépris. Elles sentent l'urine de chat, Mariechen, combien de fois faudra-t-il te le dire ? Cueille la menthe, la mille-feuille séchée, mais pas les fleurs de sureau.

Ma colombe, intervenait leur père à présent. Que veux-tu faire de ces écorces d'orange ? Elles sont toutes desséchées.

Oui, elles rappellent le cuir, tu ne trouves pas ? La voix de leur mère se faisait de velours, s'imprégnait de ferveur. Les écorces d'orange découpées en serpentins qui s'enroulent sur elles-mêmes et qu'on suspend à sécher. Leur parfum dans le grenier n'est-il pas grisant ? Et la manière dont elles tournent quand on les suspend à un fil au-dessus du poêle – c'est simplement de toute beauté. Attends, je vais te montrer. Et déjà, leur mère s'élançait au grenier telle une jouvencelle, en ramenait la boîte à cigares et en extrayait avec précaution les écorces d'orange. On dirait une peau, tu ne trouves pas ? Elle lui prenait la main pour qu'il caresse l'écorce d'orange, il fallait qu'il la caresse comme elle, pour qu'il ressente ce qu'elle ressentait, pour qu'il sache de quoi elle parlait. Une peau de jeune tortue.

Helene observait la tendresse avec laquelle son père contemplait sa femme, il la regardait caresser du bout des doigts l'écorce séchée des oranges, la porter à son nez en baissant les paupières, les narines dilatées pour humer leur odeur, et manifestement il répugnait à lui dire que ce n'était plus la saison de chauffer. Elle conserverait les écorces d'orange dans la boîte à cigares jusqu'à l'hiver prochain, jusqu'à celui d'après, à tout jamais, personne ne devait rien jeter, et le père d'Helene savait pourquoi. Helene aimait chez son père cette faculté de poser des questions et de se taire au bon moment, elle l'aimait quand il regardait leur mère ainsi. En son for intérieur il devait remercier Dieu de cette femme.

Tout juste deux ans après la fin de la guerre, Ernst Ludwig Würsich parvint enfin à prendre le chemin du retour avec un infirmier originaire de Dresde qui rentrait lui aussi. Ce fut une route pénible dont il passa la majeure partie sur un chariot tiré par l'infirmier qui le houspillait au gré des moments de la journée, le matin parce qu'il s'excusait des désagréments qu'il causait, à midi parce qu'il voulait aller beaucoup trop loin, et le soir parce que malgré sa jambe en moins il pesait vraiment quelques kilos de trop.

À sa grande déception, à cause du retard avec lequel il s'était présenté à la caserne, des semaines après le début de la guerre, on l'avait exclu du 3e régiment de hussards saxons créé quatre ans auparavant. À qui aurait-il pu confier que chez lui sa femme se disait mourante et que, elle disparue, tout sens de l'héroïsme risquait de l'abandonner ? Mais ce qui l'empêchait sans doute de s'ouvrir à quiconque de la mort imminente de sa femme, ce qui était rédhibitoire : ce n'était nullement la première occasion qui l'incitât à cette déclaration. Bien qu'il vécût depuis quelques années avec ces paroles dans les oreilles – les motifs en étant divers – il n'y avait chez lui aucune accoutumance à cette menace extrême. Et il était parfaitement conscient du peu d'effet que ne manqueraient de produire dans les garnisons ces paroles peu susceptibles de justifier un manquement à l'obéissance aveugle due à l'Etat. Face à l'Empire allemand qu'il fallait servir au péril de sa vie, la mort imminente de sa Selma paraissait carrément ridicule, anodine.

À son arrivée à la vieille caserne en bordure de la ville, on lui avait confisqué sans autre forme de procès l'uniforme de hussard et le sabre courbe acquis quelques mois plus tôt et annoncé que son cheval était maintenant parti pour la France, monté par un autre, déjà mort en héros. L'artillerie elle aussi était loin à présent, qu'il aille donc se présenter à la nouvelle caserne d'infanterie. Constamment, au cours de ces allées et venues, il avait eu son chien dans les jambes, le vieux Baldo. Il l'avait renvoyé, mais Baldo ne s'était pas laissé renvoyer, il ne voulait pas abandonner son bon maître, tout simplement. Que Dieu soit avec nous ! C'est ce qu'Ernst Ludwig Würsich avait crié à son vieux Baldo en le renvoyant d'un geste du bras. Qu'une créature dont le nom était un vibrant hommage au chancelier d'Empire Theobald von Bethmann Hollweg ne pût se séparer sur cette formule pouvait se concevoir, finalement. Baldo avait baissé la tête en remuant énergiquement la queue. Le chien avait poursuivi Ernst Ludwig Würsich d'une porte de caserne à l'autre avec un tel acharnement qu'il en avait eu les larmes aux yeux et avait dû le menacer de le battre de ses propres mains pour le faire repartir à la maison, chez sa femme où nul ne l'attendait. À la caserne d'infanterie, on remit au citoyen Würsich, lequel jusqu'à ce jour avait été hussard, un uniforme de simple soldat qui visiblement avait déjà connu les honneurs de la guerre, et on se donna quelques semaines pour réfléchir à la direction où l'on allait l'expédier. À la mi-janvier, il reçut sa feuille de route pour la Mazurie. Les rafales de neige les empêchaient d'avancer. Tandis que, devant, derrière et à côté, les hommes parlaient revanche et coup de poignard dans le dos, il songeait avec nostalgie à la bonne chaleur de son duvet d'oie de la Tuchmacherstrasse. Certes l'armée dans laquelle on l'avait versé passa à l'offensive peu après dans un paysage de champs verglacés et de lacs gelés, mais pendant l'assaut de sa troupe – avant qu'Ernst Ludwig Würsich eût pu faire usage de son arme à la lisière d'un petit bois de jeunes chênes encore bas –, la grenade mal dégoupillée de son voisin immédiat le priva de sa jambe gauche. Deux camarades le tirèrent sur la glace du Löwentinsee et le transportèrent dès le mois de février dans un hôpital militaire près de Lötzen où le sort voulut qu'on l'oubliât pendant tout le restant de la guerre et qu'il fût donc exclu du rapatriement.

mi-chemin l'état de certains blessés empira, le typhus se répandit parmi eux, beaucoup moururent, et les survivants furent provisoirement hébergés dans un petit camp de baraquements aux environs de Varsovie. De là, un convoi sanitaire plus important les mena jusqu'à Greifswald. On le promena alors de semaine en semaine au prétexte qu'on attendait sa guérison complète pour l'acheminer à Bautzen. Puis sa guérison progressant bien, on invoqua le personnel et les moyens financiers qui manquaient pour assurer son retour. Il écrivait chaque mois deux ou trois lettres à la maison qu'il adressait à sa femme, bien qu'il ne pût savoir si elle était encore en vie. Il ne recevait pas de réponse. Il écrivait à Selma que la blessure de son moignon ne se décidait pas à guérir, mais qu'en revanche ses blessures au visage là où se trouvait l'œil droit jadis s'étaient parfaitement refermées et que les cicatrices se résorbaient chaque jour. En tout cas c'est ce qu'il supposait au toucher, car il ne pouvait en être sûr faute de posséder un miroir. Il espérait qu'elle le reconnaîtrait. Son nez, justement lui, était pratiquement inchangé. Oui, son visage avait merveilleusement cicatrisé, et il fallait l'examiner soigneusement pour pouvoir déduire du reste de sa physionomie l'emplacement peu reconnaissable où se trouvait jadis cet œil droit. Pour leurs soirées au théâtre, il lui emprunterait volontiers désormais le binocle d'or qu'il lui avait offert à leur premier anniversaire de mariage et il lui proposerait enfin son monocle en contrepartie. Elle avait toujours trouvé que son monocle faisait meilleur effet dans ses mains à elle que dans les siennes.

Il pensait que sa femme esquisserait peut-être son sourire enchanteur, à supposer qu'elle fût encore en vie, qu'elle lût sa lettre, et qu'elle fût donc informée de ses blessures. Rien qu'en se remémorant l'éclat de ses yeux dont la couleur variait, passant du vert au brun ou au jaune un frisson de désir et de bien-être terrestre lui parcourait le dos. Même cette douleur récente qui irradiait d'une escarre au coccyx et gagnait le dos, lancinante, comme si on lui découpait les couches supérieures de l'épiderme en fines lamelles, même elle, il cessait de l'éprouver pendant quelques minutes.

Comment aurait-il pu deviner que sa femme Selma donnait ses lettres non lues, non décachetées, à conserver à sa fidèle Mariechen ?

Selma Würsich horrifiée confiait à Mariechen qu'il lui répugnait chaque jour davantage de recevoir par la poste des armées du courrier de cet homme, ainsi parlait-elle de lui entre-temps, qui contre sa volonté expresse mais soi-disant par amour pour elle, était allé faire le héros. Elle supputait dans ces signes de vie quelques traits ironiques de donneur de leçons dont elle soupçonnait son mari sans motif précis depuis qu'ils se connaissaient. Elle attendait secrètement le jour de son retour et le moment où, royalement indifférente, elle le saluerait de ces mots en haussant les épaules : Ah, ne me dis pas que tu es encore en vie ?

Après les premières semaines de manque, puis les semaines et les mois de colère provoqués par son départ, elle se promettait de cette indifférence affichée un sentiment de suprême triomphe. Et la seule personne à qui elle parlait encore, bien que fort peu, était précisément Mariechen, cette servante wende qu'Ernst Ludwig Würsich avait qualifiée une fois de vieille fille devant les enfants.

Selma Würsich passait les saisons aux aguets. Elle n'avait plus le temps de rien, et une fébrilité intérieure la chassa au printemps de l'intérieur vers l'extérieur. Soudain, une de ses filles surgit devant elle et lui posa une question, le mot Ascension tomba, et déjà Selma se détournait, car ses mots n'avaient rien à voir avec elle, se dit-elle, certes ils résonnaient à ses oreilles, la paire d'yeux d'une de ses filles était fixée sur elle, mais il était impossible que cela la concernât. Elle répondit simplement qu'elle ne voulait pas être dérangée et réclama la paix.

Elle laissa le soin de décorer les œufs de Pâques à Mariechen qui s'entendait mieux à ces choses de toute façon. D'une manière générale la compagnie d'autres personnes pesait de plus en plus à Selma, il lui manquait tout bonnement la patience de supporter le caquetage et les questions de ses filles. Avec quelle ferveur ne remerciait-elle secrètement le ciel de lui avoir donné Mariechen qui tenait à distance cette sociabilité.

L'été, Selma entreprit de cueillir les quelques cerises rescapées du grand cerisier non taillé que ses propres filles et les enfants de la rue avaient pillé pendant des semaines. Elle portait un de ses larges chapeaux à voilette sous lequel elle pouvait couler des regards discrets vers le Kornmarkt et se tournait constamment sur l'échelle dans la direction où son mari était censé s'approcher. Assise sur l'escalier devant la maison avec son panier plein de cerises, elle en grignota la maigre chair piquée de vers autour du noyau. Le goût en était acide et un peu amer. Elle disposa les noyaux à sécher au soleil. Ils blanchissaient comme des os. De temps en temps elle prenait une poignée de noyaux et les secouait dans le creux de ses mains. Ce bruit la réchauffait, le bonheur pourrait rendre un tel son, pensait Selma.

À l'automne, elle crut un jour voir son mari avancer péniblement dans les feuilles de l'autre côté de la rue et tourna les talons afin d'être à la maison quand il arriverait. Elle faisait de louables efforts pour ne ressentir que de l'indifférence. Mais elle les fit en vain, la cloche de la porte resta muette, il ne vint pas. L'homme qui avançait péniblement dans les feuilles devait être quelqu'un d'autre, quelqu'un qu'on avait peut-être accueilli d'une étreinte passionnée et qui riait maintenant avec sa femme, attablé devant une soupe aux choux revigorante.

Au début de l'hiver Selma Würsich ôtait au couteau le brou des noix, encore vert ou déjà sec et noirci, en regardant par la fenêtre la neige tomber lentement. Les flocons titubaient de haut en bas, comme en apesanteur. Elle le vit à maintes reprises descendre la Tuchmacherstrasse. Il avait dû vieillir pendant ces années et s'imprégner d'odeurs étrangères. Il verrait bien, quand il reviendrait !

Mais au printemps suivant, et à l'attente, à cet avant-goût de joie maligne qui persista pendant l'été, succéda une phase d'épuisement. Les affaires allaient au ralenti, les commandes d'impression se raréfiaient. Le papier enchérissait. Pendant que Selma se tenait à la fenêtre le regard vide, Helene revoyait chaque trimestre les prix du papier à lettres et des faire-part de décès. Les cartes postales se vendaient si mal qu'on n'en avait pas réimprimé depuis des mois. On n'avait plus guère de commandes de menus, la plupart des restaurateurs inscrivant désormais leurs quelques plats sur une ardoise. L'épargne réalisée avant guerre, quand l'imprimerie prospérait encore et que le père d'Helene avait commencé à imprimer des guides du mariage, des brochures de mots croisés et finalement des poèmes, se dévaluait à vue d'œil. Le chiffre de vente annuel des calendriers venait de passer en dessous de cent. La mise en pages de celui de 1920 risquait de revenir plus cher à elle seule qu'il ne rapporterait.

Obéissant à une de ses inspirations nocturnes, la mère d'Helene s'était mise à payer plusieurs mois à l'avance le typographe qu'ils employaient depuis de longues années. Visiblement elle croyait déjouer ainsi la hausse des prix, la devancer en quelque sorte. Mais il venait toujours moins de commandes, le typographe désœuvré faisait des mots croisés en bas à l'imprimerie, et les brochures s'empilaient dans l'entrepôt sans trouver preneurs. À cause d'un défaut de croissance et de ses jambes trop courtes, le régiment avait refusé d'enrôler l'homme. Sa femme et leurs huit enfants souffraient de la faim avec lui, certains des enfants mendiaient du pain et du saindoux sur le Kornmarkt et on les surprenait régulièrement à chaparder des pommes et des noix.

Un soir, Selma trouva dans la poche de la blouse que le typographe avait accrochée près de la porte en s'en allant une poignée de morceaux de sucre dont elle crut reconnaître aisément à la couleur et à la forme qu'ils avaient été dérobés dans sa cuisine. Le matin suivant, elle en eut assez du spectacle de cet homme désœuvré. Selma répugnait à lui parler du sucre, du vol et du coût de sa force de travail. Elle ne récolterait que de mauvaises excuses, elle préférait chercher une issue, une issue définitive. Elle allait le charger d'apprendre à sa cadette la composition et le maniement des caractères et de la presse. Elle n'irait tout de même pas rémunérer Helene pour les rares travaux qui restaient et les quelques commandes qui arrivaient au compte-gouttes.

La fillette s'ennuyait à mourir pendant sa dernière année d'école, il était temps qu'elle se rende utile. Sa mère n'avait pas donné suite à la demande pressante d'Helene d'entrer à l'École supérieure de jeunes filles. Elle s'était tellement ennuyée à l'école jusqu'à maintenant que prolonger de deux ans cette fainéantise entretenue semblait à sa mère un plaisir exagérément coûteux.

Selma Würsich se tenait à la fenêtre et regardait vers le haut de la Tuchmacherstrasse, d'une main elle tenait sa robe de chambre fermée, cela faisait des jours qu'elle n'en retrouvait plus la ceinture, les cloches sonnaient, ses filles allaient rentrer de l'église. La seule pensée que sa fille pourrait devenir institutrice et le souhait qu'elle avait exprimé un jour dans sa candeur enfantine d'entreprendre des études de médecine déplaisaient à Selma. Une enfant récalcitrante, insolente, se disait-elle tout bas.

Martha avait pris le bras d'Helene et elles flânaient le long de la rue qui descendait du Kornmarkt. Dans la vitrine Selma découvrit un ruban à cadeaux en satin violet. C'est la bonne qui avait dû l'enrouler correctement et l'y déposer. Selma le passa autour de son peignoir à la place de la ceinture manquante. Elle noua la boucle avec le plus grand soin et sourit de sa bonne idée. Elle entendit alors tinter le carillon de la porte.

Montez, j'ai à vous parler ! Leur mère se tenait en haut de la rampe et faisait signe à Helene et à Martha de la rejoindre. Elle n'attendit même pas que les fillettes aient pris place.

Helene, tu tiens les comptes depuis des années, cela ne te fera pas de mal d'apprendre les aspects pratiques du travail. La mère jeta un coup d'œil prudent à sa fille aînée dont elle craignait la critique. Mais Martha semblait ailleurs en pensée. À l'heure qu'il est, je ne pourrais pas justifier nos redevances sans ta comptabilité, et tu t'occupes aussi des achats de papier et de l'entretien des machines. Le typographe nous ruine. Ce serait bien qu'il te montre les choses indispensables et que nous puissions le licencier.

Les yeux d'Helene s'illuminèrent. Formidable, murmura-t-elle. Elle sauta au cou de Martha, l'embrassa et s'écria : D'abord je nous imprimerai de l'argent, et tout de suite après, un livret de famille pour toi.

Martha se dégagea d'une secousse. Elle rougit et garda le silence. Leur mère saisit Helene par le bras et la mit à genoux.

Quelles bêtises. Ta joie m'effraie, mon enfant. Le travail ne sera pas facile. Puis elle lâcha prise et laissa Helene se relever.

Helene regardait sa mère, ravie. Elle n'était pas surprise que sa mère pense qu'il s'agissait d'un travail difficile, à vrai dire elle pénétrait rarement dans les locaux de l'imprimerie – peut-être même n'avait-elle jamais vu composer, et de loin l'affaire devait paraître bien mystérieuse. Helene pensait au claquement et au souffle léger de la presse, au frottement des rouleaux. Comme chaque œil pouvait avoir un regard différent ! C'était précisément ce qui paraissait bien composé au typographe qui l'irritait, elle. Elle voyait clairement comment disposer les lettres et les mots pour que les espaces produisent un effet d'harmonie et de clarté. L'idée de manier seule la grande presse la plongeait dans l'excitation. Souvent déjà elle avait souhaité mener à la perfection le travail du typographe.

Selma observait Helene. L'éclat de ses yeux l'inquiétait. La joie faisait paraître l'enfant plus grande et plus claire encore que d'habitude.

Ce qui te manque, dit la mère sévèrement, c'est un certain sens de la mesure des choses. Sa voix était coupante, ses paroles incisives. Apparemment tu n'en reconnais pas l'ordre. C'est sans doute pourquoi tu as du mal à accepter cet ordre qui nous régit tous. Une qualité essentielle que tu vas pouvoir apprendre de notre typographe est la soumission, mon enfant. L'humilité.

Helene sentit le sang lui monter au visage. Elle baissa les yeux. Les notions de clair et de foncé se disloquèrent, s'anéantirent, les couleurs se brouillèrent. Sur le moment un vide de la pensée l'empêcha de répondre. Le kaléidoscope tournoyait, une aiguille rouillée glissait régulièrement vers les coquilles de noix, on ne pouvait savoir pour quel usage on aurait encore besoin de l'une ou des autres. Des secondes s'écoulèrent avant qu'une image claire surgît du tréfonds d'elle-même. Un cadeau, elle ressemblait à un cadeau, cette mère ficelée dans ce ruban de satin violet qu'Helene lui découvrait à l'instant. La boucle violette tremblait pendant que sa mère parlait. Elle attend qu'on la déballe, c'est sûr, lui passa-t-il par la tête. Helene voyait à présent le paysage maternel fait de restes de vêtements et de plumeaux aux extrémités encroûtées de sang noir, les housses de coussins aux coins troués dégoulinant de noyaux de cerises et les montagnes de vieux journaux. Le sommet duquel sa mère prétendait lui en remontrer sur le sens de l'ordre établi, elle avait du mal à le distinguer. Elle se sentait incapable de lever les yeux et de croiser le regard de sa mère. Quêtant de l'aide elle regarda en direction de Martha, mais Martha ne vola pas à son secours, pas cette fois-là.

En l'espace de quelques semaines Helene perdit la crainte que lui inspirait le joyau de l'imprimerie paternelle. La minerve de la marque Monopol ne la plongeait plus dans la dévotion, en revanche elle la sollicitait physiquement. Alors que le typographe, qui était trop petit pour atteindre la pédale du haut du tabouret paternel, levait habilement sa courte patte et l'actionnait en pédalant vigoureusement, à la première tentative d'Helene la pédale ne bougea pas d'un pouce. Elle savait manier la machine à coudre et cela ne présentait aucune difficulté d'en faire tourner les roues en pédalant régulièrement, mais apparemment pour la Monopol, il fallait une force d'homme. Helene pesa des deux pieds sur la pédale et s'affaissa. La roue avait eu un soubresaut vers l'avant, sans plus. Le typographe riait. Peut-être pourrait-il lui montrer comment nettoyer les rouleaux, fit Helene d'une voix coupante, avec un regard éloquent vers les rouleaux couverts d'une couche de poussière grosse comme le doigt.

Que son apprentissage pût échouer faute de force physique, Helene n'était pas prête à l'admettre. Le soir, à peine le typographe avait-il quitté la maison qu'elle se postait à la Monopol et entraînait sa jambe droite. Prenant appui sur les piles de papier, elle pédalait et pédalait jusqu'à ce que la grande roue tourne de plus en plus vite et que le frottement des rouleaux produise leur merveilleux bruit de basse. Elle transpirait, mais il n'était pas question de s'arrêter.

Dans la journée le typographe lui montrait le maniement de la couseuse, de l'agrafeuse et de la machine à poser les bandes métalliques, il remplissait sa mission avec zèle, mais il observait régulièrement avec un clin d'œil que la Monopol n'obéissait qu'à son maître imprimeur. Manifestement il se sentait devenu maître imprimeur depuis que leur père était absent. Cette prétendue certitude d'être indispensable plaisait au typographe.

Personne ne savait qu'entre Helene et le typographe s'était instaurée au cours des années précédentes une relation de travail amicale. Il avait été le premier adulte à prendre Helene au sérieux. Depuis qu'elle avait commencé à tenir les comptes de son père à l'âge de sept ans et qu'elle assurait désormais les achats et la comptabilité en son absence due à la guerre, le typographe lui témoignait un profond respect. Il l'appelait mademoiselle Würsich, ce qui plaisait à Helene. Et toutes ses factures étaient acceptées sans discussion.

Même quand Helene n'avait pas consenti pas à la totalité de l'augmentation de salaire qu'il souhaitait après la fin de la guerre, il ne s'était pas départi pas de son attitude amicale envers la fillette. C'est avec elle qu'il discutait de ce qu'il y avait à faire à l'imprimerie. Et s'il fallait réviser une machine, le typographe voyait avec Helene. D'autant que sa mère avait redisparu pour des mois dans les étages de la maison où elle tirait les rideaux et tournait le dos aux fenêtres. Helene aimait bien le typographe. C'est elle qui montait à la cuisine visiter le garde-manger et qui, après s'être assurée d'un coup d'œil qu'on ne risquait pas de la surprendre, remplissait d'orge un cornet de papier journal, un deuxième de semoule et fourrait enfin dans un troisième un concombre, un chou-rave et une poignée de noix. Lorsqu'elle découvrit un jour l'énorme carton de sucre en morceaux dans le casier supérieur du garde-manger, elle arracha sans coup férir une feuille de l'almanach de Bautzen, y emballa un bon tas de sucres et l'apporta aussi au typographe.

Le soir dès le départ du typographe, Helene s'exerçait en cachette à activer la pédale de la Monopol. Au bout de quelques jours elle se mit à entraîner sa jambe gauche en plus de la droite. Elle s'exerçait jusqu'à l'épuisement. Et quand elle était épuisée, elle continuait, elle s'exerçait à dépasser l'épuisement, elle continuait, inlassablement. Le soir elle avait les jambes toutes durcies, et le lendemain matin elle ressentait un tiraillement inhabituel dont elle n'avait entendu le nom que dans la bouche des garçons jusque-là : des courbatures. C'était censé s'appeler courbatures, quel drôle de nom sérieux.

Un soir elle grimpa sur le tabouret de son père fixé au sol. À sa grande surprise elle n'eut même pas besoin de tendre les jambes, le tabouret semblait fait pour elle. Elle posa les deux pieds sur la pédale et appuya, ce qui l'obligeait à contracter les abdominaux et chatouillait agréablement, elle avait la même palpitation au ventre qu'à la balançoire. Elle ne put s'empêcher de penser aux mains de Martha, aux doux seins de Martha.

Le typographe attendit que Selma Würsich lui demande au bout de quelques semaines si sa fille avait enfin tout appris pour conduire Helene au massicot. Jusque-là il avait évité de l'amener ne serait-ce qu'à proximité du massicot. Il était saisi maintenant d'un vague pressentiment. Il observait ses cheveux blonds qu'elle tressait en une lourde natte, et les mots passaient ses lèvres à regret. Ses commentaires étaient brefs : D'abord ouvrir. Régler là. Le typographe ajustait les règles comme des baguettes, l'une au-dessus de l'autre. Insérer le papier ici.

Sans un mot d'excuse, le typographe poussa un peu Helene de côté et lui montra en silence comment taper le papier avant d'en rectifier la pile pour l'introduire correctement dans la machine. À ses yeux, le massicot était dangereux, non parce que Helene était une frêle fillette d'à peine treize ans, mais parce qu'à présent elle savait manier toutes les machines, à l'exception de la Monopol.

Pour le vingt-deuxième anniversaire de Martha, leur mère fit préparer à Mariechen un rôti de bœuf en croûte de thym. Comme toujours quand il y avait de la viande, elle-même s'abstint d'en manger. Personne n'en évoquait la raison, mais ses filles s'accordaient à penser que c'était sûrement lié à certaines règles alimentaires. Il n'y avait pas de boucherie casher à Bautzen. Les Kristallerer étaient réputés faire égorger selon le rite juif pour leur consommation personnelle, et le bruit courait qu'ils apportaient même leurs propres couteaux au boucher à cet effet, mais apparemment leur mère ne se voyait pas affichant ce genre de desiderata dans le cercle finalement restreint de l'opinion publique locale. Peut-être aussi disait-elle la vérité et n'aimait-elle pas la viande, tout simplement.

Martha avait eu la permission d'inviter son amie Leontine à la fête. Leur mère portait une robe longue en velours couleur café. Elle en avait rallongé l'ourlet elle-même par une broderie qui semblait à Helene déplacée, un peu ridicule. Dès la veille au soir Helene avait posé à Martha des rouleaux qu'on avait laissés sécher toute la nuit. Elle avait ensuite passé l'après-midi à lui relever les cheveux, à tresser de petites mauves dans ses nattes, et Martha avait maintenant l'air d'une princesse et un peu d'une mariée. Puis Helene avait aidé Mariechen à mettre le couvert, on avait sorti la précieuse porcelaine de Chine du buffet et glissé les serviettes dans les ronds d'argent en forme de feuilles de roses qui venaient du trousseau maternel et qu'on n'utilisait normalement qu'à Noël.

Quand la cloche retentit, Martha et Helene coururent à la porte d'un même élan. Dehors se tenait Leontine. Elle cachait son visage derrière un grand bouquet qu'elle avait dû cueillir en bas dans les champs. De bleuets, de rues et d'orge. Elle rit aux éclats en tournant sur elle-même : elle avait coupé ses cheveux. À la place de l'austère chignon qui recouvrait sa nuque auparavant, on voyait maintenant le cou blanc, le mouvement et les tortillons des cheveux courts, l'oreille. Helene la dévorait des yeux.

Plus tard, à table, le regard d'Helene resta rivé sur Leontine, elle tâchait de l'en détourner, mais en pure perte. Helene admirait le long cou de Leontine. Leontine était mince et robuste. Helene pouvait mettre un nom sur chaque veine et chaque tendon de ses avant-bras. Leontine travaillait avec Martha à l'hôpital de la ville. Certes, elle n'était pas infirmière en chef et bien trop jeune pour l'être, mais à vingt-trois ans, elle n'en avait pas moins affirmé en quelques mois sa supériorité sur les autres infirmières en salle d'opération. Leontine était le bras droit du chirurgien. Elle pouvait soulever toute seule n'importe quel patient – et pendant les opérations, ses mains étaient si calmes et si précises que le chirurgien, qui venait d'être nommé professeur, la priait de plus en plus souvent de le seconder pour les sutures difficiles.

Quand Leontine riait, elle riait longuement, d'un rire de basse.

Dès que l'occasion se présentait, Helene passait son temps avec Martha et Leontine. Leontine riait d'un rire contagieux à s'en tenir les côtes. Quand elle s'asseyait, on voyait nettement ses genoux pointus se dessiner sous sa jupe, bien écartés. Elle restait assise avec naturel, jambes disjointes, impassible. De temps en temps elle appuyait sa main sur son genou, le bras légèrement plié, le coude en dehors. Elle relatait un accident en quelques remarques succinctes, puis éclatait de son rire de basse. La plupart du temps Leontine riait seule. Martha et Helene l'écoutaient rire bouche bée ; peut-être son rire se communiquait-il ainsi plus aisément à leur cage thoracique. Martha et Helene mettaient longtemps à comprendre vaguement ce qui faisait rire Leontine. Elles avaient sûrement l'air bête. Elles hochaient la tête, non parce qu'elles trouvaient le rire de Leontine déplacé, mais parce qu'elles étaient étonnées. Helene aimait particulièrement sa voix. Elle était claire et assurée.

Alors qu'elles étaient attablées autour du rôti de bœuf pour l'anniversaire de Martha, Leontine annonça : Mon père veut que je fasse des études.

Des études ? s'étonna leur mère.

Oui, il pense que ce serait bien que je puisse gagner plus d'argent.

Leur mère hocha la tête. Mais les études coûtent cher. Elle tendit le plat de quenelles de pommes de terre à Leontine.

Je n'en ai pas envie non plus. Leontine écarta de la main les cheveux de son front, ses cheveux foncés retombaient maintenant sur le côté comme chez un homme.

Leur mère approuva de la tête. C'est compréhensible. Qui pouvait bien avoir envie d'apprendre un tas de choses inutiles ? Des infirmières comme vous deux, on en aura toujours besoin, il y aura toujours du travail pour les infirmières, en tout temps et en tout lieu.

Pourquoi inutiles ? Helene jeta un regard interrogateur à Leontine qui enfournait un gros morceau de rôti de bœuf.

Peut-être pas inutiles, répondit Leontine, mais je ne veux pas partir. Partir d'où, se demanda Helene. Comme si elle avait lu dans ses pensées, Leontine dit : partir de Bautzen. Helene prit bonne note, non sans surprise.

Leur mère approuvait de nouveau. Helene se demanda si la compréhension qu'elle manifestait à Leontine était sincère, finalement elle-même était tout sauf enracinée à Bautzen après toutes ces années. Ce n'est pas à Bautzen que leur mère pouvait tenir. Et Helene ne voyait guère non plus de raisons plausibles pour Leontine de rester à Bautzen. Son père, avocat réputé, était en outre veuf et grand buveur, deux états dont il usait avec une conception toute personnelle de la modération. Il avait une préférence marquée pour ses plus jeunes filles. Quand il partait en voyage d'affaires, il embarquait toujours une des cadettes et la ramenait avec une robe neuve ou une ombrelle dernier cri. C'était un homme aisé, on ne pouvait donc prétendre que sa fille aînée fût une Cendrillon vouée aux basses besognes. Elle n'était pas maltraitée physiquement non plus. Mais Leontine paraissait peser à son père. Il était contrarié qu'elle ne se mariât pas. De temps en temps il lui proposait un parti et se querellait avec elle. Après la mort de sa femme qui remontait à plus de dix ans, il s'était mis à vivre seul avec ses trois filles et une belle-mère sénile depuis des années. Le dimanche quand il se rendait à la cathédrale Saint-Pierre, il passait devant l'hôtel de ville en arborant ses deux cadettes, l'une au bras droit, l'autre au gauche. La belle-mère marchait quelques pas derrière avec la cuisinière, et Leontine semblait n'avoir pas de place bien définie dans cette famille. Libre à elle de se chercher une compagnie. Souvent elle soutenait sa grand-mère, mais dès qu'ils avaient atteint l'église et qu'elle découvrait Martha dans l'essaim de personnes groupées à l'entrée, elle sautait sur l'occasion, et elles allaient main dans la main s'asseoir à leur banc. Là entre Helene et Martha, elle occupait la place qu'on gardait symboliquement pour ce père qui n'était pas encore rentré de la guerre maintenant terminée. Leontine aimait que Martha pose sa main aux beaux doigts effilés à côté de la sienne pendant la messe et que leurs doigts s'emmêlent. Parfois elle sentait de l'autre côté un poids chaud contre son épaule, c'était Helene qui blottissait sa tête contre son bras comme si elle avait trouvé une mère.

Il ne s'écoulait pratiquement de jour sans que Martha ramène Leontine à la Tuchmacherstrasse. Elles accomplissaient ensemble les travaux ménagers et elles donnaient un coup de main à la grande blanchisserie au bord de la Spree quand leur service le permettait. Elles étaient inséparables.

Il faudrait m'enlever de force, assurait Leontine en prenant une quenelle plus petite que les autres, et Helene vit bien que Martha poussait Leontine du coude, même si elles évitaient tacitement d'échanger tout regard qui puisse les trahir.

Finissez la viande surtout, les filles. Helene, où en es-tu à l'imprimerie ? Leur mère avait un sourire un peu railleur. Toi qui apprends si vite normalement. Est-ce que tu sais tout maintenant ? Reste-t-il des choses que tu ignores ?

Comment puis-je savoir ce que j'ignore ? Helene se servit une tranche de viande.

Leur mère leva les yeux au ciel. Elle soupira. Et si tu répondais tout bonnement à ma question, jeune fille ?

Comment pourrais-je répondre à cette question ? Je ne peux pas y répondre.

Alors j'y répondrai pour toi, ma chérie.

Jamais encore sa mère ne l'avait appelée ma chérie. Le mot sonnait comme un vocable étranger, mordant, comme si leur mère avait voulu souligner devant l'amie de Martha qu'elle traitait ses enfants amicalement, mais que cela ne coulait pas de source. Ça fait dix semaines maintenant, tu as eu le temps d'apprendre l'essentiel. Ce que tu ne sais pas ou ce dont tu n'es pas encore capable, tu l'apprendras par tes propres moyens. Demain matin je licencie le typographe. Sans préavis.

Comment ? Martha en laissa tomber sa fourchette. Il a huit enfants, maman.

Et alors ? Moi, j'en ai deux. Et pas d'homme à la maison. Nous ne pouvons pas le payer plus longtemps. Nous ne faisons plus de bénéfice. Helene, tu es bien placée pour le savoir. Comment a été l'année passée ?

Helene posa son couvert. Elle prit sa serviette et s'en tamponna la bouche. Meilleure que celle-ci.

Et plus mauvaise que toutes celles d'avant ? Est-ce que je me trompe ?

Helene n'acquiesça pas, elle avait horreur de livrer à sa mère des paroles et des gestes attendus.

Eh bien, donc, le typographe est licencié.

Les semaines suivantes furent difficiles pour Helene. Elle n'avait pas l'habitude d'être seule toute la journée. Le typographe n'avait pas réapparu depuis le jour du licenciement. On disait qu'il avait quitté la ville avec sa famille. Jour après jour Helene moisissait à l'imprimerie en attendant une clientèle qui ne venait pas. Elle était censée préparer l'examen d'entrée à l'école d'infirmières dans le manuel de Martha, mais l'avait feuilleté sans y découvrir grand-chose qu'elle ne sût déjà. La succession exacte des compresses et des bandages selon les affections était plutôt au programme de l'examen final, et le plus clair du manuel était consacré au savoir à acquérir pendant l'apprentissage. Elle avait imprimé dans sa mémoire les quelques détails inconnus rien qu'en feuilletant le livre. Helene commença donc à lire d'autres livres découverts dans la bibliothèque de leur père. Il était interdit à ses filles de sortir un livre de l'imposant rayonnage. Mais autrefois déjà, quand leur père était encore là, subtiliser ces précieux livres passait à leurs yeux pour une aventure et une gageure particulièrement excitantes. Pour combler le vide laissé par l'absence de la *Marquise von O* de Kleist, Helene poussait plus à gauche le *Condor* de Stifter. Aucun ordre ne régnait dans la bibliothèque paternelle, cela tourmentait un peu Helene, mais elle ignorait si ce désordre n'était pas surveillé par leur mère et ce qui pouvait arriver si elle décidait de son propre chef d'y faire régner l'ordre alphabétique. En lisant Helene dressait l'oreille et dès qu'elle entendait un bruit, elle dissimulait son livre sous sa blouse. Souvent elle regardait vers la porte, croyant reconnaître la voix grave de Leontine. Un jour la porte s'ouvrit inopinément, et Martha et Leontine entrèrent avec un grand panier en riant.

Tu as les joues drôlement rouges ! constata Leontine en lui passant furtivement la main dans les cheveux. Pas de fièvre au moins ?

Helene secoua la tête, elle avait un trésor coincé sous sa blouse. Elle l'avait découvert tout en haut des étagères, plié dans un journal derrière les autres livres comme dans une cachette. Il avait plus de cent ans. Sa reliure cartonnée était couverte de papier de couleur et son titre gravé : *Penthesilea.* Une tragédie. S'excusant brièvement auprès de Martha et de Leontine, Helene se pencha derrière le grand comptoir de bois et cacha son trésor dans le casier du bas. Pour le recouvrir, elle posa dessus un vieil almanach de Bautzen.

C'est un paysan des monts de Lusace qui avait offert le panier à Leontine en remerciement. Il y avait des mois de cela, elle lui avait ajusté une attelle pour une fracture compliquée du poignet. Leontine posa le panier devant Helene sur la table. Il était plein de grosses gousses de pois vert tendre. Sans hésiter Helene y plongea les deux mains et fendit les gousses. Elles sentaient l'herbe et le frais. Helene aimait ouvrir les gousses d'une poussée du pouce, elle aimait cette sensation quand on expulse les pois hors de leur gousse et qu'ils vous roulent du pouce dans la coupe, les gros d'abord, lisses, brillants, verts. Les pois minuscules qui n'avaient pas fini de grandir, elle les fourrait dans sa bouche. Martha et Leontine discutaient d'une chose dont Helene ne devait rien entendre. Elles riaient sous cape et gloussaient. Elles ne s'exprimaient qu'à demi-mot, en phrases sibyllines.

Il t'a demandée à toutes les collègues et à tous les malades. Et puis ses yeux, quand il t'a enfin trouvée ! Martha s'amusait royalement.

Mon enfant. Leontine roulait des yeux, imitant manifestement le paysan.

Ah, j'en suis tout chose de vous revoir ! se rappela Martha. Elle pouffait. J'en suis tout chamboulé, mademoiselle l'infirmière !

Pas vrai ? Leontine riait.

Certainement. Tu aurais dû voir comme sa main revenait toujours à son pantalon. Je me suis dit qu'il allait te sauter dessus.

Mais notre cher professeur n'a pas trouvé ça drôle du tout : Prenez vos pois et filez, vous deviez finir à midi aujourd'hui. Leontine soupira. Alors que d'habitude je ne reste jamais assez longtemps !

Ça t'étonne ? Tu n'as pas entendu ce qu'il disait de toi l'autre jour à la surveillante : un bas-bleu en habit de pucelle. Helene s'imagina un bas en habit. Ou fallait-il plutôt se représenter une petite puce affublée de bas bleus ?

Il t'estime, mais son inquiétude croît.

Inquiétude ? Leontine fit un geste dédaigneux de la main. Monsieur ne connaît pas l'inquiétude. Pourquoi aussi ? Je suis infirmière, rien de plus.

Les jeunes filles écossaient les pois.

Le silence entre elles se prolongea. Et si tu partais, pourtant ? Martha était prête à tout.

Helene n'aurait voulu pour rien au monde voir le visage grave de Martha à cet instant, elle aurait souhaité rentrer sous terre.

Leontine ne réagit pas.

À Dresde je veux dire. Faire tes études. Tout le monde le dit.

Jamais. Leontine hésita. À moins que tu ne partes aussi.

C'est stupide, Leontine, simplement stupide. Martha s'attrista et se rembrunit. Tu sais bien que je ne peux pas.

Tu vois, dit Leontine, moi non plus.

Martha posa une main sur la nuque de son amie, attira son visage vers elle et l'embrassa sur les lèvres.

Helene en eut le souffle coupé, elle se détourna rapidement. Il y avait sûrement quelque chose à faire, quelque chose à chercher dans l'étagère du haut, peut-être une pile de papier à sortir du casier et à poser sur la table. L'image de Martha attirant Leontine et de Leontine lui tendant les lèvres restait imprimée sur sa rétine. Peut-être Helene s'était-elle trompée ? Elle risqua un regard prudent par-dessus son épaule. Leontine et Martha étaient penchées au-dessus du panier de pois comme s'il n'y avait pas eu de baiser.

Et si tu l'amenais ? Elle pourrait aller à l'école d'infirmières de Dresde. Leontine parlait à voix basse maintenant en désignant Helene du regard. Helene fit mine de n'avoir rien entendu, ni remarqué qu'il était question d'elle. Du coin de l'œil elle vit Martha secouer la tête. Le silence qui suivit fut tenace. Helene sentait que sa présence empêchait la poursuite de la conversation. Sur le moment elle voulut les laisser ensemble et s'en aller, puis elle resta là bêtement. Elle était clouée sur place, elle écossait les pois et elle mourait de honte. Elle ne voulait pas que Leontine les quitte, elle ne voulait pas que Martha et Leontine se taisent à cause d'elle, et elle ne voulait pas non plus que Martha et Leontine s'embrassent.

Le soir au lit Helene tourna le dos à Martha. Martha n'avait qu'à se gratter le dos toute seule. Helene ne voulait pas pleurer. Elle respira à fond, ses yeux se gonflèrent, son nez s'amenuisa, se pinça. Elle avait du mal à respirer.

Helene ne voulait pas compter les taches de rousseur, ni tâtonner vers le ventre de Martha sous la couverture. Elle pensait au baiser.

Elle se voyait en train d'embrasser Leontine, mais elle savait que seule Martha embrasserait Leontine et les larmes lui vinrent aux yeux.

Leur mère exigea d'Helene qu'elle gère l'imprimerie sans qu'apparaisse de chiffres rouges. C'était chaque jour plus facile. Un bénéfice récemment porté pouvait en un tournemain compenser les pertes du début de l'année qui paraissaient faibles en proportion, arithmétiquement parlant. Leur mère ne voyait pas bien ce que cela signifiait. Elle s'étonnait seulement qu'Helene mît si rarement les machines en route.

Pour ne pas gaspiller inutilement le papier, Helene conçut de simples tables de calcul. Elle prévoyait qu'on en aurait l'usage en ces temps de hausse des prix.

La vue de ces tables suffisait à mettre Helene en joie. Que ses chiffres étaient droits. Elle avait eu raison de donner plus d'espace au huit, et que les bords étaient nets !

Lorsque la nouvelle du licenciement du typographe se répandit dans la ville, madame Hantusch, la boulangère, ne fit ni une ni deux, elle posa sur le comptoir un pain trop cuit, anormalement petit.

Helene lui demanda si elle ne pourrait pas plutôt avoir un des deux pains plus grands et plus clairs qui étaient sur l'étagère. Mais la boulangère, qui, il y avait encore quelques années de ça, lui glissait dans la main de petits morceaux de gâteau au beurre, secoua sa tête sans cou avec la dernière énergie. Le pli profond qui marquait une brève transition entre son torse et sa tête ne bougea pas d'un millimètre quand elle secoua la tête. Helene devait s'estimer heureuse qu'on lui vende encore du pain. Helene prit le pain.

La pauvrette ! La boulangère haletait, ses paroles et ses lourdes paupières tombantes disaient la compassion, mais son ton exprimait la révolte et la réprobation. Voilà qu'elle manie de lourdes machines, maintenant. Une fille aux machines. La boulangère hochait la tête à sa manière – laborieuse.

Helene s'immobilisa sur le seuil. Ce n'est pas difficile à manier, dit-elle en ayant l'impression de mentir. Elles sont belles, mes tables de prix. Si vous voulez, je peux vous en apporter une lundi, et nous ferons un échange – vous prenez une table de prix, et moi, quatre miches de pain.

Laisse, dit la boulangère.

Trois ?

Nous n'allons pas encourager cette manière de faire faire aux filles le travail des hommes. Ta mère a les moyens. Pourquoi n'a-t-elle pas laissé le typographe à sa place ?

Ne vous en faites pas, en septembre je commence l'école d'infirmières. Nous n'avons plus rien. Nous avions surtout de l'argent. Et l'argent ne vaut plus rien.

Un froncement de sourcils dénota le scepticisme de la boulangère. C'était une époque où chacun soupçonnait son voisin de posséder plus que lui-même. Helene pensa à ce jour du début de l'année où, voulant faire plaisir à sa mère, elle avait été dans sa chambre retirer ses draps pour une grande lessive. C'est en soulevant le matelas pour mettre le drap propre qu'elle avait vu les billets. Une foule de billets étaient coincés là dans le sommier. Des billets des monnaies les plus diverses[1] étaient fixés sous les ressorts en liasses assemblées par des trombones. C'étaient de petits chiffres qui étaient imprimés sur ces billets, ridiculement petits. Effrayée de sa découverte involontaire, Helene rabattait en hâte le vieux drap sur le matelas, quand la voix de sa mère retentit derrière elle.

Espèce de petite garce. Combien m'as-tu déjà dérobé, combien ? Helene se retourna et vit sa mère qui se retenait au chambranle de la porte tant elle était furieuse. Elle tirait sur son mince cigare comme si elle avait pu en aspirer la vérité.

Cela fait des années que je me demande : Selma, je me demande, qui est-ce qui te vole ici ? Sa voix était basse et menaçante. Depuis des années, je me répète, ce ne peut pas être ta fille, Selma, jamais de la vie, pas ton enfant.

Je voulais juste changer les draps, maman.

Quel prétexte ! Le beau prétexte. Minable ! À ces mots elle se jeta sur Helene et la serra si bien à la gorge que celle-ci, suffoquant, ne put s'empêcher de lever la main sur sa mère et de la repousser de toutes ses forces en lui pinçant les bras, mais sa mère ne lâcha pas prise. Helene voulut crier, mais ne pouvait pas. Sa mère ne la

1. Pendant l'inflation, de telles masses en étaient mises en circulation que les différentes régions imprimaient leur propre monnaie, cette quantité de billets ne pouvant plus être imprimée nationalement.

lâcha qu'en entendant des pas résonner dans l'escalier et Mariechen s'éclaircir bruyamment la gorge.

Depuis, Helene n'avait plus remis les pieds dans la chambre maternelle. Helene pensait à la frayeur qu'elle avait eue en voyant les billets, elle se demandait comment sa mère avait bien pu détourner cet argent malgré leur rigoureuse comptabilité. De l'argent, qui déjà maintenant, quelques mois après, ne valait quasiment plus rien, Helene en était sûre. De l'argent qui, dépensé en temps et en heure, aurait pu sûrement payer les dépenses de toute une maison et peut-être des études.

Helene regarda la boulangère. Elle se dit que son scepticisme devait tenir à la morosité de sa propre situation.

La semaine dernière nous avons reçu un papier très résistant, à forte teneur en résine. Helene fit son sourire le plus aimable. Il supporte bien l'humidité, il serait idéal pour votre boutique.

Merci, ma petite Helene, merci beaucoup. Mais je peux annoncer le prix du jour à mes clients. De son index boudiné, la boulangère désignait sa bouche. Là. C'est ce qui compte. Du papier serait pur gaspillage.

Quand un soir de fin novembre, sans crier gare, Ernst Ludwig Würsich demanda à l'infirmier qui l'avait tiré dans un chariot à ridelle sur les derniers kilomètres jusqu'à Bautzen de frapper à la porte de la maison, et que Mariechen ouvrit effrayée par ce dérangement tardif et finit par le faire entrer au salon avec l'infirmier – à la lumière de ses explications, car elle avait du mal à le reconnaître –, sa femme était alors en pleine confusion mentale. Seul son pot de chambre se retrouvait devant sa porte à heures fixes. La plupart du temps c'est Mariechen qui le vidait et qui lui déposait un petit plateau de repas trois fois par jour. Leur mère restait dans son lit et s'employait avec succès depuis des semaines à empêcher les filles ou Mariechen de pénétrer dans sa chambre.

Leur père fut transporté au salon et installé dans son fauteuil. Il regarda autour de lui et demanda : ma femme, ma femme ne vit-elle pas ici ?

Bien sûr que si, répondit Mariechen en riant, soulagée. Madame se prépare. Désirez-vous un thé ?

Non, je vais l'attendre, dit Ernst August Würsich en articulant de plus en plus lentement.

Comment allez-vous ? La voix de Mariechen était cristalline, plus haute que d'habitude, il fallait occuper cette attente de la maîtresse de maison, parvenir à la faire oublier, même.

Comment je vais ? De l'œil qui lui restait, leur père regardait dans le vide. Eh bien, la plupart du temps, je me sens l'homme que ma femme voit en moi. Il réprima un gémissement. Peut-être essayait-il de sourire.

Bien que Mariechen eût affirmé avoir averti leur mère aussitôt, la dame ne parut pas. Helene réchauffa le potage de midi, et Martha restaura l'infirmier qu'on put congédier peu après. Ernst August Würsich avait autant de peine à parler qu'à se tenir droit. Il passa ces premières heures effondré dans son grand fauteuil. Ses filles lui tenaient compagnie. Elles se donnaient du mal. Elles feignaient de ne pas remarquer sa jambe manquante. Mais elles peinaient à le regarder en face, c'était comme si leur regard glissait de son œil ouvert à l'orbite refermée, sans arrêt, il glissait, inexorablement il s'échappait. Il s'échappait, il dérapait. Les jeunes filles cherchaient un point d'accroche. Elles n'arrivaient pas à fixer uniquement cet œil. Elles l'interrogèrent sur ces dernières années. Leurs questions étaient d'ordre général, ne serait-ce que pour éviter de s'adresser à lui personnellement les deux sœurs l'interrogeaient sur les victoires et les défaites. Ernst August Würsich ne pouvait répondre à aucune de leurs questions. Sa bouche dessinait un rictus comme si, en dépit d'une extrême souffrance, il tentait néanmoins un sourire. Un sourire destiné à consoler ces grandes jeunes femmes qu'étaient devenues ses filles. Sa langue collait à son palais. La douleur le tenaillait.

Helene alla frapper chez sa mère et poussa la porte, sans égard pour les livres, les vêtements et les étoffes entassés derrière.

Notre père est revenu, murmura Helene dans l'obscurité.

Qui ?

Notre père, ton mari.

Il fait nuit, je dormais.

Helene s'immobilisa. Leur mère n'avait peut-être pas compris ses paroles ? Helene se tenait à la porte, hésitant à partir

Eh bien, va-t'en. Je viendrai dès que j'irai mieux.

Helene hésita. Elle ne pouvait croire que leur mère voulût rester dans son lit. Mais elle l'entendit se retourner et rabattre les couvertures sur elle.

Doucement Helene se retira et referma la porte.

Manifestement les jours suivants, leur mère n'allait toujours pas assez bien. Et on dut donc faire passer le maître de maison blessé devant la porte de la chambre de sa femme pour le transporter à l'étage et l'y déposer sur le côté droit du lit conjugal. En quelques jours la chambre conjugale empoussiérée fut transformée en chambre de malade. Sur les instructions de Martha Helene aida Mariechen à y porter une table de toilette. Le moignon de la jambe s'était réinfecté pendant ce voyage éprouvant. À cela s'ajoutaient maintenant de légères poussées de fièvre et ces douleurs étourdissantes dans sa jambe manquante qu'il ne ressentait pas pour la première fois.

L'amour filial fit prescrire à Martha une ivresse contrôlée. On la prolongerait jusqu'à ce qu'elle parvienne à dérober à l'hôpital communal des quantités suffisantes de morphine et de cocaïne. Cela faisait un certain temps que Martha travaillait avec Leontine en salle d'opération, elle savait à quels moments on pouvait dérober les substances. Certes la surveillante était seule à avoir la clé de l'armoire aux poisons, mais dans certaines situations elle était obligée de confier la clé à Leontine. Et qui aurait bien été mesurer ensuite combien de milligrammes avait été administrés à tel ou tel malade ?

Le matin suivant la bonne entreprit de coudre une chemise de nuit pour leur père. La fenêtre était ouverte, et dehors on entendait les corneilles perchées dans les jeunes ormes. Mariechen avait mis les duvets des filles à l'air sur le bord de la fenêtre. Le soir les couettes fleureraient le bois et le charbon. Helene était descendue à l'imprimerie et elle était penchée depuis un moment sur le gros livre des comptes du mois, quand la cloche de l'entrée retentit.

À la porte attendait un monsieur élégamment vêtu. Il se tenait légèrement courbé en avant. Il lui manquait le bras gauche, et du droit il s'appuyait sur une canne. Helene connaissait l'homme de vue, il avait parfois fréquenté la maison jadis.

Il se présenta : Grumbach. Il se racla la gorge. Il avait appris que son vieil ami le maître imprimeur, l'éditeur de ses premiers poèmes, était rentré. Raclement de gorge. Cela faisait six ans qu'on ne s'était vu, il tenait absolument à lui rendre une courte visite. De toute évidence le raclement de gorge ne traduisait pas sa gêne, il était régulier, compulsif. Grumbach refusa de prendre un siège.

Nous ne nous sommes pas vus depuis longtemps, l'entendit-elle dire à son père. Helene ne lâchait pas monsieur Grumbach des yeux tant elle craignait qu'il n'approche son père de trop près avec son raclement de gorge. Son père le regarda et remua les lèvres.

Peut-être ira-t-il mieux demain ? Le visiteur semblait se poser la question à lui-même, il ne regardait ni Helene ni la bonne. En se raclant la gorge, il entama la marche du départ.

Contre toute attente l'hôte se représenta le lendemain.

Ses yeux s'illuminèrent quand il découvrit Martha. Elle n'était pas allée à l'hôpital ce jour-là. Dès le seuil il tendit son parapluie, mais il refusa encore poliment la tasse de thé que lui offrait Helene.

Le lendemain il l'acceptait ; et de ce jour leur rendit quotidiennement visite. On n'avait pas eu besoin de l'inviter. Il buvait son thé à longs traits, en vidait tasse sur tasse et mâchait bruyamment son morceau de sucre candi. Il fallait réapprovisionner le sucrier au cours de chacune de ses visites. L'hôte était manchot. De son pouce valide il désigna son dos, il était revenu de la guerre avec un éclat d'obus qui l'obligeait à marcher voûté avec une canne, expliqua-t-il en évitant le mot de bosse, mais son moral était excellent. Il se racla la gorge. Helene se demanda si l'éclat dans le dos pouvait avoir touché les poumons et si c'était pour cela qu'il ne cessait de se racler la gorge. Il avait écrit tant de poèmes ces derniers mois qu'ils allaient pouvoir préparer ensemble une édition de ses œuvres en sept volumes, dit l'hôte avec enjouement. Il ne semblait pas s'apercevoir que son bon vieil ami était incapable de lui répondre – après la dernière piqûre de sa belle fille aînée, le malade paraissait avoir la gorge trop sèche pour émettre le moindre mot.

Martha envoya Hélène en bas aider Mariechen à dénoyauter les prunes, à les ébouillanter et à les mettre en pot, mais Helene resta vissée sur sa chaise. L'odeur enivrante des prunes montait jusqu'aux combles, elle s'infiltrait dans la moindre fissure et se nichait dans ses cheveux. Helene se carra sur sa chaise. Jamais elle ne laisserait cet hôte seul avec son père et sa Martha.

Quel plaisir d'avoir enfin le temps de causer comme avant, disait Grumbach qui paraissait goûter le silence coutumier de son ami.

Helene examinait sa canne dont la poignée d'ivoire finement sculptée contrastait bizarrement avec les trois plaques qu'il y avait vissées. Il y en avait une de couleur, une en or et une en argent, de loin Helene ne pouvait reconnaître ce qui était gravé dessus. L'extrémité inférieure de la canne avait été retaillée après coup, indiquant clairement que la canne avait dû être raccourcie au-dessus de sa pointe métallique. Grumbach possédait sans doute cette canne depuis des années et ne pouvait l'utiliser dans sa longueur initiale depuis la guerre.

L'hôte ne quittait pas Martha des yeux. Elle s'étirait maintenant pour ouvrir le vasistas.

Tu te souviens bien de moi, le vieil oncle Gustave ? Gusti ? demanda l'hôte en direction de Martha et il se réjouit du généreux sourire de Martha qui laissait libre cours à toutes les interprétations possibles, oui on le remettait, oui on était content de le revoir.

Grumbach avait pris place dans le fauteuil à oreilles au chevet de son ami, mais ne pouvait s'y tenir que voûté. Il savourait son morceau de sucre candi en émettant son fameux raclement de gorge et un léger bruit de succion. Pareil morceau requérait une denture à toute épreuve, et notre homme s'étant cassé la troisième molaire récemment, il préférait sucer.

Oncle Gustave, avait susurré Helene à Martha à la première occasion sans pouvoir réprimer un rire sous cape. Helene trouvait cette tentative de familiarité avec ce titre d'oncle inventé de toutes pièces si lourde, si absurde, qu'elle ne pouvait se retenir de rire en dépit de l'infirmité patente de l'oncle Gustave. Les bruits de succion de sa bouche entrouverte ponctuaient légèrement le silence. Helene était résolue à ne pas le quitter des yeux. Elle observait son regard se promener sur la silhouette de Martha, comme si son statut d'hôte lui conférait en prime le droit de la détailler sans vergogne. Ses cheveux brillants relevés, son long cou blanc, sa taille svelte, et surtout ce qu'il y avait en dessous. Tout cela inspirait indéniablement à l'oncle Gustave fierté et jubilation. Jusqu'à ces derniers jours il ne lui avait guère été loisible de contempler Martha sinon de loin, et il se sentait enfin parvenu à la proximité idoine. Comme la plupart des hommes qui fréquentaient l'imprimerie, lui aussi l'avait vue devenir femme avec un étrange mélange de surprise et d'irrépressible convoitise. Grumbach avait veillé à ce que les autres soupirants se tiennent à bonne distance avec autant de soin que les autres l'avaient, lui, tenu à l'œil. Le retour de son vieil ami et leurs retrouvailles ne le réjouissaient donc pas tant que l'accès qu'ils lui ménageaient à sa maison et à la présence de ses filles. Quand l'hôte regardait Martha de dos en train de désinfecter avec soin la seringue à la table de toilette et de préparer les compresses et les essences que requéraient les soins de la blessure, ce lui était un jeu d'enfant que d'abaisser de biais négligemment de quelques centimètres sa canne d'invalide avec la main qui reposait dessus, afin de pouvoir effleurer du dos de la main l'étoffe rugueuse du tablier de Martha lorsqu'elle se retournerait. Sa taille svelte, et surtout ce qu'il y avait en dessous. Martha n'avait pas l'air de remarquer ces frôlements, les plis de sa robe et de son tablier étaient sûrement trop épais, et elle se tournait et se retournait sans arrêt devant la table de toilette. L'hôte goûtait alors avec une joie maligne les caresses que ses mouvements prodiguaient au dos de sa main.

Helene observait l'oncle Gustave qui levait le nez et humait l'air, rien ne lui échappait, il avait certainement noté l'odeur du café, et excité par l'involontaire caresse de Martha il méditait sans doute d'envoyer Helene lui en monter une tasse. Il se plaisait à expédier les deux filles de son ami lui chercher diverses choses dans la maison. Bien que Martha lui eût recommandé de ne pas fumer en présence de son père, il lui avait fait porter un cendrier pour sa pipe, puis un verre de vin et il avait accepté de bon cœur le porridge qu'Helene avait préparé pour son père et auquel celui-ci avait à peine touché.

Quelle est cette bonne odeur, s'enquérait Grumbach tous les jours en arrivant par hasard à l'heure du déjeuner. Compote de rhubarbe, ragoût de haricots au cumin, purée de pommes de terre à la noix de muscade ? Grumbach affirmait qu'il ne possédait plus de montre depuis la guerre et que sans aucune attache, sans femme ni enfant, on oubliait l'heure. On s'étonnait d'autant plus que l'hôte frappe toujours à la porte pile à l'heure du déjeuner.

Quand Martha et Hèlène lui avaient proposé de chaque plat, espérant le voir disparaître enfin, rassasié, Grumbach restait cloué sur son siège, balançait joyeusement le buste et s'installait confortablement. Il détachait la boucle de son bras de bois et le fourrait en toute simplicité dans la main d'Helene pour qu'elle le dépose dans un coin.

Comme tout pousse et croît merveilleusement, disait l'hôte en caressant des yeux le dos de Martha. Quand elle faisait le lit de son père, elle se penchait profondément en avant pour border les draps, le dos de son tablier s'ouvrait un peu et sa robe apparaissait en dessous, l'homme avait alors l'impression qu'elle ne se penchait que pour lui.

Tout se dégrade, observait le père d'Helene en clignant des yeux.

Comment, papa, qu'est-ce qui se dégrade ? Martha se tenait à nouveau à la table de toilette et, dans le fauteuil à oreilles l'hôte tendait le dos de sa main à la caresse de son tablier.

La maison, voyez donc comme la peinture s'écaille, la peinture tout écaillée, ces grandes plaques.

De fait, pendant ses années d'absence la maison avait été peu entretenue. Personne ne s'était occupé de la peinture qui se fanait là-haut sous le toit et s'écaillait sur les murs comme une vieille peau.

Que son ami, le père de ces jeunes filles, s'alarmât de l'état de sa maison ne distrayait pas Grumbach de ses plaisirs secrets. Le contact de la robe de Martha lui était bien trop doux. Martha finit par se retourner lorsque Helene se leva. Ses joues roses brillaient délicatement, ses gracieuses fossettes étaient irrésistibles. L'innocence que l'hôte pouvait lire dans le battement de ses cils aurait dû lui inspirer de la honte. Helene l'espérait.

Je peux t'aider ? demanda Helene sans un regard pour l'hôte qui prétendait au titre d'oncle Gustave.

Martha fit non de la tête. Helene s'agenouilla à la tête du lit en s'insinuant entre Martha et l'hôte.

Êtes-vous réveillé ? chuchota Helene. Depuis le retour de son père, elle ne pouvait s'empêcher de lui dire vous. Il manquait au père la voix et la faculté d'attention qui auraient pu conjurer ce sentiment d'étrangeté entre eux.

Papa, c'est moi, la petite. Votre Bouton-d'or.

Helene prit la main de son père dans la sienne et la baisa. Vous devez vous demander ce que nous avons fait tout ce temps en votre absence. Sa voix se faisait suppliante. Rien n'indiquait que leur père entendît ce qu'elle disait. Nous sommes allées à l'école. Martha m'a montré des études au piano, quel ennui, puis Le Clavecin bien tempéré, papa ! Je crains de n'avoir pas la patience nécessaire pour le piano. Nous avons accompagné Arthur Cohen au chemin de fer avec ses bagages il y a bien trois ans. Martha ne vous en a pas parlé ? Figurez-vous qu'Arthur n'a pas pu partir à la guerre. Ils ne l'avaient pas recensé.

Un youpin, fit Grumbach en interrompant le murmure d'Helene, il se cala dans son fauteuil et ajouta en claquant la langue avec mépris : qui irait le recenser celui-là !

Helene se tourna vers lui de biais, assez pour l'obliger à remarquer le regard qu'elle jetait au dos de sa main qui frôlait la robe de Martha, et fronça les sourcils. L'hôte eut un soupir bruyant, mais laissa sa main tout près du tablier de Martha. Il devait voir là une juste récompense de son silence. Helene se retourna vers son père, baisa la paume de sa main, son index, chacun de ses doigts, et poursuivit.

Quand Arthur s'est présenté, on lui a dit que sans attestation de résidence à Bautzen, il ne pouvait être enregistré ni versé dans un régiment. Arthur a protesté jusqu'à ce qu'on l'examine, après quoi on lui a déclaré qu'il était inapte au service des armes pour cause de rachitisme. Il n'avait qu'à aller à Heidelberg, quand il aurait réuni les recommandations et l'argent nécessaire. Le cas échéant, un jeune médecin serait plus utile qu'un soldat rachitique.

Son père s'éclaircit la gorge, Helene poursuivit.

Vous vous souvenez de lui ? Arthur Cohen, le neveu du perruquier. Il allait à l'école ici à Bautzen. C'est son oncle qui payait ses études. Un bon élève.

Son père commençait à tousser plus fort, et Martha leva les yeux de ses occupations à la table de toilette pour tancer Helene d'un regard sévère. Son regard trahissait son appréhension que soient révélées ses relations avec Arthur Cohen. Nul ne devait avoir vent des promenades au bord de la Spree, pas plus son père que l'hôte de celui-ci.

Il étudie maintenant à Heidelberg. Helene fit une pause, prit une profonde inspiration, elle avait du mal à prononcer le mot Heidelberg et l'explication qui suivait : la botanique. Exactement, il étudie la botanique là-bas. Et il nous a envoyé une lettre, il y écrivait que là-bas il y a des femmes qui étudient la médecine.

Leur père toussait maintenant si fort que les paroles d'Helene se perdirent bien qu'elle eût élevé la voix de toutes ses forces. Que pouvait-elle dire encore à son père de Heidelberg et des études ? Qu'est-ce qui l'enthousiasmerait, elle hésitait, mais déjà son père vomissait au milieu d'une quinte. Helene fit un bond en arrière, emportant la canne de l'hôte dans son élan. Si elle ne s'était tenue à la robe de Martha et ne s'était redressee aussitôt en prenant brièvement appui sur les genoux de l'hôte assis derrière elle, elle aurait trébuché en arrière et serait tombée en plein sur l'hôte. Et comme celui-ci se tenait courbé, probablement sur sa tête et ses épaules.

Mais ainsi Helene atterrit par terre. Son regard tomba sur les nombreux écussons qui ornaient la canne de l'hôte. Weimar, Cassel, Bad Wildungen. Helene se redressa et restitua la canne.

L'hôte secoua la tête. Il se leva, prit son bras de bois sur le lit et se posta à côté de Martha. Il chuchota si fort qu'Helene l'entendit : Je vais demander ta main.

Non, vous n'en ferez rien. Dans la voix de Martha il y avait plus de mépris que de crainte.

Si, dit l'hôte. Puis il descendit rapidement l'escalier et sortit à l'air libre.

Martha et Helene lavèrent leur père. Martha montra à Helene comment changer la compresse du moignon et comment doser la morphine. La prudence s'imposait, car la dernière injection ne remontait pas bien loin. Sous les yeux vigilants de Martha, Helene fit sa première piqûre à son père. Le sourire détendu qu'elle découvrit peu après sur son visage lui plut, un sourire qui avait à voir avec elle, c'était incontestable.

Dès le lendemain vers midi, Grumbach frappait derechef à la porte de son ami. C'est Mariechen qui ouvrit. Il avait neigé toute la nuit sur les monts de Lusace, et Mariechen cligna des yeux en ouvrant la porte, tant de l'intérieur la lumière de la rue éblouissait. Des flocons de neige ornaient la chevelure de l'hôte. Il portait visiblement son plus beau costume. À la main, en même temps que sa canne, il tenait un petit panier rempli de noix, coiffées elles aussi de flocons de neige.

Ah, quelle que soit l'heure à laquelle on arrive, cela sent délicieusement bon dans cette maison, dit l'intrus. Il tapait des pieds par terre pour secouer la neige de ses chaussures. Mariechen restait sur le seuil, ne sachant manifestement pas s'il était bien opportun de le faire entrer. Par la porte ouverte Grumbach jeta un regard sur la table de la salle à manger où se trouvaient trois assiettes pleines. L'hôte bouscula Mariechen et pénétra dans la maison. Cela sentait les betteraves. Les assiettes fumaient et les cuillers étaient restées dans les assiettes comme si on avait dû quitter précipitamment la table. Les chaises vides se dressaient un peu écartées. En se débarrassant péniblement de ses bottes, l'hôte risqua un second regard inquisiteur dans la salle à manger. Mariechen baissa les yeux, car un fracassement et un bruit métallique retentissaient à l'étage. Soudain la voix de Selma Würsich s'éleva, bien distincte.

Ton père a besoin de soins ? Un rire effronté et malveillant se fit entendre. Sais-tu seulement ce que c'est, soigner ? Tu fais l'âme charitable et tu n'as même pas un verre d'eau pour ta mère. Quelque chose se brisa. Ta mère ! Tu entends ? Attends voir, un jour tu seras bien obligée de me soigner. Ah ! Moi, tu entends ? Jusqu'à la mort. Et de tenir mes excréments dans tes mains.

Le rire effronté décrut et se métamorphosa, se muant en sanglot.

Allons voir ce qui se passe, dit l'hôte, et il monta l'escalier d'un pas décidé en passant devant Mariechen.

Juste au moment où l'hôte atteignait la dernière marche, une bottine lui vola au ras de la figure avant de s'écraser contre le mur. Helene s'était baissée, et sa mère saisissait déjà la seconde bottine pour la jeter elle aussi de toutes ses forces dans sa direction.

Sale môme, petite punaise, tu me feras mourir !

Helene avait levé les bras au-dessus de la tête pour se protéger.

Non, je ne te ferai pas ce plaisir. Helene répondit d'une voix basse et claire.

Personne ne faisait mine de remarquer l'apparition de l'hôte. Il n'en croyait pas ses yeux. Si Mariechen qui lui avait emboîté le pas ne s'était tenue derrière lui dans l'escalier, lui barrant toute retraite, il aurait tourné les talons et se serait arrangé pour filer en douce. Madame Selma Würsich se dressait là en chemise de nuit, et le décolleté en dénudait plus généreusement ses seins qu'il ne pouvait lui convenir. Des marguerites brodées ondulaient gracieusement le long de la dentelle. Mais les cheveux dénoués de la dame tourbillonnaient en l'air et s'enroulaient autour de ses épaules nues comme des créatures vivantes. Des fils argentés y brillaient. Des orvets se tordaient sur ses seins. N'attendant visiblement pas de visite, elle ne voyait toujours pas Grumbach qui hésitait sur l'avant-dernière marche de l'escalier, cherchant une issue.

Tu es effrontée, pourrie !

Qui donc m'a élevée, maman ?

Et je nourris ça dans ma maison. La mère écumait. Tu n'as pas honte ?

C'est Martha qui nous nourrit, maman, tu ne t'en es pas aperçue ? La voix d'Helene était d'un flegme provocant. Moi, je t'écris peut-être des sommes de débit et de crédit dans les livres de comptes de l'imprimerie, mais c'est Martha qui nous nourrit. Avec quel argent crois-tu que nous payons le marché, le samedi ? Avec le tien ? Tu en as, de l'argent ?

Ah, petit démon, va au diable, disparais ! Sa mère arracha un livre de l'étagère et le jeta en direction d'Helene.

Doux repentir ! Helene parlait à voix basse. Et pourquoi m'as-tu mise au monde, maman ? Pourquoi ? Pourquoi ne m'as-tu pas envoyée retrouver les anges ?

Avant que l'hôte puisse l'éviter, un livre ricocha contre son épaule.

Ne me dis pas que tu ne savais pas comment faire ?

C'est alors seulement que Selma Würsich remarqua l'hôte. Les larmes jaillirent de ses yeux, elle tomba à genoux implorante : Avez-vous entendu, monsieur ? Aidez-moi ! Ça prétend être ma fille. Elle sanglotait sans retenue.

Pardonnez-moi, bégayait l'hôte. Décontenancé, une main sur sa canne – Weimar, Cassel, Bad Wildungen où étiez-vous ? – il s'appuyait à la rampe. Il tremblait.

Et ça prétend être ma fille ! La mère hurlait maintenant, il fallait que son malheur fasse le tour de la ville, de l'humanité. C'est son âme qui voulait venir à moi, c'est elle qui m'a choisie.

Helene ne daigna pas regarder l'hôte, doucement elle murmura, il n'était pas question de vouloir.

Elle se redressa, remit de l'ordre dans ses cheveux et monta tout droit chez son père qui reposait sur le côté droit du lit conjugal et avait certainement besoin de ses soins et de son aide. Avant que l'hôte ait pu suivre Helene en haut, où il supposait que se trouvait Martha, la femme de son vieil ami lui barra le passage en rampant. Elle saisit sa jambe et l'étreignit à deux mains en gémissant, en geignant. L'hôte se retourna et chercha des yeux Mariechen, Mariechen avait disparu. Il était seul avec l'étrangère.

En haut Helene essaya d'ouvrir la porte, mais en pure perte. La porte ne s'ouvrait pas, et elle s'assit donc dans la pénombre de la dernière marche d'où elle avait une vue plongeante sur sa mère à travers les barreaux de la rampe, tout en passant inaperçue. Sa mère se traînait de tout son long sur le sol en étreignant la jambe de Grumbach ; Grumbach tentait en vain de lui échapper.

Vous avez vu ? Ses ongles s'incrustaient dans les chevilles de Grumbach.

Pardonnez-moi, répétait l'hôte, euh, pardonnez-moi. Puis-je vous aider à vous relever ?

Au moins un être de cœur dans cette maison. La mère d'Helene tendit la main à l'hôte et se hissa lourdement en l'agrippant, pesant si bien de ses bras nus sur lui et sur sa canne qu'il vacilla. Le regard de Grumbach allait de ses seins à la délicate broderie de marguerites, puis revenait à ses seins sur lesquels se lovaient ses sombres boucles argentées. Enfin il détourna les yeux de ce spectacle et les dirigea non sans peine vers le sol.

À peine se retrouva-t-elle debout qu'elle se mit à jauger l'homme courbé en face d'elle.

Qui êtes-vous ? demanda-t-elle, étonnée.

Elle écarta ses cheveux de son visage, sans se soucier plus que ça de son généreux décolleté. Elle regardait l'homme avec suspicion. Je vous connais ? Que faites-vous dans notre maison ?

Je me nomme Grumbach, Gustave Grumbach. Votre mari a imprimé mes poèmes : À la très gracieuse. Grumbach se racla la gorge, il tâchait d'esquisser un sourire confiant malgré son émoi.

À la très gracieuse ? Sa mère éclata de rire.

Le passage des pleurs déchirants au rire tonitruant fut si soudain que l'hôte en eut froid dans le dos, et peut-être des battements de cœur, en tout cas il n'osa pas regarder la femme dans les yeux. C'est qu'il ne savait justement pas où diriger son regard, le décolleté de la chemise de nuit ouvert sur ses seins minuscules ne lui paraissant pas non plus un lieu où il fût séant que ses regards s'attardent. Cela faisait un peu plus de vingt ans maintenant qu'il connaissait Selma Würsich de vue. Jadis elle se tenait parfois derrière le comptoir de bois de l'imprimerie, il avait bien dû s'entretenir avec elle de temps en temps, mais à cet instant il ne s'en souvenait pas. Elle s'était pendant des années éclipsée du paysage de la ville. On l'avait oubliée, par la force des choses on l'avait oubliée.

Depuis son retour de Verdun, Grumbach ne l'avait aperçue qu'une seule fois, de loin. Si tant est que ce fût elle. Elle était un peu dérangée, racontaient les habitants de la ville. Gustave Grumbach était donc bien aise de ne pas avoir croisé cette étrangère depuis qu'il avait commencé ses visites à la maison Würsich.

À la très gracieuse ? Selma Würsich s'était composé un air sérieux et demanda sans lâcher l'épaule de l'hôte. Et qui est-ce, cette très gracieuse ? Qui est-elle censée être ? Tout en parlant elle semblait chercher quelque chose, tâtait son jupon et jetait des regards fébriles par-dessus l'épaule de l'hôte. Une cigarette ? fit-elle en s'emparant d'une boîte posée à portée de main sur l'étroite étagère.

Non merci.

Selma Würsich alluma une de ses fines cigarettes et inspira profondément. Savez-vous qui est la très gracieuse ? Je suppose que vous en avez une bien précise dans le cœur, non ? Vous connaissez sûrement Daumer. Souffle, brise douce et charmante[1]... La voix de la mère était rauque. Que souffle le malheur ! dit-elle d'une voix profonde, menaçante. Malheur ! Elle riait, et ce rire éraillé fit mal à Helene qui mit les deux mains sur ses oreilles.

Le scrutant, Selma Würsich tirait sur sa cigarette dont elle rejetait la fumée par les narines à petites bouffées.

Grumbach accoucha péniblement de ces mots : Oui, naturellement.

Une affirmation purement défensive, c'est ainsi qu'Helene interpréta les sons qu'il proférait à regret, et son regard fuyant.

Veux-tu de ton cœur me faire don, alors livre-le secrètement... déclama sa mère d'une voix éloquente.

... Que nul ne puisse deviner notre commun dessein[2]. Naturellement, cela aussi, oui, s'empressa de dire l'hôte – sans pouvoir s'enthousiasmer vraiment de cette culture commune.

---

1. Extrait d'un poème de Georg Friedrich Daumer, *Botschaft/Message : « Souffle, brise, douce et charmante... Car toi, la très Gracieuse, tu penses à lui. »*

2. Extrait de « Willst du dein Herz mir schenken » : poème d'un auteur inconnu repris par Bach qui composa sur ces paroles son *Aria di Giovanini*, « Carnet d'Anna Magdalena ». L'amant exhorte son amie à taire leur liaison et à déguiser ses sentiments en société.

Mais avez-vous jamais réfléchi à la perfidie que cèle ce serment d'amour ? Non ? Si ? Quelle polémique. Je vais vous le dire : il l'invite au silence pour que lui appartienne à lui la voix qui contera ce qui leur est commun. Et elle n'est pas heureuse. Avez-vous compris ? Monstrueux, une chose pareille. Cette offense patente à ses paroles à elle et ce reniement de soi dans le malheur arrachent des pleurs au lecteur. Du moins à la lectrice, murmura-t-elle d'une voix à peine audible, puis elle lui dit tout fort : Mais vous, vous ne pleurez pas. Vous triomphez. À la très gracieuse !

À nouveau Helene entendit le rire méchant de sa mère dont un hôte tel que celui-ci pouvait difficilement percer l'abîme. Ce Heine[1] n'a pas mérité que vous le lisiez. Avez-vous entendu ? Vous le trahissez avant même de l'avoir approché. Inouï, et vous le lisez pourtant, oui ? Êtes-vous sain d'esprit ?

Ne pas le lire ?

Pas vous. Vous remplissez carrément tout un volume de ce que vous ne comprenez pas. À la très gracieuse. Vous entendez, c'est inadmissible. Ce n'est pas simplement mal, c'est grave, grave.

Pardonnez-moi, chère madame, bégayait l'hôte.

Mais le pardon n'était pas le fort de la mère d'Helene.

Il n'y a pas de pardon entre créatures humaines. Ce n'est pas de notre ressort.

Pardonnez-moi, madame. Peut-être avez-vous raison et était-ce parler pour ne rien dire. Passons l'éponge, chère madame Würsich. Ce n'est plus la peine d'en parler.

Parler pour ne rien dire ? Écoutez, Grumbach, parlez pour ne rien dire tant que vous voudrez. Mais vous et vos éponges, épargnez-les à vos prochains. Le vrai pardon, vous ne le trouverez qu'en votre Dieu, monsieur. La mère d'Helene avait réussi à se ressaisir à ces derniers mots, sa parole était claire et sévère.

Si Grumbach était malin, pensa Helene, il partirait maintenant, sans un mot si possible. Mais la faculté de laisser le dernier mot à un tiers lui faisait visiblement défaut.

Permettez, objecta Grumbach avec force.

À la très gracieuse ! Et de nouveau Helene entendit le rire de sa

1. Heinrich Heine, *Buch der Lieder*, Heimkehr : « Tu es telle une fleur / Si noble et gracieuse et pure... »

mère dont un tel hôte ne pourrait même pas soupçonner ni jamais mesurer l'abîme ; fort heureusement.

La mère d'Helene tendit à l'hôte le reste de sa cigarette.

Et maintenant, monsieur, veuillez prendre ceci en sortant. Vous me permettez quoi ? Le porte-à-porte, la mendicité, les quêtes sont... vous savez bien... Vous m'excuserez.

De l'étage, en sécurité dans la pénombre, Helene vit l'hôte saluer Il saisit la braise de la cigarette, qui devait lui brûler les doigts. Sa mère avait déjà disparu dans sa chambre en toussant et refermé la porte derrière elle que l'hôte saluait toujours. Il descendit prudemment l'escalier raide, sa canne et le mégot incandescent à la main. Il saluait toujours en atteignant la porte d'entrée en bas et en sortant dans la Tuchmacherstrasse. La porte retomba dans ses gonds.

Helene se leva et tenta d'ouvrir la porte de la chambre de son père. Elle secoua la porte.

Ouvre, c'est moi.

Il n'y eut d'abord pas de bruit derrière la porte, puis elle entendit le pas léger de Martha.

Pourquoi n'as-tu pas ouvert ?

Je ne voulais pas qu'il l'entende.

Pourquoi ?

Il l'a oubliée. As-tu remarqué qu'il ne la demande plus ces dernières semaines ? Je serais incapable de lui dire qu'elle vit à l'étage en dessous et ne souhaite tout bonnement pas le voir.

Martha prit Helene par la main et l'attira vers le lit de leur père.

Comme il a l'air délivré, observa Helene.

Martha resta silencieuse.

Tu ne trouves pas qu'il a l'air délivré ?

Martha ne répondit pas, et Helene pensa qu'il devait se féliciter d'avoir pour fille une infirmière dévouée qui non contente de soigner quotidiennement le moignon infecté de sa jambe perdue lui injectait aussi des remèdes contre la douleur et s'efforçait jour après jour de dissiper leurs craintes à lui et à elle qu'il eût ramené le typhus à la maison. Leur père ne pouvait garder aucun liquide, mais cela pouvait s'expliquer par des raisons que Martha s'empressait d'invoquer, tandis qu'Helene consultait les livres de médecine, soi-disant pour se préparer à sa vie d'infirmière, en réalité pour ne pas perdre complètement de vue son désir de faire des études.

Helene prit une chaise, et tandis que Martha s'apprêtait à laver le pied jaune de son père, elle s'empara du livre du haut de la pile à côté d'elle. Elle levait les yeux de temps en temps. Elle observa qu'avec cette fièvre qui montait par paliers, il pouvait bien s'agir du typhus, d'un typhus qui évoluerait après un temps de latence.

Martha ne répondit pas. Il ne lui avait nullement échappé que l'état de leur père avait considérablement empiré depuis son retour. Mais elle dit : Tu n'y connais rien encore.

Les semaines précédentes Martha avait montré chacun des gestes qu'elle faisait à Helene. À tour de rôle, elles examinaient le corps de leur père. Et leur père gisait là sans aucune défense, semblait-il à Helene. Il ne pouvait faire autrement que de tolérer les mains de ses filles sur son corps. Il ne s'agissait pas d'affectueuses caresses, elles appuyaient comme pour en tirer un savoir, comme si cela leur servait à quelque chose. Martha expliquait à Helene où se trouvait tel ou tel organe, alors qu'Helene le savait depuis longtemps. Martha ne pouvait pas ne pas voir que la rate enflait de jour en jour, elle ne pouvait pas ignorer ce que cela signifiait.

Cela faisait un certain temps que Martha ne pouvait plus aller à l'hôpital le matin. Elle restait à la maison pour veiller sur la vie de son père et alléger ses souffrances. Helene avait remarqué que Martha se grattait de plus en plus fréquemment. Après chaque visite au lit de son père, Martha se grattait désormais les mains énergiquement jusqu'aux coudes, elle prenait même la brosse à cheveux et s'en frottait le dos sans pudeur.

Au début elle avait sollicité Helene avec une certaine réticence, puis il était devenu évident qu'Helene sorte de la chambre le bassin plein de liquide, le rince à l'eau bouillante et qu'elle nettoie le thermomètre. Helene se lavait les mains jusqu'aux coudes, elle se frottait les doigts, la paume, et le dos des mains, avec la brosse à ongles. Il ne fallait pas que ça démange, cela ne devait pas démanger. De l'eau froide sur les poignets, du savon, plein de savon. Il fallait que ça mousse. Cela ne démangeait pas, il fallait juste se laver. Consciencieusement Helene reportait les données du thermomètre sur la feuille de température. Martha la regardait faire.

Tu sais ce que signifie le gonflement de la rate, dit Helene. Martha ne la regarda pas. Helene tenta d'aider Martha, elle voulait au moins tâter le pouls de son père, mais Martha la repoussa loin du lit et du malade.

Un soir, alors qu'elle montait l'escalier, une odeur douçâtre vint aux narines d'Helene. La senteur putride lui coupa presque la respiration. Elle ouvrit la fenêtre, et un parfum de feuillage humide s'en échappa. Un jour frais d'octobre touchait à sa fin. Le vent passait dans les ormes, et l'œil de leur père refusait de s'ouvrir, il respirait la bouche grande ouverte.

Pas sans elle. Martha était à côté d'Helene, elle saisit sa main, serra la main de sa petite sœur à leur faire mal à toutes deux et répéta sa phrase : Pas sans elle.

Martha quitta la pièce. Usant de violence si nécessaire, elle forcerait la porte de la chambre à coucher de leur mère.

Depuis des jours, c'était le premier moment qu'Helene eût seule avec son père. Elle en avait le souffle court. Elle approcha de son lit. La main de son père était lourde et que sa peau était rêche ! La peau jaune ne retomba pas élastiquement quand Helene la souleva entre deux doigts. Elle ne s'étonna pas de découvrir à la lueur de la lampe, dans l'échancrure de la chemise de nuit, une éruption rouge sur sa poitrine. La main de son père était agréablement chaude, sa fièvre s'était élevée chaque jour de quelques dixièmes jusqu'aux quarante degrés.

Du dessous lui parvenaient des coups et des cris de colère. Personne ne devait déranger leur mère. Helene changea le drap qui servait de couverture à son père en ces jours de grande chaleur intérieure. Involontairement son regard se posa sur le moignon purulent, le parfum douçâtre avait attiré des larves. Elle ne voulait pas regarder davantage, elle avait l'impression que la blessure de son père vivait, que la mort la guettait avidement. Elle dut avaler sa salive en découvrant le sexe de son père – il lui parut rabougri, comme asséché, un résidu fané qu'on aurait négligé d'enlever. L'instrument de sa conception. Helene posa sa main sur le front de son père et se pencha vers lui.

Les mots je vous aime, elle ne les chuchota même pas. Seules ses lèvres formèrent les mots, pendant qu'elle baisait son front.

Une gelée blanche, petite, petite. Ma colombe. Nous n'avons plus froid, balbutiait son père. Depuis des semaines il n'avait pas parlé. Elle reconnaissait à peine sa voix, mais il fallait bien que ce fût la sienne. Helene resta près de lui, elle laissa ses lèvres s'attarder sur son front. Elle avait la tête si lourde brusquement qu'elle eut envie de coucher sa figure sur celle de son père. Elle savait que son père avait de tout temps nommé sa mère ma colombe.

Rien d'autre qu'un déguisement, un tel corps, murmurait son père. Totalement, invisible. Dans le bâtiment il fait chaud, ma colombe, viens m'y retrouver, personne ne pourra nous découvrir, nous effrayer. Son père porta ses mains à ses oreilles et se les boucha. Restez avec moi, mes paroles, ne tarissez pas. La colombe va venir, ma colombe va venir.

Un instant Helene eut honte, voilà qu'elle avait reçu les paroles destinées à sa mère ou du moins adressées à sa mère, et qu'elle les garderait pour elle.

Ce n'est qu'à l'irruption des frissons qu'Helene se redressa en caressant le front de son père. Nombre de ses cheveux longs maintenant restèrent collés à sa main. Il y avait tant de cheveux qui collaient à la main d'Helene. Stupéfaite elle se demanda comment il en avait encore sur la tête. Ce qui avait débuté par des frissons devint plus violent, une secousse parcourut le corps de son père, la salive lui coula des commissures des lèvres. Helene s'attendait à ce qu'il bleuisse comme elle l'avait vécu une fois, quelques jours avant. Elle dit : C'est moi, Helene.

Mais au milieu des tremblements, les paroles de son père sonnaient artificiellement claires : Toi, mon doux sourire. Nous deux si proches. Mais les grenades viennent et nous trahissent, parce qu'elles sont si bruyantes, et nous trop tendres. Trop tendres. Des éclaboussures, prends garde !

Helene recula d'un pas pour éviter le poing de son père qui frappait dans le vide.

Papa, veux-tu boire quelque chose ?

Une jambe, une jambe, qui danse au son d'une viole de gambe. Le père riait, et avec son rire décroissait son tremblement. Des vagues qui se détachent de leur base. Helene se demandait s'il parlait de sa jambe perdue.

À boire ?

Soudain la main de son père empoigna Helene avec une force insoupçonnée et lui retint le poignet.

Helene prit peur, elle se retourna, mais nulle trace de Martha alentour. Seuls des bruits confus venus de l'étage du dessous indiquaient que Martha et Mariechen s'étaient débrouillées pour entrer. Helene se dégagea de l'étreinte de son père qui sembla s'assoupir l'instant suivant. Elle prit la carafe d'eau sur la table de nuit et en versa un peu dans le flacon que Martha avait utilisé ces derniers jours pour faire couler de l'eau dans la bouche de leur père.

À peine avait-elle mis le flacon aux lèvres du père qu'il dit du fond de son sommeil : Belle, dans ma bouche, te boire.

Il ne pouvait plus boire, plus absorber d'eau. De ses doigts, elle lui humecta les lèvres.

Helene recourut à la seringue, elle en retira l'aiguille et lui fit couler de l'eau dans la bouche, goutte à goutte.

Puis elle réajusta l'aiguille, emplit la seringue de morphine jusqu'au trait inférieur et elle leva la seringue pour en chasser l'air. Comme les bras de son père étaient complètement troués, elle voulait le piquer dans le cou. Il s'y était formé un abcès, mais tout à côté elle découvrit un bon endroit pour piquer. Elle appuya lentement.

Ensuite elle dut s'endormir d'épuisement à son chevet. Le jour pointait quand elle leva la tête en entendant les imprécations de sa mère qui approchait. On devait lui faire monter l'escalier de force. La voix de Martha retentit, haute, véhémente : Regarde-le, maman.

La porte s'ouvrit, leur mère résistait, elle ne voulait pas entrer dans la chambre.

Je ne veux pas, répétait leur mère sans cesse, je ne veux pas. Elle se débattait. Mais Martha et Mariechen n'en avaient cure, elles propulsèrent leur mère à l'intérieur et la poussèrent de toutes leurs forces vers le lit de leur père bien qu'elle se cramponnât à elles maintenant.

Il y eut un moment de silence. Leur mère se secoua. Elle découvrait son mari qu'elle n'avait pas vu depuis six ans. Elle ferma les yeux.

Qu'est-ce qu'il t'a fait ? Martha rompit le silence, ne pouvant masquer son indignation. Pour la première fois de sa vie, Helene entendit Mariechen parler dans sa langue, un idiome chantant qu'elle connaissait du marché. Mariechen avait joint les mains et priait manifestement.

Sans y prêter attention, leur mère avançait sur le lit à tâtons comme un petit chien aveugle, un chiot qui ne connaît pas le chemin et le flaire. Elle saisit le drap de leur père et se pencha sur le malade. Lorsqu'il ouvrit son œil valide, elle chuchota avec une tendresse qui fit sursauter Helene : Ne me dis pas que tu es encore en vie.

Sa tête tomba sur la poitrine de leur père et Helene eut la certitude qu'elle allait pleurer. Mais elle resta immobile, sans rien dire.

Ma colombe, dit le père en assemblant péniblement ses mots. Je ne t'ai pas donné une chambre dans ma maison pour que tu t'y enfermes.

Leur mère s'écarta.

Si, dit-elle à voix basse. Toutes les choses de ma chambre, les monts et les vallées qu'elles forment, c'est là que je suis à la maison. Nulle part ailleurs. Je suis tout cela. Qui peut apprécier le soin avec lequel sont aménagés mes sentiers ? Mes clairières. Tes filles voulaient tout simplement se débarrasser des *Nouvelles de Bautzen*, elles appellent ça mettre de l'ordre. Elles en ont arraché le voile de soie comme s'il ne cachait rien, elles en ont dispersé les numéros de décembre dernier, j'ai mis des journées à refaire les piles. Par thèmes. En suivant leurs thèmes, thème, teneur, thèse, tithenai, plier, poser, placer, pas d'après la date. Je suis un animal nocturne. Chez moi il fait sombre, jamais assez sombre pourtant.

Helene jeta un regard à Martha par-dessus le lit et leurs parents. Les parents étaient tellement occupés l'un de l'autre qu'Helene se sentait comme au théâtre. Peut-être Martha avait-elle la même pensée. Leur mère était devenue aveugle du cœur, lui avait dit Martha, un jour qu'Helene lui demandait ce qu'elle avait. Elle ne percevait plus que les choses, pas les gens, c'est pourquoi elle collectionnait les vieux pots, les torchons troués et de simples noyaux de fruits. On ne pouvait jamais savoir à quelle fin on aurait besoin un jour des uns et des autres. Il n'y avait pas si longtemps, elle avait cousu un noyau de pêche à sa pèlerine de laine en guise de bouton. Dans une racine d'arbre tordue, leur mère voyait un cheval et lui fixait au derrière en lieu et place de la queue les cheveux tressés d'une de ses filles, récemment coupés. Par le trou d'un pot en émail sur lequel était écrit savon en grosses lettres, elle avait passé un fil de laine auquel elle avait noué divers cailloux et boutons qui s'étaient accumulés ces dernières années. Ce pot à savon, elle l'avait suspendu à la porte de sa chambre telle une cloche pour être avertie qu'on pénétrait dans sa chambre quand elle somnolait. Helene se souvint d'une promenade, des années auparavant, peut-être leur dernière entreprise commune avant que le père parte pour la guerre. C'était une promenade en famille que leur mère avait entreprise à contre-cœur sur les instances répétées de leur père. Elle s'était penchée brusquement, avait ramassé un bout de ferraille perdu par la frette d'une voiture et poussé un cri joyeux : Eurêka ! Dans le fer elle reconnaissait la terre, et dans sa forme le feu. En le ramassant, le soulevant, le ramenant à la maison où elle lui attribua une vocation nouvelle de chausse-pied, elle reconnaissait l'âme dans la chose. Elle lui en conférait une, la lui décernait en quelque sorte. Leur mère tel Dieu. Tout devait tenir son existence d'elle et seulement d'elle. Eurêka, Helene avait réfléchi maintes fois à la signification du mot. Mais sa fille cadette, leur mère ne la reconnaissait plus, aveugle du cœur, voilà, comme disait Martha, si bien qu'elle ne pouvait plus voir personne ; elle ne supportait que les gens qui lui étaient apparus avant la mort des quatre fils.

Helene observait cette mère qui se disait un animal nocturne. Qui leur exposait les soucis causés par ses sentiers, ses clairières et son existence, et leur confiait tout cela avec un magistral talent d'actrice. Le mal était devenu son essence : seul l'effet comptait. Helene pouvait se tromper. L'apparence du mal lui était peut-être la seule armure possible, et la méchanceté la seule arme capable de vaincre ce qui les avait unis homme et femme, autrefois. Quelque chose dans cette femme parut à Helene si incommensurablement faux, si impitoyablement centré sur elle-même, sans la plus infime lueur d'amour ou le moindre regard pour leur père, qu'Helene ne put s'empêcher de haïr sa mère.

Leur père remuait la bouche, il luttait contre sa mâchoire qui refusait de lui obéir. Puis il dit distinctement : Je voulais te voir, ma colombe. C'est à cause de toi que je suis ici.

Tu n'aurais pas dû partir.

Il n'y avait plus de souffrance dans la voix de leur mère, toute souffrance s'était figée en certitude. Tes filles voulaient jeter mes livres, mais j'en ai sauvé une phrase pour toi, une de mes préférées qui me consolait pendant ton absence.

Je suis heureux que tu aies eu de la consolation. La voix de leur père était faible et au-delà de toute raillerie.

Son nom est Machiavel, te souviens-tu de lui ? Écoute, la première loi de tout être est : Conserve-toi ! Vis ! – Vous semez de la ciguë, et prétendez voir mûrir des épis.

Ma jambe n'est plus, regarde, maintenant je vais rester. Leur père tentait un sourire empreint de bonté. Conciliant, pieux. Un de ces sourires par lesquels, avant, il pouvait apaiser n'importe quel différend entre eux.

Ici, tu ne l'aurais jamais perdue, ici, près de moi.

Leur père se tut. Helene ressentit le besoin impérieux de le défendre, elle voulait dire quelque chose pour justifier son départ six ans auparavant, mais rien ne lui vint à l'esprit. Elle dit donc : Maman, c'est pour nous tous qu'il est parti pour la guerre, c'est pour nous tous qu'il a perdu sa jambe.

Non, dit la mère, pas pour moi.

Elle se leva.

Elle passa la porte et en se retournant une dernière fois sans accorder un regard à Helene, elle dit : Et ne te mêle pas de ça, petite. Que peux-tu bien savoir de moi et de lui ?

Martha suivit sa mère dans l'escalier, elle était sans peur et ne se laissait pas impressionner.

Et voilà que cette mère au cœur aveugle dont Helene n'avait guère reçu que des ordres et des pensées qui l'excluaient du monde revint au lit de son époux mourant, et tout en sachant ses filles présentes derrière elle, elle prononça ces mots : Ce n'est pas la première fois que je meurs.

Helene saisit la main de Martha, prise d'une soudaine envie de rire. Combien de fois n'avait-elle entendu leur mère proférer cette phrase, c'était le plus souvent un préambule à une exhortation au zèle ménager, à davantage de respect ou à l'exécution d'une commission, ou bien quelquefois une simple déclaration dont l'intention était difficile à cerner et dont le dessein pouvait plonger les fillettes des heures durant dans des abîmes de perplexité. Mais là, au lit de mort de son époux, leur mère n'était visiblement concernée par rien d'autre que ses propres affects et les bas-fonds d'une sensibilité désormais trop indigente pour d'autres qu'elle-même.

Martha libéra sa main de celle d'Helene. Elle empoigna sa mère par l'épaule. Ne vois-tu pas que c'est lui qui meurt ? Papa se meurt. Pas toi. Il ne s'agit pas de ta mort, comprends-le, enfin.

Non ? Leur mère regarda Martha, étonnée.

Non, Martha secouait la tête, comme pour la persuader.

Le regard déconcerté de leur mère tomba soudain sur Helene. Un sourire parut sur son visage, elle découvrait visiblement une personne qu'elle n'avait pas vue depuis longtemps. Viens ici, toi ma fille, dit-elle – textuellement – à Helene.

Helene ne risquait plus aucun mouvement, elle ne voulait pas approcher sa mère d'un centimètre ou d'un pas si infime fût-il. Elle aurait voulu quitter la pièce. C'était moins son mouvement de rejet imminent qu'elle voulait éviter que son contact, un contact susceptible d'entraîner quelque chose de l'ordre de la contagion. Helene sentait ressurgir en elle cette vieille angoisse qu'elle pourrait un jour devenir aveugle comme sa mère. Le sourire jusque-là confiant de sa mère se glaça. Helene ne connaissait qu'un cauchemar qui la hantait depuis des années : deux dieux qui ressemblaient à l'Apollon de la gravure suspendue au-dessus de l'étagère à papier du magasin. Tous deux se disputaient une légitimation exclusive et chacun hurlait à gorge déployée : Moi ! Simultanément ils criaient : C'est moi le maître, ton Dieu. Et tout s'obscurcissait autour d'Helene. Si complètement qu'elle ne distinguait plus rien. Dans ces rêves-là elle avançait à tâtons, elle sentait quelque chose de visqueux, des limaces, et de la chaleur, du feu, et enfin le néant dans lequel elle tombait. Avant de s'écraser, chaque fois elle se réveillait, et son cœur battait la chamade, elle pressait son nez contre le dos de Martha qui respirait régulièrement, et transie dans sa chemise de nuit mouillée qui lui collait au dos elle priait Dieu de la délivrer de ce cauchemar. Mais Dieu était en colère manifestement. Le cauchemar revenait. Peut-être était-il offensé. Helene savait pourquoi, il devinait qu'Helene lui attribuait une figure, cette figure d'Apollon imposant, pire, elle le voyait double, elle voyait son frère, et pendant qu'elle priait l'un, elle tournait le dos à l'autre – finalement ses prières ne pouvaient que susciter la colère de Dieu.

L'instant suivant, alors qu'elle restait là raidie et qu'il semblait avéré qu'elle ne voulait ni ne pouvait obéir à la demande de sa mère, il lui revint à l'esprit la manière dont leur mère, des années plus tôt, sur le Protschenberg, avait parlé de son Dieu et de celui de leur père comme si leurs fois étaient en rivalité. Que leur mère traite les hommes de vers de terre, Helene le ressentait comme l'expression de la haine qu'elle avait toujours voulu lui communiquer et qui portait ses fruits, quand Helene rêvait de limaces pour finir par tomber dans un néant qui avait l'apparence du sein maternel.

Helene aurait voulu se laver, se laver les mains jusqu'aux coudes, et le cou, et les cheveux. Il fallait tout laver. Ses pensées tournaient en rond. Elle se détourna et dévala l'escalier en trébuchant. Elle entendit Mariechen l'appeler, elle entendit Martha crier son nom, mais elle ne pouvait plus penser ni s'arrêter, elle ne faisait plus que courir. Elle ouvrit la porte de la maison et remonta la Tuchmacherstrasse en courant, enfila le Lauengraben jusqu'au pont, le Kronprinzbrücke. Là, en dessous du café du Bürgergarten, elle descendit la pente qui menait à la Spree sur la pointe des pieds en tâtonnant dans le noir, se tenant tantôt aux fondations du pont, tantôt aux arbustes et aux arbres. En bas elle courut sur la route le long de la palissade en bois, elle passa devant le restaurant À la Fleur de Houblon où régnait encore une vive animation et d'où lui parvenait des flots de musique de danse, les gens voulaient enfin rompre avec la guerre, son silence et leur défaite, et elle ne put s'arrêter qu'arrivée tout en bas, au barrage, quand elle n'entendit plus dans l'obscurité que le grondement et le clapotis du fleuve. Elle s'accroupit et tint ses mains dans l'eau glacée. De la brume planait au-dessus du lit du fleuve et Helene écouta sa respiration se calmer.

Tard dans la nuit, alors que la musique du restaurant s'était tue et que ses vêtements étaient pénétrés de l'humidité et du froid de la nuit et du fleuve, elle retourna à la maison. Elle se glissa sur la pointe des pieds jusqu'à la chambre obscure, chercha Martha à tâtons et la rejoignit sous la couverture. Martha posa sur elle son bras et sa jambe, sa jambe longue et lourde sous laquelle Helene se sentait en sécurité.

Helene était à la fenêtre et grattait du doigt les pétales dentelés des cristaux de glace. Une fine couche de glace encore lisse, la raclure des cristaux déjà blanche. Un petit tas, de minuscules cristaux. Papa est mort. Martha le lui avait dit le matin. Helene disséquait le sens des mots. N'était-ce pas déjà contradictoire « est » et « mort », « être » et « avoir » ? Il n'avait plus de vie, il n'existait plus, celui qui avait pu dire que telle chose était sienne. Aussi bien, comment la posséder, une telle vie ? Elle se demandait pourquoi Martha ne l'avait pas réveillée dans la nuit, afin qu'elle puisse tenir la main de son père elle aussi. Martha avait été seule auprès de lui.

Comment c'était ?

Quoi ?

Comment est-il mort ?

Mais tu l'as vu, mon petit ange.

Mais le dernier souffle, qu'est-ce qu'il y a eu après ?

Rien. Martha regardait Helene les yeux bien ouverts, des yeux qui ne cillaient pas et qui signifiaient qu'ils ne pouvaient mentir. Helene savait que Martha ne lui en dirait pas plus, même si elle savait quelque chose. Elle le garderait pour elle. Après, il n'y avait donc rien. Helene soufflait son haleine sur les cristaux, touchait des lèvres les pétales dentelés. Ses lèvres collaient à la glace qui les brûlait. Peau déchirée, fine peau des lèvres. Martha avait dû lui joindre les mains, tirer le drap sur son visage et tourner le lit vers la fenêtre pour que son âme puisse regarder Dieu. La chair des lèvres, à vif.

Helene aurait aimé qu'on la réveille. Peut-être ne serait-il pas mort si elle avait tenu sa main. Du moins pas comme ça, si simplement, simplement comme ça, pas sans elle.

Dans toutes les pièces de la maison des bougies brûlaient, le jour ne se décidait pas à poindre. Les nuages reposaient bas et lourds au-dessus des toits, ils restaient en suspens entre les murs, la nuit se berçait encore dans les nuages.

Nous attendons le pasteur, dit Martha en s'asseyant dans l'escalier.

Attends-le, moi je monte lire, répondit Helene. Elle monta, mais pas dans la chambre des filles où l'attendaient ses confidents, Werther et la Marquise dont l'évanouissement paraissait encore à Helene étrange et incroyable, elle monta un étage plus haut. Ici cela s'était refroidi pendant la nuit. Personne n'avait ranimé le petit poêle au matin. Elle s'approcha du lit et vit son nez se profiler sous le drap. Elle se demanda quelle apparence il avait maintenant. Mais aucune image ne surgit devant ses yeux. Même le souvenir de l'apparence qu'il avait de son vivant lui faisait défaut ; hier elle avait essayé de lui faire ingurgiter un peu d'eau et il n'avait plus ouvert ni même entrouvert la bouche, elle cherchait en vain en elle-même une trace de l'apparence qu'il avait hier. Ses cheveux étaient restés collés partout sur l'oreiller, ses cheveux cendrés qui étaient longs et jaunâtres à la fin, elle se les rappelait. Elle avait détaché les cheveux de l'oreiller et les avaient tenus longtemps dans sa main, parce qu'elle ne savait pas où les mettre. Pouvait-on jeter les cheveux de son père mourant ? Elle décida que oui. Elle avait apporté les cheveux aux cabinets dans la cour et avait voulu les laisser tomber là dans le trou gelé. Mais les cheveux n'étaient pas tombés de sa main. Ils ne voulaient pas se détacher de sa main. Dans les cabinets aussi il avait fallu les décoller de ses mains, l'un après l'autre. Et ils ne tombaient pas, ils planaient, si lentement qu'elle en éprouva du dégoût et se refusa à regarder. C'est de cela que se souvenait Helene, de ses cheveux hier, pas de son apparence. Le drap était blanc, c'était tout. Helene le souleva, d'abord prudemment, puis entièrement, et elle examina son père. La peau au-dessus de l'orbite reluisait, impeccablement lisse. Autour de la tête il portait un bandage qui avait dû tenir la mâchoire fermée avant qu'intervienne la raideur cadavérique. Helene s'étonnait que sa peau eût encore de l'éclat, que son visage brillât encore. Du dos de la main, elle toucha sa joue. Le néant était juste un peu frais.

Elle tira le drap sur lui et quitta la pièce sur la pointe des pieds, elle ne voulait pas que sa mère l'entende marcher de la chambre du dessous, elle ne devait pas entendre qu'elle avait été le voir. Helene redescendit l'escalier et se posta à la fenêtre. Elle respira profondément et souffla un trou dans les cristaux de glace. Par le trou elle vit le pasteur descendre du Kornmarkt à pas rapides en rasant les murs des maisons couverts de suie, il changea de trottoir et se dirigea vers la maison. Il s'arrêta. Il chercha quelque chose dans son long manteau, trouva son mouchoir et se moucha. Puis il tira la cloche.

Martha offrit du thé au pasteur. Ils parlaient bas et Helene écoutait d'une oreille. La cloche de l'entrée retentit une fois et Mariechen ouvrit à six messieurs vêtus de noir. Parmi eux Helene reconnut Koban, le maire, qui ne s'était pas manifesté au chevet de l'ami malade, et elle reconnut Grumbach, mais lui n'osa pas lever les yeux et croiser son regard. Une voiture à deux chevaux attendait devant la porte. Les chevaux portaient des couvertures contre le froid. Ils renâclaient, et leur souffle faisait penser à une petite locomotive à vapeur. Les six messieurs montèrent le cercueil et le redescendirent peu après.

Il faut y aller, les gens attendent au cimetière, ils vont avoir froid, la chapelle n'a pas perdu que sa cloche pendant la guerre, elle y a aussi laissé son poêle, dit le pasteur qui demanda : Madame votre mère est-elle prête ?

Alors seulement, Helene dressa l'oreille.

Non, dit Martha. Elle ne viendra pas.

Elle ne... ? Le pasteur dévisagea Martha interloqué, puis Helene, et enfin Mariechen qui baissa les yeux.

Non, dit Helene, elle ne veut pas.

Elle dit qu'elle est fatiguée, expliqua Marja d'une voix étrangement atone.

Fatiguée ? Le pasteur en resta bouche bée. Helene aimait sa prononciation chantante. Il n'était pas de la région, il venait de Rhénanie et ne dirigeait la paroisse que depuis deux ans. Helene aimait ses prêches, dans sa langue elle croyait percevoir un peu du vaste monde, quelque chose comme des vibrations qui allaient bien au-delà du monde du dieu dont il parlait.

Martha prit résolument son manteau. Le pasteur resta assis, l'accompagner en sa dernière demeure, objecta-t-il et il se tut. Ses consonnes étaient parfois plus sonores, parfois plus sourdes que les leurs. Avait-il des mots pour le refus d'obéissance ?

Allons-y, acceptons sa volonté, Martha pressait sévèrement le pasteur maintenant.

Non, balbutia le pasteur. Nous ne pouvons tout de même pas y aller – sans elle, sans son épouse, sans madame votre mère. Je vais lui parler. Vous permettez ? Le pasteur se leva. Il espérait que Martha allait le conduire à la maîtresse de maison. Mais Martha lui barra le chemin.

C'est inutile, croyez-moi. Martha disciplinait déjà ses cheveux pour partir.

Je vous en prie. Le pasteur ne cédait pas. Il montrait clairement qu'il ne céderait pas.

Comme vous voulez. Mais vous dites vous-même que les gens attendent au cimetière.

D'un hochement de tête, Martha fit signe à Mariechen de conduire le pasteur à l'étage, à la chambre de leur mère.

Est-ce que Leontine va venir ? En passant son manteau, Helene remarqua que Martha rougissait.

De l'étage parvint aux jeunes filles le cliquetis des cailloux et des boutons de la cloche de la chambre maternelle. Puis il y eut un silence inhabituel, pas de cri, pas de coups. Martha avait le visage et même le cou marbrés de rouge, elle avait l'air malheureux.

Qu'est-ce qu'il y a ? Vous vous êtes disputées ?

Quelle idée ! Martha était indignée. À voix basse elle ajouta : Leontine est empêchée.

Le pasteur et Mariechen redescendaient l'escalier. Mariechen enfila son manteau et ouvrit la porte.

Notre mère ne voulait pas, n'est-ce pas ? Helene scrutait le pasteur du regard.

Ne la contraignons pas. Chacun doit trouver sa propre voie vers Dieu.

Pas elle. Ne savez-vous pas qu'elle est juive ?

Les juifs aussi se retrouveront un jour devant le Seigneur. Le pasteur parlait d'une voix mesurée, empreinte d'une bonté sévère mais inexorable, en faisant sonner les t et les d. Il semblait fort d'une certitude, la certitude de la foi, qui inspirait du respect à Helene.

Pour le repas funèbre, Martha avait commandé une table à la taverne de l'hôtel de ville. Aucun des messieurs vêtus de noir ne disait mot. Ils buvaient en silence. Mariechen pleurait sans bruit. En entendant le pasteur citer sans relâche la parabole de Job, Helene eut envie de se boucher les oreilles en dépit de sa voix agréable. Elle tendit sous la table un pied vers Martha, lui toucha doucement le mollet, mais Martha ne lui renvoya aucun signe de reconnaissance.

Et voyez-vous, mademoiselle Martha, Dieu rappelle à lui ceux qui lui sont les plus chers. Et il donne joie et amour à tous ceux qui ont encore leur chemin à parcourir. Regardons notre communauté. Mademoiselle Leontine est bien de vos amies ? Voyez-vous, ses fiançailles sont le début d'un nouveau chemin, le berceau de ses enfants et de son bonheur. L'accord en *la* majeur familier de la cathédrale Saint-Pierre retentit, ce son de cloche semblait donner raison au pasteur.

Fiançailles ? Helene était surprise. Sa question se perdit-elle dans le son des cloches ?

Martha pleurait maintenant, elle sanglotait éperdument.

Mademoiselle Leontine épouse un monsieur de Berlin, Mariechen souriait non sans fierté au groupe des messieurs, ou peut-être était-ce juste de la joie, elle sécha ses larmes et tapota le bras d'Helene. Elle était probablement soulagée que cette jeune femme difficile à caser eût fini par trouver un mari. Visiblement Helene était la seule de la tablée à tout ignorer des fiançailles de Leontine.

Tu le savais ? Helene se pencha dans l'espoir d'attirer le regard de Martha. Mais Martha ne regardait personne, elle se contenta d'acquiescer, presque imperceptiblement.

Même si vous répugnez à y songer en ce moment, mademoiselle Martha, vous aussi, notre Père vous comblera. Vous vous marierez et donnerez le jour à des fils. La vie, ma bonne enfant, a tellement de choses à nous offrir.

Tellement ? Martha se moucha. Comprenez-vous Dieu, comprenez-vous pourquoi il nous fait souffrir ?

Le pasteur sourit avec indulgence, exactement comme s'il avait attendu la question de Martha. La mort de votre père est une épreuve. Dieu veut votre bien, Martha, vous le savez. Ce n'est pas une question de sens, ma bonne enfant, mais de constance. Comme le pasteur tendait une main consolante par-dessus la table pour la poser sur Martha, Martha bondit.

Vous m'excuserez, je vous prie. Il faut que j'aille voir comment va ma mère. Martha se précipita dans l'escalier et quitta la taverne. Helene fut bien obligée de rester seule à table, mais elle se doutait que ce n'était qu'un prétexte invoqué par Martha pour s'enfuir.

Elle aimait beaucoup son père, dit Grumbach qui prenait la parole pour la première fois dans ce cercle. Les autres hommes approuvèrent de la tête, dans l'assentiment général, il dit, courroucé : Trop.

L'amour de Dieu est grand. Une fille ne peut trop aimer son père. L'amour et le don sont inspirés par Dieu. Martha soutiendra cette épreuve, nous n'en doutons pas un instant. Le pasteur croyait en ses paroles et connaissait leur pouvoir. Les messieurs acquiescèrent.

Ses deux enfants l'aimaient. Mariechen tapotait sans cesse le bras d'Helene.

Le repas funèbre terminé, Helene envoya Mariechen chez ses amies chercher du fil pour de nouvelles dentelles, en réalité elle voulait rentrer seule à la Tuchmacherstrasse. La maison était silencieuse. Helene frappa à la porte de sa mère une fois, deux fois, aucune réponse ne lui parvenant, elle ouvrit.

Tu as vu Martha ?

Sa mère était couchée dans son lit les yeux ouverts et la dévisagea. Vous vous cherchez sans arrêt. Vous n'avez rien de mieux à faire ?

Nous avons enterré papa.

Sa mère ne dit rien, Helene répéta donc ses paroles : Nous avons enterré papa.

Ah.

Helene attendit, espérant qu'un second mot, une phrase entière, qui sait, viendrait à l'esprit de sa mère.

Qu'y a-t-il ? Pourquoi restes-tu plantée comme ça à la porte ? Martha n'est pas ici, tu le vois bien.

Helene descendit l'escalier. Elle sortit par la porte de derrière. La gelée blanche recouvrait encore les arbres noirs et le feuillage. C'était comme si le jour ne parvenait pas à se lever, comme si le matin allait s'éterniser, un matin de novembre en début d'après-midi. Helene sortit dans le jardin et se fraya un chemin jusqu'aux cabinets, les feuilles se brisaient sous ses pieds. La porte était verrouillée.

Tu es dedans ? Helene frappa à la porte en hésitant. Elle entendit un bruissement à l'intérieur, enfin Martha ouvrit la porte.

Tout va bien. Martha écarta ses cheveux de sa figure, elle rayonnait soudain.

Oui ? Helene voyait ses yeux vitreux, elle ne voulait pas qu'on lui mente.

Oui, tout va bien. Martha prit une profonde inspiration et ouvrit les bras. Helene enlaça ses hanches. Pas tant de fougue, petite fille ! Martha se mit à rire. Nous sommes dehors, ne l'oublie pas, tout le monde peut nous voir !

Tu es terrible, Martha. Helene sourit, elle avait honte, elle n'avait pensé qu'à la consoler. Elle voulait consoler Martha et elle voulait tout savoir sur Leontine et sur Martha – alors qu'elle s'était bien promis de ne pas poser de questions.

Nous montons ? Martha regardait lascivement Helene.

Helene ne pouvait pas refuser, mais elle précisa : je voulais juste te consoler.

Oui, console-moi ! Martha inspira de nouveau profondément, bruyamment, et expira de même. Sous l'épais manteau elle portait sa nouvelle robe noire à col montant que Mariechen avait cousue exprès pour l'enterrement. Le noir ressortait de façon charmante sur sa peau blanche. Ses joues et son long nez aquilin étaient rougis par le froid. Ses yeux vitreux semblaient plus clairs que d'habitude. Console-moi !

Helene voulut lui saisir la main, mais Martha retira sa main. Dans cette main elle tenait quelque chose qu'elle fit disparaître dans la poche de son manteau.

Les sœurs montèrent l'escalier et fermèrent la porte de leur chambre. Elles se laissèrent tomber sur le lit commun et se déshabillèrent. Helene répondait aux baisers de Martha, elle en ressentait chacun comme s'il lui était destiné à elle seule et qu'elles n'eussent pensé toutes deux à Leontine.

Mes seins ne poussent plus, murmura Helene un peu plus tard dans la lumière bleue du crépuscule.

Ça ne fait rien, dit Martha, ils embellissent. C'est déjà quelque chose, non ?

Helene se mordit la langue. Martha aurait pu dire qu'elle devait patienter encore un an ou deux, assurément le temps offrait quelques raisons d'espérer en la matière, mais sa réponse aimable trahissait combien elle avait du mal à consacrer de l'attention à sa sœur ce jour-là. À vrai dire Helene aussi pensait surtout à Leontine et à ses fiançailles berlinoises. Peut-être Leontine lui avait-elle écrit une lettre qu'elle avait lue en cachette aux cabinets et dissimulée dans la poche de son manteau, avant que la main d'Helene puisse l'attraper ? Une lettre d'adieu, une lettre qui expliquait à Martha d'où sortait ce soudain fiancé, et pourquoi elle allait partir finalement en dépit de toutes ses promesses. Helene se demandait ce que Martha allait bien pouvoir devenir maintenant. Mais Martha ne voulait visiblement pas parler de Leontine.

J'ai soif, dit Martha.

Helene se leva. Elle prit la carafe sur la table de toilette, versa un peu d'eau dans un gobelet et le lui tendit.

Allonge-toi sur moi, mon petit ange, viens.

Helene secoua la tête, elle s'assit au bord du lit et caressa le bras de Martha.

Je t'en prie.

Helene secoua la tête de nouveau.

Alors, je descends. Je crois que j'ai entendu Mariechen tout à l'heure. Je vais l'aider à préparer le dîner. Martha se leva, fixa ses bas de laine et enfila sa robe noire.

Dès que Martha fut sortie et que le bruit de ses pas eut décliné dans l'escalier, Helene allongea le bras et ramassa le manteau qui gisait à terre. Helene ne trouva ni lettre ni feuille dans la poche du manteau, mais un mouchoir, et dedans une seringue. Un souvenir de leur père ? Les pensées d'Helene se précipitèrent. Pourquoi Martha aurait-elle dû dissimuler dans le plus grand secret la seringue de leur père, sur le mouchoir Helene découvrit de petites gouttes de sang, elle replia hâtivement la seringue dans le mouchoir, il s'ouvrit de nouveau, Helene l'enroula, l'emmaillota et remit le petit paquet là où elle l'avait pris, pourquoi dans la poche de son manteau, pourquoi aux cabinets avec la seringue et non avec une lettre de Leontine ?

Il n'est d'instant plus beau que celui-ci

Dans l'hiver qui suivit la mort de leur père, les bords de la Spree se mirent à geler, et en janvier les plaques de glace étaient si étendues et si rapprochées que les garçons de la ville éprouvaient leur courage en traversant le fleuve dessus. Pour Helene ce spectacle n'était pas sans fournir quelques indices sur la vérité des textes bibliques. L'eau ne pouvait-elle geler aussi dans le désert et n'était-ce pas une simple indication de saison quand il était dit que Jésus marchait sur les eaux ? La fumée jaillissait de bon matin des cheminées, ses nuages enveloppaient la ville étendue sur sa roche de granit. Seules les pointes de la cathédrale Saint-Pierre et des tours, celles de la Lauenturm et de la Tour Penchée des Riches, émergeaient le matin du brouillard de Bautzen qui se voyait de loin. Même les hautes murailles de la forteresse d'Ortenburg et l'Alte Wasserkunst, le vieux château d'eau, étaient plongés dans la brume. Dans la plupart des maisons, le bois de cheminée fut épuisé fin janvier, et là où l'argent manquait et où les livraisons de bois se faisaient attendre, les gens hachaient menu de petits meubles, des tabourets, des bancs et des meubles de jardin qui leur semblaient inutiles en plein hiver. Martha et Helene voyaient fondre leur pécule. À peine avaient-elles réussi à vendre un calendrier ou une carte postale qu'il leur fallait dépenser l'argent perçu. Le pain enchérissait de jour en jour. Elles auraient voulu trouver un gérant pour l'imprimerie, mais toutes leurs tentatives de prospection et d'embauche s'avérèrent inutiles. Les fabriques en bas près du fleuve licenciaient leurs ouvriers, ceux qui le pouvaient se réfugiaient à Breslau, Dresde ou Leipzig ; les grandes villes offraient plus de possibilités de se procurer de la nourriture et un logis chauffé.

Helene rangeait les entrepôts et les étagères de l'atelier. Les planches du haut étaient couvertes d'une épaisse couche de poussière et d'une foule de petits modèles d'impression dont personne n'aurait plus besoin. Dans les casiers du bas, au cours des années précédentes, Helene avait entassé des piles de papiers, mais plus d'une avait pris le chemin des poêles ces dernières semaines. Une courte flambée valait mieux que rien. Sûr que les longues planches des hautes étagères chaufferaient bien ! On ne serait pas obligé de démonter tout sur-le-champ. Helene n'utiliserait que le bois des deux planches du haut. Les planches étaient solidement fixées aux piliers de soutènement. Les étagères couraient sur toute la longueur de la pièce, du sol au plafond et du coin le plus reculé à la porte de devant. Elles resteraient de bonne dimension même privées des deux planches du haut. Un marteau à la main Helene grimpa sur l'échelle. Un carton avait glissé derrière les planches et était coincé entre le mur et le pilier. Helene se pencha en avant en se tenant à l'étagère et entreprit d'extraire le carton. Ensuite elle ferait sauter la planche supérieure de son point d'attache avec le marteau. Le carton restait coincé. En tâtonnant le long du mur Helene essayait d'en détacher un coin derrière le pilier, quand elle sentit remuer quelque chose de métallique. Elle tâta l'objet à l'arrière du pilier, le détacha, et se retrouva avec une clé en main. Elle était un peu rouillée, mais Helene sut immédiatement de quelle clé il s'agissait. La forme et les fioritures inhabituelles de la tête lui en étaient familières. Même son poids lui parut connu – alors qu'elle ne l'avait jamais tenue en main. Elle lui semblait un peu plus petite, comme si elle avait rétréci. Helene se rappelait bien son père en train de vider la caisse avec cette clé dans les mains, le soir, avant la guerre, puis de gagner la pièce du fond les mains pleines d'argent et d'en ouvrir la porte de la grande armoire. Bien qu'Helene se tournât vers la porte d'entrée sitôt la caisse ouverte, il lui adressait chaque soir un clin d'œil, de cet œil qui lui manquerait plus tard, en disant : Tu montes la garde à la porte ? Et si quelqu'un vient, tu siffles. Quelquefois Helene disait : Les filles ne sifflent pas. Et il répliquait en souriant : Tiens donc, alors tu es une fille ? Et une fois, il avait chanté derrière l'armoire ouverte un vers qu'il lui avait déjà écrit dans son album de poésie : Sois comme la violette sous la mousse, vertueuse, modeste et douce, et non comme la rose hautaine, toujours d'admiration en peine. Puis il avait changé de ton et chuchoté d'une voix menaçante, sur un mode presque incantatoire : Une fille doit savoir siffler, souviens-t'en.

Helene savait que la paroi arrière de l'armoire recélait la porte du coffre-fort. La clé en était restée introuvable pendant les années d'absence de son père et après son retour l'occasion ne s'était pas présentée de la lui demander. Helene adorait son père quand il lui caressait les cheveux et attirait sa tête à lui comme celle de son grand chien, pour rien au monde elle n'aurait voulu quitter ce havre de paix, et elle restait immobile jusqu'à ce qu'il l'envoie en haut à la cuisine ou dans la rue avec une tape amicale. Toutefois la maxime de la violette ne plaisait pas à Helene. Elle aimait bien le parfum sucré de la violette ainsi que sa délicatesse, mais la silhouette élancée des roses la séduisait au moins autant, leurs épines protectrices, leurs couleurs éclatantes, leur fastueux rose pâle et leur jaune qui rappelait la lumière des soleils d'octobre, enfin surtout, Helene aimait la chanson de Maria qui traverse la forêt de ronces. Elles la tenaient de Leontine qui la leur avait apprise avant son départ pour Berlin. En fleurissant, les ronces ne témoignaient-elles pas à Maria tout le respect possible et leur dévouement ? Dans la rose, tout semblait à Helene devoir inspirer au moins l'admiration, sinon l'envie. C'est par égard pour son père qu'elle avait tenté de goûter la maxime des filles et des fleurs, mais elle en était restée au stade de la tentative. Dans le jardin devant la maison Helene soignait des roses depuis l'an passé, pas des violettes. Elle ne faisait pas vraiment la culture des roses, elle soignait juste des rosiers sauvages qu'elle avait trouvés et déterrés sur la pente du Scharfenberg.

Quand Helene ouvrit le coffre-fort avec Martha, elles trouvèrent plusieurs piles de billets qui tous bien additionnés devaient donner dans les deux mille marks, ce qui les fit sourire. Qu'avait-on pu acheter pour cette somme des années auparavant ? Un pain entier peut-être, ou un demi. Au moins une demi-livre. Deux mille pains, affirmait Martha. Elles découvrirent un carnet d'adresses en cuir doré sur tranche et une pochette contenant pêle-mêle des lithographies de différentes grandeurs, et de provenances diverses à en juger par l'impression. Les lithographies montraient des femmes nues. Des femmes plantureuses, des femmes très peu semblables à elles et à leur mère. Des femmes en jarretelles, et des femmes avec des voiles et des corsets, mais aussi des femmes qui n'avaient absolument rien sur le corps.

Les sœurs se mirent à reporter de concert les noms et les adresses du carnet en cuir sur des enveloppes. Dans chaque enveloppe elles glissèrent un faire-part. À la lettre S, elles lurent le nom d'une tante dont elles n'avaient jamais entendu parler. Il était écrit : Fanny Steinitz. À la suite de son nom, leur père avait noté entre parenthèses, de sa fine écriture de fervent comptable, cousine de Selma, fille du défunt frère de Hugo Steinitz de Gleiwitz. L'adresse était Achenbachstrasse 21, W 50, à Berlin-Wilmendorf.

Avant même de pouvoir guetter l'occasion d'exploiter un des instants de lucidité de leur mère la semaine suivante pour l'interroger sur sa cousine qui vivait à Berlin, Helene avait rédigé de son propre chef une courte lettre. Ma chère Tante, ainsi commençait la lettre, c'est avec une bien triste nouvelle que nous nous tournons vers vous aujourd'hui, car notre père, l'époux de votre cousine Selma Würsich, est décédé le onze novembre de l'année dernière des suites de ses blessures de guerre. Vous trouverez ci-joint le faire-part de décès. Helene réfléchit, devait-elle évoquer l'état de leur mère, l'expliquer, et de quelle manière ? Évidemment la tante s'étonnerait de recevoir une lettre de ses nièces et non de sa cousine. Notre mère aurait bien entendu souhaité vous adresser elle-même ses meilleures pensées, mais sa santé n'est guère florissante ces dernières années. Avec nos affectueuses salutations, vos nièces, Martha et Helene Würsich.

Helene se demandait si la tante habitait toujours bien à cette adresse. Ne s'était-elle pas forcément mariée, ne serait-ce qu'une fois au fil des ans, et ne portait-elle pas un autre nom aujourd'hui ? Et bien sûr, la tante pourrait s'étonner que l'on reprît contact après tant d'années – d'autant qu'il avait dû se produire quelque chose pour que l'existence de cette cousine maternelle eût été passée sous silence dans les récits familiaux. Mais l'envie d'écrire cette lettre, sa curiosité et son espoir d'une réponse de Berlin balayèrent promptement tous les scrupules d'Helene.

Pâques était arrivé quand le facteur porta une enveloppe inhabituellement étroite sur laquelle figurait son nom : Mademoiselle

Helene Würsich. La tante avait une écriture élancée, couchée sur la droite, et la boucle supérieure de son H reposait souplement sur le e finement tracé. Voilà vraiment une surprise inouïe ! Après cette exclamation, leur tante avait sauté deux lignes et précisait que cela faisait bien longtemps qu'elle n'avait eu de nouvelles de sa folle de cousine. Elle se réjouissait sincèrement qu'il y eût maintenant deux enfants après toutes ces années, car leur contact s'était interrompu après la naissance de la première, Martha. Elle s'était demandé si sa cousine avait cessé toute relation à cause de leurs différends passés ou même si elle n'était pas morte de la fièvre puerpérale. En post-scriptum tante Fanny s'enquérait de la gravité de l'état de leur mère.

Un échange épistolaire commença. Elles répondirent qu'il n'y avait guère à dire de leur mère, car elle n'allait pas bien depuis des années et qu'aucun médecin ne pouvait l'aider apparemment. Helene réfléchissait avec Martha à la meilleure manière de décrire l'état maternel. Évoquer une mauvaise constitution ne voulait pas dire grand-chose d'autant que leur mère ne souffrait d'aucune maladie organique. La Femme de midi [1] dont Mariechen parlait de temps en temps leur vint à l'esprit. Avec un curieux sourire, Mariechen observait alors que sa dame, ainsi qu'elle nommait leur mère, se refusait simplement à parler à la Femme de midi. Dans ce cas, il n'y avait rien à faire, disait Mariechen en haussant les épaules. Alors que madame n'aurait eu qu'à parler une bonne heure du travail du lin avec la Femme de midi, rien de plus. Mariechen clignait des yeux. Juste transmettre un peu de savoir-faire. Martha et Helene connaissaient l'histoire de la Femme de midi depuis qu'elles étaient en âge de penser, elle avait quelque chose de consolant, parce qu'elle suggérait que la confusion mentale de leur mère ne tenait qu'à un sort facile à dissiper. Dans ce cas, il n'y a rien à faire, répétait alors Mariechen en haussant les épaules, son sourire indiquait qu'elle était sûre de son histoire de Femme de midi et qu'elle nourrissait une compassion très limitée envers son incroyable

1. *Die Mittagsfrau* : La Femme de midi, figure de légende slave qui apparaît portant une grande faux à ceux qui n'observent pas la pause de midi, souvent les jours de récolte, et fait perdre la raison à ses victimes, les paralyse ou les décapite. On ne peut s'en délivrer qu'en lui parlant une heure durant de l'art de filer le chanvre, la Mittagsfrau perdant son pouvoir au terme de cette heure. Cette légende est encore vivace de nos jours en Lusace.

dame. Et d'un autre côté celle-ci lui appartenait, ainsi, inexorablement à elle et à ses croyances. Mais soucieuses d'éviter que leur tante ne les associe aux superstitions paysannes et ne les soupçonne d'être un peu simplettes, Martha et Helene se gardèrent de parler de la Femme de midi dans leurs lettres à la tante berlinoise. Elles s'en tinrent donc à une description objective : un mal inexplicable, un tourment de l'âme dont la cause était difficile à déterminer et apparemment impossible à traiter.

Ah, ça ne l'étonnait pas, répondit tante Fanny, il y avait ce genre d'affections dans la famille, et elle demanda qui prenait soin des jeunes filles à présent.

Elles se débrouillaient toutes seules, dit Martha fièrement en priant Helene de l'écrire. Toutes les deux. Helene devait absolument rapporter à leur tante qu'elle serait la plus jeune élève infirmière à passer l'examen, en septembre, juste après deux ans d'études. Déjà elle aidait à la blanchisserie de l'hôpital pour un peu d'argent, si bien que leurs revenus suffisaient à subvenir à leurs modestes dépenses. Ce qui restait de la fortune familiale avait pourvu jusqu'ici à l'entretien de leur mère, de la maison et de Mariechen, mais à peine.

Helene hésita, ne vaudrait-il pas mieux parler d'une maigre fortune ?

Pourquoi ? Une fortune ne peut être maigre. Elle était considérable, mon ange.

Mais maintenant, il n'y a plus rien.

Faut-il qu'elle l'apprenne ? Nous ne sommes pas des mendiantes.

Helene ne voulait pas contredire Martha. La fierté de Martha avait une invincibilité qui lui plaisait. Helene continua à écrire. Nous n'avons pu mettre l'imprimerie en gérance, mais nous sommes parvenues à vendre quelques machines. Nous allons même devoir vendre la Monopol, car notre argent liquide est dévalué, il touche à sa fin, et nous n'avons pas de nouvelles de l'héritage de Breslau. Tante Fanny aurait-elle des informations concernant leur défunt oncle, le chapelier Herbert Steinitz, qui sur le tard tenait un magasin important sur le Ring à Breslau, à ce qu'on disait ?

Comment donc, le chapelier, répondit tante Fanny. Cet oncle fortuné n'avait aimé qu'une personne au monde, c'était son étrange cousine Selma. Il lui avait sûrement tout légué à elle. Mais on ne pouvait pas dire que Fanny, elle, eût jamais vraiment soigné les rapports avec cet oncle. Peut-être était-il possible de revenir sur cette attitude après coup ? Tout en sachant que la réputation de l'oncle reposait uniquement sur sa fortune ! Elle pouvait se renseigner sur lui auprès de ses frères à elle, dont l'un vivait encore à Gleiwitz et l'autre habitait Breslau.

Martha et Helene ne devaient recevoir l'héritage de leur mère qu'à l'automne. Il s'agissait des revenus locatifs d'un magasin et d'appartements situés dans un immeuble de rapport que l'oncle avait fait construire à Breslau, ainsi que de quelques titres qui n'avaient quasiment plus de valeur et, enfin, d'une grande malle flambant neuve qu'une voiture leur apporta par une des premières journées de fraîcheur de la fin septembre.

Le cocher se déclara prêt à monter tout seul la malle par l'escalier tant elle était légère.

Par chance, de sa chambre à coucher, leur mère ne remarqua pas l'arrivée de la malle. Martha et Helene attendirent donc que Mariechen se fût retirée le soir dans sa mansarde. Avec un couteau et un marteau, elles brisèrent les plombs et les sceaux. Un parfum méditerranéen de thym et de bois de pin les enveloppa. Dans la malle, entre du papier de soie et une quantité de chapeaux extravagants aux ornements compliqués de plumes et de pierres, se trouvaient de petits cubes de bois anguleux qui exhalaient un parfum de résine et qui étaient bien poncés, mais qui adhéraient sur les côtés. Sur chaque chapeau était posé un petit sachet plat de chanvre jaune rempli d'herbes séchées censées décourager les mites. Parmi les chapeaux il y avait deux petits chapeaux ronds singuliers qui ressemblaient à des pots et s'ajustèrent étroitement aux têtes d'Helene et de Martha. Au fond de la valise reposaient une *menora* enveloppée d'un velours épais couleur vert mousse et un drôle de poisson. Le poisson était composé de deux cornes de couleurs différentes, ornées de sculptures et assemblées avec art. Ses orbites, des marqueteries qui alternaient la corne claire et foncée, pouvaient avoir recélé des pierres précieuses jadis, du moins Martha le croyait-elle. À l'intérieur dans le corps évidé de la corne, Helene trouva un rouleau de papier. Testament. Je lègue tous mes biens à ma nièce bien-aimée Selma Steinitz, épouse Würsich, domiciliée à Bautzen. Ces volontés étaient signées Oncle Herbert. Plus avant dans le ventre du poisson se lovait une mince chaîne en or avec de minuscules pierres transparentes d'un rouge bleuté. Des rubis, supposa Martha. Helene s'étonna de cette connaissance des pierres précieuses qu'elle prétendait détenir. Machinalement Helene fit glisser les petites pierres dans sa main et les compta, vingt-deux.

Nous allons conserver le poisson là, dans la vitrine, dit Martha, elle prit le poisson des mains d'Helene et ouvrit la vitrine. Elle plaça le poisson dans l'une des étagères inférieures qui n'étaient pas visibles de l'extérieur. C'est d'un accord tacite qu'Helene et Martha ne demandèrent pas à leur mère ce qu'il devait advenir de ce poisson. Le mot conserver portait éventuellement sur la période correspondant au vivant de leur mère. Elles ne lui dirent rien du poisson, et les deux chapeaux à la mode disparurent dans leur penderie.

Quand un beau matin, avec l'aide de sa sœur, Martha introduisit dans la chambre assombrie de leur mère la malle avec les autres chapeaux, la *menora* et le testament, en la poussant, puis en la portant à pas prudents de clairière en clairière, car le sol de la chambre ne présentait plus de sentier praticable pour la grande malle, leur mère leva les yeux, effrayée. Tel un animal craintif, elle suivait des yeux les mouvements de ses filles. Elles portèrent la malle au-dessus d'un tas d'étoffes et d'habits et de deux petites tables encombrées d'un fouillis de petites branches, de petites boîtes, de cailloux et d'innombrables objets non identifiables à première vue, puis elles la redressèrent et la laissèrent enfin retomber contre le pied du lit maternel. Martha ouvrit la malle.

De la part de l'oncle de Breslau, le chapelier, dit-elle en brandissant deux grands chapeaux richement couverts de strass, de pierres et de perles.

Oncle Herbert, Breslau, corrobora Helene.

Leur mère acquiesça avec tant d'empressement, et son regard courut si vite de la porte à la fenêtre avant de se reporter sur Helene que les jeunes filles se demandèrent si elle avait compris.

N'ouvre pas les rideaux, ordonna leur mère à Helene. Elle renâcla méprisante quand Helene posa la *menora* sur l'appui de la fenêtre à côté de ses petits candélabres. La *menora* de leur mère avait brûlé pour la dernière fois le jour de la mort de son mari, leur mère n'avait allumé que six bougies, et à la question d'Helene pourquoi elle avait précisément omis la bougie du milieu, leur mère avait répondu d'une voix atone qu'il n'y avait plus d'ici, cette enfant ne l'avait-elle pas remarqué ? Helene ouvrait la fenêtre lorsqu'elle entendit un ricanement derrière elle. Sa mère s'étouffait de rire, quelque chose devait lui paraître prodigieusement comique.

Maman ? Helene tenta sa chance avec cette formule, à vrai dire il y avait des jours où on lui posait une question strictement pour rien. Sa mère ricanait. Maman ?

Sa mère se tut soudain. Et qui d'autre ? demanda-t-elle, et le ricanement reprit de plus belle.

Martha qui était déjà dans l'escalier appela Helene. Mais comme Helene atteignait la porte, sa mère la relança.

Tu crois que je ne sais pas pourquoi tu ouvres la fenêtre ? Dès que tu entres dans ma chambre, tu l'ouvres, sans demander.

Je voulais juste...

Tu ne réfléchis pas, mon enfant. Tu penses que ça sent mauvais dans ma chambre ? Oui, c'est ce que tu veux me montrer ? Que je pue ? Tu veux que je te dise, petite nouille ? L'âge venant, et il viendra aussi pour toi, les êtres commencent à pourrir. Oui, regarde bien, toi aussi tu pourriras comme ça un jour. Beurk ! Sa mère sauta sur le lit et se balança sur les genoux, au risque de basculer cul par-dessus tête. Elle riait et son rire cascadait avec une telle force dans sa gorge qu'il faisait mal à Helene. Je vais te confier un secret : si tu n'entres pas dans la chambre, ça ne puera pas. C'est tout simple, ah ! La mère ne riait plus méchamment, mais avec insouciance, soulagée. Helene demeurait là, indécise. Elle tentait de réfléchir au sens de ces paroles. Qu'est-ce qu'il y a ? File, ou veux-tu me faire puer, fille impitoyable !

Helene sortit.

Et ferme la porte derrière toi ! entendit-elle sa mère crier dans son dos.

Helene ferma la porte. En descendant l'escalier elle posa sa main sur la rampe. Comme la rampe lui paraissait familière, c'est tout juste si cette rampe qui la menait infailliblement en bas ne lui donnait pas un sentiment de bonheur.

En bas Helene trouva Martha assise dans le fauteuil de leur père. Elle aidait Mariechen à repriser le linge de lit.

Helene et Martha remercièrent leur tante Fanny de ses activités de médiatrice dans une longue missive pleine de descriptions minutieuses du temps qu'il faisait et de peintures de la vie quotidienne dans une petite ville de province. Elles lui écrivirent qu'elles avaient fait un deuxième semis de salades hivernales, auquel succéderait sous peu celui des races de choux résistant à l'hiver. On n'allait pas leur demander de s'occuper d'un jardin de fleurs par les temps qui couraient, mais il leur tenait réellement à cœur. Bien que la redevance d'eau eût terriblement augmenté, elles étaient parvenues à ne pas laisser sécher de tout l'été le massif qui se trouvait devant la maison. La fin de l'été amenait beaucoup de travaux de plein air. Helene avait déjà coupé et brûlé toutes les feuilles des rosiers. On avait préparé une décoction de cuivre à pulvériser contre la rouille et une autre de chaux soufrée contre le mildiou. Les asters étaient magnifiques. Seuls les oignons des fleurs leur donnaient du souci. Mariechen conseillait de planter maintenant les oignons de scilles et de narcisses, de tulipes et de jacinthes. Mais l'an passé, maints de ces oignons plantés si tôt avaient gelé pendant l'hiver. Elles adoraient la mâche et les épinards et en avaient semé de grandes quantités pour l'hiver, puisqu'on ne savait guère quand la situation générale s'améliorerait. Enfin, sur une petite presse trouvée bâchée et en parfait état de marche à l'atelier, elles avaient imprimé de petits calendriers pour l'année suivante et les coloriaient à la main chaque soir. Elles espéraient bien pouvoir en faire quelque chose sur les foires, ou au plus tard cet hiver sur le marché de Noël. Dieu soit loué, le marché de Noël était réservé aux commerçants locaux. Sinon les paysans des montagnes auraient cassé les prix. Chacun voit midi à sa porte. Pas plus tard qu'hier, elles avaient conçu un petit calendrier avec des préceptes paysans et des règles de bonne conduite. Ici en province les gens aimaient qu'on les rappelle à la vertu ; Helene avait de plus en plus l'impression qu'en Lusace c'était le consensus sur ces questions qui suscitait devant Dieu solidarité, vaillance et réconfort. Que pensait leur tante, par exemple, de ce genre de recommandations : la mesure et le travail sont les vraies médecines de l'homme ; le travail aiguise l'appétit et la mesure en empêche l'abusive satisfaction. Que les gens confondent aisément la culture et la morale avec l'apparence ! Ils excuseraient plutôt un méchant tour de garnements qu'un manquement aux formes. On gâte un jeune homme à coup sûr en l'incitant à faire plus de cas des gens qui pensent comme lui que des personnes d'avis contraire. On n'émoussera pas plus sûrement une intention qu'en la ressassant.

Ces lignes semblaient à Helene et à Martha autant d'extensions de leurs âmes charmantes lancées dans le ciel de Berlin propres à toucher leur tante en plein cœur, c'était leur souhait le plus ardent. La culture, c'est pouvoir se mettre à l'unisson de chaque être et que cet accord produise de l'harmonie, n'est-ce pas, très chère tante Fanny ? Vous nous êtes là un exemple sacré.

Ligne après ligne Helene et Martha s'efforçaient à un ton d'indépendance enjouée mêlé de reconnaissance. Quelle joie ! Cette affirmation semblait à Helene trop belle pour ne pas être écrite. Martha par contre ressentait une telle expression comme un affront et un mensonge proportionnels à l'épuisement qui l'envahissait quand elle pensait à leur vie à Bautzen. La frontière étroite entre la fierté et la modestie du ton leur semblait être la vraie gageure de la lettre. Sans arrêt les phrases étaient rayées et reformulées.

Un exemple sacré, objectait Martha, ça pourrait être mal compris.

Pourquoi mal ?

Parce qu'elle croira peut-être que nous nous moquons. Peut-être se sent-elle tout sauf sacrée et ne désire pas du tout être un exemple sacré.

Non ? Helene scrutait Martha. Alors, au moins ça la fera rire. Il faut absolument écrire cette phrase, sous peine de ne jamais la connaître.

Martha secouait la tête pensivement.

Elles mirent des heures avant de pouvoir s'atteler à la copie définitive dont l'exécution fut confiée à Helene, car l'écriture de Martha était souvent tremblée et toute de guingois ces derniers temps. Elle avait quelque chose à l'œil, prétendait-elle, mais Helene ne la croyait pas. Elle écrivit la phrase avec l'exemple sacré et conclut en demandant poliment à leur tante si elle n'aurait pas envie de leur rendre une petite visite à Bautzen.

Les jours passèrent sans amener de réponse, puis une semaine, puis deux, et Helene commença à s'inquiéter.

Les yeux de Martha n'étaient certainement pas malades. Lorsqu'elles se promenaient, et qu'Helene lui montrait au loin un chien à la robe dorée qui ressemblait au vieux chien de leur père, disparu depuis le jour où celui-ci avait dû partir pour la guerre, ou quand elle lui désignait une fleur minuscule au bord du chemin, Martha n'avait aucune peine à les distinguer nettement l'un et l'autre. Helene supposait plutôt que son écriture brouillée certains jours comme sa subite distraction à certains moments n'étaient pas sans rapport avec la seringue qui traînait parfois ces derniers mois sur le bord du lavabo où elle avait été négligemment oubliée, par Martha apparemment. Helene avait beau manipuler des seringues à l'hôpital maintenant, la vue d'une telle seringue sur son lavabo à la maison lui serrait la gorge. Tout se crispait en Helene quand elle voyait la seringue et ne voulait pas la voir. Les premières fois Helene avait été tellement effrayée, elle avait eu tellement honte pour Martha qu'elle voulait faire disparaître la seringue avant que Mariechen ne la découvre ou que Martha ne remarque sa propre négligence. Mais la faire disparaître aurait encore plus attiré l'attention et aurait rendu le silence impossible.

Avec le temps Helene s'était habituée à l'idée que Martha entretenait une habitude, un rapport quotidien avec la seringue. Helene n'abordait pas le sujet avec elle. Aussi, elle aurait eu du mal à poser loyalement la question, quand elle savait bien que Martha s'injectait de faibles doses de temps en temps depuis la mort de son père et l'abandon de Leontine – de la morphine sans doute, peut-être de la cocaïne.

Dans la période qui suivit la mort de son père, ce furent surtout les lettres de tante Fanny qui donnaient à Helene l'espoir d'une vie différente, au-delà des limites de Bautzen. Les vues qu'Helene connaissait de Berlin suffisaient à la plonger en extase devant la diversité des visages de la ville. Berlin, et ses femmes si bien mises, n'était-elle pas le Paris de l'Est, le Londres du continent, avec ses nuits qui ne finissaient jamais ?

Or tante Fanny ne réagit pas de tout le mois d'octobre à la lettre la plus détaillée, la plus sublime qu'Helene et Martha lui aient jamais adressée. Début novembre le silence devint insupportable à Helene, et elle la relança. Elle espérait qu'il n'était rien arrivé à leur tante ? En tout cas ici à Bautzen, on lui était infiniment reconnaissantes d'avoir établi le contact avec les parents du testateur de Breslau. Leur dernière lettre lui était-elle parvenue ? À Bautzen, la vie suivait son cours. Après sa réussite à l'examen, Helene barra le mot brillante, Helene avait commencé à travailler au service de chirurgie de l'hôpital, en septembre. Depuis elle gagnait un peu plus, et surtout elle était très contente des tâches qu'on lui assignait. Martha prit la plume des mains d'Helene et compléta de son écriture tremblée qu'Helene était en train de conquérir la place de Leontine, une amie infirmière partie pour Berlin deux ans plus tôt. Compte tenu de ses étonnantes dispositions, le professeur la réclamait de plus en plus souvent pour les opérations délicates, quand on devait l'assister avec une attention soutenue et une grande sûreté de gestes. Helene voulait supprimer les phrases de Martha, auxquelles elle trouvait quelque chose d'ostentatoire et d'arrogant. Mais Martha dit que l'erreur majeure d'Helene pourrait bien être de masquer ses capacités et de finir un beau jour dans les bras d'un homme en Cendrillon éplorée. Martha tendit la plume à Helene.

Tu ne le penses pas sérieusement ? Helene aurait souhaité que Martha cesse de la provoquer ainsi tout le temps. Elle prit la plume et continua à écrire.

L'entretien de leur mère était désormais assuré grâce à l'héritage de son oncle. Tante Fanny était cordialement invitée et serait à tout moment la bienvenue. Avec toute leur affection et en espérant recevoir bientôt signe de vie.

Helene songea à s'excuser de la lettre précédente et de ses descriptions débridées de leurs travaux ménagers. Il se pouvait bien que leur tante fût ennuyée et rebutée par ce genre de choses en fin de compte. Mais qu'elle puisse trouver l'exemple sacré insultant, Helene ne pouvait se le figurer. À moins qu'elle ne jugeât impudent d'être érigée en exemple par ces deux parpaillotes de nièces perdues dans ce trou de Lusace ?

Des semaines passèrent. La lettre tant attendue ne leur parvint que peu avant Noël. Elle était plus longue et paraissait écrite plus hâtivement que les précédentes, les syllabes toutes accrochées en étaient difficilement lisibles. Elle avait une foule de choses à régler pour les fêtes, les enfants de son cousin attendaient Hanuka avec impatience, et elle voulait leur acheter de petits présents, même son amant escomptait une petite attention pour Noël. Il ne serait pas déçu. Elle attendait la visite des cousins de Vienne et d'Anvers avec toute la mishpukhe[1] pour Hanuka. Aujourd'hui justement, elle avait

1. Mishpukhe : famille en yiddish.

un travail fou, car elle devait dresser le menu des fêtes avec sa nouvelle cuisinière. La cuisinière était une petite bleue, elle était jeune et inexpérimentée, et tante Fanny devait parfois mettre la main à la pâte. Ça ne lui déplaisait pas, car elle aimait bien faire la cuisine et elle ne supportait pas les quantités de farine que son ancienne cuisinière, enfin partie à la retraite, utilisait pour lier les sauces, ce qui les figeait en une bouillie compacte. Au fur et à mesure qu'elle avait avancé en âge, les sauces s'étaient épaissies et pullulaient de grumeaux que ses yeux fatigués ne distinguaient plus ou qu'elle produisait exprès, qui sait. Par dégoût du travail ? Ou pour se venger de son mari qui l'avait fait trimer toute seule jusqu'à la fin de ses jours, un bras cassé qui en avait profité pour exploiter son ardeur à la tâche ? Elle soupçonnait son ancienne cuisinière de mettre du lait ou de la crème dans ses casseroles, bien qu'elle l'eût maintes fois sommée de n'en rien faire. Elle n'allait pas jouer les hypocrites et prétendre vivre selon les préceptes culinaires d'autrefois. Non, mais elle n'aimait pas ce genre de tripotage laiteux. Plus encore que ses grumeaux, c'étaient ses récriminations quotidiennes sur son mari en train de fainéanter à la maison qui avaient exaspéré tante Fanny les derniers temps. Et ce n'était pas peu dire, quand les sauces n'avaient plus de sauce que le nom, que les morceaux de fricassée se dressaient tout englués dans une bouillie grumeleuse, et qu'on ne distinguait plus la moindre saveur de thym et de citron ! Du pudding à la viande, simplement atroce !

Helene et Martha ne purent s'empêcher de rire lorsqu'elles eurent en main la lettre tant attendue. Tout un monde se déployait là devant elles, et chaque phrase fut relue plusieurs fois.

Elles se demandaient si ces cousins de Vienne et d'Anvers leur étaient apparentés à elles aussi, leurs titres de cousins et le fait que tante Fanny n'eût évoqué d'époux dans aucune de ses lettres permettait de le supposer. Imperceptiblement Helene et Martha se redressaient. Assises sur le banc du poêle de faïence, elles se chauffaient le dos. Elles avaient l'impression que la lettre tenait le globe terrestre tout entier dans ses filets et que ce monde était familier à tante Fanny, qu'elle en avait une connaissance intime, voire qu'elle était elle-même ce monde. Leur tante ajoutait en post-scriptum qu'elle n'aurait sûrement pas l'occasion d'aller de sitôt à Bautzen, mais que les jeunes filles seraient peut-être tentées par une visite à

Berlin ou, bien volontiers quant à elle, par un séjour de quelque temps. Elles trouveraient ci-joint deux billets de chemin de fer de première classe de Dresde à Berlin. Dresde était bien la gare la plus proche de quelque importance ? Son appartement était assez grand puisqu'elle même n'avait pas d'enfant. Il y avait sûrement du travail à Berlin pour les deux jeunes filles. Elle souhaitait vivement les aider à faire leur chemin.

Helene et Martha se regardèrent. Elles hochèrent la tête en riant. Dire qu'elles avaient cru à la mort de leur père, il y avait deux ans de cela, que leur vie allait désormais se borner à travailler à l'hôpital et qu'elles finiraient leurs jours aux côtés d'une mère de plus en plus dérangée, or voilà que se présentait cette lettre, prologue d'un avenir qui restait à inventer. Helene saisit la main de Martha et essuya une larme sur sa figure. Elle contempla sa grande sœur dont elle n'avait cessé d'admirer l'attitude de modeste décence, dont les battements de cils tiraient toute leur grâce d'une apparence de parfaite pureté, mais dont le piquant portait la marque de ces baisers qu'Helene avait observés entre Martha et Leontine. Helene connaissait bien le masque de la vertu féminine, fait d'honnête modestie et de pureté virginale, le bien le plus précieux qu'une jeune fille puisse offrir – tout ce qui faisait les jeunes filles bien –, mais cette lettre exprimait autre chose, qui éveillait son désir. Helene baisa sa sœur aînée sur le lobe de l'oreille, elle se mit à le téter énergiquement, et plus les larmes chaudes coulaient librement sur les joues de sa sœur, plus Helene suçait fort, inconsciemment, – comme si seuls cette succion du lobe de son oreille et les filets d'eau salée sur les joues de sa sœur lui permettaient d'ignorer ses larmes et ne devoir rien penser ni rien dire. Helene et Martha restèrent assises un temps indéfini l'une près de l'autre, leurs visages accolés. L'esprit ne leur revint qu'au bout d'un moment. Les pleurs de Martha, le soulagement qui les avait suscités et dont ils étaient empreints donnaient à Helene une idée de ce qu'elle avait dû endurer. Cela faisait deux ans que Martha échangeait des lettres romantiques avec sa lointaine amie berlinoise, certes malheureuse en ménage, mais fort contente des nombreux théâtres et clubs de Berlin. Il n'y avait que quelques jours de cela, alors qu'elle attendait encore, pleine d'espoir et d'incertitude, la lettre de tante Fanny, Helene n'avait pu résister et s'était emparée secrètement d'une lettre adressée à Martha. Elle venait de Berlin, de

Leontine. Helene avait profité de ce que Martha finissait tard et elle avait ouvert habilement la lettre au-dessus de la vapeur d'une bouilloire. Ma douce, ainsi commençait Leontine. Je ne peux te dire assez combien tu me manques. Les études m'obligent rarement à travailler tard dans la nuit. Je donne déjà des cours en pathologie, aux étudiants débutants. Mais je dispose de mes week-ends. Hier nous sommes allées danser. Antonie avait emmené son amie Hedwige. Je leur ai montré sans façon ma nouvelle garde-robe – je l'ai dérobée à Lorenz. Mes amies jubilaient, mais je ne porte le pantalon de Lorenz qu'à la maison. Pour sortir je me suis cousu une nouvelle robe. Antonie aussi portait une robe ravissante, une robe d'après-midi couleur crème dont nous l'avons félicitée, confondues d'admiration. À hauteur du genou ! La taille non marquée. Elle dansait merveilleusement dedans et se délectait de nous faire perdre la raison. Qu'y a-t-il de plus excitant qu'un soupçon de taille et de hanche quand toute la coupe de la robe prétend les ignorer ? Une pivoine de soie fleurissait son décolleté. Nous nous l'arrachions pour danser. Ma belle et grande amie, je ne pouvais m'empêcher de penser à toi tout le temps. Te souviens-tu comme nous avons dansé la moitié de la nuit dans notre grenier. Ma douce, ma tendre, combien de fois ne suis-je avec toi en pensées. Cela me fend le cœur de ne pouvoir venir à Noël cette année non plus. Lorenz ne veut rien savoir. Il pense que ce serait une dépense inutile, puisque mon père se trouve très bien dans le foyer de ma sœur Mimi et que je ne manque à personne à la maison. Lorenz se soucie beaucoup d'avoir raison. Il ne dit rien qui puisse faire l'ombre d'un doute. Je te promets, il aurait dû devenir juriste. Il ferait la joie des tribunaux. Mais en privé, dans la vie commune, le regard de juste que jettent sur le monde ses yeux plissés de saurien m'agrée peu. Tu imagines combien ses affirmations m'agacent. Je pourrais le contredire à longueur de journée. Pourtant par moments ses paroles me deviennent indifférentes, et je quitte souvent la pièce et encore plus volontiers la maison sans lui répondre. Il adore avoir le dernier mot et reste souvent seul avec. Cela le satisfait-il ? Heureusement, nous nous voyons rarement. Il dort dans la bibliothèque. Tous les matins, je soutiens qu'on l'entend ronfler dans toute la maison. S'il n'y avait que cela ! À toi, je peux dire la vérité : il ronfle aussi peu que toi et moi. Mais je préfère qu'il dorme à l'autre bout de l'appartement et que nous nous croisions le moins possible. Ce soir je vais au théâtre avec Antonie. Au coin, dans la Harderstrasse, le cinéma Terra a fermé et il a été remplacé par un théâtre depuis le mois d'octobre. La réputation de Miss Sara Sampson fait déjà un malheur en ville. On dit que Lucie Höflich est une pure merveille dans le rôle de Marwood. Mais qu'est-ce que je te raconte là, mon cœur, à toi qui ne l'as encore jamais vue. Que ne donnerais-je pour y aller avec toi ce soir. Ne sois pas jalouse, ma délicieuse. Antonie se marie en avril et se dit déjà follement amoureuse. J'ai aperçu son fiancé une fois de loin, il n'avait pas très belle allure, un type mal dégrossi planté sur des jambes bien écartées ! Tout le contraire de la gracieuse Antonie. Comment se sont passés les examens d'Helene ? Donne bien le bonjour à la petite, je t'embrasse très tendrement, ton Léo.

Il était écrit ton et non ta, et il y avait une longue arabesque à l'encre pour le reste du nom, mais c'était sans conteste l'écriture de Leontine. Helene n'avait pas laissé voir qu'elle avait lu la lettre de Leontine adressée à Martha. Mais maintenant qu'elles se tenaient l'une contre l'autre penchées sur la lettre de tante Fanny quelques jours après, et que Martha pleurait, puis se mettait à rire de joie l'instant suivant à cause de l'invitation, Helene était certaine que sa sœur n'avait d'autre désir que de faire sa valise et de partir pour Berlin pour toujours. En première classe de chemin de fer, de Dresde à Berlin. Quelle importance que Bautzen eût bien une grande gare, à laquelle le professeur envoyait régulièrement Helene accueillir des collègues médecins et professeurs venus de tous les coins d'Allemagne, une gare qui ne passait vraiment pas pour provinciale. C'est même de là qu'étaient expédiés dans une bonne moitié du monde, et sûrement aussi à Berlin, les wagons fabriqués dans l'usine de wagons de Bautzen. On n'allait pas reprocher à tante Fanny de prendre Bautzen pour un village, alors qu'elle faisait montre d'une générosité inédite avec les billets de première. Quand ni Martha ni Helene n'avaient jamais pris le train !

Un après-midi de janvier à la nuit tombante, le professeur de chirurgie fit mander la jeune infirmière Helene dans son bureau. Il lui confia qu'il allait partir une semaine pour Dresde en mars. Il y retrouverait à l'université des collègues avec lesquels il entendait préparer un livre sur les dernières découvertes médicales. Il demanda à Helene si elle pourrait l'accompagner, elle n'aurait pas à le regretter. Il ne voulait pas trop s'avancer, dit-il à la petite infirmière d'à peine quinze ans, mais il la verrait bien un jour dans les fonctions d'assistante. Sa dextérité à la machine à écrire et ses connaissances de sténographie l'avaient convaincu. Elle était douée, intelligente, il serait honoré de l'emmener à son colloque de professeurs. Elle n'était sûrement jamais montée en automobile ? Son regard solennel mit Helene mal à l'aise, elle sentit sa gorge se nouer. Elle n'avait aucune crainte à avoir, dit le professeur en souriant, il s'agirait seulement de rédiger quelques comptes rendus, car sa vieille secrétaire ne pouvait plus voyager à cause de son hydropisie et elle se fatiguait très vite maintenant. Helene se sentit rougir. Il y a peu de temps encore, cette proposition lui serait apparue comme le plus beau des défis. Mais aujourd'hui elle caressait d'autres projets, dont le professeur ne pouvait évidemment rien savoir.

Nous allons quitter la ville en mars toutes les deux, Martha et moi, explosa-t-elle.

Et comme le professeur la dévisageait en silence, ne semblant vraiment pas comprendre le sens de ces mots, elle en chercha d'autres.

Nous partons pour Berlin, nous avons une tante là-bas qui offre de nous loger.

Le professeur se leva et se pencha avec son monocle sur la carte Pharus accrochée à son mur. Berlin ? Il donnait l'impression de ne pas connaître cette ville et de la chercher non sans peine sur la carte murale.

Helene acquiesça, leur tante avait envoyé les billets de Dresde à Berlin, il leur manquait juste l'argent du trajet de Bautzen à Dresde. Si le professeur avait l'obligeance de bien vouloir les prendre dans son automobile jusqu'à Dresde, elle lui rédigerait volontiers les comptes rendus pendant son colloque et poursuivrait ensuite son voyage en train vers Berlin. Pourrais-je savoir quand doit se tenir votre colloque ?

Le professeur chirurgien ne partageait pas vraiment la joie d'Helene. Au lieu de répondre à sa question sur la date du colloque, il la mit en garde contre toute action précipitée. Et quand Helene l'assura qu'elle n'était nullement précipitée, bien au contraire, puisque Martha et elle ne pensaient qu'à cela depuis un bout de temps, il se renfrogna.

Que ces jeunes dames n'aillent pas se surestimer, lui rappela-t-il. Elles étaient pourtant d'une famille d'honorables protestants, et leur père avait été un citoyen respecté de Bautzen. Leur pauvre mère n'était-elle pas seule et souffrante, autant qu'il sache ? Quelle mouche les piquait de vouloir renier ainsi leurs origines, au mépris de leurs responsabilités ?

Helene battait convulsivement des talons. Elle rappela au professeur que Leontine elle aussi vivait à Berlin où elle étudiait la médecine grâce à ses recommandations. Mais c'était la gaffe à ne pas faire apparemment. Le professeur sortit de ses gonds. Il cria : grâce à mes recommandations ? Vous êtes un ramassis d'ingrates, vous ignorez toute décence ! Sans parler de reconnaissance. Il crevait les yeux que le mariage de Leontine n'avait pas été un mariage d'amour. Il l'avait entendue dire à une autre infirmière que ce mariage était une chose judicieuse. Pas une bonne chose, non, une chose judicieuse ! Qu'on s'imagine un peu, cela ne manquait pas de sel ! Avait-elle voulu le ridiculiser, lui, son professeur, voire le rendre jaloux ? La vénération qu'elle lui portait était-elle montée à la tête de cette petite Leontine ? Une chose judicieuse ? Ç'aurait sûrement été plus judicieux de sa part de rester aux côtés de son professeur. Quelle peine perdue que de permettre aux femmes d'étudier ! Une profession synonyme de constance, de force et de concentration, qui suppose que l'on se soumette à des contraintes physiques et intellectuelles, les femmes n'avaient rien à y faire. Elles resteraient toujours des seconds couteaux, simplement parce que dans ce corps qui était le leur, seuls les meilleurs pouvaient être admis à la recherche et autorisés à pratiquer. Le professeur s'essoufflait, l'acuité intellectuelle, c'est cela qui importait. Il haletait de plus belle. Pourquoi une femme aurait-elle dû faire des études ? Leontine avait été une infirmière remarquable, vraiment excellente. Quel gâchis. Qui s'en serait douté ? Cela lui paraissait une véritable trahison qu'elle eût empoché sans scrupule ses recommandations et fût partie se marier à Berlin !

Helene se cacha la figure dans ses mains. Jamais elle n'aurait soupçonné que le professeur nourrissait une telle rancœur contre Leontine. Chaque fois qu'il l'évoquait devant les médecins ou les autres infirmières, il avait la bouche pleine des capacités de mademoiselle Leontine. Helene avait cru entendre de la fierté dans sa voix quand il rapportait que son bébé infirmière, comme il l'appelait, poursuivait maintenant ses études à Berlin.

Ôtez vos mains, Helene, cria-t-il en attrapant ses mains pour les arracher de son visage afin de la regarder dans les yeux, et en passant il effleura les seins d'Helene du dos de la main si rudement qu'Helene espéra de toutes ses forces qu'il ne s'en était pas aperçu. Il la releva de sa chaise en la hissant par la tête des deux mains. Ses mains lui faisaient mal, elles lui écrasaient les oreilles. Qu'est-ce que vous vous imaginez, mademoiselle ? Croyez-vous jamais pouvoir être aussi bien qu'à mes côtés, dans mon service ? Je vous permets de tenir mes instruments quand j'ouvre des crânes, même pour l'opération de ma femme je vous ai laissée faire la suture. Qu'est-ce que vous voulez à la fin ?

Helene aurait voulu répondre à ses questions, mais tout était sourd et muet dans sa tête.

Le professeur lâcha sa tête et se mit à faire les cent pas rapidement. Helene sentait ses oreilles lui cuire, endolories. Depuis qu'elle l'avait vu opérer la première fois et qu'elle avait découvert ses mains qui dégageaient une impression de calme, de sûreté, de douceur presque, comme s'il jouait d'un instrument plutôt qu'avec des os, des tendons, des tumeurs et des artères, depuis cette première vision de ses mains où elle avait observé les mouvements subtils et exacts de chacun de ses doigts, elle l'admirait. Au début elle l'avait craint à cause de l'admiration qu'elle lui portait et de sa compétence, puis elle avait appris à l'estimer, justement car il n'en profitait jamais pour humilier ses collaborateurs, parce qu'il était toujours au service de ses patients et de son art, l'art de la médecine. Jamais Helene n'avait surpris une parole plus haute que l'autre, encore moins un geste grossier. Même quand ils avaient travaillé dix heures d'affilée, une fois quinze même, la moitié de la nuit, après un accident à l'usine de wagons, le professeur lui avait constamment paru animé d'un calme surnaturel qui irradiait certes une grande sûreté, mais aussi la bonté. Or le professeur basculait maintenant la lampe de son bureau afin qu'elle éblouît Helene.

Présomption ? Le professeur s'interrogeait comme pour procéder à une anamnèse. Probablement pas, se répondait-il à lui-même. Il avança d'un pas vers elle et lui prit le menton.

Étourderie ? Sûrement. Le professeur pencha la tête de côté et sa voix s'adoucit : Peut-être, bêtise. Comme s'il se demandait si ce diagnostic pouvait améliorer le cas d'Helene.

Helene baissa les yeux. Pardonnez-moi, je vous en prie.

Pardonner ? La bêtise est bien la dernière chose que je pardonnerais. Dites-le-moi franchement, librement, qu'attendez-vous de Berlin, mon enfant ?

Helene regarda le sol qui brillait de propreté. Nous, nous, elle bégayait et cherchait des mots capables d'en dire plus que ses pensées. L'époque actuelle, la cherté de la vie, monsieur le professeur. Les gens veulent manifester devant le conseil municipal, ils réclament du travail et du pain. Ici aussi, à l'hôpital, il y a eu des rumeurs de licenciements. Vous avez dû en entendre parler, monsieur le professeur ? À Berlin, Martha et moi aurons plus de possibilités, je vous en prie, comprenez-moi, des possibilités. Là-bas, nous travaillerons, nous ferons des études – peut-être.

Faire des études – peut-être ? Vous n'avez aucune idée de ce que cela signifie, mon enfant. Savez-vous quel engagement requièrent les études, quelle maîtrise intellectuelle, quelles exigences ? Vous n'êtes pas de taille. Je regrette d'avoir à vous le dire franchement, mon enfant, mais il faut que je vous mette en garde. Oui, il est de mon devoir de vous mettre en garde. Et le coût, vous ne vous faites aucune idée du coût. Qui subviendra à vos besoins, si vous faites des études ? Vous n'êtes pas de ces proies faciles prêtes à courir le monde comme des catins.

Certainement, monsieur le professeur, certainement. Helene était à court d'idées. Elle avait honte.

Certainement, grommela le professeur. Son regard s'attarda sur le visage lisse et régulier d'Helene qui ne pouvait sûrement rien cacher, son regard s'insinuait en elle, appuyé, elle voulait répondre quelque chose, se défendre contre son regard, mais elle y lut un désir qui la fit détourner rapidement les yeux et laisser libre cours à ses larmes. Elle prit son mouchoir dans sa manche et s'en tamponna les yeux.

Helene. La voix adoucie du professeur caressa son oreille. Ne pleurez pas, mon enfant. Vous n'avez personne, je sais. Personne qui s'occupe de vous et vous protège, comme seul un père pourrait le faire.

Ces paroles firent pleurer Helene de plus belle, à son corps défendant elle sanglotait maintenant, et elle laissa le professeur poser sa main, puis son bras autour d'elle.

Allons, cessez de pleurer, voyons, Helene, suppliait-il, pardonnez-moi ma sévérité, Helene. Le professeur la serrait maintenant délicatement contre lui, Helene sentit sa barbe lui toucher les cheveux, sa tête s'incliner vers elle, et sa bouche, son nez se poser sur ses cheveux, comme s'ils étaient mari et femme, qu'ils forment un couple, un homme et une femme. C'était la première fois qu'un homme l'approchait de si près. Il sentait le tabac et le vermouth, et peut-être l'homme. Helene perçut un frémissement dans sa poitrine, son cœur battait la chamade. Elle avait chaud et froid, puis elle eut mal au cœur. Elle avait dû perdre la faculté de respirer. Enfin elle ne pensa plus qu'à ce qu'il la lâche, faute de quoi c'est elle qui devrait le repousser, de toutes ses forces, le repousser comme il convient à une jeune fille.

Et il la lâcha. Tout à coup. Simplement. Il recula d'un pas et se détourna. Sans la regarder, il dit d'une voix sèche : Je vous emmènerai à Dresde, Helene, vous et votre sœur. Vous dites que vous avez les billets pour le reste du voyage ?

Helene fit oui de la tête.

Le professeur passa derrière son bureau et rectifia une pile de livres.

Naturellement, je vous rédigerai les comptes rendus, à Dresde, s'empressa de dire Helene. Sa voix était assourdie.

Pardon ? Le professeur la regardait interrogateur. Les comptes rendus ? Ah, vous voulez dire... Non, mademoiselle Helene, vous ne rédigerez pas mes comptes rendus, plus maintenant.

Les semaines suivantes le professeur ne manda que rarement mademoiselle Helene à ses côtés à la table d'opération. Il ne lui dicta plus non plus de comptes rendus ni de courrier. Et toutes les tâches qui attendaient Helene loin de la table d'opération relevaient strictement des instructions de la surveillante. Helene nettoyait les instruments, elle lavait les patients dans leurs lits, les faisait manger et vidait les bassins. Elle récurait les langues chargées des vieillards et soignait leurs escarres. Comme on ne lui avait pas encore retiré la clé de l'armoire aux poisons, elle put subtiliser d'infimes doses de morphine pour Martha. Par les portes à battants elle entendait les cris et les gémissements des femmes en salle de travail, et les jours de soleil elle observait les femmes montrer la neige dans le jardin à leurs nouveau-nés. Le service des accouchées était entre les mains des sages-femmes. Si Helene avait voulu rester ici, elle serait allée les voir et aurait proposé son aide. Mais si elle avait voulu rester ici, elle serait encore à la table d'opération en train de tendre ses instruments au professeur, de prendre une aiguille et de recoudre des ventres. Helene frottait les sols. L'avantage était qu'elle travaillait plus souvent avec Martha maintenant et qu'en nettoyant les couloirs elles pouvaient parler de leur avenir et de Berlin. Bien qu'Helene ne prît presque plus jamais part aux opérations, d'autant que le professeur avait pris une nouvelle infirmière pour le seconder, il ne faisait pas l'ombre d'un doute qu'il tiendrait sa promesse. Il ne s'agissait plus que d'attendre qu'on soit en mars, puis jusqu'à la fin du mois.

Avec l'aide de son assistant le professeur parvint à fixer la valise des deux sœurs à l'arrière de sa voiture. Puis il fit monter les jeunes femmes. Pendant le trajet, d'une voix de stentor à laquelle le contraignaient le vacarme du moteur et les divers bruits du véhicule, il instruisait les jeunes filles. Par les temps qui couraient, il importait de placer ses valeurs dans des biens durables, expliquait-il. Une automobile comme la sienne, c'était exactement ce qu'il fallait. Avaient-elles envie d'essayer de conduire ?

Absolument. Martha devait prendre le volant en premier. Au bout de quelques mètres elle dirigea le véhicule droit dans un champ. Les sillons du champ encore noirs cédèrent quand la voiture commença à rouler sur la terre. La voiture s'embourba et se mit à fumer. Ils durent sortir tous les trois. Sur l'eau qui recouvrait les sillons du champ s'était formée une fine pellicule de glace qui craquait quand on marchait dessus. Pendant que Martha se frottait le bras, le professeur et Helene poussaient et hissaient de toutes leurs forces afin de remettre l'automobile sur la chaussée. Le professeur ne voulut plus entendre parler de laisser le volant à une des sœurs.

Il n'était pas midi quand ils passèrent la Merveille Bleue. Le professeur s'extasiait sur la splendeur et le génie de l'ouvrage d'art, mais Martha et Helene ne distinguaient que des arcs métalliques qui s'élançaient dans le ciel à côté de la vitre et leur bleu légendaire ne pouvait rivaliser avec la couleur du fleuve. L'Elbe haute qui débordait sur ses berges leur semblait autrement splendide. Le trajet à travers le quartier des villas dura plus longtemps que prévu, ils durent s'arrêter une fois pour remettre de l'eau. Puis tout alla très vite, des fiacres les dépassaient, la circulation s'animait. Helene aurait bien aimé visiter le port, mais le temps pressait. Le professeur conduisit les deux sœurs à la gare comme promis. Les horloges des deux tours marquaient des heures différentes, le professeur était certain qu'il fallait se fier à celle qui allait dix minutes plus vite. La grandeur du hall à trois nefs avec ses arceaux métalliques surprit Martha et Helene. C'était la première fois qu'elles voyaient de tels arcs métalliques supporter une verrière en forme de dôme. Le soleil brillait à travers des nuages gris, il allait pleuvoir. Des masses de gens se pressaient le long des luxueuses vitrines des boutiques et gagnaient ensuite l'un des nombreux quais. Une corbeille de citrons se renversa, et les gens s'abattirent sur les fruits jaunes qui roulaient par terre comme la pauvreté sur le monde. Helene ne put résister, elle se baissa aussi et escamota un citron dans son sac. Deux petits garçons les assaillirent pour leur vendre une botte de chatons de saule. Une vieille femme tendait la main, un nourrisson dans les bras. Il ne pouvait pas être d'elle, et Helene pensa que la mère était peut-être morte en couches. Mais qu'est-ce qui lui prenait de penser à la mort d'une mère ? Avant que les sœurs aient pu réagir, un petit porteur avait chargé leur valise sur son chariot et courait devant elles en criant attention, attention. Le professeur recommanda à Martha et à Helene de ne jamais quitter des yeux ni leurs sacs ni le porteur dans la foule. Malgré leurs protestations, le professeur tint à mener les deux sœurs à leur train. Il les accompagna au quai, au wagon à bagages, à leur voiture, et enfin à leurs places dans leur compartiment de première. Impassible, il remit en souriant à Martha un petit en-cas que sa femme avait préparé le matin. Du saucisson cuit et des œufs durs, dit-il à mi-voix. Comme il l'avait fait pendant tout le trajet, le professeur évitait de regarder Helene. Mais il se montra aimable, leur tendit la main à toutes deux et descendit du train. Peut-être allait-il surgir sur le quai devant la vitre en agitant un mouchoir blanc ? Mais non, elles ne le virent plus.

Le train siffla. Il sortit de la gare de Dresde au ralenti. Le vrombissement de la locomotive était si assourdissant qu'Helene et Martha ne se parlaient pas. Les voyageurs continuaient à se bousculer dans le couloir en cherchant leur compartiment et leur place. Helene et Martha étaient depuis longtemps installées sur leurs sièges de velours capitonnés. Dans l'excitation, elles avaient certes oublié de se débarrasser de leurs manteaux et de leurs gants, mais elles se penchaient de tous côtés à la fenêtre pour ne rien perdre de la vue. Elles avaient vraiment le sentiment qu'avec leurs places de luxe, cette fenêtre et ce train commençait une nouvelle vie, une vie qui n'aurait plus rien à voir avec Bautzen, une vie qui effacerait ces dernières semaines auprès de leur mère qui ne faisait que jurer et somnoler. Des grues s'élevaient dans le ciel à main gauche, elles faisaient sûrement partie du port et du chantier naval qu'on ne pouvait pas voir du train. C'était certain, Mariechen veillerait bien sur leur mère, elles lui enverraient l'argent nécessaire chaque premier du mois, Martha et Helene le lui avaient promis en prenant congé. À quoi d'autre auraient bien pu servir les revenus des loyers de Breslau ? De concert elles avaient décidé que Mariechen continuerait dans un premier temps à habiter avec leur mère, Tuchmacherstrasse. Mariechen les avait remerciées de la proposition, elle n'aurait vraiment pas su où aller à son âge, après vingt-sept ans de service dans la famille.

Les dernières maisons de la Vieille Ville défilèrent, le train passa si lentement sur le Marienbrücke qu'on aurait été aussi vite à pied, les bords de l'Elbe étaient encore plus noirs que verts. L'Elbe était pleine, ici en ville elle sortait à peine de son lit. Une péniche chargée de charbon se traînait paresseusement à contre-courant. Helene doutait qu'elle arrive un jour à Pirna. À nouveau il y eut des maisons, des rues, des places, et le train passa une petite gare. On mit du temps à distancer les immeubles de la ville, puis les petites maisons basses et les jardinets de la banlieue. Dans le lointain, Helene crut reconnaître les contreforts des monts de Lusace, une excitation joyeuse et un sentiment de soulagement la saisirent, quand ils disparurent eux aussi de son champ de vision et que le train roula enfin à travers les prairies, les bois, la campagne. De la brume planait au-dessus des prés qu'on longeait, seule une pointe de vert attestait le début du printemps, et le soleil, qui transperçait de temps en temps le matelas de brume.

Helene avait l'impression d'être partie depuis des semaines. Elle ouvrit le paquet de provisions de la femme du professeur et en offrit à Martha. Elles mangèrent les sandwichs au fameux saucisson cuit qui avait un goût de boudin et une fine consistance de sang coagulé, dévorant le pain tartiné de purée rouge-noir comme si elles n'avaient rien mangé depuis des années et que le boudin fût un mets divin. Avec, elles burent le thé qu'elles avaient emporté dans une bouteille isolante couverte de rotin. Puis elles se sentirent si épuisées qu'elles piquèrent du nez avant même d'atteindre le prochain arrêt.

Quand elles se réveillèrent, les voyageurs étaient déjà debout aux fenêtres et dans le couloir. L'arrivée en ville et l'Anhalter Bahnhof peu après leur arrachèrent de discrètes exclamations de surprise. Berlin, son immensité, la foule des passants, les bicyclettes, les fiacres et les automobiles dépassaient l'imagination. Martha et Helene qui s'étaient cru de taille à affronter la métropole après la gare de Dresde se tenaient maintenant très fort par la main, qu'elles avaient froide et moite. Le vacarme assourdissant du hall de gare pénétrait à l'intérieur du train par les fenêtres ouvertes. Les voyageurs se pressaient des compartiments dans le couloir pour tâcher d'atteindre les portières, du dehors parvenaient à Helene les cris et les sifflements des porteurs qui offraient bruyamment leurs services depuis le quai. La panique saisit les jeunes filles qui craignirent soudain de ne pas sortir du train à temps. Martha trébucha en descendant et se prit si bien les pieds dans son manteau qu'elle atterrit moitié glissant, moitié tombant sur le quai. Elle se retrouva les quatre fers en l'air. Helene ne put s'empêcher de rire et en eut honte. Elle serra les poings et mordit dans ses gants. L'instant suivant elle saisissait la barre, acceptait la main secourable d'un monsieur d'un certain âge, et se dépêchait de descendre. Avec l'aide du monsieur d'un certain âge elle aida Martha à se relever. La gare était pleine de gens, certains venaient chercher leurs proches, mais il y avait aussi de nombreux vendeurs et des jeunes femmes qui couraient de-ci de-là, offrant qui des journaux, qui des fleurs ou de vous cirer les chaussures, autant de choses dont Martha et Helene s'apercevaient maintenant qu'elles leur manquaient. D'un même mouvement, elles baissèrent les yeux et prirent conscience de la saleté de leurs chaussures. La terre saxonne des sillons d'où elles avaient dégagé l'automobile du professeur y collait encore. Leurs mains étaient vides quand elles auraient dû penser depuis longtemps à un présent pour leur tante. Le physicien Röntgen n'était-il pas mort récemment ? Helene explorait les recoins de sa mémoire à la recherche des nouvelles du monde dont elle avait entendu parler ces derniers temps. Elle avait rarement saisi l'occasion de lire un des journaux qui traînaient à l'hôpital. Que savait-elle donc de la marche du monde en général, et de Berlin en particulier ? Un petit bouquet de tulipes de mars, peut-être ? Étaient-ce de vraies tulipes ? Jamais encore Helene n'avait vu de tulipes aussi grandes ni aussi longues.

Comme elle ne pouvait saisir au vol ni retenir aucune de ces pensées fugitives – elles auraient dû se mettre en temps utile à la planche à billets, se dit-elle, puis : quelle ineptie, et : qu'était donc Cuno ? Président du Reich, chancelier ? Puis lui revint à l'esprit ce nom qui sonnait bien : Thyssen et la France et le charbon, du charbon, une mine, une mine d'or, une planche à billets, ça aurait pu être une solution – légale ou pas, dit-elle à Martha qui passait son manteau et fourrait ses cheveux dans son chapeau : Allons-y. Avec un peu de chance, leur malle serait encore là.

D'un même pas les sœurs parcoururent rapidement le quai jusqu'au wagon à bagages. Là une queue s'était formée. Sans arrêt les jeunes filles jetaient des coups d'œil derrière elles. Certes leur tante leur avait suggéré de prendre un Kremser [1] ou le tramway pour aller chez elle, Achenbachstrassse. Mais se pouvait-il qu'elle fût venue les chercher à la gare malgré tout ?

Tu crois que tante Fanny va nous reconnaître ?

Elle n'aura pas tellement le choix. Martha avait déjà sorti le ticket de bagages et comptait la monnaie, alors qu'elles avaient encore une longue queue devant elles.

Avec toi, ce ne sera pas difficile. Helene examina Martha : Tu ressembles à maman.

Seulement va savoir si tante Fanny pourra et voudra s'en apercevoir. Peut-être ne sait-elle absolument plus de quoi avait l'air sa cousine.

Elle n'aura pas de photographie de maman. Maman n'en possède qu'une d'avant notre naissance, celle de son mariage.

---

1. Kremser : ligne de bus à chevaux à plusieurs places inventé par Kremser à Berlin.

Possède ? Martha sourit. Disons, possédait. En tout cas, j'ai pris la photographie. Il nous fallait un souvenir, n'est-ce pas ?

Un souvenir ? Helene regarda Martha perplexe. Elle eut envie de dire : Moi pas, mais s'en abstint.

Un hébergement, siou plaît ? Une bonne pension, les p'tites dames ? Quelqu'un s'accrochait à Helene, la tirait dans le dos par son manteau. Ou une p'tite chambre pas chère, privée, chez l'habitant ? Helene se retourna, derrière elle se trouvait un jeune homme en haillons.

Avec l'eau courante et la lumière électrique ? s'enquit un deuxième en poussant le premier de côté.

Moi, j'peux vous recommander quèqu'chose, les pensions de famille, c'est pouilleux et les hôtels, personne peut pus payer. Suivez-moi ! Une femme d'un certain âge attrapa Helene par le bras.

Lâchez-moi ! La voix d'Helene s'étranglait de frayeur. Merci, merci, nous n'avons besoin de rien, disait Martha tous azimuts.

Nous avons une tante à Berlin, précisa Helene en boutonnant son manteau jusqu'au cou.

Sûrement, elles ne s'aimaient pas, tante Fanny devait se croire supérieure, cria Martha en mettant sa main en cornet à l'oreille d'Helene. Et elle l'était aussi, supérieure !

Tu penses ? Je ne crois pas. Helene avait souvent un sentiment de gêne quand Martha disait du mal de leur mère. Certes elle avait craint leur mère et s'était querellée avec elle, mais ça la heurtait, elle ne supportait pas que Martha manifestât ainsi, gratuitement, sa mauvaise opinion d'elle. Martha se plaisait à nommer le mal, elle prenait à faire tomber les masques un plaisir qu'Helene ne partageait qu'avec réticence, et rarement.

Tante Fanny a volé maman, affirmait Helene maintenant. Elle se rappelait que leur mère le leur avait dit, le soir où elles lui avaient appris leur correspondance avec tante Fanny.

Ah oui et tu crois ça ? Martha se moquait. Qu'est-elle censée avoir volé ? Une amanite séchée peut-être ? Si tu veux mon avis, elle a tout inventé. Ou c'était l'inverse. Tante Fanny n'en avait pas besoin, jamais de la vie.

Ce doit être une dame distinguée, j'en suis sûre. Helene regarda devant elle, la queue avait diminué et, dans le feu de leur conversation, les deux sœurs n'avaient pas entendu leur numéro qu'un homme criait devant à la ronde, à la grande porte du wagon à bagages, pour la quatrième fois, il appelait même leur nom maintenant.

Les motions des partis démocratiques repoussées ! Un vendeur hurlait à gorge déployée en brandissant furieusement un journal, la pile menaçant de lui tomber des bras. Longue vie aux Sections d'Assaut du parti national-socialiste !

Du réchauffé, se moquait un autre qui criait maintenant à son tour à gorge déployée : Tremblement de terre ! Lui aussi agitait sa feuille furieusement et Helene se demanda s'il ne venait pas juste d'inventer la nouvelle pour augmenter ses ventes. En tout cas les gens s'arrachaient le journal. Grand tremblement de terre en Chine !

Et pour la dernière fois ! Première classe, Würsich, Numéro quatre cent trente-sept !

Ici, c'est nous, hurla Helene aussi fort qu'elle put en bondissant en avant et en se précipitant vers l'homme, qui faute de propriétaire s'apprêtait à pousser leur malle sur le grand chariot des bagages non récupérés.

Rote Fahne ! criait une fille fluette avec une petite voiture à bras pleine de journaux. *Rote Fahne !*

La *Vossische* !

Le *Völkischer Beobachter* ! Helene reconnut le petit marchand de journaux de tout à l'heure. Quel âge pouvait-il avoir ? Dix ? Douze ans ? Occupation de la Ruhr prolongée ! Pas de charbon pour la France ! Tremblement de terre en Chine ! Lui aussi annonçait maintenant le tremblement de terre, bien qu'il fût improbable que son journal le traitât déjà.

Achetez la *Weltbühne*, messieurs-dames, tout juste sortie des presses, la *Weltbühne* ! Un monsieur étonnamment grand en chapeau, lunettes et costume arpentait le quai à longues enjambées. Quoiqu'il parlât avec un accent étrange qui le fit immédiatement prendre pour un Russe par Helene, ses petites brochures rouges étaient très bien accueillies. À peine avait-il dépassé Helene et Martha qu'une dame élégante lui prit sa dernière brochure.

Il fallut que quelqu'un crie *Vorwärts* ! *Vorwärts* ! *Vorwärts* ! pour qu'Helene se résolût à tirer bravement une liasse de billets de la poche de son manteau. Le citron s'y trouvait encore. Les billets sentaient le citron maintenant. Le *Vorwärts*, elle le connaissait et cela ferait sûrement bien, cultivé, d'arriver chez leur tante un journal sous le bras.

Elles prirent un fiacre à plusieurs places, c'était peut-être cela que tante Fanny appelait un Kremser. L'ombre des immeubles et des colonnes publicitaires s'allongeait déjà. Sur le quai Schöneberger, le fiacre s'arrêta, le cheval fit mine de s'incliner, tomba à genoux, ses jambes antérieures se dérobèrent sous lui, il y eut un craquement, un bris de bois, et le cheval s'écroula sur le côté dans son harnais. Le cocher bondit. Il cria quelque chose, sauta de voiture et tambourina sur l'encolure de l'animal affaissé, il fit le tour de la voiture, prit le seau suspendu et s'éloigna sans un mot d'explication. Helene vit qu'il était allé à une pompe et qu'il devait attendre qu'un autre eût rempli son seau avant que son tour n'arrive. On allumait les réverbères le long de la rue. Cela brillait, cela scintillait de partout. Tant de lumières, Helene se leva et regarda autour d'elle. Une automobile avec un drôle de motif à damiers qui s'enroulait autour du véhicule comme un galon s'arrêta près d'elles. Avaient-elles besoin d'aide, s'enquit le conducteur par la vitre. Vous avez peut-être besoin d'un taxi ? Mais Martha et Helene secouèrent la tête en cherchant leur cocher des yeux. Le chauffeur de taxi ne se le fit pas dire deux fois. Devant, au croisement, un jeune homme le hélait déjà.

Nous aurions peut-être dû changer de voiture, Helene jeta un regard alentour. Le cocher revenait un seau d'eau à la main. Il en aspergea le cheval, puis lui déversa le seau dessus, mais le cheval ne bougea pas. Le soleil s'était couché, les oiseaux pépiaient encore, il commençait à faire frais.

Z'êtes encore loin ? C'était le premier mot que le cocher leur adressait depuis tout à l'heure.

Martha et Helene haussèrent les épaules perplexes

Ah oui, Achenbach. Fait loin, peux pas l'faire à pied, pis ya vot'bagage. Le cocher avait l'air désolé.

Un policier s'approchait nonchalamment. La valise fut déchargée, Martha et Helene durent descendre. On leur appela un autre fiacre. Le ciel était bleu nuit quand elles arrivèrent enfin devant l'immeuble de l'Achenbachstrasse. Le hall de l'immeuble de quatre étages était éclairé, un large perron de cinq marches menait à une élégante porte d'entrée de bois et de verre. Un domestique attendait à la porte, il leur souhaita la bienvenue et s'avança vers le fiacre pour réceptionner leur malle. Martha et Helene montèrent le vaste escalier jusqu'au très chic premier étage. Était-ce bien du marbre, du véritable marbre d'Italie ?

Vous voilà enfin, s'exclama une grande femme. Elle tendit à Helene et à Martha ses mains gantées jusqu'aux coudes. Au-dessus ses épaules nues scintillaient. Sans hésiter davantage, Martha saisit une des mains et la baisa en s'inclinant.

Voyons, voyons, nous ne sommes pas chez les rois ! Mes nièces. Tante Fanny pivota sur ses talons, et le souffle de sa longue écharpe caressa la figure d'Helene. Autour d'elle, quelques dames et quelques messieurs esquissèrent des hochements de tête approbateurs, ils tendirent leurs verres vers les sœurs en guise de bienvenue et trinquèrent. Les dames portaient des robes d'étoffe légère taille basse, leurs hanches étaient ceintes de cordelettes ou d'écharpes, leurs jupes tombaient juste sous le genou, et leurs pieds étaient chaussés de chaussures à brides et à talons hauts. Certaines avaient les cheveux coupés aussi courts que Leontine jadis, au lobe de l'oreille, dégageant la nuque. L'une d'elles avait un casque d'ondulations qui semblaient collées à sa tête, Helene observait les coiffures avec curiosité en se demandant comment on les réalisait. Rien que cette foule de cous qui émergeaient tantôt d'épaules droites et saillantes, tantôt d'épaules gracieusement tombantes, et qui menaient tous à une tête de jeune fille, de jeune femme ou de dame, comme si c'était cette tête que la mode avait maintenant consacrée joyau de la création, et non plus leurs hanches dont tous les yeux s'étaient rassasiés depuis longtemps, déconcertait Helene. Les hommes portaient d'élégants costumes et fumaient la pipe; ils observaient les sœurs nouvelles venues avec une bienveillance teintée de convoitise. Un monsieur corpulent dévisagea aimablement Helene, puis son regard glissa le long de son manteau qui s'ouvrait sur sa robe certainement provinciale et démodée à ses yeux. Il émit un petit signe de tête débonnaire et indulgent, se retourna, prit un verre sur le plateau d'une serveuse et s'absorba dans une conversation avec une petite femme dont l'étole de plumes descendait au creux du genou.

Quelles charmantes enfants ! Une amie saisit le bras de tante Fanny et tituba tête la première comme un taureau à boucles rousses pris de boisson en direction d'Helene. Son imposante poitrine pailletée étincela de tous ses feux quand elle la redressa juste avant d'arriver à Helene.

Pourquoi nous as-tu privés si longtemps de ces charmantes créatures, ma chère ?

Lucinde, mes nièces.

Un monsieur se pencha avec curiosité sur l'épaule dénudée de tante Fanny, son regard détailla Helene, Martha, puis revint à Helene. Les invités semblaient remplir le premier étage jusque dans ses moindres recoins. Derrière elles, la porte était restée ouverte. Helene inspecta les lieux, prête à fuir. Sentant quelque chose contre son mollet, elle baissa les yeux et découvrit un caniche noir comme l'encre, ondulé de frais. C'est la vue du caniche qui lui rendit son calme.

Une bonne et un domestique leur prirent leurs sacs des mains et aidèrent les deux sœurs à enlever leurs manteaux, on débarrassa Helene du journal en passant, et deux autres domestiques montèrent leur malle. Helene se hâta derrière la soubrette qui tenait son manteau et prit le citron dans la poche.

Un citron, comme c'est mignon ! Le taureau roux dénommé Lucinde glapissait aussi suavement que possible.

Vite, allez vous rafraîchir et vous changer, nous dînons dans une heure. Tante Fanny rayonnait. Son visage étroit et régulier évoquait un tableau tant les joues en étaient soulignées de rouge sombre et les paupières brillantes de vert doré. Ses longs cils se levaient et s'abaissaient comme des voiles noirs sur ses grands yeux de jais. Un jeune homme passa près d'elle. Tournant le dos à Martha et à Helene, il s'immobilisa aux côtés de tante Fanny. Il baisa son épaule nue, puis il lui effleura la joue de la main avant de poursuivre son chemin vers une autre dame qui l'attendait visiblement. Fanny esquissa un battement de mains, distinguée, élégante, gracile – dans la tête d'Helene les mots se télescopaient pour qualifier cette apparition, la grâce même, ses longues mains se touchaient certes, mais sans produire aucun son. Fantastique. Ma perle va tout vous montrer. Otta ?

Otta, la bonne, cheveux blancs et peau lisse, leur fraya un passage à travers la foule des convives et les mena à une petite chambre au fond de l'appartement. Cela sentait la fleur de violette. Deux lits étroits y étaient préparés, et dans une niche du mur se dressait une table de toilette avec un grand miroir dans les bords duquel s'incrustaient des lys. Les bougies d'un candélabre en argent à cinq bras l'éclairaient comme un autel. La bonne leur montra les serviettes, les vases de nuit et la penderie. Il y avait en outre devant, à l'entrée, une salle de bains avec les toilettes, avec des water-closet, la bonne dit le mot à voix basse. Puis elle s'excusa, elle avait d'autres invités à accueillir.

Une fête ? Étonnée, Martha regardait la porte qui s'était refermée sur la bonne.

Nous changer ? Helene jeta son citron sur le lit et cala ses poings sur ses hanches. Ma plus belle robe, je l'ai sur moi.

Mon ange, elle ne pouvait vraiment pas le savoir. Elle n'aura pas bien regardé.

Tu as vu ses lèvres, comme elles sont fardées ?

Du sulfite de mercure. Et ses cheveux, coupés au ras de l'oreille, c'est la ville, mon ange. Demain, je te coupe ta tignasse blonde, dit Martha avec un rire nerveux en ouvrant la malle. Elle y fouilla des deux mains et poussa un soupir de soulagement à la vue de sa petite trousse. Tournant le dos à Helene, elle en renversa le contenu sur la table de toilette. Helene s'assit sur un des lits avec précaution. Elle caressa le jeté de lit, qui était moelleux. Le mot cachemire lui vint à l'esprit, mais elle n'avait aucune idée de la sensation que donne le cachemire au toucher. Par-dessous les bras de Martha, Helene la vit ouvrir un flacon et aspirer du liquide avec une seringue. Ses mains tremblaient. Elle retroussa la manche de sa robe. Habilement elle fit un garrot de son grand mouchoir et planta l'aiguille.

Helene était surprise de la franchise avec laquelle Martha se montrait à elle. Jamais encore elle n'avait pris sa seringue en sa présence. Helene se leva et gagna la fenêtre qui donnait sur une cour ombragée d'érables, une tringle à battre les tapis et une petite fontaine. Des jonquilles resplendissaient dans le crépuscule.

Pourquoi fais-tu ça maintenant ?

Derrière elle Martha ne répondit pas. Elle pressa lentement le contenu de la seringue dans sa veine et se laissa tomber mollement sur le dos dans le lit.

Mon ange, y a-t-il plus bel instant que celui-ci ? Nous sommes arrivées. Nous sommes enfin là. Martha s'accouda sur le lit et tendit un bras vers Helene. Berlin, dit-elle doucement d'une voix mourante, ivre de bonheur, nous y sommes.

Ne parle pas comme ça ! Helene fit un pas vers la malle, trouva sa brosse dans la poche du couvercle et libéra ses cheveux.

Le poison est doux, mon ange. Ne me regarde pas comme une damnée. Je mourrai et alors ? On peut bien vivre un peu avant, non ? Martha ricanait, un instant elle rappela à Helene cette mère démente qu'elles avaient laissée derrière elles.

Couchée sur le dos, Martha fit glisser ses chaussures d'un mouvement de pieds, elle avait dû en dénouer les lacets auparavant, elle ouvrit les boutons de sa robe et posa avec naturel sa main sur sa poitrine dénudée. Que sa peau était blanche, et mince, et fine, si fine qu'Helene pouvait voir luire les veines par transparence.

Helene se coiffa. Elle s'assit à la table de toilette et versa un peu d'eau du pot d'argent dans la bassine, prit dans sa main le savon au parfum précieux, exotique, à la lavande, et se lava. Martha soupirait de temps en temps.

Tu me chantes une chanson, mon ange ?

Qu'est-ce que tu veux que je chante ? La voix d'Helene était asséchée. Malgré le long somme de l'après-midi dans le train, elle était fatiguée et ne retrouvait pas ce sentiment de joie, de bonheur qu'elle avait attendu de leur arrivée à Berlin et qu'elle éprouvait encore à la gare.

M'aimes-tu, mon cœur, mon bouton-d'or ?

Helene se retourna vers Martha. Martha avait du mal à garder les yeux fixés sur elle, sans arrêt ils s'échappaient, et ses pupilles semblaient les obstruer jusqu'aux bords.

Martha, ça ne va pas ? Helene examinait sa sœur en se demandant si elle était toujours dans cet état après.

Martha fredonnait un air qui paraissait bizarrement familier aux oreilles d'Helene. Un roulis entre *fa* dièse majeur et *si* bémol mineur. Aurait-elle un piano, notre tante ?

Tu n'as pas joué depuis une éternité.

Il n'est pas trop tard. Martha eut à nouveau ce ricanement singulier et déglutit avec un petit bruit comme si ce ricanement avait du mal à passer. Elle eut un haut-le-cœur. Puis tout de suite elle se redressa, s'empara d'un des petits verres rouges qui se trouvaient sur la vitrine, et cracha dedans.

C'est exquis, ces petits crachoirs. Elle a pensé à tout, notre belle tante.

Martha, qu'est-ce que ça veut dire ? Helene lui rassembla les cheveux, les roula sur les côtés et les fixa avec une épingle. Il va falloir nous montrer, là, dehors, dans une demi-heure. Tu y arriveras ? Tu vas pouvoir te reprendre ?

Pourquoi ce souci, mon ange ? N'y suis-je pas toujours arrivée jusqu'ici, vraiment à tout ?

Il vaut peut-être mieux que j'ouvre la fenêtre.

À tout, mon ange, qu'aurais-je pu faire d'autre que d'y arriver, toujours ? Mais maintenant nous sommes là, bouton-d'or.

Pourquoi m'appelles-tu bouton-d'or, c'est papa qui m'appelait comme ça. Helene voulait froncer les sourcils et ne réussissait qu'à creuser de toutes fines rides minuscules au-dessus de son nez, tant était peu marquée la dépression entre son front bombé et son nez étonnamment petit.

Je sais, je sais. Et ce mot doux est-il mort avec lui, mon ange ?

Helene tendit à Martha un gobelet plein d'eau. Bois, j'espère que ça va t'éclaircir les idées.

Ts, ts, ts, m'éclaircir les idées, mon petit cœur. Martha secouait la tête. Cela, ici, c'est l'éveil du printemps, mon ange.

Je t'en prie, habille-toi, je vais t'aider. Avant que Martha puisse repousser son offre, Helene lui avait reboutonné sa robe.

Et moi qui croyais que tu voulais m'embrasser, mon cœur. Tu n'as pas répondu. Tu te souviens de ma question ?

Helene s'agenouillait maintenant devant Martha pour l'aider à se chausser. Martha se laissa retomber sur le dos sur le lit en gazouillant, mon petit cœur, mon petit cœur, tu vas bien me répondre.

Quand Helene eut lacé les bottines de Martha, elle la tira par le bras pour la faire asseoir. Le long buste de Martha était lourd, il vacilla. Elle retomba.

Mon pied, il est trop léger pour le parquet, tiens-le bien, s'il te plaît.

Helene vit Martha tendre si bien les jambes qu'elles dépassaient du bord du lit, en même temps elle respira profondément et haussa les épaules.

Tu peux te lever ?

Rien de plus facile. Martha se redressa alors appuyée au bras d'Helene, et leva sa tête qui dépassait encore un peu celle d'Helene. Les mots lui sortaient de la bouche, moulés, ciselés, chaque « s » sifflait, mais les écarts entre chaque mot étaient spectaculairement longs. Peut-être se croyait-elle obligée de parler ainsi pour paraître claire, dégrisée.

On frappa à la porte.

Oui ? Helene ouvrit, et Otta, la bonne, entra en esquissant un pas de côté et une petite révérence. Sa coiffe reposait aussi blanche et impeccablement amidonnée sur ses cheveux que si elle n'avait pas fourni le moindre effort de la soirée.

Si je peux être utile à ces demoiselles ?

Merci beaucoup, nous nous débrouillons. Helene enleva un cheveu de la robe de Martha. Comment s'adressait-on aux bonnes à Berlin ?

Vous allez entendre le gong, le repas commence. Si vous voulez bien venir prendre place ?

Nous voulons, dit Martha solennellement, et elle passa la tête haute devant la bonne pour s'engager dans le long corridor. Elle ne vacillait plus qu'imperceptiblement sur ses jambes.

À table les places étaient signalées par des cartons nominatifs.

Dès que les invités du soir furent assis, un monsieur se leva en bout de table. À chaque doigt de la main, il arborait une bague, l'une plus magnifique que l'autre. Bonsoir mes amis, copains et copines, cousins et cousines[1], dit-il en levant son verre à la ronde avec distinction. Ses cheveux gominés ramenés en arrière tombaient sur le col de sa chemise, son visage blanc avait l'air maquillé. Il rit aux éclats et commença à parler en allemand avec l'accent français. Ce m'est un honneur de souhaiter, à ma chère cousine, ah ! faisons fi des mensonges aujourd'hui et consacrons-nous à d'autres vices, ce m'est une joie de souhaiter à ma jeune amante une très longue vie. À Fanny, à notre amie !

Helene jetait des regards étonnés à la ronde. Était-ce bien de Fanny qu'il parlait, de tante Fanny ? Comment pouvait-il l'appeler sa jeune amante, quand elle avait bien dans les quarante-cinq ans et lui, l'orateur, pas encore trente ? Fanny remerciait, elle souriait de ses yeux aux prunelles noires bordés de longs cils lourds. Des étoiles

1. En français dans le texte.

chatoyaient dans ses cheveux. Elle posa sa propre main sur son long cou, comme pour se caresser, ici à table, devant ses invités. Sur ses courts cheveux foncés était tendue une résille qui devait être constellée de diamants. Peut-être n'étaient-ce finalement que de petites pierres de verres. Mais elle les portait comme des diamants. Les dames et les messieurs levèrent leur coupe et trinquèrent à sa santé : « enchanté » et « à votre santé ma chère », et « à mon amie[1] ».

Placée de l'autre côté de la table de biais, Martha se tenait droite, ses yeux brillaient, elle causait avec ses voisins, éclatait souvent d'un rire clair et se laissait resservir du champagne. Helene la gardait à l'œil, elle voulait veiller sur Martha. Martha touchait à peine aux mets exquis, elle avait chipoté dans son vol-au-vent et s'appliquait maintenant à souffler sur son gratin comme s'il était brûlant. Un grand entonnoir couleur de cuivre résonna, couina, et une voix en sortit grinçante, avec le refrain à la mode : Dans cinquante ans, tout ça sera fini[2]. Quand on passa de la table au salon, Martha prit de bonne grâce le bras de l'homme assis à côté d'elle au dîner qui avait prêté l'oreille à sa causerie. À un moment, Helene eut l'impression que Martha pleurait. Mais à peine Helene s'était-elle frayé un chemin vers elle que Martha riait, séchant des larmes de joie sur son visage, avec ce même mouchoir dont elle s'était garrotté le bras tout à l'heure. Au cours de la soirée, Martha accepta des cigarettes, elle fumait avec un fume-cigarette qu'Helene ne lui avait encore jamais vu. Un peu plus tard, l'amant de Fanny, du nom de Bernard, prononcé à la française, alluma une pipe. Célébrer l'anniversaire de Fanny ne requérait rien de moins que l'opium.

Quand Martha s'exclama assez fort, ma tante, quelle merveilleuse fête, et qu'Helene n'en crut pas ses oreilles, car elle n'avait jamais entendu Martha s'exclamer et rire ainsi librement à la ronde, tante Fanny s'écria en riant à l'autre bout de la grande salle de réception : Ma tante ? Chérie, c'est ainsi que tu veux m'appeler ? J'ai cent ans quand j'entends ça. Une tante n'est-elle pas une ancêtre ? Fanny, chérie, Fanny tout court !

À Helene on n'offrit ni pipe ni cigarette, la nouvelle qu'elle n'avait pas seize ans et venait de Lusace avait vite fait le tour de l'assemblée.

1. En français dans le texte.
2. Chanson du chansonnier Otto Reuter très en vogue dans les années 1920 et encore reprise par les chansonniers allemands de nos jours.

Deux messieurs se chargèrent du bout de chou et lui versèrent du champagne, puis de l'eau, en prenant un plaisir manifeste à se rappeler régulièrement l'un à l'autre qu'Helene était encore une enfant. Quel petit bout de chou ! Que c'était charmant de la voir ainsi sabler l'eau minérale. Avait-elle toujours aussi soif ? Les deux messieurs s'amusaient, tandis qu'Helene veillait à ne pas quitter Martha des yeux. Martha riait tous azimuts, elle esquissait une moue provocante comme si elle avait voulu embrasser ce jeune monsieur qui n'avait pas quitté sa casquette. Mais l'instant d'après, elle enlaçait une femme à moitié nue qui portait une robe sans manche semblable à celle de leur tante et dont les cris aigus Oh là là perçaient douloureusement les oreilles d'Helene par-dessus toutes les têtes. Oh là là, ne cessait de répéter la femme et elle enlaça Martha à son tour, et Helene vit parfaitement sa main s'emparer de l'épaule de Martha, puis un peu plus tard, reposer sur sa taille, et il semblait que la femme ne voulût plus lâcher Martha. Était-ce bien sur une pipe que tirait Martha ? Ou Helene s'était-elle trompée ?

Encore un peu d'eau ? Un des deux messieurs se penchait pour verser à Helene l'eau d'une carafe de cristal.

Plus tard dans la soirée, les invités se préparèrent à partir. Non pour rentrer chez eux, comme Helene le crut d'abord, non, on voulait se rendre ensemble à un club.

Aide ma nièce à passer son manteau, ordonna Fanny d'une voix de velours à un grand admirateur blond en désignant Martha des yeux. À Helene, leur tante dit gracieusement qu'elle devait se sentir tout à fait comme chez elle et faire de beaux rêves.

Mais Helene aurait eu du mal à faire de beaux rêves, il n'était pas question de dormir. Restée seule avec les domestiques, elle s'était bien retirée aussitôt dans sa chambre, mais elle ne put qu'y veiller jusqu'à l'aube. La lumière du matin commençait à percer à travers les rideaux vert-gris, lorsqu'elle entendit enfin du bruit dans l'appartement. Une porte retomba dans la serrure. Des voix, des rires, des pas approchèrent dans le long couloir. La porte de leur chambre s'ouvrit, Martha y fut poussée trébuchante et titubante, et elle atterrit directement sur le lit d'Helene. La porte se referma. Dehors dans le couloir, Helene entendit Fanny qui riait avec son amant français et une amie. C'était peut-être Lucinde. Helene se leva, elle poussa l'autre lit contre le sien et déshabilla Martha qui ne pouvait plus remuer que les lèvres.

Mon ange, nous sommes ici. Un baiser comme gage. Il n'y a qu'à les pousser, les portes du ciel. quand on peut encore les passer. Martha n'avait plus la force de ricaner, elle poussa un soupir et s'endormit. Sa tête retomba sur le côté.

Helene lui enfila sa chemise de nuit, lui dénoua les cheveux et allongea sa grande sœur à côté d'elle. Martha sentait le vin, la fumée et un parfum capiteux, entêtant, avec une nuance de résine, inconnu d'Helene. Helene enlaça fermement Martha et elle avait encore les yeux grands ouverts dans la pénombre que Martha ronflotait depuis longtemps déjà.

L'hiver suivant fut très enneigé. Martha et Helene avaient repoussé leur malle loin sous le lit, et même à Noël l'idée ne les effleura pas de la boucler et d'aller voir leur mère à Bautzen. Chaque début du mois amenait une lettre de Mariechen. Elle y décrivait l'état de santé de leur mère et y donnait des nouvelles du temps et des finances domestiques. Fanny savourait la compagnie de Martha qu'elle menait dans tous les clubs et à toutes les revues, Helene, elle, savourait le calme du premier étage. Quelle abondante biblio thèque possédait Fanny, autant de livres qu'elle n'avait visiblement jamais lus elle-même, mais dont la vue la flattait. Souvent, Helene passait ses nuits à lire sur la méridienne. Quand Fanny et Martha rentraient en titubant au petit matin – toujours avec un homme à l'arrière-plan qu'elles traînaient dans leur sillage – et que leurs regards tombaient sur Helene, elles éclataient de rire. Fanny fronçait-elle les sourcils ? Cela lui convenait-il vraiment qu'Helene lise ses livres ? Mon enfant, raillait-elle en levant un index menaçant, pour être belle, il faut dormir. Une fois couchée, Hélène respirait la fumée et le parfum des nuits de Martha et tendait une main hésitante. Elle caressait le dos de Martha et laissait sa main reposer sur sa hanche. Et bercée par la respiration régulière de sa sœur, Helene s'endormait.

Je vous aime, assura Fanny un matin, alors qu'elles prenaient le thé en grignotant des friandises au gingembre à la table basse de sa véranda dont les carreaux étaient peints de motifs de roses pâles. Un parfum de bergamote emplissait la véranda, Fanny buvait son thé très sucré, sans lait. Sur la table, comme chaque matin, il y avait une assiette avec un gâteau aux graines de pavot dont Helene n'avait jamais goûté, faute d'oser tendre la main au-dessus de la table pour s'en emparer sans y être invitée. L'amant de Fanny était sûrement encore au lit, dans le gynécée, comme aimait à dire Fanny. Du moins un de ses amants. Il y en avait souvent un nouveau ces derniers temps, un grand blond, Eric. Comme Bernard, il était plus jeune que Fanny de quelques petites années. Tante Fanny ne semblait pas encore avoir opté pour l'un ou pour l'autre, mais il advenait rarement qu'ils lui rendent visite en même temps. Comme Bernard, Eric dormait en général jusqu'à midi, mais tandis que Bernard occupait le reste de sa journée à parier sur les chevaux et passait son temps à assister aux courses, le grand blond, Eric, fréquentait les courts de Grünewald et, maintenant l'hiver venu, les salles de tennis. Un jour, il avait demandé à Helene si elle voulait l'accompagner. Il avait guetté un instant où Fanny n'était pas là et il lui avait mis la main si brusquement, si impétueusement sur la nuque que depuis, Helene appréhendait les rencontres avec Eric. Certes, il ne lui prêtait pas la moindre attention en présence de Fanny, mais ses regards ne l'en assaillaient que plus subitement, dès que Fanny avait le dos tourné. Les vitres de la véranda étaient embuées, on chauffait encore beaucoup dans l'appartement, la neige de février persistait sur les arbres et sur les toits.

La porte s'ouvrit et Otta, la bonne, porta un plateau avec du thé fraîchement infusé. Du Ceylan, dit Otta en posant la théière sur la table. Elle couvrit la théière d'un étui d'argent isolant et prit congé.

Je vous aime, reprit Fanny à voix basse. Son caniche noir qui répondait au nom de Cleo qu'elle prononçait à l'anglaise, affirmant que c'était le diminutif de Cléopâtre, secouait sa courte queue, une touffe soyeuse. Il avait le poil brillant. Il dévisageait les jeunes femmes à tour de rôle. Quand Fanny lui lançait un petit morceau de gâteau au pavot, il le happait sans la regarder comme s'il n'attendait pas la moindre gâterie et que son attention fût entièrement requise par la conversation. Fanny se tamponnait le nez de son mouchoir, elle reniflait souvent, pas seulement en hiver.

Mon nez est encore irrité, murmurait-elle en fixant ses genoux, perdue dans ses pensées, comme mes sens de toute façon, mes enfants, je vous aime.

Sur l'accoudoir en bois du fauteuil de Martha était perchée Leontine qui agitait ses orteils avec impatience. Martha avait renoué avec Leontine en été et depuis, elles se voyaient tous les jours. Leontine couchait de plus en plus souvent au premier étage de l'Achenbacherstasse.

Mon ami dit qu'ils n'ont qu'une place à pourvoir. Ils cherchent une infirmière expérimentée. C'est pour Martha. Fanny fit une moue compatissante en direction d'Helene et battit des cils pour lui signifier ses regrets et sa bonne foi. Ma bonne Helene, ma petite chérie, nous te trouverons quelque chose d'autre, très bientôt.

Martha devait commencer dès la semaine suivante Exercierstrasse, dans le nord de la ville. L'admirateur de Fanny était médecin-chef du service des incurables à l'hôpital juif. Fanny affirmait que c'était un vieillard lubrique et qu'il avait décrit le profil du poste en conséquence. L'infirmière devait avoir entre vingt et trente ans. Martha donc. Il importait qu'elle ait l'âge requis. Il aimait les femmes de cet âge. Uniquement celles-là. Raison pour laquelle l'admiration qu'il vouait à Fanny s'était quelque peu dissipée ces dernières années. Le service des incurables était éprouvant à cause des vieillards qui végétaient ou agonisaient, c'est pourquoi la direction préférait une infirmière plus âgée. Évidemment vingt-six ans, ce n'était pas encore âgé, mais toutefois comparée à Helene, Martha avait plus d'expérience, n'est-ce pas ?

Helene s'efforça de prendre l'air modeste. Martha ne put réprimer ses bâillements. Elle était encore vêtue de son peignoir de soie hérité récemment de leur tante.

Leontine acquiesça pour Martha : Ça ne fait aucun doute, Martha vide, remplit, nettoie, apaise, nourrit et panse comme personne.

Tu arriveras bien à apprendre à prier ? Fanny parlait sérieusement. Elle emmenait Martha à la synagogue les grands jours de fête, mais déjà à la cathédrale Saint-Pierre Martha n'avait guère montré de dispositions pour la prière.

Martha prit un morceau de gingembre confit dans la coupe de verre en forme de pétale et le grignota sans appétit, le petit doigt levé. Helene et Martha s'étaient souvent entretenues ces derniers mois de leur répugnance à être à la charge de leur tante et à vivre à ses crochets. Elles goûtaient cette vie en commun dans le grand appartement, mais elles auraient bien aimé donner un peu d'argent à Fanny et disposer d'argent à elles. Cela les embarrassait de devoir accepter l'argent offert par leur tante. L'héritage de Breslau s'avérait problématique. Les loyers ne rentraient pas facilement, et le gérant convoqué ne s'était plus manifesté depuis des mois. Martha et Helene n'osaient pas demander à leur tante l'argent qu'elles auraient voulu envoyer à Bautzen. À la réception d'une lettre éplorée de Mariechen disant qu'elle n'avait plus de quoi acheter à manger pour leur mère, Helene s'était glissée dans le cellier et avait raflé des provisions dont elles avaient fait un colis pour Bautzen. À la même époque Martha avait dérobé un des disques de Fanny et l'avait mis en gage contre un peu d'argent. Un emprunt, s'étaient accordées à dire Martha et Helene, jusqu'au jour où tante Fanny avait demandé incidemment si elles ne savaient pas où avait bien pu passer son disque de Richard Tauber. Helene avait été prise d'une quinte de toux pour masquer sa mauvaise conscience. Il lui avait échappé et s'était cassé, avait répondu Martha aussitôt. Et elle n'avait pas osé le dire à leur tante. Fausse contrition ? Les battements de cils de Martha, l'innocence de son visage étaient toujours stupéfiants. Fanny sut se montrer magnanime.

Martha et Helene s'étaient présentées dans quelques hôpitaux ces derniers mois, mais en vain jusque-là. Toute la ville paraissait chercher du travail, et ceux qui en avaient en voulaient un meilleur, mieux rémunéré. Qui n'en avait pas « faisait des affaires », mais de celles dont les sœurs n'entendaient pas encore grand-chose. On parlait à mots couverts de transactions illicites, de paris, et on disait que seules les jolies filles se vendaient bien, du moins dans les revues. Lucinde, l'amie de Fanny, travaillait dans une revue, nue, vêtue de sa seule chevelure, et n'en faisait pas mystère. Les certificats qu'Helene tenait de Bautzen suscitaient parfois l'admiration, mais son âge décourageait, on la trouvait trop jeune pour un poste fixe à l'hôpital.

Je vais le faire, Martha posa son morceau de gingembre confit à moitié grignoté sur le bord de sa soucoupe. Elle inclina la tête sur l'épaule de Leontine et remit une main devant sa bouche. Fanny examina Leontine et Martha, sourit et passa sa langue sur ses dents, puis sur sa lèvre.

Je m'en réjouis. Vous savez que vous êtes mes invitées, pour toujours, si vous voulez. En ce qui me concerne, vous n'êtes pas obligées de travailler, ni l'une ni l'autre. Vous le savez ? Fanny regardait à la ronde. Bien qu'elle n'eût pas de mari, et plus ses parents, Fanny semblait disposer seule d'une fortune encore assez importante pour n'avoir pas à se soucier de l'aspect financier des choses. Sauf Leontine bien sûr, dit Fanny, qui ne souhaiterait avoir enfin une jolie femme comme médecin de famille ? Leontine quand passes-tu ton diplôme ?

À l'automne. Pas de faux espoirs, j'entrerai dans le service du professeur Friedrich, à la Charité. Il m'appuiera peut-être pour l'habilitation.

Tu me déçois, chérie, je te voyais déjà stopper ta petite voiture de médecin devant chez moi, avec ta petite mallette de docteur. Pourquoi pas un cabinet – tu pourrais te faire seconder par de jeunes assistants comme Eric ou Bernard ?

Leontine sourit flattée. Elle avait acquis une souplesse singulière à Berlin, elle souriait plus souvent, parfois des yeux seulement, et même ses mouvements étaient devenus félins. Leontine se leva et fit le tour de la table. Elle saisit la tresse blonde d'Helene à deux mains comme pour peser ses cheveux, puis lui posa une main sur la tête. Helene se sentit réchauffée, il n'y avait rien de meilleur que la main de Leontine sur sa tête.

Les patients privés manquent encore de confiance dans les doctoresses, dit Leontine en haussant les sourcils en guise d'excuse. En outre, je ne dispose pas des petits fonds nécessaires.

Naturellement, ce pourraient être aussi des assistantes comme Martha et Helene, pas forcément des assistants, Leontine. Fanny riait sous cape. Je me suis laissé dire que tu étais mariée à un paléontologue débile. J'imagine que lui dispose des petits fonds nécessaires.

Lorenz, débile ? Les yeux de Leontine lancèrent des éclairs. Qui a dit cela ? Mon estimable époux ne nourrit pas la confiance requise en mon installation. Maintenant Leontine riait de son vieux rire noir bien connu.

Ne faut-il pas être débile pour ne pas réaliser que sa femme passe ses nuits hors de la maison ? La langue de Fanny glissa de nouveau sur la rangée supérieure de ses dents, puis passa sur sa lèvre.

Lorenz est libéral, profondément, en outre il a strictement perdu tout intérêt pour moi.

Fanny jeta un morceau de gâteau au pavot à son caniche Cleo et se versa un verre de brandy. Puis son regard se posa sur Helene. Leontine dit que tu sais taper à la machine et que tu maîtrises la sténographie ? Le nez de Fanny coulait, mais elle le remarqua trop tard. Elle parvint juste à stopper de son mouchoir le filet qui arrivait au menton. Tu tenais la comptabilité dans l'imprimerie de votre père ?

Helene haussa les épaules, embarrassée. Elle avait l'impression d'avoir accompli ces choses il y avait longtemps. Sa vie antérieure s'était évanouie dans un bienfaisant lointain, elle préférait ne pas se rappeler. Elle s'exerçait à l'amnésie, c'était, avait-elle chuchoté récemment à un flirt dans une soirée, le seul moyen de rester jeune. Elle l'avait regardé si innocemment en disant cela que le jeune homme avait dû la prendre au sérieux et n'avait pu qu'abonder dans son sens.

Pour Helene, le plus clair de ces derniers mois à Berlin avait consisté à lire dans la bibliothèque de Fanny, à se promener et à se faire secrètement du souci pour Martha. Helene n'aimait pas perdre Martha de vue. Pourtant elle admirait l'intrépidité avec laquelle Martha et Leontine se glissaient dans les clubs de la Bulowstrasse, si douteux fussent-ils. Mais Helene détestait ces nuits où elle était réveillée par les gémissements de sa sœur et de son amie. Jamais elle ne se sentait plus solitaire dans son lit étroit que lorsque Martha et Leontine haletaient à moins d'un mètre, dans leur lit non moins étroit. Tantôt elles riaient sous cape tantôt elles se retenaient, elles chuchotaient et se demandaient, si fort qu'Helene ne pouvait manquer d'entendre, si leurs chuchotements n'avaient pas réveillé Helene. Puis leurs bruits de baisers reprenaient, leurs soupirs, surtout Martha, et les bruissements de leur couverture. Parfois Helene avait l'impression de sentir la chaleur qui émanait de leurs corps.

Tu connais mon ami Clément, le pharmacien, il cherche une aide qui sache taper à la machine et qui soit jolie et aimable avec les clients. Je pourrais lui demander.

Elle serait parfaite, dit Leontine en caressant les cheveux d'Helene.

Tu es discrète, n'est-ce pas ? Martha plissa le front, dubitative.

Elle l'est, reprit Leontine sans cesser de caresser les cheveux d'Helene.

Les pharmaciens gardent des secrets, Fanny ne chuchotait pas, sa voix bruissait comme du velours, les miens, ceux de Bernard, de Lucinde, de la moitié de la ville.

Helene ne savait que répondre. Contrairement à Martha elle n'était pas parvenue à gagner l'affection et la confiance de Fanny. Cela faisait presque un an maintenant qu'elles habitaient chez leur tante et celle-ci leur cédait ses vêtements, les introduisait dans son cercle d'amis, mais elle avait l'air de considérer Helene comme une enfant innocente et d'être disposée à tout faire pour qu'elle le reste. Quelquefois Helene croyait percevoir chez Fanny une timidité à son endroit. Il y avait certaines choses dont elle ne parlait qu'avec Martha, qu'il s'agît de vêtements ou de ragots mondains. Les neuf années d'écart qui la séparaient de Martha lui avaient rarement paru aussi insurmontables qu'en présence de leur tante. Les portes du premier étage restaient habituellement ouvertes. Mais quand Fanny faisait venir Martha dans une pièce, elle fermait souvent la porte, et Helene devinait que derrière cette porte Fanny exhibait sa petite boîte ronde avec la petite cuiller et la poudre blanche qu'elle ne partageait qu'avec Martha, et personne d'autre. Alors Helene les épiait sur la pointe des pieds, elle les entendait éternuer et soupirer, et à ces heures où elle se retrouvait les pieds froids dans le couloir sombre, avec le balancier de l'horloge anglaise blanche aux chiffres dorés pour seule compagnie, Helene regrettait d'être partie pour Berlin avec Martha. Pas une seule fois Fanny n'avait demandé à Helene si elle voulait les accompagner un soir.

Helene n'avait le droit de venir que lorsque Leontine allait avec Martha au Lunapark tout décati. Là les jeunes filles se laissaient flotter dans le vieux bassin à vagues, dont les vagues n'étaient plus produites que par le vent, elles discutaient, s'éclaboussaient, et ça leur était bien égal d'être observées par ces messieurs jeunes et moins jeunes qui traînaient au bord du bassin. En ville on surnommait la piscine à vagues le bassin des nymphes et l'aquarium des putes, ce qui semblait aux jeunes filles une piètre formule pour caractériser la joie de vivre de ces messieurs jeunes et moins jeunes. Les jeunes filles payaient leur entrée de leur poche, elles aimaient les vagues et le toboggan qui se jetait dans le lac. Cela n'ôtait-il pas aux spectateurs masculins tout droit de se sentir une âme de souteneur ou même de client potentiel ?

La ville est petite, c'est moi qui vous le dis. Tout le monde la croit grande, parce que c'est une merveilleuse bulle de savon grosse de nos chimères. Fanny alluma un de ses cigares anglais et renversa la tête. Chacune de vos fantastiques bulles de savon la dilate, la gonfle, la rend plus chatoyante, plus fragile. Vacille-t-elle ? Fanny tirait sur son mince cigare. S'élève-t-elle ? Fanny soufflait de petits ronds. S'affaisse-t-elle ? Fanny se complut un instant à cette idée, puis son sourire disparut. C'est bien que tu saches garder les secrets, Helene. Le pharmacien appréciera. Et moi aussi. Je lui demanderai. Fanny hochait la tête comme pour donner de la force à ses paroles et s'encourager elle-même. Elle vida son petit verre de brandy jusqu'à la dernière goutte et se tamponna délicatement le nez de son mouchoir. Une larme lui coula du coin de l'œil. Par mes sens, mes enfants, je vous aime ! Vous savez que vous n'êtes pas obligées de travailler. Pourquoi seriez-vous plus mal loties que Bernard ou Eric ? Restez avec moi. Remplissez ma maison et mon cœur, dit-elle, manifestement touchée, remuée. À l'idée de sa solitude ou de son grand cœur ? se demanda Helene. Fanny se moucha et caressa le museau de Cleo.

On sonna à la porte. Otta entra peu après et annonça une visite. Votre ami Le Baron, mademoiselle. Il arrive avec plusieurs valises. Faut-il préparer une chambre ?

Ah, j'avais oublié ? Ma bonne Otta, oui, je vous en prie, préparez une chambre, la dorée peut-être. Il restera quelque temps, il veut tâter le terrain à Berlin Fanny dit à Martha : Il est peintre, un véritable artiste. Fanny écarquillait ses yeux rougis. La cendre de son cigare s'était allongée. Elle chercha des yeux un cendrier. L'ayant perdu de vue, elle racla la cendre sur l'assiette du gâteau au pavot. Il a tenté sa chance à Paris, maintenant il vient chez nous. Ici, il pourra peindre à en tomber raide. S'il n'y avait que cela. De nos jours, tout le monde veut se mêler d'ouvrir un club et en devenir grand manitou. Fanny se tordait. Récemment elle avait rencontré un petit homme excité qui avait défrayé la chronique et s'était fait un nom, un artiste qui était contre tout contenu. Seule la forme l'intéressait, l'existence d'artiste, la reconnaissance et, bien sûr, d'être suivi. Il avait fondé un club et s'en était nommé grand manitou. Il était sérieux, s'étonnait Fanny. Dans cette rencontre, quelque chose semblait avoir laissé à Fanny une impression tenace de déplaisir, peut-être cette attente d'être suivi, aimé, idolâtré.

Curieuses, les jeunes filles levèrent les yeux, Martha et Helene n'avait encore jamais vu un noble de près. Mais comme la conversation le montra bientôt, il n'était pas noble. Il s'appelait seulement Le Baron, Heinrich Le Baron.

Il n'était pas riche, surtout d'argent. Le peu qu'il avait, il voulait le partager avec une jeune et jolie fille qui poserait pour lui et qu'il peindrait, qu'il peindrait à en tomber raide. Le Baron était un petit homme – on était petit quand on était exactement de la même taille qu'Helene. Il avait le front haut, le cheveu rare, et une tranchée s'esquissait de son front à sa nuque. Helene aimait ses yeux, qui inspiraient facilement confiance avec leur expression triste et perdue et grandissait la toute jeune fille qu'elle était.

Même si cela lui était désagréable de sentir ses yeux constamment rivés sur elle, son attention n'en offrait pas moins une certaine protection contre le grand Eric, qui n'avait plus guère l'occasion maintenant de la pousser tranquillement dans un coin sombre et de lui mettre la main sur la poitrine en lui fourrant dans l'oreille sa grosse langue humide qu'il agitait dans tous les sens en haletant, le temps que Fanny aille voir Otta à la cuisine, ou pendant que Martha travaillait à l'hôpital, avec pour seul témoin Cleo aux yeux attentifs et aux réconfortants battements de queue. Dès qu'Helene, qui retenait sa respiration effrayée et n'avait pas l'esprit d'appeler, comprenait au trottinement léger des pattes de Cleo que Fanny revenait de la cuisine et qu'enfin on entendait ses pas, Eric la lâchait aussi brusquement qu'il l'avait attrapée et marchait vers Fanny d'un pas résolu. N'avait-elle pas envie de prendre sa raquette et de l'accompagner à Grünewald, il avait emprunté une automobile, elle aimait tellement la voiture.

Un jour Le Baron ôta ses lunettes, les nettoya et passa doucement la paume de la main sur sa calvitie prononcée. Il demanda à Helene si elle voulait gagner un peu d'argent. Helene se sentait flattée, jamais encore un peintre n'avait demandé à faire son portrait. Et elle avait honte. Personne ne l'avait jamais vue nue, excepté Martha.

Qu'elle laisse la honte à d'autres, elle ne seyait guère aux beautés comme elle ! Ses paroles retentissaient du fond de la pièce où ils s'étaient donné rendez-vous, un dimanche où personne ne songeait plus à aller à l'église ou à avoir une pensée pour Dieu. Le Baron espérait ainsi attirer Helene derrière son paravent. Se montrer, elle ne le ferait pas pour rien. Elle serait payée. Le Baron agitait un billet. Que ses seins fussent minuscules ne dérangeait guère Le Baron, il y voyait une marque de jeunesse. Sa chevelure blonde l'enchantait. Il riait et disait qu'elle était encore une enfant. Cela lui plaisait et il dessinait, il dessinait, mais il n'en tombait pas raide pour autant. Helene, elle, se fatiguait. Au bout de quelques semaines, il lui dit qu'elle était une vraie magicienne, chaque jour elle changeait d'apparence, lui donnait un regard neuf. Le Baron déclarait qu'il lui devait des yeux chaque jour nouveaux. Il lui remettait des pièces fraîchement frappées, des billets fraîchement imprimés sur lesquels il n'y avait plus écrit rentenmark, mais reichsmark [1] et qui semblaient à Helene autant de billets d'entrée pour une vie dont elle déciderait elle-même.

Désormais, le jour Helene allait prouver sa discrétion à la pharmacie, et le soir elle se déshabillait pour Le Baron, Le Baron qui voyait en elle une magicienne, une enfant, et en présence de qui elle se sentait pourtant femme, pour la première fois. Elle le lui cachait. En fait, cela venait de la honte et de l'excitation, pas de ce regard qui la soupesait et avec lequel il se faufilait autour d'elle, la priant de s'asseoir, de se coucher, d'arrondir le bras et de tendre un peu plus la jambe gauche vers l'extérieur, oui comme ça, bien écartée ; et voilà qu'il attrapa une tendinite. Helene ne put s'empêcher de penser à ce dragon légendaire qui vivait sur un rocher et se nourrissait de vierges. Elle ne se sentait pas en faute, mais il lui inspirait de la compassion. Il ne pouvait plus tenir le fusain. Helene n'avait plus à se déshabiller. Elle ne lui prenait plus en posant le peu d'argent qu'il avait et elle restait désormais plus longtemps à la pharmacie.

Le soir quand elle revenait de la pharmacie, Helene rapportait une petite boîte de poudre blanche qu'elle déposait sur la table de nuit de Fanny sans mot dire pour preuve de sa fiabilité. Martha

1. Rentenmark : monnaie introduite en 1923 en substitution du Goldmark pour parer à l'inflation. En 1924 fut introduit le reichsmark et les deux monnaies coexistèrent jusqu'en 1939.

était approvisionnée par Leontine, encore qu'à contre-cœur, mais parfois quand une bonne occasion se présentait, Helene lui ramenait un peu de morphine de la pharmacie. Le Baron, lui, reposait sur la méridienne du salon et attendait Helene, le regard triste et vague. Il se contentait de la regarder et ne la touchait pas, cela plaisait à Helene. Autour d'elle, toutes les femmes avaient des liaisons. Elle ne se sentait plus trop jeune, mais elle n'arrivait pas à se décider. Elle pansait le bras de son baron et appliquait des compresses froides ou chaudes sur sa tendinite. Il lui offrit un petit bouquet d'asters jaune pâle. Elle l'accepta avec plaisir. En disposant les fleurs dans un vase, elle s'imagina que c'étaient des roses tardives et se demanda ce que cela lui ferait si c'était Clément, le pharmacien, qui les lui avait offertes. Helene voulait aimer avec toute l'intransigeance et la crainte qui vont de pair avec l'amour. Mais n'y avait-il rien d'autre que ce fourmillement dans le ventre et cette palpitation à la poitrine ? Elle ne pouvait s'empêcher de sourire. Car la conviction de Fanny qu'il s'agissait d'un ami en ce qui concernait Clément, elle ne la partageait guère. Le pharmacien émacié auquel Helene pensait fréquemment quand elle avait un jour libre ne soutenait pas le regard de Fanny ou des autres femmes plus que nécessaire. Il ne les suivait pas des yeux non plus et ne disait pas un mot de trop. Le visage du pharmacien ne s'éclairait, il ne s'éveillait, que lorsque sa femme entrait chercher ou demander quelque chose à la pharmacie, avec deux ou trois de leurs cinq petits pendus à ses jupes, son visage rond rosi par le froid et ses yeux bleus brillants, immenses. Il embrassait sa femme et câlinait ses enfants comme s'il les voyait trop rarement.

Le pharmacien ne venait pas d'une famille aisée, il gagnait durement son argent et devait rembourser les emprunts de la pharmacie. Le jour, il se languissait de sa femme et de ses enfants. Si Fanny voyait en lui un ami, c'est probablement parce qu'elle ne comprenait pas l'importance qu'avait pour lui l'argent à gagner. Helene lui tapait ses commandes, ses courriers et ses comptes. Il lui montrait la consistance qu'on devait obtenir en mélangeant les corps gras et les acides, lui enseignait les connaissances nécessaires sur les réactions des bases et des acides et lui prêta enfin un gros livre pour étudier à la maison. Helene savait qu'elle pourrait avoir besoin de ses connaissances pour d'éventuelles études et elle s'appropriait tout ce qui se présentait. Elle se mit à emballer chaque soir cinq pastilles à la feuille de tilleul pour le pharmacien et quand le grand bocal fut vide, elle se rabattit sur les pastilles à la framboise et à la violette du petit bocal. Cela faisait plaisir aux enfants. Helene lui préparait ses livres de comptes et émulsionnait les pommades, elle restait à la pharmacie après la fermeture tandis qu'il se dépêchait de rentrer auprès de sa femme et de ses enfants. Prélever des poisons était un jeu d'enfant, Helene n'avait pas mis longtemps à connaître les signatures et les tampons des médecins, elle savait qui prescrivait quoi à qui et où elle pouvait ajouter un zéro à la commande. Deux grammes de cocaïne se transformaient en vingt, mais rarement un gramme de morphine en dix ou en cent. C'est elle qui réceptionnait les commandes, elle savait quand venait le livreur. Elle classait elle-même les fioles et les boîtes, accusait réception et pesait les substances. Le pharmacien savait qu'il pouvait faire confiance à Helene. Elle le déchargeait en matière de responsabilités comme de travail. Quand elle réduisait les cristaux en poudre, les entassait dans des capsules ou versait les liquides dans de petits flacons, de brèves instructions et un sourire furtif lui suffisaient. Peu à peu Helene accrut son savoir-faire, elle mélangeait l'alcool avec les agents précieux et distinguait les bases et les acides dans les teintures sans devoir importuner plus longtemps le pharmacien.

Mais le sourire du pharmacien était trop furtif. Ce léger fourmillement dans le ventre et cette palpitation à la poitrine n'enflammaient pas Helene, ne lui offraient pas la liaison dont elle croyait avoir besoin désormais.

Le Baron l'entourait de flatteries et la couvait de regards attentifs, mais il laissait échapper toutes les occasions de tendre la main vers Helene, si propices fussent-elles.

Ce jour-là ils étaient réunis en début de soirée, Martha avait posé la tête dans le giron de Leontine et s'était assoupie, Fanny se querellait avec Eric quant à la suite des événements, et Helene faisait la lecture de la nouvelle édition du *Rouge et le Noir*. Le Baron avait pris place dans un fauteuil à côté d'elle et l'écoutait en sirotant un verre d'absinthe.

Leontine s'excusa pour Martha et pour elle-même et se leva, non sans embarras, Martha faisait pitié, elle avait mal aux os, aux nerfs, au crâne, et Leontine dut presque la porter, la soutenant pour se mettre au lit avec elle. À peine avaient-elles quitté la pièce toutes deux qu'Eric se leva résolument. La nuit commençait, elle ne durerait pas, il voulait enfin partir. Fanny le retint par sa chemise. Eric se dégagea. Emmène-moi, supplia-t-elle. Les portes claquèrent.

D'un seul coup Helene se retrouva seule avec Le Baron, elle continua à lire le passage où Julien propose à madame de Rénal de quitter sa maison, voulant soi-disant sauver l'honneur de la dame de son cœur, mais aussi leur amour à tous deux, et où la dame se lève prête à tous les sacrifices. L'instant n'était-il pas venu où toute distance s'était résorbée, dissoute, entre Helene et Le Baron ? Stimulé par cette passion étrangère qui semblait déborder des pages du livre, il n'avait qu'à tendre la main. Mais, levant le bras, il se contenta de la poser sur l'accoudoir de son fauteuil, entre lui et Helene. De l'autre il tenait fermement son verre dont il but une dernière gorgée avant de le remplir de nouveau. Helene sentit son impatience virer à l'agacement. Elle cessa de lire.

Veux-tu aussi boire quelque chose, Helene ?

Elle acquiesça alors qu'elle ne voulait rien. Jamais Stendhal n'aurait fait dire à Julien maintenant quelque chose d'aussi prosaïque. Le regard d'Helene tomba sur la première page : La Vérité ! L'amère vérité ! Helene sentait où ce Stendhal voulait en venir avec ce cri de Danton. Imperturbable, Le Baron versa un petit verre à Helene, trinqua et lui demanda si elle ne voulait pas poursuivre la lecture. Peut-être Le Baron remarqua-t-il son hésitation ? Il prit son élan avec une obstination allègre. Certes, il avait été en France et parlait couramment la langue, mais de sa vie il n'avait encore trouvé le temps de lire ce roman. Qu'il était reconnaissant à Helene de lui ouvrir aussi ce monde-là ! Helene sentit la fatigue la gagner et réprima sans conviction un bâillement. Vierge elle était, vierge elle resterait. Tandis qu'elle poursuivait sans entrain, puis avec effort, ses joues que l'attente avait enflammées pâlissaient. Des signes de migraine s'annonçaient dans sa nuque. Quand la pendule du couloir sonna dix coups, Helene referma le livre.

Elle ne voulait pas continuer à lire ? Le Baron parut surpris.

Non. Helene se leva, sa gorge était sèche, le goût de l'absinthe lui causait un léger mal de cœur. Elle ne voulait plus que son lit et elle espérait que Martha et Leontine dormaient à poings fermés dans la chambre commune.

Le printemps passa à tire-d'aile ; d'éveil ou d'émoi point de traces. En juin, le jour de la Saint-Jean, Helene eut dix-neuf ans. Pas encore majeure, mais assez âgée toutefois pour qu'on l'emmène à la Weisse Maus [1], pensaient Fanny et Martha. Fanny tendit à Helene une longue enveloppe qui contenait un bon pour un cours au lycée de jeunes filles de la Marburgerstrasse, rédigé de sa merveilleuse écriture couchée. Le cours commençait dès septembre et il était compatible avec le travail d'Helene, puisqu'il aurait lieu le soir. Pour de mystérieuses raisons Fanny avait intitulé le bon Pour faire ses preuves, elle avait souligné ce titre qui trônait au-dessus du reste, et il sembla à Helene qu'elle faisait allusion à ce fossé invisible que son geste ne pouvait nullement combler.

Helene remercia, mais Fanny se contenta de la regarder sévèrement et entama avec Martha une conversation sur le premier concours de beauté prévu sur le sol allemand l'année suivante et auquel Martha devait absolument participer, à son avis.

Un tas d'os et un paquet de nerfs, dit Martha épuisée.

Ah, du tout, de l'extérieur on juge mieux. Regarde-toi un peu. Fanny posa sa longue main sur la nuque de Martha. Helene détourna les yeux.

L'après-midi, sur un coup de tête et au grand dam du baron, Leontine coupa les cheveux d'Helene au ras de l'oreille et lui rasa

1. « Die Weisse Maus » (la Souris Blanche) : boîte de nuit-cabaret où se retrouvait la bohème berlinoise de la république de Weimar.

la nuque à la naissance des cheveux. Que sa tête était légère à présent.

En l'honneur de cette journée, dit Leontine, et elle permit un baiser à Helene en guise de remerciement. Si on avait dit à Helene qu'elle verrait un jour de si près les lobes à peine esquissés des oreilles de Leontine ! Pouvait-on les baiser ? Helene ne fit qu'effleurer furtivement les joues de Leontine de ses joues, ses baisers volèrent dans les airs au-dessus des épaules de Leontine, deux, trois, quatre, et seul le nez d'Helene toucha les oreilles de leur amie. Comment Leontine avait-elle réussi à garder intact son parfum de Lusace jusqu'au jour d'aujourd'hui ?

Le Baron se faufilait sans arrêt devant la porte ouverte de la salle de bains pendant la procédure de la coupe, pointait la tête dans l'embrasure de la porte sous des prétextes fallacieux et se lamentait. Il ne supportait pas ce spectacle, cria-t-il en passant sur sa propre calvitie une main hésitante qui ne parvenait guère à la couvrir. Un crime, voilà ce que c'était !

Martha tendit à Helene une robe de satin et de crêpe qui descendait au genou qu'elle avait portée la saison précédente et qui venait en fait de Fanny. Helene serait assez grande à présent, c'était exact. Seulement Helene n'était pas aussi maigre que Fanny et Martha. Leontine n'hésita pas, elle demanda une aiguille et donna de l'ampleur à la robe en la reprenant aux coutures. En moins d'une demi-heure la robe allait à Helene comme un gant. Du coin de l'œil Helene vit Le Baron se baisser et recueillir ses cheveux tombés à terre. Il enroula les longues mèches dorées autour de son bras et quitta discrètement la salle de bains. Fanny proclama qu'elle se sentait trop vieille et trop jeune pour le satin. La robe était parfaite pour Helene, dit-elle et elle ne lui accorda plus un regard quand Helene eut enfilé la robe. Le cours au lycée et la robe devaient lui sembler de bons moyens de se débarrasser d'Helene.

La nuit qui annonçait l'été, l'air était chaud, une brise se leva. Sa nouvelle coiffure lui était-elle suspecte ? Helene mit le chapeau expédié à Bautzen avec l'héritage du grand oncle de Breslau, un chapeau en forme de pot semblable à ceux que les femmes portaient maintenant, sauf que le sien était en velours et décoré de strass.

Fanny marchait devant avec Lucinde et Le Baron, Leontine et Martha avaient pris Helene au milieu et lui donnaient le bras. Le parfum des fleurs de tilleul les enveloppait par effluves. Helene avait échangé son gilet contre une écharpe transparente en organdi. Le souffle du vent lui caressait agréablement le cou.

À l'entrée de la Weisse Maus étaient postés deux individus à la figure passée au blanc dont le maquillage ne permettait guère de dire s'il s'agissait d'hommes ou de femmes. Ces portiers négociaient sans plaisanter l'entrée des clients, saluant ceux qu'ils connaissaient et refusant les étrangers. Fanny fut reconnue, elle engagea un conciliabule avec l'un des portiers et lui expliqua que Le Baron, Lucinde et les jeunes femmes étaient avec elle. Cela fit l'affaire du portier qui leur ouvrit avec un geste de bienvenue. La boîte de nuit n'était pas particulièrement grande, et les gens se tenaient serrés les uns contre les autres. Plus loin devant, près de la scène, il y avait des clients attablés. Les temps où une certaine Anita Berber se produisait ici avec ses danses d'horreur blasphématoires, un spectacle intitulé *Encore plus de danses macabres*, étaient révolus, on la disait maintenant à l'affiche d'un vrai théâtre, encore qu'elle ne se produisît pas très fréquemment. Mais tous les habitués la voyaient encore là sur scène. Leurs regards se tournaient sans cesse vers les rideaux rouges, comme si on allait la voir surgir d'un instant à l'autre et se mettre à danser. Tout le monde avait lu dans la presse qu'elle avait été volée et quittée à Vienne par son amant, dont on rapportait qu'il était passé en Amérique et y avait épousé quatre femmes en un an. Aux dernières nouvelles, il était revenu à Hambourg où il était mort peu après.

Mais au lieu de la Berber, ce furent trois musiciens qui montèrent bientôt sur scène, un trombone, une clarinette et une trompette. Et alors qu'Helene les croyait encore en train de répéter avec ces sons étirés, quelques clients commencèrent à danser. On poussa Helene à travers la foule, Fanny donna sa cape au vestiaire et lui enleva son chapeau de la tête sans plus ample informé, Lucinde fit venir du champagne et des coupes. Elles chuchotaient, n'était-ce pas Margo Lion [1] là-bas derrière, au milieu de ce groupe de personnes ? Le Baron n'avait d'yeux que pour Helene, ils étaient rivés sur elle, sur son visage, ses épaules, ses mains. Ses regards lui donnaient un sentiment de sûreté mêlé de malaise. La nudité de son cou était apparemment

1. Margo Lion : actrice qui se produisait à Berlin sous la République de Weimar comme chanteuse satirico-réaliste et meneuse de revue.

une provocation, certes non délibérée, se dit Helene, mais tout à fait excitante. Soudain elle sentit un souffle sur son épaule, et Le Baron dit de sa voix ténue qui couinait presque tant il s'efforçait de l'affermir : Helene, ton écharpe a glissé de tes épaules. Helene baissa les yeux sans comprendre et dévisagea Le Baron qui lui paraissait cette nuit encore plus petit que d'habitude. À nouveau il approchait ses lèvres qui baisaient presque son cou : Je vois les fossettes de tes épaules et elles me rendent fou.

Helene ne put s'empêcher de rire. Quelqu'un la poussa doucement dans le dos.

Tu devrais remettre ton écharpe sur tes épaules, sinon d'autres hommes vont te découvrir.

Le Baron entendait exprimer un droit exclusif à sa nudité. Helene se retourna. Derrière elle se tenaient Fanny et Lucinde qui avaient retrouvé Bernard et un ami. Fanny invita ses amis et ses nièces à prendre un verre du plateau. C'était une chance que le bar fût aussi bruyant. Helene ne voulait pas répondre au baron, elle laissa négligemment l'écharpe au creux de son bras, jouer de ses faux cils aussi était excitant, et cela ne lui faisait ni chaud ni froid que d'autres hommes voient ses fossettes.

Leontine salua un jeune homme qu'elle présenta, il s'appelait Carl Wertheimer. La musique était maintenant si forte que Leontine criait et que lui se tenait les oreilles des deux mains. C'était un de ses étudiants en pathologie, il s'était glissé en fraude parmi eux, criait Leontine. En réalité il étudiait la philosophie et les langues, le grec et le latin, mais aussi la littérature contemporaine, apparemment il se destinait à l'écriture. Le jeune homme secouait énergiquement la tête. Jamais de la vie. Si, rétorqua Leontine en riant, elle l'avait observé dire un poème au milieu d'un groupe d'étudiants, sûrement un poème de lui. Carl Wertheimer était dépassé par les événements. Il n'était qu'un étudiant tout à fait ordinaire, dit-il, et s'il citait Homère ou Ovide, il ne fallait pas comparer cela à ces tentatives d'imitation coutumières aux très jeunes gens. Au demeurant il n'aurait jamais eu le courage de confesser ce genre de tentatives en présence de femmes d'esprit telles qu'elles. Leontine lui passa la main dans les cheveux comme aurait pu le faire une sœur aînée, ce qui lui donna l'air d'un petit garçon, et Helene se mit à l'observer de près, ses yeux se trouvaient à la hauteur des siens et il avait un corps mince d'adolescent. Il devait avoir son âge. Un moment elle vit en lui quelqu'un qui pourrait lui être proche, mais à cette heure l'attention de Carl Wertheimer allait encore exclusivement à Leontine. C'est manifestement vers Leontine qu'il levait les yeux, non seulement parce qu'elle paraissait le dépasser de quelques centimètres, mais aussi parce qu'il devait estimer cette femme étonnante en tant qu'enseignante, peut-être était-il aussi un peu amoureux d'elle.

Sur scène d'autres musiciens se joignirent aux premiers, eux aussi jouaient du trombone, de la clarinette et de la trompette. Les sons se dilataient, le rythme tanguait et vibrait, à la surprise d'Helene de plus en plus de gens se mirent à danser autour d'elle, déjà Helene avait du mal à distinguer le sol de la piste de danse tant le parquet vibrait sous ses pieds avec la musique. Fanny et Bernard s'élancèrent les premiers, Lucinde prit l'ami de Bernard par la main, et même Martha et Leontine se mêlèrent aux danseurs, seul Le Baron battit en retraite. Il surveillait le plateau avec les verres abandonnés, adossé au mur il ne quittait pas des yeux Helene qui ne s'était pas encore décidée. Une main se posa doucement sur son bras. Un homme au visage glabre lui demanda si elle dansait, lui prit son verre des mains et l'entraîna. D'une main, il tenait solidement Helene, comme s'il lui fallait veiller à ce que la musique ne la lui ravît pas en l'entraînant de son rythme langoureux puis rapide ; de l'autre, il touchait ses bras nus en dansant, quasi fortuitement. Aucune chose, aucun être vivant n'était épargné par la musique, elle les transperçait, prenant possession de chaque particule et transformant en fractions de temps cet espace d'éléments agrégés, jusque-là calme et figé, maintenant plongé dans une effervescence qui faisait vibrer chaque molécule, chaque organe, sollicitant à l'extrême, à la limite de l'explosion, les enveloppes des corps tout comme les limites de l'espace, semblait-il à Helene. La musique se dilatait, emplissait l'espace de sa brillance mate, d'un chatoiement délicat, d'une vapeur de très fines mélodies qui ne connaissaient plus la mesure habituelle, elle pliait les corps des danseurs, les recroquevillait, les redressait, roseaux dans le vent. À un moment l'homme glabre mit sa main sur la hanche d'Helene qui sursauta, mais il voulait juste prévenir une collision avec un autre couple de danseurs. Helene regarda autour d'elle, elle reconnut le cou de Leontine, ses courts cheveux foncés, Helene se pressa sur le côté, en serpentant entre les danseurs elle s'insinua le long des corps qui s'inclinaient vers elle puis se détournaient, l'homme glabre la suivait pas à pas, passant devant les danseurs, sous leurs bras, enfin Helene surprit la main de Martha et découvrit le rire de Leontine. L'homme glabre fit des moulinets avec ses bras, menaçant, il fit l'arbre et retomba sur ses pieds. Helene fut forcée de rire. Elle essayait de suivre les hauts et les bas de la musique, ses épaules et ses bras bougeaient, les gens autour d'elle se trémoussaient, ils tourbillonnaient en musique, s'emmêlaient et se marchaient sur les pieds. La musique lui rappelait la balançoire : quand on est poussée et qu'on fonce tout droit violemment emportée par l'élan, mais que déjà l'instant d'après on commence à osciller. Alors on se laisse aller en tendant les jambes dans l'une, puis dans l'autre direction, et on se met à vaciller, à tituber, à descendre en vrille, ce qui génère inéluctablement des cercles de plus en plus restreints. La tête de Martha chancelait de manière inquiétante, ses cheveux se dénouaient, elle lançait ses bras vers Leontine telle une noyée, Helene voyait ses yeux vitreux, son regard nocturne voilé qui ne retenait plus personne et ne pouvait reconnaître quiconque. Elle lui fit signe, mais Martha s'appuyait maintenant sur Leontine, et un sourire grisé, un peu béat, s'épanouissait sur son visage. Toujours la trompette reprenait, donnant l'impulsion, et les danseurs transpiraient, les bras et les épaules nus des femmes luisaient dans l'étroit faisceau de lumière des petites lampes. Très vite Helene perdit de vue le bleu violet de la robe de Leontine et le sourire sentimental de Martha disparut, un nouveau rythme s'imposa, Helene regarda autour d'elle, mais ne put découvrir ni Leontine ni Martha. Dans le même temps elle aperçut devant elle le dos de son danseur glabre qui dansait maintenant avec une autre jeune femme.

Helene se retrouva seule dans la foule furieuse. La musique l'encerclait, prenait possession d'elle, voulant à la fois la pénétrer et sortir d'elle, Helene repoussait des bras et des jambes. Une angoisse envahit le corps d'Helene, elle ne connaissait aucun de ces mouvements, ne savait plus où se trouvait le sol. Même quand le sol cédait, ses pieds atterrissaient et se détachaient de lui, on était dans un état de dépendance réciproque. Helene voulait gagner le pourtour de la piste, là où elle pensait trouver Le Baron, encore qu'elle ne pût découvrir son chapeau ni voir aucun des siens, mais les danseurs la repoussaient toujours en leur centre et ses jambes ne cessaient de suivre le rythme.

Nulle part on ne pouvait disparaître plus facilement qu'au milieu de ces gens qui dansaient. Helene cessa de résister, ses pieds répondaient au son de la clarinette, déjà la cadence la rattrapait, ses bras trouaient l'air.

Une main la saisit, elle ne connaissait pas cet homme. Sa figure était passée au blanc, ses lèvres presque noires, et Helene dansait. À chaque danse son vis-à-vis changeait de figure et de silhouette. Bientôt Leontine et Martha resurgirent, Martha la regarda en riant, peut-être, mais peut-être son rire était-il juste dirigé dans sa direction, et visait-il les sons, la disparition, toutefois Helene ne cherchait plus sa proximité. Il y avait un regard qui la suivait depuis un certain temps dans la pénombre à côté de la piste, depuis l'une des tables aux petites lampes vertes. Helene reconnut Carl Wertheimer et fut contente qu'il l'eût enfin découverte. Peut-être était-il seulement curieux des amis dont s'entourait Leontine. Son regard n'était pas importun, il était attentif. Carl Wertheimer avait gardé son manteau, son col de fourrure lisse chatoyait, ou alors il était sur le point de partir. Il fumait une pipe courte et mince. Son regard n'arrêtait pas d'aller aux autres danseurs, à Leontine et de revenir à Helene. Malgré sa jeunesse, son expression était sérieuse, digne, pensa Helene.

La clarinette l'appelait, Helene bondissait, le trombone glissait, et Helene se renversait, la trompette la sollicitait, et Helene se cambrait, derechef.

Peu après Helene se tordit le pied, elle trébucha et perdit l'équilibre. Pour ne pas tomber, elle attrapa l'épaule de Martha et s'y appuya. Martha dut la confondre avec quelqu'un, sans lui prêter vraiment attention elle rejeta brutalement sa main. La bride de la chaussure d'Helene était déchirée, il ne lui restait plus qu'à prendre sa chaussure à la main et à se faufiler entre les danseurs et leur odeur aigre-douce. Elle se tenait sur sa gauche, à la rampe de la piste. À peine eut-elle échappé à la chaleur moite des danseurs et à leurs griffes brûlantes qu'un courant d'air frais l'atteignit, venu de la pénombre. Y avait-il des fenêtres ? Il n'y avait pas de fenêtres. On avait peut-être ouvert la porte pour aérer. Helene regardait au-dessus des têtes, loin derrière dans l'obscurité de la pièce elle reconnut le visage blanc de Fanny. Du chapeau du baron il n'y avait heureusement nulle trace alentour. Quelque chose à boire ? Quelqu'un la poussait du coude, Helene remercia brièvement et continua à avancer rapidement. Elle passa devant des silhouettes épuisées par la nuit et des visages pâlis par l'aube. Un frisson lui parcourut le dos, et subitement elle regarda dans les yeux l'homme aux traits acétiques.

Pardonnez-moi, dit-il, vous êtes une amie de Leontine. Il avait une voix étonnamment profonde pour son âge. Le regard d'Helene se posa sur son col de fourrure. L'éclat en était si beau qu'elle aurait aimé toucher la fourrure.

Helene acquiesça, il ne connaissait sûrement pas son nom. Elle dit donc : Helene, Helene Würsich.

Wertheimer, Carl. Mademoiselle Leontine a eu l'amabilité de me présenter au début de la soirée.

L'étudiant.

Il acquiesça et lui offrit son bras. Puis-je vous aider ?

Et comment, ma chaussure est fichue. Helene lui tendit sa chaussure pour preuve. Elle pensa à Martha, jeta un regard anxieux autour d'elle et découvrit sa sœur parmi les danseurs, elle enlaçait Leontine, et il s'en fallait de peu qu'elle ne se mette à l'embrasser devant tout le monde. Un malaise imperceptible, un léger dégoût submergea Helene, c'était plus la crainte qu'il ne découvre cette chose étrange et que ne soient révélés ces liens auxquels elle était mêlée, sœur et complice, que le sentiment d'être un peu exclue. Helene aurait voulu détourner rapidement l'attention de Wertheimer.

Vous connaissez le docteur Leontine depuis longtemps ?

Notre tante nous a invitées, elle a beaucoup d'amis. Helene fit un geste vague. Je crains de devoir partir maintenant.

Certainement. Puis-je vous accompagner ? Il n'est guère recommandé d'aller boitiller seule dans les rues désertes.

Volontiers. Aucune bonne fée ne m'a donné la grâce de Cendrillon, dit-elle, et elle sentit ses oreilles s'empourprer, par le mot grâce elle avait voulu dire quelque chose comme patience virginale.

Helene prit congé de sa tante. Fanny n'accorda pas un regard au jeune Wertheimer et elle assura Helene qu'Otta lui ouvrirait à la maison.

Dehors le jour s'était levé. Les oiseaux ne lançaient plus qu'un pépiement assourdi dans le jour d'été bien entamé, et les réverbères étaient éteints. Un fiacre attendait le client. Visiblement les gens commençaient à aller au travail. À un coin de rue un marchand de journaux vendait la Morgenpost et le Querschnitt.

Le Querschnitt dans la rue au petit matin, Carl hocha la tête en riant.

Helene savourait la rencontre avec Wertheimer, et tandis qu'ils se posaient les premières questions sur leurs vies respectives, elle lui cela qu'elle habitait tout près. Un pied dans une chaussure, l'autre sur le pavé, Helene sentait la chaussée qui collait, car les tilleuls avaient dispensé leur nectar sur le pavé pendant la nuit.

Viens, nous voulons nous rapprocher masqués[1]..., Wertheimer scrutait le visage d'Helene.

La vie repose dans les cœurs de tous. Helene parlait machinalement comme si cela ne la regardait pas.

Comme dans des cercueils. Wertheimer exultait, mais Helene ne répondait plus, préférant sourire. Qu'y a-t-il, vous ne voulez pas continuer ?

J'ai oublié la suite.

Je ne vous crois pas. L'irritation perçait dans son regard, elle l'apaisa.

Vous dites cela si gaiement, le Weltende est un poème triste, vous ne trouvez pas ?

Vous appelez cela triste ? Mais il est optimiste, Helene ! Qu'y a-t-il de plus prometteur qu'une passion, un baiser, un désir qui vous étreint à vous faire mourir.

Croyez-vous qu'elle pense à Dieu ?

Pas du tout, c'est le divin plutôt, qui lui est proche. Son poème ne s'ouvre-t-il pas sur de multiples doutes, elle parle de pleurs comme si le bon Dieu était mort. Mais si elle croyait en Dieu, elle lui concéderait l'immortalité, ce « comme si » est un double refus de la foi, elle ne croit pas en un Dieu quelconque, bon ou méchant. La mort de Dieu doit susciter des pleurs dans le monde, le monde doit-il pleurer à cause de lui ou parce qu'il en est délivré ?

Helene regardait Wertheimer, il ne fallait pas oublier de fermer la bouche. Martha ne lui serinait-elle pas de ne pas rester la bouche

1. Else Lasker-Schüler, *Weltende/Fin du Monde* : « Il est des pleurs sur le monde,/Comme si le Bon Dieu était mort/Et l'ombre de plomb qui s'abat sur nous,/Pèse comme une tombe.

Viens, rapprochons-nous masqués... La vie repose dans les cœurs de tous/ Comme dans des cercueils.

Il est une nostalgie lancinante du monde/De laquelle nous mourons. »

ouverte à gober les mouches ? Jamais encore elle n'avait entendu quelqu'un parler d'un poème.

Ce poème ne lui appartenait-il pas à elle, à elle seule ? Prise de ferveur, Helene se mit à parler sans réfléchir, plus de son poème que de sa vie, mais avec un être comme Wertheimer la différence entre les deux s'estompait.

Lasker-Schüler ne se délecte pas de Dieu, elle ne jouit pas non plus des hommes et de la souffrance à laquelle ils sacrifient, elle leur accorde seulement un baiser avant qu'ils ne s'éteignent. Croyez-moi, sa propre mortalité qu'elle regarde en face, qu'elle soit générée par la langueur ou non, et accompagnée ou non de pleurs, cette mortalité de l'homme, sa lucidité, l'inéluctabilité, elle l'oppose clairement à l'immortalité de Dieu.

Lisez-vous toujours les poèmes en partant de la fin ?

Seulement quand j'ai affaire à quelqu'un qui se pique de linéarité.

Voulant prendre le tramway ou le bus, le jeune homme tourna au coin de la rue.

Vous utilisez volontiers les termes issus du latin : vous vous délectez, et c'est moi que vous accusez de linéarité ? Je quitte volontiers la ligne droite et me garderais bien de me piquer de quoi que ce soit, pas avec vous. Wertheimer donnait à ses paroles un accent sévère, mais une seconde après la moquerie brillait dans ses yeux. Qu'en est-il de ce fatras nommé culture et science ? Dites-moi, ne tenez-vous pas tous nos efforts pour une coupable présomption ? N'est-ce pas le club dont n'importe qui peut devenir président qui recueille le plus de succès ? Dada est-il une poubelle pour l'art ?

Helene réfléchissait. Qu'y a-t-il de mal dans les différences, pouvez-vous me le dire ? C'était une question sincère, finalement, pensait Helene, qui ces clubs dérangeaient-ils, tant que chacun pouvait en fonder un ou y entrer si bon lui semblait ?

Sur le Kurfürstendamm ils laissèrent passer le premier tramway qui était bondé et que prirent d'assaut quelques intrépides, et leur conversation ne permit aucune pause, ne ménagea aucune interruption pour un peu de courage ou pour un baiser.

Vous connaissez le *Lenz* de Büchner. De quoi souffre-t-il, Helene ?

Helene voyait avec quelle curiosité Carl épiait sa réponse, elle hésita. De la différence. C'est ce que vous pensez ? Mais toute différence n'est pas source de souffrance.

Non ? Carl Wertheimer parut soudain savoir où il voulait en venir. Il n'attendit pas sa réponse. Vous êtes une femme, moi un homme – croyez-vous que cela porte bonheur ?

Helene ne put s'empêcher de rire, elle haussa les épaules. Et quoi d'autre, monsieur Wertheimer ?

Naturellement, allez-vous répondre, Helene. Du moins, je l'espère. Je vous l'accorde. Mais seulement parce que le bonheur et la souffrance ne s'excluent pas réciproquement. Au contraire, la souffrance inclut la représentation du bonheur, la porte en elle en quelque sorte. La représentation du bonheur ne peut jamais disparaître dans la souffrance,

Il n'empêche que la représentation du bonheur et le bonheur lui-même sont choses différentes. Helene sentait sa propre lenteur, elle boitait, elle sentit un bref instant la douleur dans ses pieds. Lenz a pourtant tout, ses nuages sont roses, le ciel est bleu – tout ce dont d'autres ne peuvent que rêver.

Helene et Carl montèrent dans un autobus qui partait vers l'est, ils s'installèrent sur la plate-forme, l'air de la vitesse leur soufflait au visage, et Carl mit son manteau sur les épaules d'Helene pour qu'elle n'ait pas froid.

Mais cela fait souffrir le Lenz de Büchner, objecta Carl. Que lui importent les nuages, que lui importe la montagne s'il ne peut convaincre Oberlin.

Convaincre ? Helene crut découvrir un flou dans la pensée de Carl, son attention était telle qu'elle se défendit avec peine de le relever. Carl avait dû mal interpréter sa question.

Qu'est-ce qui vous amène à Berlin, votre sœur et vous, une visite à votre tante ?

Helene acquiesça énergiquement. Une visite qui se prolonge, ça fait bien trois ans que nous sommes ici. Elle blottissait son menton dans le col de fourrure du manteau de Carl. Qu'il était lisse, qu'il sentait bon, un col de fourrure en été ! Martha travaille à l'hôpital juif. Moi aussi je suis devenue infirmière, j'ai passé mon examen à Bautzen, mais ici à Berlin, ce n'est pas facile d'être infirmière quand on est si jeune et qu'on n'a pas de références. Les pieds d'Helene étaient à vif. Elle se demandait si elle devait lui dire que c'était son anniversaire et qu'elle allait suivre des cours dans un lycée de jeunes filles, qu'elle voulait faire des études, mais elle s'en abstint. Finalement son anniversaire était passé depuis quelques heures et le soleil matinal qui leur réchauffait le visage, ce premier soleil d'été depuis le solstice, était plus important – du moins tant qu'elle sentait cette fourrure contre sa joue.

Si jeune ? Carl la regardait en se livrant à des estimations. Les joues d'Helene étaient brûlantes, ses pieds étaient froids, une des chaussures reposait sur ses genoux, sa robe trempée par la danse lui collait au dos et lui donnait des frissons, pourtant ses joues étaient brûlantes, et elle sourit en répondant au regard de Carl.

Il se pencha vers elle. Helene crut qu'il allait l'embrasser, mais il lui chuchota d'une voix atone à l'oreille : si j'osais, je vous embrasserais.

Helene resserra son écharpe transparente sur ses épaules, son regard se porta à travers le feuillage des platanes sur les magasins qui défilaient. Elle bondit, c'est ici qu'il fallait descendre.

Mais nous n'avons passé qu'une station. Wertheimer la suivit, descendit et se retrouva dans la rue.

Helene boitillait, sa jambe droite était maintenant bien plus courte que la gauche.

Je vous porterais bien Helene, mais cela ne vous plairait peut-être pas.

Et il y en a des choses qui ne me plairaient pas, Helene leva les yeux au ciel, la nuit l'avait mise en train, et la clarté du matin l'enhardissait. Elle enlaça gaiement Carl Wertheimer. Il fut surpris, hésita un instant. À peine l'avait-il étreinte pour la soulever qu'elle lui donnait un baiser furtif, sa joue était rugueuse, puis elle le repoussa amicalement.

Le soleil brille déjà. Helene s'arrêta, elle s'appuya à l'épaule de Carl Wertheimer et retira sa seconde chaussure. Ne vous en faites pas, les pavés sont chauds.

Alors qu'elle marchait à quelques pas devant lui et qu'il voulait la rattraper, elle commença à courir. Elle se disait qu'il l'embrasserait pour lui dire au revoir. Soudain il sembla à Helene qu'elle perçait les gens à jour et qu'elle savait exactement quels pas les menaient vers quels buts. Elle pouvait conduire les gens, un à un, tirer comme pour des marionnettes sur les fils de leur destinée, cela valait tout particulièrement pour Carl Wertheimer qu'elle savait derrière elle, dont les pas se rapprochaient, et dont elle sentit la main sur son épaule la minute suivante. Elle s'arrêta devant chez elle et se tourna vers Carl Wertheimer, il la prit par la main, l'attira dans l'entrée de la maison et posa une main sur sa joue.

Si douce, dit-il. Helene aimait sa main, elle pensa qu'elle pouvait encourager son jeune ami et elle posa sa main sur la sienne, la pressa contre son visage et baisa la peau sèche du dos de sa main. Prudemment elle chercha son regard. Une des paupières de Carl battait, juste une, elle battait comme les ailes d'un oisillon craintif, peut-être n'avait-il encore jamais embrassé de jeune fille, il l'attira à lui. Elle aima sa bouche dans ses cheveux. Helene ne savait pas quoi faire de ses mains, et le manteau lui semblait dissuasif, trop grossier. Elle posa une main sur sa tempe, ses pommettes, l'orbite de ses yeux, du doigt elle chercha sa paupière, celle qui battait. Elle posa des doigts protecteurs sur son œil, il fallait l'apaiser. Helene sentit un point de côté et respira profondément, elle respirait régulièrement, aussi régulièrement que possible. Dans l'étreinte de Carl Wertheimer, elle ne se sentait ni petite ni grande, ses mains sur son cou nu la réchauffaient et elles donnaient la chair de poule à ses bras. Helene se secoua. Si l'attouchement lui était encore inconnu, le désir, lui, était d'autant plus familier. Une mésange sifflait fort, une autre couvrit son chant, d'abord de ses trilles, puis en sifflant un triple accord un ton plus bas, et les deux mésanges entamèrent une joute. Helene pouffa tant elle était tendue, il pouvait penser qu'elle riait. Puis elle sentit son regard grave posé sur elle, et son rire se fit plus discret. Elle avait honte, elle craignait qu'il n'ait remarqué son omnipotence imaginaire de tout à l'heure, une enveloppe dont le germe s'était désintégré, et dont plus rien ne subsistait, sinon une apparence d'orgueil ou même de vanité qu'il ne devait guère priser. Elle se demanda ce qu'il voulait. En général, et avec elle en particulier. Sa gorge battait au rythme de son cœur. Il fallait prendre congé.

Fièrement elle lui dit qu'ils possédaient depuis peu un appareil téléphonique.

Carl Wertheimer ne demanda pas le numéro, c'est comme s'il n'avait pas entendu, il la suivit des yeux et lui fit un signe de main, elle fit un signe en retour, elle avait les mains chaudes.

En soulevant le pesant heurtoir en laiton de la somptueuse porte de Fanny pour frapper, elle était fermement décidée à ne pas se retourner sur Carl, et Otta lui avait à peine ouvert en tablier et en coiffe, habillée de pied en cape, qu'Helene doutait déjà que Carl l'appellerait. Il cherchait peut-être un flirt, juste un baiser peut-être, qu'il avait reçu maintenant, et c'était tout, c'était probablement tout ce qu'il voulait.

Cela embaumait le café, la pendule sonna, il était six heures et demie. De la cuisine lui parvenaient des tintements familiers de couverts et de vaisselle, la cuisinière devait faire le café et préparer le petit déjeuner malgré l'absence de ses messieurs-dames, couper le gâteau au pavot, mélanger le porridge que Fanny aimait à prendre dès qu'elle pouvait absorber quelque chose. Helene ne ressentait aucune fatigue. D'un pas léger encore totalement accordé à la danse de la trompette et de la clarinette, elle alla dans la véranda et se laissa tomber sur l'une des chaises basses capitonnées. Ses mèches de cheveux qui atteignaient à peine son nez désormais empestaient la fumée. Elle sentait ses cheveux sur sa nuque, l'aisance avec laquelle elle pouvait remuer la tête maintenant incitait aux mouvements rapides, quand on bougeait brusquement, les cheveux vous tombaient dans la figure. Helene détacha les faux cils de ses paupières. Elle avait les yeux irrités par la fumée de la nuit. En mettant les faux cils sur la table, elle se dit que ce serait bien de pouvoir déposer ses yeux à côté. Cleo sauta hors de sa corbeille sous la table, agita son bout de queue dressé et lécha les mains d'Helene. Sa langue chatouillait. Cela lui rappela les chèvres du jardin de la Tuchmacherstrasse qu'elle avait traites parfois, enfant. Quand on pressait avec les doigts de haut en bas, la peau du pis était rugueuse à la paume et il fallait se laver soigneusement les mains après, si possible à l'eau chaude avec force savon, car l'odeur était tenace comme le souffre et la poix, elle avait quelque chose de rance, une odeur de chèvre rance. Elle s'était échappée, pensa Helene soulagée en prenant délicieusement ses aises dans les coussins et ce sentiment ne lui inspirait qu'un léger sentiment de honte, assez doux. Cela signifiait quoi finalement, s'être échappée ? Faire filer sa vie à une vitesse folle. Conséquent, conséquent, murmura Helene par-devers elle, et en entendant son propre murmure, elle prononça plus fort d'une voix ferme, les mots du Lenz de Büchner qui concluaient les premiers : Inconséquent, inconséquent [1]. Helene caressait le poil dru et bouclé du chien. Quelle gentille bête tu fais. Ses oreilles pendantes étaient soyeuses et souples. Helene embrassa le chien sur son long museau, jamais encore elle n'avait embrassé Cleo, mais ce matin-là elle ne put s'en empêcher.

1. Georg Büchner, *Lenz* : « Et il faisait filer sa vie à une vitesse folle, puis il disait : "Conséquent, conséquent" ; quand quelqu'un disait quelque chose : "Inconséquent, inconséquent". » Trad. : Jean-Pierre Lefebvre.

L'apparition inattendue de Carl Wertheimer ne suscita guère d'intérêt dans la maison de leur tante. Il n'appela pas Helene au téléphone, il lui fit porter des fleurs par un garçon de courses. Helene en fut surprise, effrayée, heureuse. Elle mit ses mains en coupe autour des fleurs, autour de l'air qui les enveloppait, trop dense pour porter leur parfum léger. Elle prit les anémones dans sa chambre comme un trésor. Elle s'y retrouva seule, bien contente que Martha dût rentrer tard. Elle se demandait où il avait encore pu trouver des anémones. Elle observait les fleurs dont le bleu changeait au cours de la journée et dont les fragiles pétales s'alourdissaient.

Quand les anémones furent fanées dans la soirée, elle empêcha Otta d'enlever les fleurs du vase. Helene ne pouvait pas dormir. Quand elle fermait les yeux elle ne voyait que du bleu. Cette excitation tenait à une rencontre telle qu'elle n'en avait encore jamais vécue, à une confrontation avec un être auquel la reliait une communauté de pensée, de curiosité, exactement, confia-t-elle à Martha, une passion commune pour la littérature.

Ces confidences firent bâiller Martha. Tu veux dire partagée, mon ange, pas commune.

Helene n'en réalisa que plus clairement qu'il lui était advenu quelque chose d'absolument singulier. Elle ne voulait pas briguer les faveurs de Martha plus longtemps, sa rencontre avec Carl était unique et apparemment pas communicable à quelqu'un comme Martha.

Quand on sonna enfin, le dimanche, et qu'Helene entendit la voix stylée d'Otta dans le vestibule répéter à voix haute : Carl Wertheimer ?, elle bondit, rafla la veste de soie que Fanny venait de lui abandonner et suivit Carl dans le matin d'été.

Ils montèrent dans le train du Wannsee et se promenèrent jusqu'au Stölpchensee. Carl n'osait pas lui prendre la main. Un lièvre détala devant eux sur le sentier forestier. L'eau du lac scintillait en bas à travers les feuilles et des voiles blanches se gonflaient au loin. Helene sentait sa gorge nouée, elle craignit soudain de se mettre à bégayer et que le souvenir de ce vécu commun et sa joie ne se révèlent exclusivement siens.

Carl prit la parole : la nature qui se suffit à elle-même, la souveraineté de l'instant telle que Lenz nous la montre, n'est-ce pas l'exaltation de la vie ?

Un sacrilège contre Dieu.

Vous voulez dire un doute, Helene, il faut permettre le doute, le doute n'est pas un sacrilège.

Vous voyez peut-être cela autrement, pour nous chrétiens, c'est ainsi.

Protestante, n'est-ce pas ? La question de Carl Wertheimer ne contenait nulle raillerie, aussi Helene acquiesça-t-elle faiblement. Il lui paraissait soudain irrecevable, ce discours qu'elle tenait sur son appartenance à la foi luthérienne et sur son essence, non parce qu'il fallait prendre en compte l'athéisme et l'origine différente de sa mère, mais parce que ici ce Dieu lui semblait bien lointain, comme chassé du monde par Büchner. Qui pouvait prétendre tout expliquer par Dieu ?

Puis-je vous confier quelque chose, Carl ? Ils s'arrêtèrent à un croisement, à droite on allait vers un pont, à gauche on s'enfonçait dans la forêt. Le choix de l'un ou de l'autre chemin ne pouvait advenir avant qu'elle lui eût dit ce qui lui pesait, d'un poids de plomb.

Vous savez, ces dernières années, depuis que nous sommes à Berlin, j'ai eu honte envers Dieu chaque fois que je pensais à lui et réalisais que je l'avais oublié pendant des jours et des semaines. Nous ne sommes pas allées à l'église ici.

Et y a-t-il eu des compensations ?

Que voulez-vous dire, Carl ?

Quelque chose vous a-t-elle donné de la joie, parvenez-vous à croire ?

Eh bien, pour être honnête, je ne me suis pas posé la question.

Carl serra le poing et le brandit dans le ciel : Et il se sentait la force de pouvoir broyer le monde entre ses dents et le recracher à la face du créateur ; il jurait, il blasphémait [1].

Ne riez pas, vous vous moquez.

Mais je ne me moque pas, Helene. Je n'oserais jamais. Carl réprimait sa gaieté du mieux qu'il pouvait.

Riez, riez. C'est par le rire déjà que l'athéisme prit possession de Lenz.

Vous me croyez athée ? Ce n'est pas si simple, Helene. Dieu ne connaît pas le rire, en effet. Et n'est-ce pas dommage ? Carl enfouit les mains dans les poches de son pantalon.

L'idée ne me serait pas venue de vous confondre avec Lenz. Helene lui fit un clin d'œil. Elle savait enfin pourquoi elle était restée plantée des heures devant le miroir incrusté de lys ces dernières semaines à s'exercer à cligner de l'œil. Puis elle reprit son sérieux et regarda Carl sévèrement. Je voulais vous confier quelque chose.

Je sais, je me tais. Et Carl se tut effectivement.

Une éternité s'écoula avant qu'Helene se décide à briser le silence.

Je n'ai plus honte, c'est ce qui me terrifie. Vous comprenez ? Je ne suis plus allée à l'église, j'ai oublié Dieu, longtemps j'ai eu honte en repensant à lui. Et maintenant ? Rien.

Continuons. Carl prit le chemin du pont. Les nuages s'amoncelaient, de gros nuages blancs isolés derrière lesquels le ciel restait imperturbablement bleu. De l'autre côté du pont se trouvait un café avec un jardin. Il y avait peu de tables libres dans le jardin, des familles avec ombrelles et enfants parlaient fort, elles aussi semblaient avoir oublié Dieu. Carl choisit une place. Il dit que cette place était la sienne, avant c'était exclusivement celle de ses parents, mais depuis qu'il venait seul ici de temps en temps, c'était la sienne. Helene pensa que la vie devait être belle avec des parents qui vous

1. Georg Büchner, *Lenz* : « Et il serra le poing et le brandit dans le ciel, et il se sentait la force de pouvoir broyer le monde entre ses dents et le recracher à la face du créateur ; il jurait, il blasphémait. » Trad. : Jean-Pierre Lefebvre.

emmenaient dans un café avec jardin. Carl désigna une autre table et lui chuchota que c'était souvent là que se tenaient les peintres. La magie de ce monde semblait tellement étrangère à Helene qu'elle eut envie de se lever et de s'en aller. Mais à ce moment Carl lui saisit la main, il lui dit qu'elle avait un beau sourire et qu'il voulait le voir souvent.

Carl Wertheimer était un fils de bonne famille, de parents aisés et cultivés, le père était professeur d'astronomie, et malgré les pertes financières de ces dernières années il pouvait payer des études à son fils. Le serveur apporta des sodas à la framboise. Carl fit un signe en direction du nord-est, la maison de ses parents était située là-bas sur la rive. Ses deux frères avaient disparu à la guerre, l'aîné avait péri, ses effets leur avaient été envoyés, mais ses parents refusaient de croire à sa mort. Helene pensa à son père, mais elle n'avait pas envie de parler de lui.

Heureusement pour sa mère, lui n'avait pas été appelé. Sa sœur terminait ses études de physique cette année, elle était la seule femme de sa faculté. Elle se marierait l'année prochaine. De toute évidence Carl était fier de sa sœur. Il était le plus jeune, il avait le temps, disait sa mère. Carl claqua la langue d'un air contrit, mais ses yeux brillaient, démentant le sérieux de ses regrets. Un moineau se posa à côté d'eux sur la table, il sautillait de-ci de-là en picorant les miettes laissées par les clients précédents.

La vision de l'univers paisible de Carl au bord du Wannsee réveillait une vague angoisse en Helene. Qu'avait-elle à proposer en échange, que pouvait-elle apporter ? Une guêpe nageait dans son soda, luttant pour sa survie.

Carl avait dû remarquer le mutisme d'Helene en face de lui. Il lui dit : Vos yeux sont plus bleus que le ciel. Et en découvrant son sourire qui semblait coincé dans un étau, il pensa peut-être qu'elle avait honte malgré tout et qu'elle n'avait pas oublié son Dieu. Pas étonnant aussi, avec moi qui lui prends la main ! Sans doute pour la ravir à sa mélancolie, il dit : Ma chère, votre monde aurait-il soudain une monstrueuse fêlure[1] ?

---

1. Georg Büchner, *Lenz* : « Le monde [...] avait une monstrueuse fêlure. » Trad. : Jean-Pierre Lefebvre.

En voyant de la moquerie dans ses yeux, Helene redécouvrait quelque chose en lui, comme si elle le connaissait déjà un peu – et rien que cela la consola. Maintenant il ne pouvait plus s'arrêter de fouiller dans le trésor de ses souvenirs : Pour ne pas m'en tenir à *Lenz*, je vous conseillerais volontiers de laisser les mots abstraits tomber en poussière dans votre bouche comme des champignons pourris[1]. Même Hofmannsthal s'est guéri de la langueur. Et n'est-ce pas de langueur qu'il s'agit quand le néant se dilate devant nous et nous emplit de malaise ?

Il était revenu, le malaise. Helene ressentait ses paroles comme importunes, quelque chose menaçait d'échouer, la guêpe dans son soda dérapait sur les bords du verre, Helene eut l'impression qu'un mal de tête la guettait. On riait fort à la table voisine, et elle oublia de répondre à Carl.

Je voudrais faire du bateau avec vous. Vous serez allongée dans le bateau, l'eau vous bercera et vous regarderez le ciel, vous promettez ? Carl fit signe au serveur de lui donner l'addition.

Devant le café stationnait une Mercedes cabriolet, et les gens se pressaient autour, admiratifs, ils flattaient la carrosserie comme un cheval en la tapotant. Helene était contente de se lever enfin avec Carl et de laisser la guêpe à son sort.

Maintenant il lui prit la main. La sienne était étonnamment mince et ferme. C'était facile de marcher la main dans sa main. Plus d'ombre pesant d'un poids de plomb, plus rien ne l'oppressait comme une tombe[2], et la fin du monde était encore loin. Un bruit de moteur dans le ciel les arrêta. Helene renversa la tête.

Puis-je vous confier moi aussi quelque chose, Helene ?

Allez-y. Helene avait mis sa main en visière devant ses yeux, car le soleil était éblouissant. Vous avez un faible pour les avions, c'est ça ?

Carl se rapprocha d'un pas. Des Junkers F 13. Elle sentit le souffle de ses paroles sur son cou.

---

1. Hugo von Hofmannsthal : « mais les mots abstraits, dont pourtant la langue doit forcément se servir pour produire au jour un jugement tel qu'il soit, tombaient en poussière dans ma bouche comme des champignons pourris. » Trad. : Étienne Coche de la Ferté.

2. Else Lasker-Schüler, *Weltende*, poème.

Sans retirer la main de son front, Helene baissa la tête, de sa main elle touchait presque les sourcils de Carl.

Carl refit un pas en arrière. Je ne peux pas parler si près de vous. Non, ce n'est pas ma faiblesse pour les avions que je voulais vous confier. Carl s'interrompit. Votre bouche est belle. Et aucune citation ne me vient à l'esprit. Pourquoi aussi emprunter les mots d'un autre ? C'est moi qui ai envie de vous embrasser.

Un jour peut-être.

L'an prochain ? Helene, savez-vous que l'entreprise Junkers projette de faire survoler l'Atlantique ?

De nombreux échecs déjà, Helene montrait qu'elle se tenait au courant.

D'Europe en Amérique. Mais je ne peux pas attendre votre baiser aussi longtemps.

Helene passa devant, elle était contente que Carl ne vît pas son sourire. Ils marchèrent longtemps sans rien dire. Chacun d'eux se sentait exister pour soi tout en sachant l'autre proche. Helene s'étonnait maintenant du sentiment d'étrangeté qu'elle avait eu au café, elle espérait que Carl ne l'avait pas remarqué. Elle se sentait à des lieues de tout sentiment d'étrangeté. Assis sur un pliant, le loueur de bateaux lisait le journal du soir que lui avait peut-être apporté un de ses clients. Il regrettait, mais tous ses bateaux étaient loués, et les premiers qui rentreraient maintenant, il les garderait. Passé huit heures, j'laisse plus personne sur l'eau, dit-il. Tandis qu'ils marchaient sur la rive après avoir enlevé leurs chaussures, surpris par la chaleur que le sable avait emmagasinée, Carl parlait théâtre. En quelques phrases ils s'accordèrent à préférer la tragédie classique sur scène et les lectures romanesques à la maison, mais leur accord, leur acquiescement, leur oui étaient surtout dus à leur impatience, ils ne voulaient plus avancer masqués, ils voulaient se rapprocher et cherchaient à se dire leur commune façon de voir les choses. Les troncs rougeoyants des pins de la Marche de Brandebourg plaisaient à Helene, rien ne rappelait son pays, il n'y avait plus que Berlin. Les longues aiguilles reposaient bien entre ses doigts. Pourquoi étaient-elles toujours par deux ? Sous l'écorce de bois une petite peau accolait les deux aiguilles de pin. Il lui sembla que le soleil couchant incendiait le bois. Le jour déclinait, les pins dégageaient une senteur lourde, Helene se sentait grisée, elle voulut s'asseoir par terre dans le bois et rester là. Carl s'assit près d'elle en disant qu'il lui défendait de rester dans le bois, il y avait des animaux sauvages, et elle était vraiment trop délicate.

Martha ne demandait pas mieux qu'Helene prît un ami et qu'elle pût, elle, mener tranquillement sa vie avec Leontine. Mais c'était comme si l'apparition de Carl Wertheimer avait ravi la parole entre les sœurs. Elles n'avaient plus rien à se dire. L'appartement de leur tante qu'Helene avait tant aimé devenait chaque jour plus inhospitalier. Cela ne tenait pas vraiment à ce que leur tante mettait les objets en gage les uns après les autres, d'abord le petit samovar qu'elle aimait soi-disant moins que le grand, puis le tableau de Corinth qui ne lui avait jamais plu, elle trouvait sa jeune femme au chapeau répugnante et affirmait maintenant lui préférer même son autoportrait avec squelette, et finalement le phonographe, dont la valeur était aussi indéniable que l'attachement qu'elle lui portait.

Souvent Fanny se tenait avec Eric vers midi dans sa petite véranda et le querellait sur l'emploi de la journée. Quand il se levait parce qu'il en avait assez et préférait passer la journée sans elle, elle le poursuivait de ses cris qui retentissaient dans tout le premier étage : C'est l'amour fou que je veux ! Que quelqu'un m'aime à m'étouffer !

Cela sonnait comme une prière et une raillerie à la fois, et Helene s'arrangeait pour ne croiser ni Eric ni Fanny. Elle fermait la porte de sa chambre. Qu'elles étaient douces les heures passées seule jadis dans l'appartement. Mais ces heures-là avaient bel et bien disparu, quel que fût le moment où Helene rentrait, il y avait quelqu'un en train de ranger la cuisine, quelqu'un en train de parler fort au téléphone, quelqu'un en train de lire sur la méridienne.

Les « Tu ne m'aimes pas ! » résonnaient à travers les pièces, Helene ne pouvait faire autrement que d'écouter, le silence refusait de s'installer, et s'ensuivait la déclinaison exhaustive et absolument interminable des soupçons de Fanny. Quand elle devait gagner la salle de bains, Helene se glissait dans le couloir à pas de loup. Il fallait que Fanny fût à terre, affirmant ne pouvoir vivre sans amour, pour qu'Eric lui tendît enfin sa grosse patte. Il la relevait, l'attirait à lui et la poussait devant lui jusqu'à sa chambre à coucher. Helene fit le compte de ses économies, mais elles ne suffisaient même pas à payer un mois de loyer pour une mansarde. Les livres pour son cours au lycée coûtaient cher, et Fanny avait fait comprendre qu'elle n'était plus en mesure de réunir cet argent. Helene pouvait s'estimer heureuse qu'elle eût payé les deux premières années de cours au début de l'année passée, car elle n'avait plus d'argent elle non plus maintenant, dit-elle, et elle était au bout de son latin malheureusement. Helene avait cessé de rapporter des poisons de la pharmacie, elle n'avait pu forcer la confiance de sa tante, et l'amabilité de celle-ci à son égard se relâcha quelque peu. Il arrivait qu'Helene rentre à l'appartement, donne son manteau à Otta et qu'elle aille au salon dire bonjour à Fanny sans que Fanny lève les yeux de son livre, ou qu'elle feigne de dormir à poings fermés alors que sa tasse de thé fumait encore à côté de la méridienne.

Les nuits dans le lit étroit à côté de Leontine et de Martha étaient devenues une torture, car elles étaient littéralement infatigables de désir et de passion. Le Baron en était arrivé à écrire à Helene des lettres chagrines. Il s'y plaignait de la voir si rarement et d'en avoir le cœur meurtri et glacé. La vie sans elle lui semblait fade, disait-il. Mais la belle convoitée ne répondait pas. Après un moment de perplexité quant à ses attentes et à ces témoignages d'un amour qu'elle ne partageait pas, Helene se mit à fourrer les lettres qu'il glissait sous la porte de la chambre dans la fente de la grosse malle sous son lit sans les lire. Une première tentative de survoler l'Atlantique avec deux Junkers d'Europe vers l'Amérique avait échoué pas plus tard qu'en août, les tempêtes d'équinoxe et le front des nuages hivernaux passaient pour des obstacles insurmontables, et on atten drait donc le printemps pour le prochain essai. Mais Carl et Helene, eux, n'attendaient plus.

Carl mena Helene à l'opéra Unter den Linden écouter *Le Diable chantant* qu'ils applaudirent debout vingt minutes les oreilles écorchées par les sifflements, les mains meurtries à force d'applaudir. Helene espérait que Carl ne suivrait pas les gens qui se dirigeaient vers la porte. Mais l'inévitable advint. Au vestiaire elle pria Carl de ne pas la raccompagner tout de suite à la maison. Elle voulait marcher dans la nuit. La neige qui tombait à gros flocons restait à peine sur le noir pavé nocturne. Ils passèrent devant l'Adlon. La neige fondait sur la langue d'Helene. Devant l'entrée du palace stationnaient d'imposantes limousines, et un attroupement signalait l'arrivée d'un client de marque.

Tu as froid, tu es fatiguée, je te ramène à la maison.

Non, s'il te plaît. Helene s'immobilisa. Les mains de Carl cherchaient la chaleur de son manchon de fourrure.

Nous ne pouvons pas rester là, dit Carl.

Je rentre avec toi, à ta chambre. Elle avait dit ça comme ça, simplement.

Carl retira ses mains. Il n'en croyait pas ses oreilles. Combien de fois n'avait-il pressé Helene de l'accompagner, combien de fois ne l'avait-il assurée qu'il avait les clés de toutes les portes, et que la logeuse était dure d'oreille. Je suis heureux, dit-il doucement en l'embrassant sur le front.

En allant vers la Viktoria-Luise Platz elle maintint qu'ils n'avaient pas besoin de téléphoner chez sa tante. Personne ne s'y souciait de savoir où elle était et on ne s'apercevrait même pas qu'elle n'était pas rentrée. Helene connaissait la chambre de Carl sous les toits. Elle lui avait déjà rendu visite dans la journée. Mais elle la reconnut à peine. La lumière électrique rendait les couleurs blafardes, ses livres gisaient en tas par terre, le lit n'était pas fait. Ça sentait l'urine comme s'il n'avait pas vidé le seau. Carl n'avait pas pu se préparer à sa visite. Il s'excusa et rabattit hâtivement la couverture sur le lit. Il lui proposa une de ses chemises de nuit et demanda s'il pouvait lui lire quelque chose. Sa voix était sèche, et ses mouvements saccadés trahissaient combien sa présence, peut-être son être tout entier, voire son existence lui paraissaient extraordinaires.

Tu lis encore Hofmannsthal ? Elle prit la chemise qu'il lui tendait et s'assit dans son manteau fermé à la chaise de son bureau.

Il désigna les livres par terre. Hier soir Spinoza, au séminaire nous comparons son Éthique avec la conception dualiste du monde chez Descartes.

Tu ne m'en avais pas encore parlé. Helene regarda Carl avec méfiance, elle ne pouvait pas plisser son front lisse, car les petites rides qui se formaient alors au-dessus de son nez très court avaient l'air trop bizarres.

Tu es jalouse ? Carl la taquinait, mais il savait bien qu'elle parlait sérieusement et qu'elle était effectivement jalouse de ses études, non parce qu'elle voulait l'avoir tout à elle et ne consentait pas à ce qu'il étudie, mais parce qu'elle aurait bien aimé y prendre part elle aussi.

Tes chaussures sont trempées, attends, je vais te les ôter. Carl s'agenouilla par terre et lui retira ses chaussures. Et tes pieds sont tout froids, glacés. Tu n'as pas de bottines d'hiver ? Helene secoua la tête. Attends, je vais chercher de l'eau chaude, il faut que tu prennes un bain de pieds. Carl disparut, Helene l'entendit dans l'escalier. Elle considéra la chemise de nuit sur ses genoux et interpréta sa sortie comme une incitation à se déshabiller. Elle posa ses vêtements sur le dossier de la chaise, roula ses bas, elle voulait juste garder sa culotte neuve. Dans un coin sous la fenêtre elle découvrit un terrarium dans lequel fleurissait une orchidée. Une orchidée en fleur dans une mansarde, au milieu des couleurs altérées par la lumière électrique. Elle entendit du bruit dans l'escalier et se dépêcha d'enfiler la chemise de nuit. Elle avait l'odeur de Carl. Le second bouton manquait, elle ferma le premier et maintint la chemise fermée à l'endroit fatidique. Helene tremblait maintenant de tous ses membres. Carl lui apporta l'eau chaude. Il posa la cuvette devant le lit et la fit asseoir. Il l'enveloppa dans sa couverture et lui frotta les pieds pour ranimer ses orteils tout bleus. Helene serra les dents.

Tout en empilant hâtivement ses livres en différents tas, Carl reversa deux fois de l'eau chaude à Helene. Elle se réchauffa enfin, et il sortit rapporter la cuvette et passer le pyjama que sa mère lui avait rapporté de son voyage à Paris pour Noël. Helene était déjà sous la couverture couchée sur le dos, raide comme la justice, elle avait l'air de dormir. Il repoussa la couverture et se coucha près d'elle.

Ne t'étonne pas d'entendre mon cœur, dit-il d'une voix un peu moins sèche, puis il éteignit la lumière.

Tu ne voulais pas me faire la lecture ?

Il se redressa, ralluma la lumière et vit qu'elle avait les yeux ouverts maintenant.

Bien, je vais te lire quelque chose. Il prit L'Éthique de Spinoza qui était sur la table de nuit et se mit à feuilleter.

Dans la Grèce antique, la débauche complète dans le plaisir et le désir de félicité allaient de pair avec la licence et la liberté. Mais vinrent ensuite les stoïciens qui se mirent à œuvrer pour Dieu, le devoir et la vertu, tout ce qui relevait de l'esprit devait désormais s'élever au-dessus des bas plaisirs et la chair fut bannie de l'époque. Une seule et unique vallée de larmes, le Moyen Âge. Pour ce vieux moraliste de Kant, seul comptait le devoir – le désert à perte de vue.

Pourquoi es-tu si méprisant ? Tu fais comme si le bonheur ne résidait que dans l'union charnelle. Helene redressa la tête, elle soupçonnait Carl de condamner certes le désert kantien, mais de ne pas accorder une seule pensée au baiser qu'elle lui devait depuis des mois.

Carl ignora l'objection. Sans parler de Schopenhauer qui considérait comme une erreur constitutive de l'homme, en quelque sorte une malformation innée, la conception selon laquelle il est sur terre pour être heureux. Il ne s'agit pas d'être heureux, Helene, mais tu le sais, n'est-ce pas ? Et tu bâilles, avec ça ! Carl la heurta doucement au front avec le signet.

Helene lui prit le signet des mains. Si je pouvais lire chaque livre avec toi, je serais heureuse, tu me crois ? Helene souriait. De préférence avec tes yeux, avec ta voix, avec ton agilité.

Agilité, qu'est-ce que tu veux dire ? Carl riait.

J'aime t'écouter, parfois tu sautes par la fenêtre et parfois, tu te recroquevilles sous la table.

Et toi, tu grimpes aux arbres et tu sautes par principe sur la table sous laquelle je me recroqueville, me semble-t-il.

Je fais ca ? Helene réfléchissait au sens de ses paroles. Se sentait-il attaqué, ne jouissait-il pas de leur manière de se mesurer, de l'écart qui advenait entre lui là-bas, et elle ici ?

Et en tout état de cause, me voilà définitivement compromis avec un ange, comment est-ce possible ? Carl la regardait de manière si provocante, approchant sa bouche à un millimètre de la sienne, qu'Helene perdit courage et que sa peur du baiser l'emporta soudain sur son désir. Donc, il ne s'agit pas d'être heureux ? Helene donna un petit coup dans le livre de Carl. Pas de volupté ni de licence effrénée ?

Carl s'éclaircit la gorge. Qu'est-ce que tu veux, Helene, tu veux apprendre à penser ?

Accoudé devant le livre, les bras appuyés sur le menton, Carl riait sous cape, cachant son rire dans ses mains jointes devant sa bouche. Schopenhauer connaît une consolation, le royaume de l'esprit surmonte même la douleur et l'ennui – si on part de là, notre vieux Lenz n'était pas assez malin, semble-t-il.

Helene recala sa tête sur l'oreiller, elle lui tendait sa gorge délibérément, elle se tourna sur le côté et observa sa bouche pendant qu'il parlait. Ses lèvres un peu saillantes remuaient beaucoup trop vite pour elle. Il remarqua son regard, et sa paupière frémit de nouveau comme si elle attendait qu'Helene la touche, comme si elle ne souhaitait rien plus ardemment. Soudain il baissa les yeux, ses doigts tremblaient sur la feuille, Helene le voyait parfaitement, mais il continua bravement à lire une phrase qu'il avait notée sur la première page du livre : la félicité n'est pas la récompense de la vertu, mais la vertu elle-même. Nous n'en jouissons pas en inhibant nos désirs, c'est au contraire parce que nous en jouissons que nous pouvons inhiber nos désirs.

On dirait un de ces conseils avisés pour séminaristes.

Tu te trompes, Helene. C'est un conseil qui vaut de l'or pour tous les jeunes gens. Il vaut de l'or, parce que nous étudions des années pour cela et ce n'est qu'après avoir étudié des années que nous connaissons une once de cette félicité. Carl se mordit la langue.

Il aurait voulu parler de l'importance que cela avait en l'occurrence de savoir une jeune fille couchée à côté de soi, une femme, non seulement une femme, mais celle-ci, son Helene. Mais il craignait qu'une telle remarque ne l'effarouche. Il ne voulait pas qu'elle se glisse de nouveau dans ses bas et ses souliers froids et trempés pour regagner en pleine nuit l'Achenbachstrasse et aller s'y coucher dans un lit à côté de sa sœur. Il tourna donc les pages jusqu'au passage où il avait laissé un index et lut.

Le désir qui naît de la connaissance du bien et du mal peut être étouffé ou atténué par maints autres désirs nés des affects qui nous submergent. Les doigts de Carl faisaient trembler toute la feuille.

Tu as froid ? Helene glissa sa main à côté de la sienne, leurs petits doigts se touchaient presque.

La raison peut surmonter les passions en devenant elle-même une passion.

À ces mots, Helene dit : Tu as de beaux yeux.

La preuve. Un affect portant sur quelque chose que nous nous représentons comme futur est plus faible que s'il porte sur quelque chose de présent.

Est-ce que tu parles de nous, est-ce que tu parles d'amour ? Helene toucha son doigt du sien et le vit tressaillir. Il était tellement saisi qu'il ne tourna même pas les yeux pour la regarder.

Tu voulais que je lise, je lis. L'amour chez Spinoza n'est rien d'autre que la gaieté, une gaieté liée à la représentation de sa cause extérieure.

Tes yeux sont tout enflammés. Je pourrais rester toute la soirée couchée à côté de toi à regarder ton menton, ton profil, ton nez, et tes paupières s'abaisser sur tes yeux. Helene replia les genoux, Il y avait encore la couverture entre elle et Carl.

Carl aurait voulu lui expliquer quelque chose sur le désir dans son rapport avec l'amour, et sur leur rapport à tous deux avec la raison, mais il avait oublié la logique, quelque chose d'autre avait pris possession de lui, quelque chose qui ne pouvait l'habiter tranquillement, ni faire l'objet d'une pensée, qui ne voulait qu'aller au-delà de lui, sortir de lui, vers elle. Des mots volèrent, la douceur de sa bouche. Il était incapable de penser, sa volonté l'avait abandonné, il n'y avait plus de maîtrise possible. Il se sentait nu. Le contact de la couverture qui la séparait de lui l'excitait démesurément.

N'étant plus que désir, il regarda Helene et l'embrassa. Il embrassait sa bouche, ses joues, ses yeux, des lèvres il goûtait la peau lisse de son front bombé, de la main ses cheveux soyeux, ses yeux entrouverts filtraient de l'or, le reflet lumineux des cheveux d'Helene. La main de Carl palpait la clavicule d'Helene, la courbe de son épaule, et la pointe de ses doigts effleurait les fossettes dont la vue lui était familière. Les bras d'Helene semblaient n'avoir pas de fin, ses aisselles étaient humides, il replia sa main à l'intérieur, s'y pelotonnant. Il s'entendait haleter près d'elle. Le parfum d'Helene l'attirait à lui faire mal. Elle croisa les bras devant sa poitrine, il dut respirer profondément, il voyait le temps se dérouler devant lui et comment il pourrait recouvrer son calme avec le temps, à condition de le vouloir, de vouloir, mais où était-elle passée, sa volonté ? Il invoqua en silence la raison, il avait le mot devant les yeux, un simple mot dont il ne connaissait plus la signification. Rien que des lettres, leur son manquait. Le son et le sens, disparus ! Mais son halètement se perdit dans ses propres lèvres, dans leurs courbes et dans leurs creux, et porta son souffle à son oreille.

La bougie grésilla, la mèche se coucha et disparut. L'obscurité était rafraîchissante. Carl fixait le noir. La respiration d'Helene était régulière, ses yeux probablement fermés. Il avait du mal à trouver le sommeil, l'odeur d'Helene le maintenait éveillé et le réveillait quand il rêvait quelques secondes. Elle respirait plus vite que lui, peut-être ne dormait-elle pas. Il tendit sa main vers elle.

Elle aimait la douceur de sa bouche, ses lèvres dont l'exigence était autre que celles de Martha et leur goût qui était nouveau.

C'est joli que tes cheveux repoussent, murmura Carl dans le silence. Pourquoi étaient-ils si courts ?

Pour que je fasse ta connaissance. Tu ne le savais pas ? Ils descendaient jusqu'ici, quelques heures encore avant que je te voie pour la première fois. C'est Leontine qui me les a coupés.

Carl cacha sa figure dans son cou, il caressa son oreille d'un battement d'yeux. Tes cheveux brillent comme de l'or. Quand nous n'aurons plus rien à manger, je te les couperai en secret la nuit et j'irai les vendre.

Helene aimait qu'il dise nous quand elle reposait dans ses bras.

Le printemps arriva, les tempêtes se calmèrent et le premier survol de l'Atlantique d'est en ouest réussit. Depuis ce jour d'hiver Helene passait ses nuits chez Carl. Elle n'allait Achenbachstrasse que de temps en temps et elle était soulagée que Martha aille mieux. Leontine s'était enfermée avec elle pendant des jours et des jours. Apparemment Martha s'était démenée comme un beau diable et avait souffert le martyre, le miroir incrusté de lys au-dessus de la table de toilette en avait gardé une fêlure, les draps déchirés, trempés, avaient dû être changés matin et soir et même parfois au beau milieu du jour ; mais ensuite elle s'était calmée, elle était affaiblie et calme. Le vide demeurait et les questions : d'où et pourquoi et qui. C'était un miracle que Martha parvînt à partir travailler tous les jours à l'hôpital. Leontine disait que Martha était coriace. Son corps s'était habitué à elle. Les deux femmes avaient rapproché les lits, et seule la malle sous le lit qui contenait ses effets rappelait encore Helene et sa vie d'avant, ici. Helene vint, ouvrit la valise et poussa les lettres du baron sur le côté. Elle prit le poisson en corne sculptée et en retira le collier.

Tu peux l'emporter, dit Martha. La valise ne l'intéressait pas, elle aurait voulu la voir enfin disparaître. Son chapeau était mangé aux mites, Helene se demanda où était le sien. Elle devait l'avoir oublié ce soir-là au vestiaire, au vestiaire de la Weisse Maus.

Une place va se libérer dans mon service, dit Martha, tu peux postuler. Helene refusa, elle ne voulait pas aller dans le nord de Berlin, dans un hôpital juif. Le pharmacien la payait mieux maintenant et il ne l'obsédait plus quand elle était seule le soir à la pharmacie à émulsionner les teintures. Carl ne voulait pas accepter de loyer, car ses parents lui versaient une allocation chaque début de mois. Quand il leur rendait visite, il prenait le train du Wannsee avec Helene et il la déposait dans le café avec jardin au bord du Stölpchensee, il lui commandait un soda framboise, et il passait la reprendre une heure plus tard. Quelquefois il lui demandait si elle ne voulait pas l'accompagner, il aurait désiré la présenter à ses parents. Elle appréhendait cela. Ils ne vont peut-être pas m'aimer, objectait Helene en dépit de toutes ses protestations et de ses encouragements. En réalité elle savourait ces dimanches après-midi qu'elle passait ainsi tranquillement à lire dans le café avec jardin.

À la fin de l'été, grâce aux utiles relations de Bernard, ils purent se procurer des billets pour la nouvelle pièce du Schiffbauerdamm. Assis à côté d'Helene, Carl oublia de lui tenir la main. Il serrait ses poings sur ses genoux et se frappait le front, il pleurait, puis hurlait l'instant d'après. Un peu épuisé, Carl ne se recala dans son siège et n'accorda un regard à Helene que lorsque le Chant des canons eut été bissé à la demande du public et que les gens des rangées du fond se levèrent et se prirent le bras pour se balancer en mesure.

Ça ne te plaît pas ?

Helene hésita et pencha la tête sur le côté. Je ne sais pas encore.

C'est génial, dit Carl, son regard s'était reporté depuis longtemps sur la scène et ne devait plus effleurer Helene de toute la représentation, fasciné il écoutait Lotte Lenya, il avait l'air presque sonné. Quand la seconde strophe du Duo de la jalousie succéda à la première, Carl pouffa, il ne se tenait plus de rire.

Carl avait les joues cramoisies, quand il se leva pour applaudir avant même le baisser du rideau. Le public était en effervescence. Les gens ne voulaient pas partir, avant que ne soit reprise la strophe finale de la Complainte de Mackie Messer. Les spectateurs beuglaient en cadence, même Harald Paulsen remuait les lèvres, mais dans le brouhaha on n'entendait pas s'il chantait vraiment cette chanson ou une autre. Les applaudissements crépitèrent. Du balcon et de l'orchestre on jetait des fleurs sur la scène. Les acteurs saluaient, comme des marionnettes, semblait-il à Helene, de petits pantins mécaniques ramenés sans arrêt à l'horizontale par la claque, jamais fatigués des rappels. Les projecteurs n'autorisaient aucun acteur à sortir de scène, aucun spectateur à quitter la salle. Ils s'applaudissent eux-mêmes, pensa Helene en un éclair en coulant des regards discrets autour d'elle. Roma Bahn qui venait de reprendre le rôle s'arracha son sautoir de perles du cou et en dispersa les perles de verre dans le public, elle fit mine de quitter la scène, mais les hommes sifflèrent, de colère ou de joie, elle resta. Les gens hurlaient, tapaient des pieds, à l'orchestre un homme jetait des pièces de monnaie en l'air.

Helene se boucha les oreilles. Elle ne s'était pas levée, seule à la ronde à rester assise, elle était penchée en avant, le menton sur la poitrine, le visage au-dessus des genoux, elle aurait souhaité disparaître dans son fauteuil. Elle serait bien partie. Une heure s'écoula avant qu'ils puissent quitter la salle. Les gens debout obstruaient les sorties, applaudissaient, revenaient sur leurs pas, se poussaient, se bousculaient. On étouffait. Helene transpirait. L'émeute l'angoissait. Quelqu'un lui boxa les épaules, des coups destinés apparemment à un jeune homme qui les avait esquivés à temps. Helene ne lâchait pas la main de Carl, les gens s'insinuaient entre eux, et ils risquaient sans arrêt d'être séparés. Elle se sentait mal. Sortir, pensait-elle, vite, sortir.

Carl voulut prendre la Friedrichstrasse et l'avenue Unter den Linden. L'eau du canal était noire, une rame du métro aérien passa au-dessus d'eux. Helene se pencha au-dessus de la balustrade de pierre sur le pont et vomit.

Ça ne t'a pas plu. Ce n'était pas une question, mais une constatation.

Toi, tu es complètement transporté.

Je suis enthousiasmé, oui.

Helene chercha son mouchoir et ne le trouva pas. Le goût de vomi dans sa bouche empêchait la nausée de se dissiper. La tête lui tournait un peu, et elle se tenait à la pierre de la balustrade.

N'est-ce pas cela la rupture, la vraie modernité ? Nous sommes tous partie du tout, les frontières entre l'être et la représentation s'effritent. L'être et le paraître se rapprochent. Les gens ont faim, ne l'as-tu pas remarqué, ils ont soif d'un monde où ils puissent décider.

Qu'est-ce que tu racontes ? Quel est ce monde où ils pourraient décider ? Tu parles d'enthousiasme, et la populace hurle. Moi, cela m'angoisse, cette implacable autosuffisance dans toutes les couches de la société. Helene eut un renvoi, un vertige la plia en deux et la redressa, la nausée, elle tourna le dos à Carl et se pencha de nouveau en avant. Le granit était rugueux et solidement rassurant.

Carl lui mit la main dans le dos. Chérie, tu es malade ? Est-ce que les quenelles à la Königsberger étaient mauvaises ?

Helene avait la figure suspendue au-dessus de l'eau et se voyait plonger dedans. Des fils glaireux lui sortaient de la bouche, son nez coulait, et elle n'avait pas de mouchoir.

Il ne pouvait pas savoir qu'il lui manquait un mouchoir, juste un mouchoir, pour se redresser. Elle dut donc lui demander : Tu as un mouchoir ?

Naturellement j'en ai un, tiens. Je peux t'aider ? Carl se faisait du souci pour elle, mais Helene se mit en colère.

Comment peux-tu être aussi naïf et appeler ça de l'enthousiasme ? Tu lis Schopenhauer et Spinoza et tu te jettes dans la mêlée un beau soir comme si le passé et l'avenir étaient abolis dans le grand bain de foule des petites gens.

Qu'as-tu contre les petites gens ?

Rien. Helene s'aperçut qu'elle serrait frénétiquement les lèvres. Je les respecte. Elle se demanda si elle devait lui dire qu'elle faisait partie des petites gens. Mais à quoi bon ? Elle dit donc : Les petites gens ne sont pas plus petits que les grands ne sont grands. Il faut peut-être venir de la grande bourgeoisie comme toi pour goûter tant les petites gens. Ouvre les yeux, Carl.

Carl l'entoura de ses bras. Ne nous disputons pas, pria-t-il.

Pourquoi pas, demanda Helene tout bas, elle préférait une dispute que de nommer enthousiasme cet état qui le privait manifestement de tous ses esprits. Cette pièce n'était qu'une juxtaposition de rengaines populaires.

Carl mit sa main sur la bouche d'Helene pour l'apaiser : Chut, chut, fit-il comme si elle pleurait et qu'il faille la consoler. Je ne pourrais pas supporter que nous nous brouillions.

Nous ne nous brouillerons pas. Helene lissa le col de son manteau.

Je t'aime. Carl voulut embrasser Helene, mais elle avait honte du goût de vomi dans sa bouche. Elle pencha la tête de côté.

Ne te détourne pas de moi, ma chérie. Je n'ai que toi.

Helene ne put s'empêcher de rire tout à coup. Je ne me détourne pas de toi, dit-elle en riant. Comment peux-tu penser cela ? J'ai rendu, j'ai mal au cœur et je suis fatiguée. Rentrons à la maison.

Tu n'es pas bien, prenons un taxi.

Non, marchons, j'ai besoin d'air.

Ils marchèrent dans la nuit longtemps, longtemps silencieux. Les petits ponts de bois du Tiergarten craquaient et exhalaient une odeur putride. Dans les fourrés il y avait toutes sortes de bruissements, des rats filaient devant eux en travers du chemin. Ils s'arrêtèrent sous un tilleul près de l'écluse, ils entendirent les singes du zoo glapir dans leur enclos.

Carl aurait trouvé bizarre de lui adresser la parole en premier. De toute manière, ce qu'il voulait dire n'aurait eu sa place dans aucune discussion. Il se pencha et ramassa une feuille de tilleul. Invulnérable, cela existe-t-il ? Il se mit la feuille de tilleul sur la poitrine, là où est communément censé se trouver le cœur. Helene posa sa main sur la sienne et la guida doucement vers le milieu. Elle se taisait. Carl laissa tomber la feuille, il posa ses deux mains sur les siennes et pensa qu'elle devait sentir son cœur battre dans les paumes de ses mains. Je pourrais te demander si tu aimerais devenir ma femme, s'entendit-il dire. Tu as vingt et un ans maintenant. Ta mère est juive, mes parents n'auront rien à objecter à mon choix.

Tu pourrais me le demander. Ses yeux ne trahissaient pas ses pensées. Il la regarda avec insistance.

Ta chaussure est délacée, dit-elle sans regarder ses pieds. Elle avait dû s'en apercevoir depuis un certain temps. Carl se baissa et laça sa chaussure.

Tu ne connais pas ma mère, ni mon père, personne.

Je connais Martha. Que m'importent tes parents, les miens t'importent aussi peu. Tout cela est entre nous deux, juste entre nous. Tu me promets de devenir ma femme ?

Un glapissement de singe leur parvint. Helene ne put s'empêcher de rire, mais Carl la regardait sérieusement, il attendait une réponse.

Elle dit oui, elle le dit vite et tout bas, d'abord elle craignit qu'il ne l'ait pas entendue, puis elle l'espéra, car c'était un oui si faible, et elle aurait voulu le dire franchement, à pleine voix. Mais un second oui aurait fait paraître le premier encore plus indécis, plus lâche.

Carl attira Helene à lui et l'embrassa.

Je ne sens pas l'aigre ?

Carl acquiesça. Un peu, oui. J'ai peut-être attendu trop longtemps ?

Il prit sa main. La glace était brisée. Tu me donneras peut-être des enfants, dit-il et il pensa que ce serait bien d'avoir deux ou trois petits enfants.

Helene était retombée dans le silence, ils marchaient côte à côte.

Se pourrait-il que tu te sentes mal parce que tu attends un enfant ? L'idée réjouit Carl.

Helene s'arrêta pile. Non.

Pourquoi en es-tu si sûre ?

Je le sais, tout simplement. Elle rit. Et crois-moi, une infirmière saurait se débrouiller.

Helene était encore toute gaie, mais Carl s'alarmait déjà.

Tu ne devrais pas dire cela. Je ne suis pas d'accord. Tu veux pourtant des enfants, toi aussi ?

Certainement, mais pas maintenant. Je veux terminer le lycée, je n'ai pas perdu tout espoir de faire des études. Mais je travaille beaucoup, et l'argent que je gagne suffirait à peine à payer un loyer.

Nous. Tu peux compter sur moi. Tu me donnes les enfants, je te donne les études. Carl parlait sérieusement.

Tu veux agir ?

Mes parents nous aideront.

Oui, peut-être. Tes parents que je ne connais pas du tout encore. Carl, il faut que je te dise. Je ne donnerai pas d'enfants à un homme. On ne peut pas donner des enfants. Les chrétiens donnent en offrande quelque chose à leur seigneur, ils lui donnent leur amour. Tout à l'heure au théâtre, il était question de don. Je trouve cela absurde. Je ne veux pas non plus me faire offrir des études.

Pourquoi pas ? Mon père m'a promis de l'argent si j'ai mon examen avec mention.

Alors, ce sera bien trop tard pour moi. Helene sentait l'impatience la gagner. Quand j'aurai terminé le lycée, je travaillerai, moi, pour financer mes études.

Tu n'as pas confiance en moi ?

Carl, je t'en prie, n'en fais pas une question de confiance.

Je serai content que nos enfants aient tes cheveux, tes cheveux dorés. Carl prit le visage d'Helene dans ses mains.

Helene sourit. Carl l'embrassa de nouveau. Le goût d'aigre ne semblait pas le gêner, il l'appuya contre le tronc du tilleul et savoura la peau de ses joues, du bout de la langue, il léchait le pourtour de sa bouche.

Des promeneurs les dépassèrent, mais il soutint qu'on ne pouvait pas les voir à l'ombre du tilleul et à la lueur diffuse des réverbères. Une feuille tomba de l'arbre et atterrit sur l'épaule de Carl.

Nos enfants n'auront peut-être que mon bout de nez et tes os d'échalas. Helene souffla, elle voulait faire voler la feuille de l'épaule de Carl.

Cela me serait égal. Carl caressait son visage des deux mains. Il recouvrait son visage. Viens, rentrons. Il glissa sa main dans le manteau d'été d'Helene, lui tenant les dernières côtes. C'est ton plus bel endroit. Helene craignit qu'il n'ait pris la courbe des côtes pour sa poitrine, avec l'obstacle du manteau si léger fût-il, on pouvait se tromper. Elle souffla de nouveau sur son épaule, mais la feuille de tilleul restait obstinément collée dessus. Alors elle leva la main, ne voulant pas qu'il remarque la feuille de tilleul, et elle lissa son col, elle vit du coin de l'œil la feuille voler à terre.

Ils prirent le tramway à Bahnhof Zoologischer Garten jusqu'à la Nollendorfplatz. Main dans la main ils montèrent l'escalier jusqu'à sa mansarde. Il ouvrit la porte, suspendit son chapeau au crochet et l'aida à enlever le manteau d'été, à enlever les chaussures, à enlever la robe. Fais-toi voir. Elle se montra. Qu'une femme comme celle-ci pût un jour se montrer à lui, il ne l'avait jamais espéré, l'imagination lui avait manqué tout simplement. Elle rit comme si elle avait honte, et il savait qu'elle ne connaissait pas cette honte-là. Il l'adorait quand elle jouait ainsi. Elle posa sa main sur son ventre comme le ferait une femme qui voudrait se couvrir. Mais elle fit glisser sa main jusqu'à son pubis, dans l'aine, entre ses cuisses. En même temps son regard s'enhardissait, les ailes de ses narines palpitaient, et sa bouche ébauchait un sourire. Ses doigts semblaient connaître le chemin. Puis elle porta la main à sa bouche, comme si elle allait se ronger les ongles, gênée. Soudain elle se retourna, jeta un regard par-dessus ses épaules aux fossettes provocantes et demanda : Qu'est-ce que tu attends ?

Il la coucha sur le lit et l'embrassa.

Le jour se levait quand ils purent enfin se détacher l'un de l'autre.

Carl se leva et ouvrit la fenêtre. Cela se rafraîchit, il y a de l'automne dans l'air.

Viens, Helene donna du poing dans l'oreiller à côté d'elle. Carl s'allongea près d'elle. Il ne voulait pas de couverture. La vue de sa nudité plaisait à Helene. Il était exténué ; leur dernier sommeil remontait à longtemps. La journée elle avait travaillé, lui étudié, ils avaient été manger des quenelles à la Königsberger dans une gargote, le plat préféré d'Helene, ils étaient allés au théâtre et ils s'étaient arrêtés sur le pont. Plus tard il y avait eu son faible oui sous le tilleul. Elle avait honte en y repensant. Elle caressa la poitrine de Carl et fit le tour de son nombril d'où partait une longue cicatrice vers le bas. Appendicite aiguë, péritonite, occlusion presque, presque la conclusion – d'une vie. D'une main experte, elle effleurait chaque parcelle de son corps, les alentours du sexe, cherchant ses flancs, évitant son sexe. Il savait qu'elle jouait avec lui et qu'elle pouvait d'autres jours s'en saisir franchement. Il n'y avait rien dans son corps qui inspirât de la crainte à Helene. Cela l'inquiétait parfois, car enfin elle affirmait qu'il était le premier homme qu'elle ait eu. Mais qu'est-ce que cela signifiait, le premier ? Il voulait être le dernier, et il lui avait dit : Tu es ma dernière femme, tu entends, ma toute dernière femme chérie. Il posa sa main sur sa hanche.

Le personnage que j'ai préféré, c'est Lenya, quand elle crie vengeance. Avoue que ça donne le frisson.

Helene avait du mal à croire qu'il recommençait. Pauvre fille, dit-elle en suggérant à Carl que sa compassion était limitée. Tu te laisses entraîner. Helene secoua la tête magnanime, comme une mère avec son enfant.

Enflammer, oui. L'opéra a mis le feu aux poudres, ça a explosé.

Et, pouf. Helene lui souffla dans l'oreille.

Les mains de Carl caressaient son ventre, sa bouche cherchait ses petits mamelons qui étaient siens, à lui, à lui seul. Avant de se donner, elle chuchota dans la tignasse de Carl : Je veux juste que tu ne t'aveugles pas.

Plus tard, alors qu'un rayon de soleil tombait déjà sur leur lit, Helene le veilla, elle le regarda dormir. Ses prunelles bougeaient sous ses paupières comme de petits êtres vivants, quelque chose de sonore qu'émit sa gorge le fit tressaillir, puis sa respiration reprit paisiblement. Helene lui murmura quelque chose à l'oreille, espérant que ces mots qui s'insinuent dans les rêves pendant le sommeil, ces mots sombreraient profondément en lui avec sa voix, pénétrant chaque cellule de son être. Elle était trop fatiguée pour dormir.

Il lui fallait séparer le corps de l'âme, sans quoi elle ne pouvait pas travailler, dit Leontine,

Détacher l'affect de la chose, ce ne pouvait être qu'au profit de la chose. Car un affect sans cause et sans chose qui lui soit rattachée, il ne pouvait se le représenter. Carl bourra sa petite pipe et l'alluma. Ses nouvelles lunettes d'écaille disparurent dans la fumée, il n'avait pas encore l'aisance des hommes mûrs en fumant. Dans les discussions animées comme celle-ci, quand il parlait, il parlait trop vite, il avalait certains mots, et il fallait se les imaginer pour saisir exactement ce qu'il avait dit. Mais comment une chose pouvait-elle garder ses attributs de chose sans observateur ? Même une chose possède une apparence, une consistance et une température ; et encore plus une fonction.

Leontine jeta un coup d'œil à Helene qui avait fermé les yeux, allongée sur la méridienne.

C'est probablement cela le défi de ma corporation, la séparation. Déjà la dissection des corps sépare les parties du tout. Cela nous permet de les regarder, le foie et sa tumeur. Nous pouvons séparer la tumeur du foie et le foie du corps.

Mais pas de la personne, et il restera toujours le foie de cette personne. Le prélèvement local et l'interruption fonctionnelle de leur symbiose n'enlèvent ni le foie à la personne ni la personne à son foie.

Prenons une jambe. Carl ne savait pas encore si sa pensée allait se rallier à celle de Leontine ou s'y opposer. Nombreux sont ceux de nos pères qui ont perdu un membre. Ils vivent sans leur bras, sans leur doigt.

Martha gémit ostensiblement, la discussion entre Carl et Leontine l'ennuyait, elles étaient enfin parvenues à obtenir un jour de congé commun, ce qui ne leur était arrivé de longtemps ; et en ce milieu de semaine elles voulaient faire une sortie et rendre visite à un couple ami, à Friedenau. Martha passa son bras autour du cou de Leontine et fit mine de l'étrangler.

Si vous n'arrivez pas à vous séparer, nos hôtes auront dégusté le gâteau avant que nous arrivions.

Leontine détacha le bras de Martha de son cou. Le mot même de connaissance est soumis à une certaine transformation de l'essence. L'enveloppe demeure, mais ce qui hier encore était connaissance de Dieu et de sa toute-puissance est aujourd'hui l'incision du bistouri dans la tumeur.

Carl fumait, il tenait la tête roide, cette attitude était consciente, il n'entendait pas hocher la tête avant d'avoir pesé clairement ses pensées et trouvé les mots justes pour lui porter la contradiction.

Leontine profita de l'occasion pour étendre la portée de son affront. Carl, ce n'est pas seulement la médecine qui a doté la connaissance de tant d'attributs nouveaux qu'elle a changé de carac tère. Un regard vers le ciel, la technique des avions, la destruction par les gaz à la fin de la guerre, tout cela s'inscrit en faux contre Dieu.

Non, Carl baissa la tête, non, ce n'est pas le bon angle d'attaque, la technique et la science sont enfants directs de la connaissance divine. Il serait illogique que l'homme uniquement se soustraie à la lumière, à la lumière de la connaissance. On ne peut séparer ces choses. L'homme en tire les leçons. Quant à savoir si prier Dieu sert à quelque chose pour autant, je n'en sais rien non plus. Je ne veux pas prêter à Dieu des traits humains, il ne parle pas, comme le suggèrent les Saintes Écritures, il ne juge pas. Je contesterai à Dieu toute capacité morale, tout caractère humain. On décrira plutôt Dieu comme un principe, il est le principe temporel. La foi en un Dieu incarné en une personne est à imputer aux seuls affects de l'homme. Carl tirait sur sa pipe.

Les catastrophes aujourd'hui, c'est l'homme qui les provoque, regarde la guerre et ses héros. Est-ce que nous avons pu nous en remettre ? Et qu'est-ce qui a été le plus grave, les dégâts matériels, les pertes en vies humaines ou l'humiliation ? Leontine se leva, elle alla vers le grand samovar, le seul objet qui subsistât encore sur la longue console, et en ouvrit le robinet. Les héros de cette guerre, c'étaient les autres. L'eau était trop chaude, elle tenait le petit verre au bord de ses lèvres sans pouvoir boire. Elle parlait au-dessus du bord du verre brûlant : Ça fait à peine dix ans, et vois comme les gens attendent devant les kiosques depuis des jours et comment ils arrachent la *Vossische* des mains du marchand de journaux. Quand ils se précipitent sur Remarque pour se repaître de ses descriptions de guerre, c'est leur propre ouvrage qu'ils contemplent. Nous nous suffisons à nous-mêmes.

Justement pas, s'ils se suffisaient à eux-mêmes, ils n'auraient pas faim, ni intellectuellement ni physiquement. La voix de Carl perdit sa légèreté, les paroles qu'il énonçait déjà vite d'habitude n'étaient plus qu'à demi articulées. Je me corrige, je n'affirme pas que nous devions imputer quoi que ce soit à l'homme et à ses affects. Nous devrions plutôt loucher vers le principe divin qui, à mon sens, je le répète, n'est pas de nature morale. Cessons d'observer l'homme en cherchant ce qu'il y a de bon ou de mauvais en lui, ayons de la compassion pour l'être de l'homme.

Tu es fou, Helene dit cela gentiment en hésitant, nullement convaincue de cette assertion, puis elle se redressa, s'étira sur sa méridienne et fit le dos rond. Enfin elle écarta les bras et poussa un gémissement d'aise.

Pour moi, médecin, ce qui est déterminant, c'est le degré de compassion. Je désire aider les hommes, à vivre, en bonne santé si possible. La douleur est mauvaise, j'observe donc l'homme, j'examine la cause de la douleur, je veux l'abolir. Leontine but une petite gorgée de thé noir et se rassit. Elle passa la main dans ses courts cheveux noirs. Elle avança sur son siège et s'assit au bord, les jambes tournées à l'extérieur comme elle le faisait déjà toute jeune fille. On se demandait où elle avait bien pu trouver ce compromis grossièrement tissé de jupe et de pantalon, il rappelait ces jupes-culottes qu'Helene n'avait jamais vues que dans les vieilles revues de mode. Leontine appuyait un bras tendu sur son genou et de l'autre plié, le coude tourné vers l'extérieur, elle tenait son verre de thé. Il y avait de la provocation dans sa façon de s'asseoir, une attitude qui paraissait à Helene aussi excitante que jadis, mais qui lui semblait pour la première fois peu féminine.

Helene posa les pieds par terre et se pencha pour chercher ses chaussures. Carl, dit Helene, justement puisque tu tiens la morale pour une caractéristique de l'homme, nous ne devrions pas mépriser ce critère initialement humain.

Je ne le méprise pas, je propose simplement de l'ignorer

La tête couchée sur le sol pour mieux y voir, Helene tendit un bras loin sous la méridienne. Le visage déformé par l'effort, elle releva la tête vers Carl : Allons plutôt encore au cinéma. Demain je travaille jusqu'à six heures et j'ai cours jusqu'à dix. Helene avait trouvé ses bottines, elle les enfila et les laça. Le mois de novembre plongeait la ville dans la grisaille, il fallait s'habiller chaudement et aller plusieurs fois par semaine au théâtre ou au cinéma si possible pour supporter ces jours sans couleur. Carl restait assis sur sa chaise et continuait à fumer. On ne savait pas s'il avait vraiment entendu qu'Helene lui avait fait une proposition.

Je vous admire, Leontine, c'est pourquoi je me permets de vous rétorquer ceci. À mon avis, la douleur est le seul état que nous ne puissions mettre sur le même plan que les affects ordinaires. C'est la douleur qui pousse l'homme à se projeter dans le futur, même si c'est dans l'utopie, le paradis. Quand vous, médecin, diminuez la douleur humaine, c'est bon pour l'individu, mais mauvais pour Dieu. Le principe divin repose sur la douleur. Il faudrait que la douleur ait disparu du monde pour que nous puissions parler de la destruction de Dieu.

Tu ne veux décidément pas arriver à Friedenau avant la tombée de la nuit ? Martha était déjà sur le pas de la porte, espérant que Leontine allait enfin se résoudre à abandonner sa discussion avec Carl.

Leontine regarda ce Carl qui avait plus de dix ans de moins qu'elle, avec une expression où se mêlaient une vague tristesse et de la résignation. Sa voix était à la fois vibrante et ferme lorsqu'elle dit : Horrible. Elle fit une pause, comme pour prendre le temps de la réflexion. Votre conception est horrible, Carl. C'est le moment de nous en aller. La voix de Leontine se teintait d'une certaine dureté qui rendait un son presque amer. À vous écouter, on pourrait penser que les prêtres, je sais trop peu de choses de vos rabbins, que les prêtres donc, en promettant d'adoucir les souffrances, furent les premiers païens. Les chrétiens, une bande organisée ? Leontine secoua la tête. Le mépris se peignit sur sa figure. Elle détourna les yeux et les porta vers Martha qui attendait toujours à la porte à double battant. Leontine se leva et posa sa main sur le bras de Martha. Viens Martha, allons-y.

Les deux femmes quittèrent la pièce. On les entendit échanger brièvement quelques phrases courtes à mi-voix dans le couloir. Puis la porte de l'appartement retomba dans ses gonds. Helene n'osait pas regarder Carl. Le silence entre eux se dilatait. Carl restait assis à fumer, dans le contre-jour son visage mince ressemblait à celui d'un vieux jeune homme. Il n'avait pas l'habitude qu'on le plante là au beau milieu d'une discussion. Helene croisa les bras. Elle se demandait ce qu'elle aurait pu lui dire d'encourageant, tout en éprouvant une répugnance à l'encourager. Il avait tout simplement ignoré sa remarque tout à l'heure, il ne lui avait même pas refusé consciemment son attention probablement.

À six heures on peut aller voir *Pat et Patachon*, il est encore temps. Helene dit cela presque incidemment, elle aussi avait gagné la porte maintenant, elle espérait qu'il allait enfin se lever et la suivre.

C'est Leontine qui a parlé d'humiliation. Carl parlait lentement à présent et laissa la phrase en suspens. Son regard était posé sur la chaise sur laquelle Leontine était assise auparavant. Il avait du mal à penser, ayant perdu son interlocutrice. Elle a parlé du désir, du désir de héros, du moins d'héroïsme. Je ne partage pas l'héroïsme d'un Arthur Trebitsch[1]. Il n'y a pas plus de race nordique à sauver que de complot mondial juif. Il est tragique qu'avec le terme mis à une souffrance personnelle, disons par la mort, certaines idées continuent à survivre, et peut-être qu'aucune idée même ne se perd jamais. Elles continuent à prospérer en dehors de l'individu qui les a pensées le temps minuscule de sa vie. On ne peut pas déterminer qui en est l'auteur, car cette mixture d'esprit humain marqué et fécondé par la

1. Trebitsch, écrivain et philosophe autrichien juif qui développa des thèses radicalement antisémites et nationalistes. Son nom est resté en raison de l'influence qu'il eut sur Hitler qui lui vouait une profonde admiration. Trebitsch mourut en 1927, avant l'avènement du nazisme, mais ses idées continuèrent à prospérer, comme on sait

douleur et doutant de lui-même ne possède ni commencement ni fin. Cette indétermination me rend malade. L'humanité déborde de partout. L'homme expulse Dieu de sa terre. Et hop, dans le brasero !

Carl se parlait à lui-même et à Leontine volatilisée depuis beau temps. Épuisé, il laissa retomber ses mains sur ses cuisses.

Et si on allait voir *Le Cirque* de Chaplin ? Helene s'appuyait au montant de la porte, les bras croisés.

Carl la regarda, étonné. Il mit un instant à lui répondre. Le cinéma, dit-il d'un ton brusque, puis d'une voix neutre, allons au cinéma. On passe bien ces films de boxe ? Tout le monde tourne des films de boxe, nous devrions en voir un. *Combat de boxe*[1], c'est la jeune avant-garde belge, avec ce metteur en scène qui a un nom à coucher dehors, Dekeukeleire. Rien que ce nom est un film à lui tout seul, non ? Ou cet Anglais dont le film s'appelle *The Ring* – ici, les salles de cinéma l'ont consacré champion du monde. N'est-ce pas comique ? Carl tâchait de se persuader lui-même du comique de sa remarque.

Un film sur la boxe ? Helene n'était pas très chaude, mais elle était prête à tout pour que Carl se lève enfin de sa chaise et sorte avec elle.

La rue luisait d'un gris sombre, une humidité froide planait entre les maisons. Les réverbères étaient déjà allumés et on vendait les journaux du soir au coin des rues.

Tu étais amoureux de Leontine ?

De Leontine ? Carl enfouit ses mains dans les poches de son manteau. Bon, je l'avoue. Il ne regardait pas Helene, et elle renonça à lui demander ce qu'il entendait par là.

1. En français dans le texte

Helene avait fait les derniers mètres jusqu'à La Charité en courant. Elle avait laissé tomber le lycée ce soir-là, ces dernières semaines on n'y traitait que les questions susceptibles de tomber au bachot. On était à Pâques, le pharmacien lui avait donné congé pour le reste de la semaine. Sa petite valise couleur sang de bœuf était légère, elle en avait fait l'acquisition quelques jours auparavant et avait emporté peu d'affaires. Helene avait encore le souffle court lorsqu'elle elle frappa à la porte de madame le docteur. Leontine lui ouvrit, elles s'étreignirent brièvement.

Tu es sûre ?

Oui. Helene ôta son manteau. Quasiment. Je n'ai pas mal au cœur, pas du tout, mais je sens une pression contre la vessie, la nuit.

À quand remontent tes dernières règles ?

Helene rougit. Elle avait beau avoir changé maintes fois les serviettes des femmes alitées pendant sa formation à l'hôpital et se souvenir parfaitement des lessives du linge intime de Martha, elle n'avait encore jamais parlé de ses règles. Et voilà que la première question sur ses règles portait d'emblée sur les dernières.

Du vingt-neuf janvier.

Elles pourraient avoir du retard. Leontine l'interrogeait du regard, elle ne jugeait ni ne réprouvait.

C'est ce que j'espérais.

Je n'ai pas besoin d'aller chercher une des souris d'Aschheim ? Leontine travaillait aux côtés d'Aschheim dans son laboratoire, mais pour l'analyse elle aurait eu besoin de l'urine du matin d'Helene. Il aurait fallu prendre une des toutes jeunes souris femelles encore glabres et lui faire une injection sous-cutanée de l'urine d'Helene. Puis elle aurait dû attendre deux jours avant de l'autopsier. Quand les minuscules souris femelles réagissaient par une ovulation, on pouvait être sûr que la femme était enceinte. Leontine aidait Aschheim à rédiger un traité là-dessus, il serait terminé vers la fin de l'année si tout allait bien, et publié l'année suivante.

Je vais te donner un petit somnifère à boire.

Et je ne sentirai rien ?

Non. Leontine se retourna, elle avait mélangé un liquide dans un récipient de verre et le versa à Helene dans un gobelet. Je m'y connais en anesthésie.

Aucun doute Helene avait peur, maintenant. Elle n'avait pas peur de l'interruption de grossesse, elle avait peur de la perte de conscience. Elle s'assit sur une chaise et but le verre d'un trait. Son travail chez le pharmacien lui avait appris quelles substances habilement dosées pouvaient procurer une perte de conscience momentanée.

On frappa, et Martha entra. Elle tourna la clé dans la serrure et alla à la fenêtre baisser le store.

Nous n'avons pas besoin de spectateurs, dit-elle en se dirigeant vers Helene. Maintenant inspire. Juste un peu d'éther. Helene vit les pas de Martha décélérer jusqu'au ralenti, et Martha lui saisir la main. Elle ne sentait pas la main de Martha. Martha se posta à côté d'elle et lui passa le bras autour des épaules. Je suis près de toi.

Il n'y eut pas de rêve, pas de lumière à la fin du tunnel, pas la moindre idée de ce qui aurait pu être, ni le moindre Dieu le Père levant un index menaçant au-dessus d'Helene.

Quand elle se réveilla, elle sentit son corps encore tout engourdi, et la brûlure ne se manifesta que peu à peu. Elle était couchée sur le dos, la poitrine fermement maintenue par une ceinture. Comment les deux femmes avaient-elles réussi à la poser sur le lit ? Helene n'osait pas bouger. Une lampe était allumée sur le bureau, assise devant Leontine lisait.

C'est parti ? La voix d'Helene chevrotait.

Leontine se tourna vers Helene et dit sans bouger de sa chaise : Dors, Helene. Nous restons ici cette nuit.

C'est parti ?

Leontine se replongea dans son livre, elle semblait n'avoir pas entendu la question d'Helene.

Garçon ou fille ?

Leontine se tourna brusquement vers elle. Il n'y avait rien, dit-elle irritée. Il faut dormir. Il n'y avait pas de fétus, pas d'ovule fécondé, tu n'étais pas enceinte.

Des pas résonnèrent dans le couloir, puis s'éloignèrent de nouveau. Helene se sentait plus réveillée maintenant. Je ne te crois pas, murmura-t-elle en sentant les larmes couler sur sa tempe et dans son oreille, tièdes.

Leontine se taisait, elle s'était repenchée sur son livre et tournait une page. Dans ce contre-jour qui réfractait la lumière tel un prisme sous l'effet des larmes, Leontine avait l'air démultipliée à l'infini. Étaient-ce bien des lunettes qu'elle portait là ? Helene remua les orteils, dans son corps l'élancement se faisait maintenant si violent, si coupant qu'elle en ressentait un léger mal au cœur.

Martha est de service de nuit ? Helene essayait de réprimer la douleur, refusant de la laisser percer dans sa voix.

Toute cette semaine. Elle viendra tout à l'heure et nous t'emmènerons à la maison. Il te reste sept heures d'ici là, tu devrais dormir.

Si Helene n'avait pas eu ces douleurs, elle serait parvenue à dire à Leontine qu'elle ne voulait pas dormir. Mais la douleur limitait les mots et lui interdisait le défi. Est-ce qu'il y a une bouillotte ?

Non, la chaleur ne ferait qu'aggraver les choses. Leontine esquissa un sourire. Elle se leva et vint appliquer sa main sur le front d'Helene. Tu pleures. Je peux te donner un peu de morphine, juste un petit peu.

Helene secoua violemment la tête. Jamais de la vie. Jamais elle ne prendrait de morphine, elle supporterait la douleur quelle qu'elle soit, sans rien dire. Elle se mordit les lèvres, les mâchoires serrées.

N'oublie quand même pas de respirer, Leontine souriait franchement maintenant, elle caressa les cheveux d'Helene mouillés par la sueur de son front. Les larmes coulaient, elles ne pouvaient pas les arrêter.

Si tu as besoin d'aller aux toilettes, dis-le-moi, la première fois, ça fait mal. Mais l'urine aide à guérir. Il faut juste rester allongée le plus possible. Carl est-il au courant maintenant ?

Helene secoua la tête derechef, cela ne lui faisait rien de pleurer. J'ai dit à Carl que nous partions en vacances à la mer. Nous allons à Ahlbeck, n'est-ce pas ?

Leontine fronça les sourcils. Et s'il nous rencontre par hasard, Martha ou moi ?

Il n'y a pas de risque, il révise son examen. Il n'a pas bougé de sa chambre depuis trois semaines. Helene haletait, elle ne réussissait pas à rire avec cette douleur. Il m'a dit qu'il devait faire encore frais au bord de la mer et que nous devions veiller à ne pas prendre froid.

Leontine lâcha le front d'Helene, elle alla à son bureau, tira la lampe vers elle pour assombrir davantage le reste de la pièce et se remit à lire. À la lueur de la lampe, on aurait dit qu'elle avait du duvet sur la lèvre supérieure.

Je ne savais pas que tu portais des lunettes.

Ne va pas lâcher le morceau ou je te trahis aussı

Le matin Martha et Leontine se mirent chacune d un côté d'Helene. Martha portait la petite valise sang de bœuf dans laquelle elle avait rangé le linge d'Helene. Helene devait s'arrêter souvent, son ventre la tiraillait de partout et elle ne voulait pas se plier en deux en pleine rue. Elle perdait du sang, qui avait l'air plus épais que d'habitude. Le vent soufflait, obligeant les jeunes filles à tenir leurs chapeaux. Helene sentait l'humidité la transpercer du dedans vers le dehors, s'insinuer jusqu'à ses reins, se répandre le long de ses jambes et elle avait l'impression qu'elle lui descendait jusqu'au creux des genoux.

Leontine dit à Martha : Attends ici avec elle. Et Martha attendit avec Helene, elle lui avait passé un bras autour des hanches. Le bras de Martha semblait désagréablement lourd à Helene, comme si son contact avivait la douleur, l'attirait. Le bras de Martha lui pesait. Mais elle ne pouvait rien dire, elle ne voulait pas repousser Martha. Soudain elle ne put s'empêcher de penser à leur mère et elle eut un haut-le-cœur. Cela faisait longtemps qu'elles n'avaient pas eu de nouvelles d'elle. La dernière lettre de Mariechen arrivée à Noël disait que tout allait très bien, que leur mère était mieux et qu'on pouvait parfois l'emmener se promener. Un tiraillement déchira le ventre d'Helene qui se courba presque imperceptiblement. Martha leva le bras et lui mit la main sur l'épaule, sans qu'Helene ait posé de question elle lui dit qu'elles étaient bientôt au bout de leur peine. Sur le visage de Martha flottait une expression étrange qu'Helene n'y avait jamais vue. Était-ce de la peur ?

Mon petit ange. Martha pressait Helene contre elle, se pressait contre Helene. Elle caressa le visage d'Helene. Helene aurait voulu lui dire que ce n'était pas la peine, que ce n'était que de la douleur, rien d'autre. Il fallait juste la surmonter, faire face, attendre. Leontine faisait signe sur le bord de la chaussée, enfin un taxi s'arrêta. Il commençait à pleuvoir, les passants ouvrirent leurs parapluies. Maintenant Leontine faisait de grands gestes du bras pour les faire venir. Le sang entre les jambes d'Helene avait refroidi. Martha et Leontine menèrent Helene dans la petite chambre de l'Achenbacherstrasse. Elles y avaient repoussé chaque lit contre un mur et l'assurèrent que cela ne leur faisait rien de dormir une semaine dans le même lit. Elles lui apportèrent de l'eau et lui dirent qu'il fallait se reposer le plus possible. Cela sentait la bergamote et la lavande. Helene aurait voulu se laver, mais elle n'avait pas le droit de se lever. Des portes claquaient dans le couloir. Le Baron peut-être ?

Non. Elles lui dirent qu'Heinrich Le Baron était parti soigner sa tuberculose à Davos. Il allait tellement mal ces derniers temps que Leontine lui avait donné des lettres de recommandations et une prescription. À sa place, c'est un ménage Karfunkel qui louait la chambre maintenant. Fanny était contente de toucher un bon loyer et elle avait pu au moins récupérer le phonographe.

Helene s'allongea sur le petit lit et ferma les yeux, il y avait trop de lumière.

Le mieux est que tu t'allonges sur le ventre, mon ange, l'utérus se remettra plus facilement en place. Helene se tourna sur le ventre. L'oreiller, le matelas, tout ici avait l'odeur de Leontine. Helene referma les yeux. La douleur lancinante n'était pas grave. Elle n'était pas enceinte, c'était bien.

Elle resta couchée sur le ventre toute la semaine à inspirer l'odeur de Leontine et à prendre son mal en patience.

Martha avait appris que le bus d'Ahlbeck à Heringsdorf circulait et que le rapide en provenance de la gare d'Heringsdorf-Seebad arriverait à deux heures et demie à Berlin à la Stettiner Bahnhof. Leontine appela donc une amie à Ahlbeck et la pria d'envoyer un télégramme : À Carl Wertheimer. Arrivons dimanche deux heures et demie, Stettiner Bahnhof. Baisers, Helene.

Le dimanche Leontine était de service à l'hôpital. Martha et Helene prirent seules le tram pour Bernau. Là elles attendirent le train une bonne demi-heure. Quelques petits marchands de journaux s'élancèrent vers le train qui entrait en gare pour offrir leur édition du dimanche aux passagers assis aux fenêtres. Le train continuait à siffler et à cracher, même arrêté. Berlin, en voiture ! Il était tellement bondé que Martha et Helene eurent du mal à y monter. Un sifflement retentit. Et il repartit. Le train était rempli de Berlinois qui avaient passé les Pâques à la mer ou ailleurs dans le Nord-Est et regagnaient maintenant leur ville. Ils se délectaient de leurs journaux et donnaient leur avis sur les récents événements du Schleswig-Holstein. Un vieil homme dit : Ils n'avaient rien à faire à Wöhrden. Qu'est-ce qu'ils fichaient là ? Des paroles vives fusèrent autour du vieil homme. Ce ne sont que des lâches.

Tu parles, des lâches ! C'est une question de justice.

On ne joue pas avec des couteaux.

Helene se tenait à la barre. Elles n'avaient pas trouvé de places. La douleur s'était réellement adoucie, elle avait migré du bas-ventre vers le bas du dos où elle causait des élancements très supportables. Autour d'Helene les gens étaient intarissables, tout le monde parlait à tout le monde. Cette ardeur semblait contagieuse, chaque homme, chaque femme brûlait d'exprimer son opinion, d'exposer ses arguments.

J'appelle ça des traîtres, dit une femme l'air outrée.

Nous ne nous laisserons pas interdire de rassemblement, cria un homme soutenu par son voisin, et encore moins abattre comme des chiens. Martha et Helene restèrent debout à la portière jusqu'à la Stettiner Bahnhof.

Carl attendait à la gare, il faisait de grands signes de bras comme s'il lui était poussé des ailes. Le train gémit et s'arrêta enfin. Elles descendirent. Carl courut vers elles, il tendit la main à Martha et serra Helene dans ses bras.

Qu'est-ce que tu m'as manqué.

Helene pressa sa figure contre lui, son col de fourrure lisse, elle ne voulait pas qu'il la regarde. Le flot des gens s'écoulait à côté d'eux.

Toute une semaine à la mer pendant que je suis cloué dans ma mansarde, à me demander si Hegel était contraint de détourner la langue allemande de son usage initial pour exprimer correctement ses idées. Était-ce bien utile ? Carl riait. Qu'avez-vous fait de Leontine ?

Elle a dû rentrer plus tôt, son professeur Friedrich lui a télégraphié, il avait absolument besoin d'elle.

Fais-toi voir, tu as l'air reposée. Carl contemplait Helene comme une belle pêche à l'étalage, il lui pinça affectueusement la joue. Quelques petits cernes peut-être. Vous n'êtes tout de même pas allées danser sans moi ?

Et comment ! Martha lui fourra la petite valise dans les mains.

Le printemps et l'été s'écoulèrent comme dans un rêve. Helene travaillait à la pharmacie, elle passa son bachot et attendit les résultats. Carl était rivé à sa table de travail du matin au soir entre des montagnes de livres et ne sortait que pour se débarrasser d'un oral ou d'un écrit. À la fin de l'été ils voyaient tous deux la vie à leurs pieds. Deux professeurs se disputaient les faveurs de Carl, et il n'avait plus qu'à décider s'il voulait continuer à lire Hegel ou suivre finalement l'air du temps et se plonger plus avant dans Kant et dans Nietzsche. Il écrivit à Hambourg et à Fribourg où il savait qu'enseignaient des professeurs dont les travaux le passionnaient. Quand sa mention *summa cum laude* fut connue, il lui parvint une proposition de Dresde où on lui offrait de se consacrer au problème de l'universalité dans l'esthétique kantienne. Mais Carl attendait encore les réponses de Hambourg et de Fribourg.

Tu sais qu'il faut nous marier avant que je quitte Berlin ?

Carl serra la main d'Helene dans la sienne. Ils traversèrent la Passauer Strasse. Cela sentait les feuilles mortes. Le jaune clairsemé des feuilles de tilleul mettait une touche de soleil automnal dans les branches sombres. Dans la Nürnberger Strasse on avait rassemblé le feuillage en tas. Helene marcha en plein milieu d'un tas en faisant voler les feuilles sur le bout de ses chaussures et en faisant crisser le feuillage sec. Les érables s'étaient embrasés de vert et de rouge, les veines de leurs feuilles étincelaient, jaunes et vertes, leurs bords étaient roussis. L'or brun des feuilles des marronniers. Helene se pencha pour ramasser un marron. Regarde comme il est lisse et quelle belle couleur. Elle passait son pouce sur l'arrondi en tendant le marron à Carl.

Carl lui prit le marron des mains, il attendait sa réponse. Les yeux d'Helene étaient clairs, dans la lumière jaune du couchant ils prenaient une nuance de vert. Ses yeux souriaient. Il faut ?

Il acquiesça, il n'en pouvait plus d'impatience. Je veux que tu deviennes ma femme.

Helene avait à peine besoin de se hausser pour l'embrasser sur la bouche. Je suis à toi, murmura-t-elle.

Au printemps ? Il voulait en être sûr, il lui prit la main et avança.

Au printemps, confirma-t-elle. Elle ne se laissa pas remorquer, elle le rattrapa, et leurs pas à tous deux s'accélérèrent. Ils étaient invités. Les lumières brillaient déjà Achenbacherstrasse. Fanny était encore requise par les préparatifs et occupée avec son personnel, elle pria Carl et Helene d'aller faire un tour avec Cleo. Quand ils revinrent un peu plus tard, l'appartement était rempli d'invités. Du pavillon du phonographe s'échappait une voix grinçante qui se plaignait de l'époque. Le cousin de Vienne qu'Helene connaissait à peine se rua sur elle dès qu'il eut passé la porte. Il se réjouissait tant de revoir Helene et n'avait pu oublier leur passionnante conversation d'il y a deux ans. Helene se demandait de quelle conversation il pouvait bien parler. Elle s'en souvenait vaguement, il avait été question de l'éducation des enfants. C'était tellement dommage qu'elle ne parle pas le français, dit le cousin avec son accent traînant. Il avait mis sa grande main molle sur le bras d'Helene. Il se demandait s'il n'allait pas lui proposer la place de préceptrice de ses filles. Helene le regarda étonnée. Ce serait tellement bien que vous veniez à Vienne. Vous pourriez avoir la chambre de la bonne puisque nous sommes parents.

Pouvait-elle les débarrasser de leur manteau ? Manifestement ce n'était pas la première fois qu'Otta posait la question. Helene se tourna vers elle, soulagée, enleva son manteau et échangea un regard avec Carl qui attendait patiemment à côté d'elle. Helene lui prit la main.

Je l'ai appris par Fanny, vous avez réussi brillamment votre bachot ? Cela ne surprend personne. Je suis certain que vous dispenserez un enseignement remarquable à mes filles, elles sont deux.

Mon fiancé, Carl Wertheimer, plaça Helene au beau milieu d'une phrase du cousin. Le cousin encaissa et son regard se posa sur Carl pour la première fois.

Enchanté. Le cousin tendit la main à Carl. Vous avez donc la chance, le cousin se creusait manifestement la tête pour préciser le genre de chance qu'il était supposé attribuer à Carl. La chance, reprit-il, d'avoir gagné cette belle jeune femme aux liens du mariage.

Carl ne cachait ni sa joie ni sa fierté. C'était la première fois qu'Helene le présentait comme son fiancé. Nous vous inviterons au mariage, dit-il aimablement. Vous nous excusez ? Carl poussa Helene devant lui et leur fraya un chemin vers le salon à travers le groupe des invités qui attendaient dans l'entrée. Dans la salle, les gens étaient serrés les uns contre les autres, assis ou debout. Martha s'entretenait avec les nouveaux sous-locataires, à côté d'eux elle paraissait grande et pâle et sobre. Elle avait un verre en main et Leontine veillait à ce qu'on le lui remplisse d'eau. À sa grande surprise Helene découvrit à côté de Leontine une calvitie familière. Le Baron tournait le dos à la porte et ne l'avait pas vue entrer.

Quel plaisir de vous voir, dit Helene en le gratifiant d'une petite tape sur l'épaule.

Helene, Le Baron lui ouvrit les bras, les mains légèrement courbées vers le haut, un geste qui n'était pas sans signifier une certaine distance. Il prit la main d'Helene et la baisa.

Vous allez mieux, vous êtes remis ?

Nullement. À mon arrivée, le diagnostic des médecins fut : refroidissement du cœur, Helene, qu'en dites-vous ? Un instant Le Baron fit mine de se dévoiler devant tout le monde. Il jeta des regards hardis à la ronde, mais déjà il se dépêchait de rire de bon cœur. Davos n'est plus ce qu'il était. Quelques agonisants qu'il vaut mieux ne pas croiser et beaucoup d'hystériques qui se racontent des histoires de malades toute la sainte journée et parcourent à toute allure le parc thermal comme propulsés par un moteur. Ils font en groupes des pèlerinages au sanatorium de la forêt.

N'est-ce pas ? disait maintenant une petite personne menue qu'Helene ne connaissait pas. Visiblement cette délicate créature admirait Le Baron, elle l'écoutait un doigt à l'oreille.

Mais le commun des mortels n'est même pas autorisé à y pénétrer. Le Baron se réjouissait d'avoir enfin des auditeurs. Alors j'ai tout simplement pris l'air important et prétendu avoir rendez-vous avec un certain monsieur Richter. Un nom qui m'était venu comme ça. Le portier a fait oui de la tête, cela lui convenait, et il m'a laissé m'abîmer un temps dans un fauteuil profond. J'ai fait semblant d'attendre. Insupportable, ce milieu là-bas, terrifiant.

Tout juste, approuva la délicate créature en écartant une mèche cuivrée de son visage.

L'entrain de leur ami réjouit Helene, il était visiblement remis.

Carl Wertheimer, disait maintenant Le Baron en s'efforçant de prendre l'air content. Quel plaisir de vous voir vous aussi.

Nous nous sommes fiancés. Helene regardait Le Baron d'un air provocant.

Ah oui, ah oui, je l'avais entendu dire. Le Baron se grattait l'oreille. Leontine m'en a parlé. Je vous félicite. Comme s'il lui en coûtait néanmoins, Le Baron passa la paume de la main sur son front chauve et pinça rêveusement ses cheveux clairsemés entre l'index et le majeur. La délicate créature à ses côtés se balançait impatiemment d'une jambe sur l'autre en jetant des regards aimables à la ronde.

Mon Dieu, oui, que voulais-je dire ? Je voulais vous parler du symposium philosophique, de cette dispute à laquelle nous n'avons pu échapper à Davos. Mais il faut d'abord que je vous présente mademoiselle Pina Giotto, nous nous sommes rencontrés à Arosa.

La même pension, oui, la délicate créature faisait maintenant chorus avec lui, soulagée.

Exactement, car les prix à Davos, ici on ne s'imagine pas. Et Arosa, eh bien, cela en fait presque partie. Le Baron tripotait ses cheveux, son regard s'attardait sur Helene, il en oubliait de cligner des yeux.

Et c'est plus haut, affirmait maintenant la délicate créature.

Le Baron s'arracha à sa contemplation et considéra sa compagne, perplexe. Il risqua un léger geste de défense de la main en sa direction et reprit la parole.

Vous êtes certainement au fait, Carl, la dispute entre Cassirer et Heidegger a mis toute la ville en émoi.

Épouvantable, renchérit mademoiselle Giotto. Et l'un deux a quitté les lieux tout simplement.

Heidegger a proclamé anéantir la philosophie de Cassirer.

Oui et celui-ci a quitté les lieux tout simplement. Vous vous figurez ? J'ai dit à Heini : C'est un lâche. On ne se défile pas comme cela.

Le Baron rougissait maintenant, et la sueur perlait sur son front. Les déclarations de mademoiselle Giotto lui étaient quelque peu suspectes. À vrai dire, c'était un peu différent. Son regard alla s'excusant de Carl à Helene, puis revint à Carl. Je vais vous expliquer. De son mouchoir, Le Baron épongea son front et la tranchée luisante de son crâne. Il s'agissait de Kant. La transformation de la théorie de l'Être chez Heidegger est fondamentale, elle est radicale, c'est tout juste s'il a laissé parler Cassirer, Cassirer ne s'est peut-être pas senti pris au sérieux. Lui s'intéressait aux formes symboliques. Il en revenait toujours au symbole. Peut-être son départ précipité est-il apparu à beaucoup comme un symbole, le symbole de sa défaite.

Helene évitait de croiser le regard de Carl. Elle ne voulait pas le trahir. N'était-ce pas à ces deux messieurs justement que Carl avait envoyé des lettres, à Hambourg et à Fribourg, et dont il attendait la réponse depuis quelques semaines ?

Un peu plus tard, lorsque les convives eurent pris place à la grande table et qu'on servit le soufflé aux pommes après une longue suite de plats, Carl s'entretint avec Eric des récentes évolutions économiques.

Achetez, je vous le dis, achetez, achetez, achetez. Eric était assis en face d'Helene et de Carl. Il avait posé son bras sur le dossier du fauteuil de Fanny et brandissait un verre de cognac. Son cou de sportif semblait à Helene encore plus massif que d'habitude. Nous en tirerons profit, croyez-moi. L'éclatement de la bulle spéculative ne présente que des avantages pour nous en Europe.

Vous n'y voyez pas de danger ?

Ah, New York ! Vous êtes encore jeune, Carl. Vous n'avez probablement pas d'argent. Mais si vous en aviez, je vous donnerais un bon conseil. L'effondrement américain va nous servir. Eric se pencha au-dessus de la table et dit en mettant sa main en cornet devant sa bouche pour n'être pas entendu de Fanny, assise à côté de lui qui discutait avec son autre voisin de table : Elle va bientôt redevenir riche. J'ai réussi à la convaincre d'hypothéquer l'appartement. D'ici peu elle rachètera toute la maison, croyez-moi.

Fanny se dressait maintenant et levait son verre à pied en cristal. Elle le heurta de sa cuiller, mais le verre était si épais qu'il tinta à peine. Elle demandait l'attention des convives. Elle fit l'éloge de ses amis, le décompte des jubilés et des honneurs rendus à certains d'entre eux ces dernières semaines, et chaque éloge déclencha les applaudissements de la tablée. Helene et Carl étaient bien aises qu'elle ne mentionne ni leurs examens ni leurs résultats et qu'ils fussent dispensés de se lever, de saluer dignement l'assemblée et d'arborer un air de fierté.

Carl se pencha vers Helene et dit tout bas : La fierté, c'est pour les philistins. Helene baissa les paupières, elle lui donnait raison. À ses yeux les fiers hochements de tête des messieurs contredisaient cette dignité que le discours s'efforçait d'illustrer.

Bien plus tard dans la soirée Helene se retrouva entre Le Baron et Pina Giotto. Bien qu'excédée par leur conversation, elle ne voulait pas les lâcher tant Eric l'avait poursuivie toute la soirée de ses regards lubriques. Par la porte ouverte de la véranda, Helene voyait Carl en train de discuter avec Leontine, Martha et un couple inconnu. Pina Giotto voulait convaincre Le Baron de l'accompagner le lendemain dans un grand magasin acheter un boa en plumes. Le Baron cherchait des échappatoires, il devait se douter du prix exorbitant des boas en plumes. Boa Boa, Pina Giotto ne lui laissait aucun répit. Plumes boa boa plumes. Plumes longues, plumes légères, brillantes ou mates ? Plumes de paon, plumes exotiques, robe de plumes. Avec toutes ces plumes Helene ne pouvait s'empêcher de penser à sa mère. La dernière lettre disait qu'elle allait un peu mieux. Plus de moments d'égarement, promenades possibles. Il était dans les onze heures quand les premiers invités gagnèrent l'entrée et se firent apporter leurs manteaux. Les uns voulaient se rendre à la revue de minuit, les autres au bal. Vous venez avec nous, décida Fanny d'un geste qui englobait Le Baron, sa demoiselle Giotto et Helene. Quand elle découvrit Helene parmi ses invités attardés, elle cria ayant du mal à articuler : toi aussi, vieille canaille !

Helene partit à la recherche de Carl, mais dans la véranda se tenaient maintenant deux hommes qui faisaient des bras de fer à la table basse. Pendant que mademoiselle Giotto démontrait au baron que le brillant qu'ils avaient vu l'après-midi chez le joaillier avait la bonne grosseur et serait du plus bel effet avec une simple chaîne,

Helene fut prise d'inquiétude. Où qu'elle regardât elle n'apercevait ni Carl, ni Martha, ni Leontine. Au risque qu'Eric la suive, elle s'excusa à voix presque inaudible et se faufila d'un air aussi dégagé que possible dans les pièces voisines. Nulle part elle ne découvrit les disparus. Juste après avoir traversé la salle de réception, alors qu'elle se retournait pour la parcourir des yeux une dernière fois, elle se trouva prise au piège avec Eric. Il l'avait suivie et il se dirigeait vers elle à grands pas. Elle ouvrit la porte qui donnait sur l'arrière de l'appartement. Elle ne parvint pas à allumer la lumière dans le couloir, et entendant des pas derrière elle, passa en hâte devant les deux premières portes. Le cône de lumière qui venait de la salle de réception et éclairait le couloir disparut un instant. Eric avait refermé la porte. Soudain prise de panique, Helene explora de la main à tâtons la tapisserie jusqu'à ce qu'elle sente l'encadrement de la porte et la poignée. Ce devait être son ancienne chambre, celle où logeaient Leontine et Martha. Des voix et des rires filtraient derrière la porte. À l'autre bout du couloir Eric avait apparemment perdu l'orientation. Elle l'entendait haleter. Mais la porte ne s'ouvrit pas. Helene secoua la poignée.

Un instant, dit une voix à l'intérieur. Quelques secondes s'écoulèrent, puis on lui ouvrit. Martha fit entrer Helene.

C'est toi, Martha visiblement soulagée pria Helene d'entrer rapidement. Elle ferma la porte derrière elle. Sans plus s'occuper d'Helene, elle s'assit sur le lit étroit au bord duquel se tenait Leontine près de l'inconnue de tout à l'heure dans la véranda. L'inconnue portait un de ces boas de plumes dont rêvait Pina Giotto. Les plumes violet foncé mettaient en valeur ses pommettes saillantes et les ombres de ses yeux, une fine permanente collait ses cheveux à son crâne, un crâne long et bien dessiné. Assis à la table de toilette, Carl tournait le dos à Helene, il se leva et se montra surpris de la voir. Helene le vit glisser en sous main sur la table une petite boîte d'argent vers l'inconnu, celui que, toute à l'heure en jetant un œil dans la véranda, Helene avait pris pour le mari de la femme assise sur le lit, qui échangeait maintenant, du reste, des baisers avec Leontine. Les plumes violettes recouvraient le visage de Leontine. Helene eut un choc quand elle réalisa les yeux qu'elle faisait et tenta de regarder ailleurs, mine de rien. Mais où ? Elle savait de quelle boîte il retournait, et le discret passage de la boîte de Carl à l'inconnu signifiait indubitablement que Carl ne voulait pas mettre Helene dans la confidence.

Les autres s'en vont. Fanny voudrait que nous les accompagnions, ils vont danser.

Elle veut toujours aller à ce Königsclub, dit Martha un peu déçue. Allons au Silhouette, c'est bien mieux. Martha ouvrit la porte.

Bon, allons-y. Carl avait pris un ton formel. Il reniflait subrepticement. Il s'avança vers Helene et la prit par le bras. Allons danser, ma chérie.

Helene acquiesça, elle ne voulait rien laisser paraître.

Mais un peu plus tard, alors qu'ils dansaient dans une salle de bal à la lumière tamisée, et que Carl ne lâchait pas ses hanches et la caressait partout où normalement il s'abstenait de le faire en présence de tiers, l'assaillant comme s'ils ne s'étaient pas vus depuis des jours alors qu'ils avaient fait l'amour le matin même, elle ne put réprimer ses pensées ni se retenir plus longtemps. Elle lui cria donc à l'oreille en dépit du volume de la musique : Tu sniffes souvent ?

Carl l'avait comprise, il devait se douter qu'elle avait vu la boîte. Il maintint Helene à bonne distance les bras tendus, baissa légèrement le menton et la regarda en secouant la tête. Il était sérieux, il fallait qu'elle le croie. Elle le crut, pas seulement parce qu'elle n'avait pas le choix. Leurs corps s'appartenaient, cela se voyait à la manière dont il la tenait en dansant, à la manière dont ils se lâchaient et se retrouvaient, à son regard inquiet quêtant le sien, le fouillant, familier, à son baiser sur ses lèvres, et l'intimité qu'elle sentait entre elle et lui n'était pas de celles qui ne concèdent ou ne permettent ni les petits secrets ni les différends, elle célébrait les secrets, sans réticence.

Helene dansa avec lui jusqu'au petit matin. À un moment, elle lui cria : Hambourg ou Fribourg ?

Helene, cria Carl en retour. Il l'attira vers lui et lui chuchota à l'oreille : C'est là où tu es que je veux être, sa langue effleura le pavillon de son oreille, si ma femme m'accompagne, nous irons à Paris.

Un jour de février, alors que le soleil brillait dans le ciel bleu et que la cendre teintait déjà la neige de brun-rouge dans les rues, Helene se tenait devant la balance à la pharmacie et pesait des feuilles de sauge pour une cliente. Il lui en fallait une livre. Helene glissait la petite pelle dans le bocal et versait les pelletées l'une après l'autre dans la balance. La cliente voulait peut-être prendre un bain de sauge. La cloche retentit à l'ouverture de la porte. Helene leva les yeux. Le petit garçon qui avait attendu longtemps devant les bocaux de bonbons quittait la pharmacie les mains dans les poches. Du dehors une odeur de brûlé mêlée de charbon et d'essence s'insinua à l'intérieur. Il était midi, outre sa cliente, seule une dame d'un certain âge attendait d'être servie. Le téléphone sonna. Le pharmacien surgit dans l'encadrement de l'arrière-boutique. Pour vous, Helene, dit-il en la regardant l'air réjoui. C'était le premier appel pour elle qu'il prenait après toutes ces années. Je vous remplace, allez-y. Le pharmacien poussa Helene de côté, et Helene se dirigea vers le téléphone.

Oui ? Elle avait dû parler trop bas et criait maintenant dans le grésillement : Oui ?

C'est Carl. Helene, il faut que je te parle.

Il est arrivé quelque chose ?

Il faut que je te voie.

Comment ça ?

Est-ce que tu peux partir plus tôt ?

Mais on est mercredi, je finis à midi. Je m'en vais dans un quart d'heure.

Helene dut se boucher l'oreille gauche pour mieux le comprendre.

Parfait. Carl criait. On se retrouve au Romanisches Café.

Quand ?

Un grondement bruyant les interrompit.

Chérie, à une heure au Romanisches Café ?

À une heure au Romanisches Café. Helene raccrocha. Elle avait appuyé l'écouteur si fort contre son oreille qu'elle en avait mal à la tempe. Quand elle revint dans la pièce de devant, le pharmacien emballait une boîte de Véronal et prenait les pièces que lui tendait la dame d'un certain âge.

Vous pouvez commencer à vous changer, Helene, dit-il aimablement avec un sourire malicieux, comme s'il était en son pouvoir de permettre un rendez-vous avec son amoureux.

Helene traversa la Steinplatz. Un temps de dégel, incertain. Elle se demandait pourquoi Carl était si pressé de la voir. Il se pouvait que le philosophe de Hambourg lui eût répondu. Celui de Fribourg lui avait donné une réponse négative peu avant Noël. La mention *summa cum laude* de Carl ne laissait de l'impressionner, Hegel en revanche le séduisait moins. Et tous ses postes d'assistants étaient pourvus. Helene s'arrêta au coin de la Fasanenstrasse. Le timbre d'un vélo retentit derrière elle. Soudain elle pensa que c'était peut-être Carl, car il roulait par tous les temps. Elle se retourna, mais c'était un petit mitron auquel la chaussée devait sembler trop boueuse pour y rouler. Helene fit un pas de côté et grimpa sur un petit monticule de glace dont les bords fondaient pour laisser passer le mitron. Les roues projetèrent des éclaboussures de cendre neigeuse sur son manteau. Ils attendaient maintenant la réponse de Cassirer. Dès le mois de janvier, à Berlin, toutes les portes s'étaient ouvertes devant Carl. Il avait le choix, deux professeurs se l'arrachaient. Mais il aurait préféré s'employer à créer son propre poste de recherche. Ces dernières semaines, il n'avait pas donné l'impression d'attendre encore sérieusement une réponse de ce Cassirer de Hambourg. Cela mis à part qu'est-ce qui pouvait bien lui paraître si urgent qu'il ne puisse attendre jusqu'au soir ? Peut-être voulait-il la voir pour discuter de la visite à ses parents prévue le week-end prochain ? Elle appréhendait cette visite. La veille au soir ils avaient failli se disputer. Helene disait qu'elle ne pouvait pas arriver les mains vides chez ses parents et voulait leur acheter un cadeau. Carl n'était pas d'accord. Ils avaient vraiment besoin de leur argent pour le reste, la nourriture, les livres, sans compter la vie commune, un déménagement, un vrai logement. Helene voulait acheter à ses parents un petit vase vert qu'elle avait vu en vitrine chez Kronenberg tout près, au coin de la rue. Un vase vert, avait demandé Carl incrédule, et Helene avait eu l'impression qu'il se moquait. Ce matin encore, en prenant congé, Carl lui avait dit que ses parents n'attendaient pas de cadeau. Carl l'avait embrassée. Cela faisait des années qu'ils étaient curieux de faire enfin la connaissance d'Helene. Ses parents savaient bien qu'ils n'étaient pas riches. Le dos tourné, Carl rassemblait des livres, les disposait sur la table pour la matinée suivante, et il avait marmonné quelque chose en même temps. Qu'est-ce que tu as dit ? Il avait fallu qu'Helene insiste pour qu'il se retourne et lui dise incidemment : Mais ils ne savent pas que tu vis avec moi. Helene avait dû s'asseoir. Cela faisait trois ans bien sonnés maintenant qu'elle vivait avec lui dans sa mansarde. Elle tâchait de payer de ses deniers autant de nourriture que possible chaque mois pour leur vie commune, puisque Carl ne voulait pas accepter de contribution au loyer auquel subvenaient ses parents. Quelle comédie allait-elle donc devoir jouer dimanche à ses parents ? Faire comme si elle vivait encore chez sa tante ?

Carl avait tenté de l'apaiser et avait assuré qu'il le leur dirait, ce dimanche.

Mais c'était cela le pire aux yeux d'Helene. Il ne pouvait tout de même pas leur présenter enfin cette fiancée annoncée de longue date et leur dire pendant le repas : Nous ne nous connaissons que depuis quatre ans, nous nous sommes promis le mariage il y a deux ans, et, à propos, nous habitons ensemble depuis plus de trois ans maintenant. Helene se frotta les yeux.

Écoute, tu n'as jamais voulu m'accompagner chez eux, comment aurais-je pu leur expliquer que tu vivais bien avec moi, mais que tu ne souhaitais pas les connaître ?

Maintenant c'est ma faute ?

Non, Helene ce n'est pas une question de faute. Cela leur aurait paru impoli. Comment leur faire comprendre que tu ne te sentais pas le courage ?

Helene avait voulu répliquer quelque chose, cela lui était désagréable de ne pas avoir eu le courage. Elle s'était frotté les yeux jusqu'à ce que Carl vienne prendre ses mains dans les siennes. Qui donc lavait et reprisait le linge de Carl à leur avis, qui s'occupait de lui préparer un repas chaud le soir, de rendre le logement habitable, de nourrir les moineaux de la bordure du toit et d'arroser l'orchidée dans son verre, pendant que Carl partait en vacances avec eux chaque été au bord du lac de Zurich où son père poursuivait ses recherches au Monti della Trinità à l'observatoire helvétique, calculant les cycloïdes et cartographiant les taches solaires, alors que mère et fils allaient au concert ? Depuis son mariage, la sœur de Carl ne les accompagnait plus pendant ces voyages. Carl avait baisé la main d'Helene et avait assuré qu'ils tireraient tout ça au clair ce dimanche. Ensemble. Ce n'était qu'une bagatelle qu'il faudrait tirer au clair ce dimanche, ensemble, en fin de compte il s'agissait de leur vie commune à eux et de tout l'avenir qu'ils avaient devant eux.

Helene devait faire attention de ne pas glisser en marchant. Sous la neige qui fondait, des plaques de glace subsistaient par endroit. Elle dut attendre longtemps devant la Gedächtniskirche, les voitures roulaient lentement, elles dérapaient sur la chaussée. Carl était un cycliste accompli, il ferait attention, il aurait peut-être laissé son vélo à la bibliothèque. La grande pendule du Kurfürstendamm marquait une heure moins dix. Helene était inquiète, elle se posta sous les stores devant les immenses vitres du Romanisches Café.

Carl voulait sûrement l'informer d'une heureuse nouvelle. On lui avait peut-être proposé un autre poste ? Il n'était pas encore décidé et il lui aurait certainement demandé lequel elle trouvait préférable. Mais s'il avait passé la matinée à la bibliothèque comme il l'avait annoncé, il ne pouvait rien lui être arrivé d'extraordinaire là-bas. Helene souriait nerveusement. Elle se rappela la manière que Carl avait de l'interrompre quelquefois le soir dans sa lecture parce qu'il voulait lui confier une idée grandiose. Helene observait l'autre côté du croisement au-delà des deux ailes de la Gedächtniskirche. N'y avait-il pas là un homme à bicyclette avec une casquette semblable à celle de Carl ? Mais il se pouvait qu'il fût rentré de la bibliothèque depuis longtemps et qu'il l'eût appelée de la Viktoria-Luise-Platz. Il aurait rencontré le facteur. Et le facteur lui aurait remis une lettre de Hambourg. Hambourg avait la réputation d'être une belle ville.

Parfois Helene rêvait de vivre dans une ville portuaire. Elle aimait les grands navires. Elle se sentait défavorisée par la naissance de n'être née ni au bord de la mer ni en haute montagne. Elle ne connaissait les montagnes que de loin, les monts de Lusace étaient de petites montagnes, plutôt des collines. Elle avait la mer clairement devant les yeux. Elle se l'était dépeinte dans les couleurs les plus sublimes pour en parler à Carl. Mais en vérité elle ne l'avait jamais vue.

Helene sortit de dessous le store et fit quelque pas sur sa gauche en direction du Tauentzien, vers la chaussée, il pouvait arriver par là, elle scrutait attentivement les alentours, si seulement il pouvait arriver, à cet endroit il y avait plus de directions que les quatre points cardinaux, elle ne savait pas d'où il allait surgir. Elle avait vu les grands navires de l'Elbe, à Dresde. L'horloge marquait une heure cinq. Soudain Helene crut deviner pourquoi il avait tellement hâte de la voir. Elle ne put s'empêcher de rire de soulagement. Il avait acheté les bagues. Helene ajusta son chapeau. Dire qu'elle n'y avait pas pensé ! Il voulait lui faire une surprise, évidemment. Si ça se trouve, il voulait la rencontrer à l'intérieur, à l'intérieur du café, et elle ne l'avait pas compris tout bêtement. Il voulait l'inviter à déjeuner pour fêter l'événement. Helene regarda autour d'elle. Elle ne pouvait guère entrer à l'intérieur sans risquer de manquer son arrivée. Une voiture klaxonna. Cette femme ne pouvait-elle marcher plus vite avec ses deux enfants ? Vraiment les conditions de circulation se dégradaient de jour en jour et quand, en plus, il faisait un temps pareil... Helene leva les yeux vers l'horloge. Il était une heure et quart. Il avait peut-être été retenu. Ce n'était pas le genre de Carl d'arriver en retard. Quand ils avaient rendez-vous, la plupart du temps il était là avant l'heure à l'attendre. Helene regarda encore dans toutes les directions et fit quelque pas vers la droite, il pouvait aussi venir de la Budapester Strasse. La place autour de cette église toute en hauteur, les trottoirs, la chaussée, c'était difficile de tout embrasser d'un coup d'œil malgré le soleil. Les colonnes de réclames, les gens qui faisaient la queue devant les kiosques. La gadoue neigeuse faisait déraper les voitures et les passants, un cocher brandissait sans cesse son fouet pour parvenir à faire avancer son cheval. Helene dansait d'un pied sur l'autre, ses pieds étaient mouillés et froids. Elle pensa au cheval qui s'était écroulé le premier jour, alors qu'elles venaient juste d'arriver à Berlin. Le cheval était-il mort ? Infarctus du myocarde, du cerveau, du poumon. Une embolie. Elle s'était promis de porter ses chaussures chez le cordonnier cette semaine, sans faute. Elle aurait pu le faire aujourd'hui, aujourd'hui elle aurait eu le temps. Comme elle ne possédait qu'une paire de bottines il faudrait qu'elle attende chez le cordonnier qu'il les ait recousues et ressemelées.

Quelques minutes avant la demie, Helene décida d'aller voir à l'intérieur si Carl n'était pas là à la demie. Peut-être voulait-il exaucer un de ses souhaits et l'emmener enfin faire du patin à roulettes et il avait été jusqu'à la grande piste de patins se renseigner sur les conditions de location et le prix des billets. On disait que c'était cher. Les filles russes de son cours au lycée parlaient souvent de la piste de patins à roulettes et des connaissances qu'on y faisait, elles s'y retrouvaient régulièrement et s'exerçaient à y faire des figures. Les jeunes filles étaient toutes plus jeunes qu'Helene, c'étaient des jeunes filles juives de bonne famille. Helene attendit que la grande aiguille soit sur le six, puis sur le sept, et enfin sur le huit. Et elle entra.

La salle était très fréquentée. Assis à de petites tables, les clients se démultipliaient dans de hauts miroirs qui montaient jusqu'au plafond. C'était l'heure du déjeuner, certains dégustaient des roulades accompagnées de pommes de terre, ça sentait le chou. Un monsieur élégant tout en noir fit signe à un autre monsieur qui portait un ample pantalon clair, des bretelles sur une chemise non repassée et un chapeau plat blanc avec une désinvolture étudiée, il ne lui manquait qu'une palette de peinture dans la main ; ici on se retirait volontiers dans les petits salons adjacents. On buvait le vin dans des verres à pied. La gorge d'Helene se serra, elle regarda autour d'elle, il y avait bien des clients seuls à certaines tables, des jeunes, des vieux, mais pas de Carl. La pendule au-dessus du bar lambrissé marquait deux heures moins le quart. Pourquoi son cœur battait-il si violemment ? Il n'y avait aucune raison de se faire du souci. Helene sortit sur le Kurfürstendamm. Il y avait un petit attroupement, une dame d'un certain âge criait au voleur, au voleur. Des gens tenaient un garçon qui devait avoir dix, douze ans, à peine. Il ne se débattait pas, il pleurait. Vaurien, dit un des hommes qui le tenaient. Et la vieille dame renchérissait. Elle l'apostrophait : Des voyous comme toi, il faudrait les enfermer, tu vas voir quand la police sera là !

Helene ne voulait pas attendre plus longtemps. Elle savait que Carl ne viendrait plus.

Ils se seraient peut-être mal compris, et il aurait parlé d'une autre heure ? Elle savait parfaitement qu'il avait dit à une heure. Se pouvait-il qu'il eût voulu dire autre chose ? Un autre endroit peut-être ? Ils s'étaient déjà retrouvés fréquemment à ce coin de rue. Peut-être avait-il voulu la retrouver ailleurs aujourd'hui et il avait nommé ce lieu par inadvertance en pensant à un autre ? Helene ne savait pas de quel côté se tourner, ni où aller, elle ressentait de l'angoisse, tout en se disant qu'il n'y avait pas de raison d'être angoissée. Elle alla au kiosque acheter des cigarettes. C'était la première fois qu'elle s'achetait des cigarettes. Elle aurait eu un besoin urgent de cet argent pour le cordonnier, mais elle ne voulait pas penser au cordonnier maintenant, elle voulait fumer une cigarette. Elle ne possédait pas de fume-cigarette, il lui faudrait fumer sans. Deux allumettes se cassèrent avant qu'elle parvienne à allumer sa cigarette. Un brin de tabac se détacha et rendit un goût amer sur sa langue. Ce n'était pas facile de l'attraper entre ses doigts gantés. Helene ne savait plus dans quelle direction regarder. Elle était au milieu des gens pressés dont la pause du déjeuner était apparemment terminée, et qui devait se dépêcher de regagner leur travail, certains avaient peut-être rendez-vous et devaient aller à la gare prendre un train vers l'Ouest.

Le vent lui soufflait à la figure, un vent d'ouest qui venait de la Gedächtniskirche. Helene essayait d'inspirer à fond, d'inhaler la fumée. Sud, est, nord. Mais avant qu'Helene puisse aspirer la fumée dans les poumons, ses bronches se contractèrent et elle se mit à tousser. Elle dut se résoudre à tirer de petites bouffées. De petits nuages sortaient de sa bouche. Le goût un peu aigre, un peu amer de la fumée lui causait un léger malaise pas désagréable. Elle aspirait de petites bouffées rapides, gonflait ses joues tant qu'elle pouvait et laissa finalement tomber le mégot à ses pieds dans la gadoue où il s'éteignit tout de suite.

Helene ne savait pas où partir à la recherche de Carl. Elle descendit le Tauentzien jusqu'à la Nürnberger Strasse, elle fit le tour de divers pâtés de maisons, passa devant son lycée qu'elle ne fréquentait plus depuis plusieurs mois et ne tourna dans la Geisbergerstrasse qu'à la tombée de la nuit. De l'autre coté de la place, elle apercevait déjà le toit sombre, en haut dans la mansarde ne brillait pas la moindre lueur.

Elle monta pourtant vérifier si quelqu'un était passé. La porte de la chambre était fermée. La chambre était telle qu'ils l'avaient quittée le matin. Helene ne retira pas son manteau. Elle redescendit l'escalier et repassa devant le jeune homme du troisième [1], il oubliait souvent ses clés et se retrouvait assis devant la porte des propriétaires, avec un tas de papiers sur lesquels devait être écrit quelque pièce de théâtre ou quelque scénario à remanier, en attendant que quelqu'un arrive et lui ouvre. La plupart du temps il avait un crayon en main et griffonnait quelque chose en marge des pages tapées à la machine. Helene descendit la Bayreuther Strasse jusqu'à la Wittenbergplatz et regagna la Geisberger Strasse par l'Ansbacher Strasse, puis la Viktoria-Luise-Platz, remonta sous les toits et ressortit dans la rue. Entre-temps, le locataire du troisième avait trouvé moyen d'entrer apparemment.

Helene ne se demandait plus pourquoi Carl avait tellement hâte de lui parler ce midi, elle n'espérait plus qu'une chose : qu'il surgisse et qu'ils puissent tomber dans les bras l'un de l'autre. Il avait dû être retardé. Helene fuma une deuxième cigarette, à sa troisième virée une troisième, finalement elle en fuma huit. Elle avait un sacré mal au cœur, ne ressentait aucune faim.

Elle se dit qu'il fallait qu'elle soit à la maison quand il rentrerait. Quand il rentrerait, ils pourraient manger ensemble, il poserait sa main sur sa joue, si seulement il pouvait rentrer.

Elle retira ses chaussures. Elle ne voulait plus déranger la logeuse pour lui demander de l'eau chaude. Elle s'assit donc dans le lit, recroquevilla ses pieds froids sous la couverture et tenta de lire le nouveau livre que Carl lui avait rapporté deux jours avant, mais elle ne dépassa pas le premier poème. Elle le lut et le relut, en lut chaque ligne plusieurs fois, et quand elle eut fini de dire les dernières lignes à voix haute, Malades d'heures lointaines/ et tu videras la coupe / où j'ai bu avant toi, elle reprit les premières : Ce qui viendra après cette heure / où la chose se produira, / personne ne le sait, aucune

1. Il s'agit de Billy Wilder, le scénariste américain d'origine autrichienne qui habita de 1929 à 1930 cette maison de la Victoria-Luise Platz et y écrivit le scénario de son film *Les Hommes le dimanche*.

nouvelle / n'est jamais parvenue de là-bas[1]. Helene ne comprenait qu'une fraction des mots, son entendement était suspendu quelque part entre tout ça, à moitié dans ses pensées, à moitié hermétiquement fermé, tandis que son cœur battait et que ses yeux se rétrécissaient. Comme s'il y avait eu une certitude qui s'imposait avec la lecture répétée et prenait possession d'elle. À un moment Helene se leva. Elle avait froid. Sous l'évier se trouvait une corbeille et sur la corbeille le maillot de corps de Carl qu'elle avait mis au sale. Elle enfila son maillot de corps à même la peau et passa le pyjama de Carl dessus. La nuit elle compta les lointains sons de cloche. Quand les premiers bruits de la maison résonnèrent dans la pénombre de l'aube, elle resta assise sur le lit, adossée au mur, et pensa qu'il fallait qu'il se passe quelque chose pour qu'elle puisse se lever, se laver, s'habiller. Hier le pharmacien lui avait dit : À demain. Elle ne pouvait pas le faire attendre. Helene entendit des pas dans l'escalier, dans le leur, le dernier, qui n'allait que jusque chez elle, à la mansarde. On frappa doucement. Helene savait que Carl n'était pas étourdi, il avait toujours sa clé sur lui, elle ne voulait pas ouvrir. On frappa plus fort, Helene regarda la porte. Son cœur battait lourdement, il s'était fatigué durant la nuit à force de battre. Helene savait qu'elle n'avait pas le choix, il fallait se lever, elle se leva, il fallait aller à la porte, elle alla à la porte, il fallait ouvrir, elle ouvrit.

Devant la porte se tenait la logeuse, elle était encore en robe de chambre. Mademoiselle Helene, dit-elle en louchant vers le bas. Helene se tenait à la poignée de la porte, elle était tellement faible que le sol se bombait légèrement vers elle, il bougeait, tournait, ondulait. La logeuse peinait, certaines personnes n'aiment pas parler si tôt le matin. C'est mon téléphone qui a sonné, monsieur Wertheimer m'a dit que son fils ne reviendrait plus, il a eu un accident.

Quel fils, traversa l'esprit d'Helene.

Elle savait que c'était Carl qui avait eu un accident, elle s'en était doutée en entendait les pas dans l'escalier et en allant ouvrir la porte. Mais quel fils, de quel fils parlait la logeuse maintenant ? Helene répondit oui, elle ne voulait pas remuer inutilement la tête, ni la

1. Gottfried Benn, *Aus Fernen, Aus Reichen / Venant des lointains, des empires*, poème, 1927. Trad. : Pierre Garnier.

hocher, ni la pencher sur le côté, car enfin elle aurait pu tomber de ses épaules en tournant.

J'ai demandé au professeur Wertheimer si vous étiez déjà informée. Il a dit qu'il ne le pensait pas. Je lui ai dit que j'allais m'en occuper, que je pouvais monter chez vous. Le professeur Wertheimer a dit qu'il ne savait pas où vous habitiez, mais que si je pouvais m'en occuper, ce serait bien. Il m'a demandé si j'avais votre adresse, je lui ai dit qu'il fallait que je vérifie. Il ne sait toujours pas que vous habitez ici, n'est-ce pas ?

Helene s'agrippa des deux mains à la poignée.

Il est mort. La logeuse le disait sans doute au cas où la nouvelle aurait échappé à Helene. Il fallait que je vous le dise une fois.

Helene prit une profonde inspiration, un jour il lui faudrait expirer cet air. Oui.

Sans cesser de s'agripper des deux mains à la poignée, Helene repoussa la porte jusqu'à ce qu'elle entende la serrure la happer.

Si je peux faire quelque chose pour vous, entendit-elle dire à la logeuse de l'autre côté de la porte, Helene, vous me le ferez savoir ?

Helene ne répondit plus. Elle s'assit sur le lit et prit le livre sur ses genoux, ses yeux papillotaient : Je connaissais tes regards et au fond du plus profond tu amasses nos joies, le rêve, la destinée. Elle lisait à voix haute maintenant, comme si elle faisait la lecture et que le poème ne puisse sortir d'elle que de cette manière. Elle ne parvenait pas à élever ou à baisser la voix, ne serait-ce qu'un peu. Helene relut le poème entièrement, une dernière fois, la nuit s'était dissipée. Puis elle referma le livre et le posa sur la table. Helene ouvrit la fenêtre. De l'air froid entra. Les premiers rubans clairs du jour naissant se dessinaient dans le ciel. Un ton de rose les éclairait, pâle, délicat. Elle n'était pas obligée d'ôter le maillot de corps de Carl. Helene se lava et remit sa robe. Ses chaussures étaient encore mouillées, elle avait oublié de les bourrer de papier journal. Le manteau sentait la fumée de la veille.

Helene ne devait pas réussir à aller au travail ce jour-là. Au dernier coin de rue, alors qu'elle distinguait déjà l'enseigne familière de la pharmacie, elle tourna les talons. Elle descendit la rue en s'éloignant de la pharmacie. Il n'y avait en elle nulle décision d'aller quelque part, ni aucune idée de l'endroit où elle pourrait aller. Elle mettait simplement un pied devant l'autre. Des voitures passaient, des gens allaient leur chemin, le tramway était en mouvement, ses roues grinçaient peut-être et pourtant, il semblait à Helene que la ville était figée dans le silence. Non qu'elle ne respirât plus, elle était seulement silencieuse.

Que cela fût si facile de mettre un pied devant l'autre réveilla en Helene un souvenir qui redisparut aussitôt. Helene traversait les rues sans plus avoir besoin de regarder à droite et à gauche. Le rose avait illuminé le ciel, le monde était plongé dans le rose maintenant, un rose jaune qui le déparait même un peu. Le bleu des maisons se teintait de violet. Un instant après, le matin était là, plus une trace de rose. Le pharmacien allait se demander ce qu'elle fabriquait. Mais enfin elle était là. Elle pouvait l'appeler au téléphone et lui dire qu'elle ne pouvait pas venir aujourd'hui. Il pourrait toujours s'étonner, elle n'était jamais malade normalement, mais aujourd'hui, aujourd'hui, elle ne pouvait pas. Helene mettait un pied devant l'autre. Demain ? Quel jour serait-ce, demain ? Que pourrait être demain ? Helene ne le savait pas. Elle se retrouva devant le vaste perron de l'Achenbacherstrasse. Otta lui ouvrit et dit que Martha dormait encore, Leontine était partie depuis une heure pour aller travailler.

Dans la chambre de Martha, Helene s'assit à la table de toilette. Il ne s'écoulerait que quelques heures avant que Martha s'éveille. Elle avait été de service de nuit. Helene n'attendait pas. Elle était simplement là et elle laissait le temps passer. Elle n'attendait pas Martha, elle n'attendait pas Leontine. Helene n'attendait plus rien. C'était rassurant que le temps passât quand même.

Plus tard Martha lui apporta du thé, alla lui chercher quelque chose à manger et téléphona de sa part au pharmacien. Quand Martha était assise, elle se tenait à la table, quand elle marchait, elle s'appuyait au mur. Helene savait que Martha manquait d'équilibre, et ça ne datait pas d'hier. Helene observait la vapeur qui montait du verre de thé. Martha dit quelque chose. Helene baissa la tête jusqu'à ce que son menton repose sur sa poitrine, c'est ainsi qu'elle pouvait le mieux le sentir, lui Carl, dont l'odeur remontait de son décolleté jusqu'à son visage. Elle leva le bras, juste un peu, de façon que Martha ne le remarque pas. Sous ses aisselles aussi l'odeur de Carl subsistait. Par son maillot de corps il adhérait à elle. Martha lui parlait plus fort maintenant, si fort qu'Helene dut se mettre à écouter, il fallait qu'elle boive, elle devait manger quelque chose aussi. Ça, Helene était incapable de se l'imaginer.

Elle pouvait se tenir assise, mais elle ne savait pas si elle pourrait avaler. Elle essaya, avala, reposa le verre. Cela suffirait pour la matinée, peut-être.

À midi elle engloutit le thé froid et but d'un trait l'eau du broc de la table de toilette. Le broc était vide et son gosier douloureux de s'être dilaté et rétréci au passage de l'eau. Puis Helene se rassit et continua de ne pas attendre. Les jours passèrent.

Quand Martha était au travail, Helene restait allongée sur son lit, elle gémissait, parfois elle pleurait doucement.

Quand Martha et Leontine dirent à Helene d'enfiler son manteau, elle enfila son manteau et les suivit. Martha monta au numéro 11 de la Viktoria Platz et descendit les affaires d'Helene, elle rendit la clé d'Helene à la logeuse et la pria de ne pas dire aux parents de Carl qu'Helene avait habité là. Le loyer avait été payé jusqu'à la fin du mois par les parents de Carl.

Helene s'était assise sur le banc de la place devant la maison. Elle regardait le bassin vide de la fontaine et les moineaux qui sautillaient au bord de la petite flaque et plongeaient leur bec dans l'eau. Ils se baignaient, l'eau devait être glaciale.

Martha et Leontine voulaient qu'Helene sorte le plus possible, qu'elle se donne du mouvement. Helene se donnait du mouvement. Martha disait qu'Helene devait manger. Leontine la contredisait, elle ne devait rien du tout. La faim reviendrait d'elle-même C'était bien qu'Helene n'attende plus rien, ni la faim ni la nourriture. Le dimanche arriva. Helene pensa au rendez-vous qu'ils avaient eu ce jour-là avec les parents de Carl. Ses parents priaient-ils ? Dieu n'était pas là, elle n'entendait aucune voix, et aucun signe n'apparaissait. Helene ne savait pas quand était prévu l'enterrement. Elle n'eut pas le courage d'aller au téléphone, elle n'était qu'une étrangère, elle ne voulait pas déranger sa famille, surtout maintenant. Le temps se contractait, il s'enroulait et se repliait.

Le dimanche était passé, d'autres dimanches passeraient.

Les rayons de soleil étaient plus chauds, les crocus fleurissaient sur les plates-bandes des avenues. Leontine et Martha prirent congé,

Leontine voulait conduire Martha dans un sanatorium pour un mois. Qu'elle recouvre l'équilibre, non, une démarche assurée, ça sonnait mieux. Il fallait qu'elle se repose, que son corps élimine le poison. Martha pleurait en disant au revoir, cela lui faisait mal au cœur de ne pouvoir épauler son petit ange, justement maintenant. Martha s'agrippait à Helene, elle l'étreignait si fort de ses bras longs et minces qu'Helene pouvait à peine respirer ; à quoi bon respirer ? Helene ne se défendait pas. Leontine dut entraîner Martha, Martha tempêtait, elle taxait Leontine d'expressions qu'Helene n'avait encore jamais entendues.

Malheur à toi qui veux me séparer de ma sœur, infâme, tu ne me sépareras pas.

Mais Leontine était sûre de son affaire, il fallait en passer par là, elle ne voulait pas perdre Martha, elle devait l'emmener hors de la ville, pour un mois peut-être, peut-être deux. Leontine entraîna donc Martha, d'abord de force, puis en la semonçant. Helene entendait Leontine qui ne se lassait pas d'encourager Martha en quittant l'appartement, comme on encourage un animal sans attendre de réponse. Sans Martha Leontine ne se sentait pas le droit de loger seule dans l'appartement de Fanny. Helene ne lui demanda pas si elle était revenue chez son mari.

Elle ne voyait plus guère Leontine. Elle vint porter des médicaments à Fanny et, une autre fois, chercher des chaussures chaudes qu'elle avait oubliées. Helene la raccompagna à la porte. Là, Leontine se tourna vers elle et lui posa la main sur les épaules. Martha a besoin de moi. Tu sais qu'il faut que je m'occupe d'elle en ce moment ? Helene acquiesça, ses yeux lui brûlaient. Elle aurait voulu entourer Leontine de ses bras, la retenir, mais elle ne fit que rougir. Et Leontine laissa glisser sa main de son épaule, ouvrit la porte et partit.

Helene dormait maintenant seule dans la chambre sur cour, elle avait séparé les lits à nouveau. Elle allait travailler à la pharmacie et elle se félicitait que le pharmacien lui manifeste sa compassion avec discrétion. Il ne posait aucune question importune à Helene. Pourtant il ne pouvait guère savoir combien Helene se sentait engourdie. Au printemps, le pharmacien dit à Helene qu'elle mincissait à vue d'œil. Helene prit bonne note, ses vêtements flottaient autour d'elle, elle oubliait de manger et quand on lui présentait de la nourriture, elle ne ressentait aucun appétit.

Un jour elle reçut une lettre de la mère de Carl. Elle lui écrivait qu'elle était en grand deuil et que la vie sans son plus jeune fils lui était un fardeau. Omettait-elle sciemment de parler des deux autres fils dont elle s'acharnait à nier la mort, ainsi que lui avait raconté Carl ? Elle disait que Carl avait été enterré au cimetière de Weissensee. La tournure que prenaient les événements amenait des changements dans leur vie Son mari avait reçu une offre de New York et ils pensaient que, cette fois, ils allaient accepter. Aucun de leurs enfants ne vivait plus à Berlin, leur fille allait s'installer en Palestine avec son époux ces jours prochains. Madame Wertheimer terminait en écrivant qu'elle savait que ce souhait pourrait surprendre Helene, mais il lui tenait à cœur de faire sa connaissance malgré la mort de Carl. Carl leur avait parlé d'Helene avec beaucoup d'affection et de ferveur, il semblait si amoureux qu'ils étaient sûrs qu'il voulait leur annoncer ses prochaines fiançailles lors de cette visite convenue en février. Peut-être se trompait-elle aussi et avaient-ils été simplement amis ? Elle invitait chaleureusement Helene par cette lettre et la priait de l'appeler au téléphone. Au cas où Helene ne voudrait pas, quelles que soient ses raisons, elle le comprendrait et, confiante en sa jeunesse, lui souhaitait beaucoup de bonheur.

Helene ne voulait pas. Elle ne trouvait pas trace de vouloir en elle. Mais avec la volonté, la crainte aussi l'avait quittée. Puisque c'était un souhait qui lui tenait à cœur, elle exaucerait le souhait de la mère de Carl. Elle appela de l'appareil de Fanny et convint d'une visite au Wannsee début mai.

Elle acheta du lilas blanc et se rendit au Wannsee avec son bouquet. Un jardinier lui ouvrit le portail. Dans l'entrée elle fut accueillie par une femme de chambre. Désirait-elle se débarrasser ? À cause de la chaleur Helene ne portait pas de veste, elle ne portait que son écharpe toute fine en organdi et ne voulut pas la donner à la femme de chambre. La femme de chambre lui prit le lilas, et Helene se retrouva les mains vides quand elle entendit une voix dans son dos : Soyez la bienvenue.

Bonjour. Je suis Helene. Helene s'avança vers la dame.

La mère de Carl lui tendit la main. Madame Wertheimer, mon époux sera là dans un instant. Je suis heureuse que vous ayez pris la peine de venir. Une délicate aura de parfum fleuri l'enveloppait.

Je vous en prie, dit Helene.

Pardon ?

Helene se demanda si elle s'était mal exprimée. Je suis venue volontiers. Les paupières de la femme du professeur frémirent légèrement, un instant ce battement d'yeux lui rappela Carl. Elle examina les lieux.

Prendrez-vous du thé ? La mère de Carl la précéda à travers le hall d'entrée haut de plafond. Des tableaux étaient accrochés aux murs. Au passage Helene reconnut l'aquarelle de Rodin dont Carl lui avait parlé. Elle aurait voulu se retourner et s'arrêter, mais elle craignit que la mère de Carl trouvât cela malséant. Ce sombre tableau là devait venir d'Espagne. Dans sa longue robe élégante qui évoquait les tenues de soirée des princesses orientales, la mère de Carl leur fit traverser la pièce voisine percée de hautes fenêtres dont la vue donnait sur un jardin. Les rhododendrons étaient en fleur, le violet délicat et la pourpre des touffes ressortaient sur le vert foncé des feuilles lisses. Ici sur la colline l'herbe était haute, elle était parsemée d'ombelles et de fleurs des champs sur lesquelles s'abattaient les insectes. Helene savait par Carl que le jardin allait jusqu'au lac, et qu'ils y disposaient d'un ponton où étaient amarrés un voilier et un canoë avec lesquels, plus de quinze ans auparavant, son frère disparu à la guerre s'était adonné à la voile et au canotage.

La mère de Carl passa dans la pièce contiguë. Il y avait des vases chinois d'un mètre de haut et des meubles de style Biedermeier. La large porte à double battant qui menait à la terrasse était ouverte. Le lac s'étendait en dessous d'eux. Portée par la tiède humidité printanière, une odeur d'herbe fraîchement coupée montait vers eux, on ne le voyait pas, mais le jardinier devait couper l'herbe. C'était plus un parc sauvage qu'un jardin, où qu'elle regardât Helene n'apercevait pas de clôture. Seuls les arceaux en bois d'une tonnelle de roseraie se détachaient en blanc d'un massif rond, situé un peu en retrait.

Asseyons-nous. La mère de Carl tira un des sièges et en arrangea le coussin plat pour qu'Helene y prît place. La table était mise pour trois personnes. Au milieu se dressait une coupe remplie de fraises qui devaient venir du Sud, car les fraises du pays n'étaient pas encore mûres. Les fraises reposaient sur un lit de jeunes feuilles de bouleau. Un vaste parasol dispensait de l'ombre. Les oiseaux gazouillaient dans les rhododendrons et les cimes des vieux feuillus. Était-ce là le lieu où s'était rendu Carl le dimanche quand ils quittaient la ville et qu'Helene s'installait pour lire dans le café avec jardin ? Helene ne s'était pas représenté l'endroit où Carl disparaissait quand il rendait visite à ses parents. Sur le mur ocre de la maison une vigne grimpait, ses feuilles molles avaient l'air encore jeunes. Peut-être s'était-il assis à cette table, sur cette chaise, et son regard s'était-il posé comme celui d'Helene sur le pommier en fin de floraison. Sa mère avait-elle toujours exhalé ce parfum raffiné, un peu fleuri, extraordinairement léger ? Dans les grandes jardinières et les pots qui étaient sur la terrasse, des fuchsias dressaient leurs premières fleurs, et de grandes fougères d'un vert clair presque irréel poussaient le long de l'escalier qui allait en s'évasant vers le bas et donnait sur le jardin descendant, lui, jusqu'à l'eau. Les yeux d'Helene étaient éblouis par ces couleurs. Elle s'assit avec précaution, la chaise craqua en chancelant légèrement. La nappe était finement brodée de fleurs, Mariechen n'aurait pas fait mieux. Helene passa une main respectueuse sur la broderie.

Voulez-vous vous laver les mains, vous rafraîchir un peu ?

Helene sursauta et se hâta d'acquiescer. Ce n'est qu'en pénétrant de nouveau dans la maison qu'elle jeta un regard furtif à ses mains, mais elle ne découvrit aucun cerne noir sous ses ongles, ni rien de suspect.

La salle de bains était en marbre, même le poêle de la salle de bains était encastré dans le marbre, le savon embaumait le bois de santal. Helene prit son temps. Dehors, on l'attendrait. Sur le rebord de la cheminée se trouvait une paire de lunettes en écaille. Helene reconnut ces lunettes en écaille. C'était comme si Carl les y avait déposées à l'instant, pour s'étirer sur la méridienne et se frotter les yeux. En reprenant le chemin de la terrasse, Helene entendit de loin une voix masculine qui lui rappela Carl.

La ressemblance physique du père de Carl avec son fils lui ravit la parole, elle dut se contenter de le saluer d'un signe de tête et d'esquisser un sourire des lèvres, tandis que la mère de Carl présentait son époux, puis énonçait le nom d'Helene.

Tous trois s'assirent. Je n'ai pas beaucoup de temps, dit le père de Carl pendant que sa femme lui versait du thé. Il ne le dit pas à Helene, il le dit dans sa tasse en jetant un coup d'œil à la grosse montre-bracelet qu'il portait au poignet.

Vous êtes très jolie, dit la mère de Carl et, un peu intimidée par l'étonnement d'Helene, elle ajouta : et si blonde.

Pour être blonde, elle est blonde. Le père de Carl faisait du bruit en buvant sa tasse de thé, on aurait dit qu'il se rinçait la bouche avec le thé.

Et si jolie, répéta la mère de Carl.

Mais laisse cette pauvre enfant tranquille, Lilly, tu la remplis de confusion.

Vous faites vos études, si ce n'est pas indiscret ? Le professeur posa cette question-là toujours sans regarder Helene. Il prit une des fraises et la fourra dans sa bouche. Sa femme lui glissa une petite assiette à fruits avec un couteau à fruit encore plus petit dont il était censé user la prochaine fois, et avant qu'Helene pût répondre, l'épouse dit : Non, Carl nous l'a pourtant dit, elle a fait une école d'infirmières.

Infirmière ? Le professeur mit un instant avant de pouvoir continuer. Eh bien, comme infirmière, vous êtes très utile. Une amie d'Ilse...

Ilse est notre fille, expliqua la mère de Carl.

Mais le père de Carl négligea l'interruption... a fait aussi une école d'infirmières, aujourd'hui elle est médecin.

À Londres, précisa la mère de Carl, et elle lui demanda si elle reprenait du thé.

Helene but son thé, elle ne voulait pas raconter qu'elle travaillait dans une pharmacie et expliquer sans qu'on le lui ait demandé comment elle s'était représentée l'avenir avec Carl. Ils pensaient aller ensemble à Hambourg ou à Fribourg où Helene aurait fait des études. Probablement de chimie, de pharmacie ou de médecine, Carl était pour la chimie, elle pour la médecine, encore que ce qui tombait sous le sens après son travail à la pharmacie eût peut-être été la pharmacie. Seule, Helene n'avait pas assez d'argent pour des études. Mais indépendamment de cela, cette idée sublime de faire des études était reportée aux calendes grecques, il lui semblait que ce souhait faisait partie d'une vie antérieure, autre, qu'il n'était plus sien. Helene n'avait plus de souhait. Les visions qu'ils avaient élaborées ensemble, évoquées ensemble, et qui avaient été retenues ensemble n'existaient plus. Elles avaient disparu avec Carl. Celui qui en partageait la mémoire n'était plus. Helene leva les yeux. Cela faisait combien de temps qu'ils se taisaient maintenant ? Le père de Carl avait liquidé la moitié de la coupe de fraises sans toucher au couteau à fruit. Un fond noir s'écoulait de la théière et la joie, l'excitation de la mère de Carl, tellement perceptibles au début, semblaient s'être éteintes à cette table.

Bon, eh bien... Le père de Carl enleva la serviette qu'il avait coincée dans le col de sa chemise et la posa à côté de la petite assiette non utilisée et du petit couteau à fruit.

Mon mari a beaucoup de travail.

C'est inexact, je n'ai pas beaucoup de travail, j'aime travailler. Le professeur posa affectueusement sa main sur le bras de sa femme.

En haut, là-bas, il a un petit observatoire. La mère de Carl désigna la balustrade d'une terrasse surélevée d'où dépassaient quelques longues-vues.

Un petit, répéta le professeur en se levant. Il leur fit un signe de tête à chacune et s'apprêtait à prendre congé, mais Helene se leva avec lui.

Vous avez eu de la chance d'avoir eu un fils comme Carl. C'était un être merveilleux. Helene s'étonna de la gaieté et de la confiance qui perçaient dans sa propre voix. Cela sonnait comme des vœux de joyeux anniversaire.

La mère de Carl pleurait.

C'était son préféré, dit le père de Carl à Helene. Helene ne put s'empêcher de repenser aux deux autres fils qu'ils n'avaient pas évoqués une seule fois ni l'un ni l'autre.

Le père de Carl se plaça contre la chaise de sa femme, lui prit la tête dans ses deux mains et l'appuya contre son ventre. Elle cachait son visage dans ses longues mains étroites. Quelque chose dans ce geste rappela Carl à Helene, sa façon d'aller vers elle, quand elle était triste et épuisée, et de réchauffer ses pieds froids, fourbus.

Le professeur lâcha sa femme. Je vais dire à Gisèle qu'elle vous refasse un thé. Helene voulait refuser, elle ne voulait pas rester plus longtemps, elle ne supportait plus le silence ni les couleurs. Elle ouvrit la bouche, mais sa gorge n'émit aucun son, et personne ne remarqua qu'elle s'était levée pour partir elle aussi. Le professeur lui tendit une main chaude et ferme. Il lui souhaita tout le bien possible et disparut à l'intérieur de la maison par la porte battante. Helene fut forcée de se rasseoir.

Mon petit préféré, dit la mère de Carl avec une tendresse qui donna à Helene un frisson dans le dos. La mère de Carl pétrissait son mouchoir devant elle sur la table et observait les plis qu'il faisait en se redéployant. À l'extrémité de ses longs doigts se trouvaient des ongles dont la lunule blanche scintillait, l'ovale en était d'une telle régularité qu'Helene ne pouvait détacher les yeux de ses mains.

Il voulait vous épouser, n'est-ce pas ? La mère de Carl posa sur Helene un regard franc, un regard qui voulait tout savoir, qui était préparé à tout.

Helene avala sa salive. Oui.

Les larmes coulaient sur le fin et beau visage de la mère de Carl. Carl était ainsi fait, vous savez. Il était né pour aimer.

Une question passa par la tête d'Helene : Ne le sommes-nous pas tous ? Mais probablement ne l'étions-nous pas tous. C'était probablement exact que certaines personnes aimaient plus intensément que d'autres et que Carl était ainsi fait. Helene se demandait comment c'était arrivé, elle réfléchissait si elle pouvait le demander, si cela semblerait incongru et indiscret à la mère de Carl qu'elle le lui demande. Comment est-il mort exactement ? D'un autre côté, la mère de Carl ne pouvait toujours pas savoir qu'ils avaient rendez-vous ce jour-là. Qu'il était mort en venant la retrouver. Qu'elle avait attendu en vain.

Helene aurait bien aimé savoir aussi si Carl avait eu des bagues sur lui lors de l'accident. Elle n'osait pas poser la question à la mère de Carl. Elle n'en avait pas le droit. Ses dernières intentions n'appartenaient qu'à lui, à la rigueur à ses héritiers, et ses héritiers étaient ses parents.

Il y avait encore de la neige. La mère de Carl se séchait les yeux avec son mouchoir ; de nouvelles larmes jaillirent et roulèrent sur ses joues, elles restèrent accrochées en bas à son menton et s'y accumulèrent jusqu'à ce qu'elles se mettent à goutter, trop lourdes, sur sa robe orientale où elles formèrent des taches sombres de plus en plus grosses.

Helene leva la tête. Nous avions rendez-vous, ce jour-là.

Pas un clignement, pas un regard, rien ne révéla que la mère de

Carl eût entendu les paroles qu'Helene avait prononcées distinctement.

Il y avait du soleil, dit la mère de Carl, mais il restait de la neige. Il a glissé et sa tête a heurté de plein fouet le capot d'une voiture. La voiture n'a pas pu s'arrêter à temps. Ils nous ont ramené la bicyclette. Elle était toute cabossée. Je l'ai nettoyée. Sur les rayons, il y avait du sang collé. Juste un peu. La plus grande partie a dû rester sur la chaussée.

La femme de chambre apporta une théière pleine et demanda si on avait encore besoin de quelque chose. Mais comme la mère de Carl ne lui prêtait pas attention, elle s'éloigna de nouveau.

Les perce-neige qu'il tenait à la main étaient encore fraîches. Le policier nous a porté tout cela. Les perce-neige, ses lunettes, sa bicyclette. Il avait un sac avec des livres sur lui. Dans son portefeuille, il y avait neuf marks, tout rond, pas une pièce de dix, pas un pfennig. La mère de Carl sourit subitement. Neuf marks, je me suis demandé si quelqu'un avait pris de l'argent dans son portefeuille. Son sourire s'effaça. Il y avait une boucle blonde dedans. De vous ? Il est mort sur le coup.

La mère de Carl se tamponnait les yeux, en vain. C'était comme si les tamponner ne faisait que lui tirer davantage de larmes. Elle se moucha et s'essuya le coin des yeux avec un côté de mouchoir encore à peu près sec.

Helene étira son dos. Elle ne pourrait rester assise là plus longtemps, une de ses jambes était ankylosée. Mes sincères condoléances, madame. Helene s'entendit prononcer ces paroles et elle fut effrayée tant elles sonnaient faux. En fait, elle le pensait, elle voulait le dire, mais tel qu'elle l'avait dit, cela sonnait faux, cela rendait un son indifférent, froid.

La mère de Carl leva les yeux et regarda Helene sous ses cils lourds de larmes. Vous êtes jeune, vous avez la vie devant vous. La mère de Carl hochait la tête maintenant comme pour donner de la vigueur à ses propos, en disant cela son regard était empreint d'une chaleur qu'Helene n'avait encore rencontrée chez aucune femme. Vous trouverez un homme qui vous aimera et vous épousera. Belle et intelligente comme vous êtes.

Helene savait que ce n'était pas vrai, ce que la mère d'Helene lui prophétisait là, ce qu'elle se disait à elle-même et qu'elle disait à

Helene en guise de consolation. Mais elle le dit et ses paroles recélaient une différence subtile : Helene pouvait chercher un autre mari, elle en trouverait un, rien de plus facile. Mais personne ne pouvait chercher un autre fils. Cette parabole de l'homme et de l'homme, la concurrence flamboyante qu'il y avait entre les statuts des personnes, la réduction d'une personne à sa place dans la vie de ceux qui l'aiment, semblaient à Helene fondamentalement fausses. Mais elle savait que tout hochement de tête, toute dénégation blesseraient la mère de Carl. Mesurer leurs douleurs respectives était impossible et aurait eu quelque chose de cruel, chacune d'elles pleurait un autre Carl.

Il faut que je parte, maintenant, dit Helene. Elle se leva, laissant sa tasse pleine. La chaise craqua rudement quand elle la repoussa. La mère de Carl se leva, elle dut lisser sa robe de la main. Peut-être avait-elle rétréci dans sa robe. De la main elle désigna la porte pour qu'Helene n'hésite pas à repartir par la maison. Helene fit mine d'attendre, mais elle lui dit de la précéder. Allez-y, lui dit-elle, elle ne voulait pas qu'Helene la voie. Helene l'entendit traverser la salle derrière elle, passer devant le manteau de la cheminée où reposaient les lunettes de Carl, devant les vases imposants et des toiles de soie brodée encadrées qu'Helene n'avait pas remarquées tout à l'heure, des toiles pastel de hérons, de papillons de nuit, de bambous et de fleurs de lotus. Elles arrivèrent dans le hall d'entrée. Sur le Rodin, on voyait deux femmes, des jeunes filles en train de danser, nues.

Je vous remercie de votre invitation, Helene se tourna vers la mère de Carl et lui tendit la main.

C'est nous qui vous remercions, dit-elle et elle dut prendre son mouchoir de la main gauche pour donner à Helene sa longue main qui était singulièrement tiède, sèche et humide en même temps. Une main légère. Une main qui n'avait plus besoin d'être tenue et qui ne voulait plus rien tenir

La femme de chambre ouvrit la porte à Helene et la reconduisit jusqu'au portail en fer forgé.

À peine le portail était-il retombé dans ses gonds derrière elle et eut-elle commencé à descendre la route en bordure de la forêt sous le soleil qui brillait impitoyablement qu'Helene se mit à pleurer. Ne trouvant pas de mouchoir dans son petit sac à mains, elle essuyait ses larmes de temps en temps de son bras nu. Quand son nez coula, elle cueillit une feuille d'érable et se moucha dedans. Les jeunes pousses de chêne dans le sous-bois. Elle marchait dans la forêt, à côté des troncs de pins tachés de rouges, passant au-dessus de racines boursouflées et soulevant de la poussière sur le sol sablonneux de la forêt.

Piège nocturne

Pourquoi avez-vous cru que j'étais mort ? Carl avait passé son bras autour des épaules d'Helene et l'attirait doucement à lui. Qu'il faisait chaud ! Des reflets verts chatoyaient dans son col de fourrure. Helene fourra son nez dans le pelage lisse, la fourrure sentait l'odeur de Carl, une fine odeur épicée de tabac.

C'est ce que tout le monde pensait. Tu avais disparu.

Il fallait que je disparaisse. Carl ne voulait pas en dire davantage. Helene pensa qu'il pouvait y avoir des raisons dont elle devait ignorer l'existence. Elle était contente qu'il fût là.

Seul le gazouillis des oiseaux gênait. Cui. Cui. Vert-de-gris. Les rideaux étaient vert-de-gris, d'un vert de lichen, la lumière inondait l'espace de ce vert qui faisait paraître les rideaux plus clairs. Le cœur d'Helene battait la chamade. Une légère brise s'infiltra, les rideaux frémirent. Ce ne pouvait être les rideaux du grand salon de l'appartement de Fanny. En aucun cas. Helene se retourna, son cœur s'affolait, quand elle se couchait sur le ventre il battait contre le matelas, cognait, comme s'il voulait s'envoler, là-bas, de-ci de-là, quand elle se tournait sur le dos il sautait, culbutait, trébuchait, Helene prit une bouffée d'air, respirer profondément, respirer calmement, dompter ce cœur, une tâche bien légère, légère, trop léger ce cœur, déjà il s'était volatilisé. Helene comptait les coups, les uns après les autres, elle en compta plus de cent, sa gorge se serra, le cœur courait plus vite qu'elle ne comptait, elle mit ses doigts à son poignet, son pouls aussi était accéléré, pouls calme à cent quatre, cinq, six, sept. Était-elle censée connaître cette couverture, était-ce la sienne ? Où était le huit, elle devait en être au douzième coup déjà, cent douze. Elle ferma les yeux très fort, des yeux durcis, peut-être pouvait-elle revenir, revenir vers Carl. Mais elle n'y réussit pas. Plus elle le voulait de toutes ses forces, plus il s'éloignait dans le rêve, dans un monde où sa volonté n'était rien. Helene s'essuya la figure avec le drap. Des taches de soleil sur le matelas. Les signes lumineux d'un souvenir, de quoi ? Des couvertures, Helene glissa sa main dans la lumière, le soleil sur la peau, c'était tout de même quelque chose d'indéniablement précieux. Un bonheur précieux, une telle journée devait contenir une promesse. Des taches sombres sur le drap, humides, la sueur avait coulé de ses aisselles, elle avait pleuré par les pores sous les bras, des larmes, une fine sueur. Elle se lèverait, on l'attendait, après le service de nuit aujourd'hui son service ne commençait qu'à deux heures. Helene se leva, maintenant elle transpirait modérément, elle s'habilla. La veille au soir elle avait lavé ses vêtements et les avait suspendus sur la chaise devant la fenêtre pour qu'ils soient secs le matin. Ses vêtements sentaient la savonnette de Fanny, tous sauf le maillot de corps de Carl qu'elle n'avait cessé de porter, son dedans à lui, son dehors à elle, là où il était, elle était, elle, maintenant, la nuit. Elle ne voulait pas que d'autres personnes sentent l'odeur de Carl, le mélange que Carl et elle étaient devenus avec le temps.

Dehors l'air était saturé de soleil, le facteur allait son chemin en sifflant, il balançait sa sacoche d'avant en arrière, elle flottait un peu, peut-être était-il déjà délesté de toutes ses lettres, son regard effleura Helene, il siffla aimablement entre ses dents et entonna le début d'un air connu. Deux enfants sautillaient sur les pavés leur cartable au dos, le premier tomba, l'autre l'avait poussé et s'enfuyait maintenant avec un rire mauvais. Partout il y avait des sifflements, et des pavés, et des sautillements, et des enfants, et des chemins, tout cela n'était pas fait exprès, n'avait rien à voir de particulier avec Helene, ç'aurait probablement été ainsi si elle n'avait pas existé. Personne ne voulait de mal à Helene.

La chaleur de l'été faisait vibrer l'air sur le pavé, de l'air liquide, les images s'estompèrent et des flaques apparurent, alors qu'il n'y en avait plus depuis des semaines.

Cela sentait le goudron, de l'autre côté de la rue on passait du vernis noir sur une haie de bois, et le sol s'enfonçait un peu sous les pieds d'Helene. Le tramway grinça dans le tournant, il roulait lentement, le grincement s'étira, on entendait le virage, le frottement et le jaillissement des étincelles, cela se prolongea. Ces derniers temps Helene aimait le vague, l'imprécision, elle était à l'affût de l'imprécision, mais dès qu'elle croyait la reconnaître, celle-ci se volatilisait. La chaleur ralentissait l'activité de la ville, elle amollissait les habitants de la ville, pensait Helene, elle les rendait souples et doux, elle paralysait les gens. Plus Helene devenait légère et plus la chaleur étouffante pesait sur elle. Cela ne lui était pas désagréable. Le corps d'Helene avait minci, pas faibli. Grâce aux recommandations de Leontine, elle avait obtenu une place à l'hôpital Bethanien et retravaillait comme infirmière pour la première fois depuis des années. Le pharmacien avait été soulagé ou, mieux, débarrassé d'un poids, car il ne savait plus comment la payer les derniers temps. Au Bethanien on ne la payait pas non plus au début, les trois premiers mois étaient considérés comme période d'essai, le salaire arriverait dès qu'elle aurait apporté le reste de ses papiers. Helene emprunta un peu d'argent à Leontine pour voir venir.

Helene était aimable avec tout le monde et ne parlait pourtant à personne. Bonjour, disait-elle dans la chambre trente-six à l'homme boursouflé qui allait mourir. Vous allez mieux aujourd'hui ?

Bien sûr, grâce à vos comprimés hier soir j'ai enfin cessé de me faire du souci pour mon héritage et j'ai pu dormir un peu.

Les patients aimaient parler avec elle, non seulement de leurs maux, mais aussi de leurs parents, dont le comportement pouvait se révéler particulièrement étrange au lit d'un mourant. Ainsi, la femme de l'homme boursouflé n'osait plus s'approcher seule de son lit, elle venait toujours en compagnie de son frère cadet à lui, dont elle cherchait la main, puis la repoussait, il se passait quelque chose entre les mains de ces deux-là, et le mourant avait confié à Helene qu'il était au courant de leur liaison secrète depuis des années, mais qu'il n'en laissait rien paraître parce qu'il voulait qu'ils héritent sans mauvaise conscience. Ainsi, cela resterait dans la famille, n'est-ce pas ? Pas un patient n'aurait osé demander à son tour à Helene comment elle allait, elle. L'uniforme la protégeait. La blouse blanche était un signal plus efficace que tous ces feux qu'on s'était mis à installer aux carrefours de la ville et qui brillaient de loin, signalant qui devait passer et qui devait rester au bord. Qui était en blanc avait droit au silence, qui était en blanc n'était pas interrogé sur son état de santé. La politesse était pour Helene une attitude extérieure, non qu'elle apprivoisât son désespoir, elle le maintenait plutôt dans ses limites, et la part prise aux maux des autres la réconfortait intérieurement. Elle réfléchissait, son patient boursouflé allait-il vraiment mourir plus tranquille sachant que sa femme avait une liaison avec son frère ? Ce mourant s'imaginait peut-être cette liaison de toutes pièces pour mieux supporter l'adieu. Helene n'avait aucun mal à se rappeler le nom des patients, leur origine, leurs histoires de famille. Elle savait exactement sur quel ton telle ou telle personne souhaitait qu'on lui pose des questions et elle respectait le souhait des malades qui préféraient se taire. Quand par hasard Helene parvenait à s'endormir la nuit, ses propres grincements de dents et ses pleurs la réveillaient. Elle ne dormait bien que les nuits où elle rêvait que Carl revenait et la prenait dans ses bras, s'étonnant de les avoir précipités dans l'effroi et le deuil, elle et sa famille, et dissipant le malentendu, puisqu'il n'était pas mort le moins du monde. Mais le réveil après de telles nuits, le retour dans la vie, l'atterrissage dans la journée d'après, une journée qui succédait à la précédente avec évidence, une journée non demandée, non souhaitée et absolument inimaginable, ce retour était dur. Qu'était-ce que sa vie ? Que pouvait-elle être, pouvait-elle seulement être, sa vie – et elle-même ? Helene tâchait de respirer, de respirer légèrement, trop légèrement. Sa cage thoracique refusait de se dilater, l'air y entrait à peine. Elle ne pouvait s'empêcher de penser à la sensation qu'on avait, enfant, quand on tombait, qu'on s'étalait de tout son long, que les poumons défaillaient à cause du choc, que respirer était impossible pour une éternité, la bouche ouverte, l'air devant la bouche et le reste du corps fermé, verrouillé. Vivre normalement, continuer à vivre sans attirer l'attention extérieure, cela lui était étonnamment facile. Elle était en bonne santé, elle pouvait tendre et plier les doigts, un à un – elle tendit chaque doigt –, plier et étirer tous ses orteils, les écarter jusqu'à ce qu'ils aient l'air d'une main trop courte, pencher la tête sur le côté, son corps obéissait, et les anomalies végétatives n'étaient absolument pas un obstacle, Helene pouvait travailler, même si parfois son cœur se précipitait et qu'elle avait du mal à respirer.

Les autres infirmières se donnaient rendez-vous pour aller au bal, elles entreprenaient des sorties en paquebot au clair de lune et demandaient régulièrement à Helene si elle avait envie de les accompagner. Dans le vestiaire elles essayaient des pantalons courts dans lesquels elles voulaient parader sur la plage du Wannsee.

Comme ça ! La jeune infirmière qu'on disait lesbienne balançait les hanches en bombant les fesses avec une infatigable gaieté. Le geste plaisait à Helene, il la faisait penser à Leontine, quelque chose dans l'infirmière lesbienne lui rappelait Leontine. Son allure garçonnière avec ses cheveux courts, ses pantalons courts, et sa façon de montrer aux autres infirmières ses fesses moulées dans le pantalon en jetant à la ronde des regards rudes et moqueurs. Puis ce fut aux autres d'essayer le pantalon court. Helene n'était-elle pas tentée aussi, tout de même il fallait qu'elle vienne à la plage un jour. Helene refusait, prétextant d'autres projets. Elle inventa une tante dont elle devait s'occuper, elle voulait avoir la paix. Les rires étouffés, la légèreté des infirmières étaient agréables tant qu'on la laissait en paix, que cela demeurait la toile de fond de son silence, dès qu'on menaçait de l'impliquer, qu'on se tournait vers elle, exigeait une réponse, une participation, cela la fatiguait. Elle non plus ne savait pas nager, lâcha l'infirmière lesbienne, peut-être supposait-elle qu'Helene ne savait pas nager et que c'était par honte ou par gêne qu'elle refusait de se joindre aux autres.

Ça ne fait rien, la plupart des filles commencent à apprendre à nager cet été, n'est-ce pas ? Oui, crièrent les infirmières en chœur, insouciantes. Helene aimait bien les autres infirmières, leur enjouement lui plaisait. Helene ne voulait pas de pitié, pas de silence perplexe, elle ne parla à aucune d'elles de Carl et de sa mort.

En automne une collègue plus âgée observa qu'Helene avait l'air amaigrie, décharnée. Cela faisait un bout de temps qu'on l'avait à l'œil. Était-elle malade ? Derrière le point d'interrogation Helene devinait le mot phtisie. Elle sentait un doux espoir éclore. Helene nia, mais elle fut convoquée chez le médecin, on ne voulait pas courir de risque au service des infections.

Helene n'était pas malade, son pouls était juste un peu rapide et son cœur irrégulier parfois. Le médecin lui demanda si elle avait mal quelque part, si elle avait remarqué quelque chose. Helene dit qu'elle avait peur quelquefois, tout à coup, mais qu'elle ne savait pas de quoi. Son cœur battait vite, si vite, il se précipitait, il semblait manquer de place dans sa poitrine. Le médecin l'ausculta une seconde fois, il posa le métal froid d'un geste presque tendre sur sa poitrine qui ne présentait plus nulle part de doux renflement et sous laquelle pointaient les côtes, il écouta son cœur et secoua la tête. Un petit souffle, il y a des gens qui ont ça. Rien de grave. Cette peur, eh bien, aurait-elle une raison ? Helene secoua la tête. Elle ne voulait pas parler de Carl. Pas dire qu'elle n'avait plus ses règles depuis. Peut-être ne buvait-elle pas assez tout simplement ? Qui est-ce que cela regardait ? Elle était allée voir Leontine à la Charité au printemps et l'avait priée de l'examiner. Mais Leontine avait été formelle, elle n'était pas enceinte. La déception d'Helene avait été de courte durée. De quoi aurait-elle bien pu nourrir un enfant, aussi ? C'était juste son cœur qui déraillait un peu par moments. Sa cage thoracique qui lui semblait se rétrécir. Sa plus grosse peur était la peur de la peur.

S'il n'y a rien d'autre... conclut le médecin avec un clin d'œil. Helene se doutait qu'il pensait aux études de cas viennoises sur l'hystérie. Quand elle se fut rhabillée, il lui demanda en esquissant un sourire s'il pouvait l'inviter à prendre un café.

Helene dit non, merci beaucoup, non. Sans plus. Elle gagna la porte.

Non, c'est tout ? Le médecin hésitait, il ne voulait pas lui donner la main avant qu'elle ait dit oui. Helene passa la porte en lui souhaitant une bonne journée.

Martha devait rester au sanatorium jusqu'au début de l'hiver, et Leontine cherchait un appartement pour ne pas avoir à se réinstaller Achenbachstrasse au retour de Martha. Helene ne pouvait donc guère se soustraire aux rencontres sans témoin avec Eric. Il lui manquait la force et la volonté de prendre constamment les mesures de prudence qui s'imposaient pour les esquiver. Il pressait ses lèvres sur les siennes, il l'embrassait là où il lui plaisait, comme il lui plaisait. Elle se défendait, mais en vain. Il l'entraînait dans une chambre, lui fourrait sa langue dans la gorge et lui tripotait un bout de sein d'une de ses mains grossières. Il se moquait bien que Cleo le voie et jappe anxieusement en remuant la queue, en guise de supplication, non de joie.

À ces moments-là Helene se réjouissait d'entendre Otta, Eric la laissait alors la plupart du temps. C'était encore mieux quand Fanny rentrait d'une petite course ou d'une autre occupation et qu'Eric lâchait prise sans un mot. Il y avait des jours où Helene suivait Otta comme son ombre instinctivement, l'accompagnant à la cuisine ou aux courses. Mais il y en avait d'autres comme celui-ci, où se croyant seule à l'appartement, Helene prenait un journal et s'installait dans la véranda que Fanny avait transformée en jardin d'hiver en y faisant poser des vitres. Elle entendit des pas alertes approcher dans le silence. Eric surgit, s'assit en face d'elle à la table basse, une jambe repliée, le pied posé sur le genou. Hum. De temps en temps il émettait de vagues bruits, hum, comme si elle avait dit quelque chose, hum et hum, et qu'il l'approuve, hum, hum, ou bien était-ce un hum de protestation, ou un hum d'espoir ? Hum hum hum, tout à fait comme s'il était la proie d'une compulsion, hum, comme un cochon d'Inde, hum, il la regardait lire le journal. Il ne supporta pas le silence plus de dix minutes, il se leva et lui enleva son journal en disant : Je sais ce qui te manque.

Helene fronça les sourcils, elle ne voulait pas le regarder.

Eric glissa sa main dans l'encolure de son chemisier. Helene se débattit. Les boutons de son chemisier sautèrent, le fin tissu dessous se déchira.

Fais donc attention, soufflait-il en riant, et tous ses soupirs précédemment réprimés s'épanouirent en halètements sonores, Eric riait, en lui tenant les poignets, il se laissa tomber à genoux et se jeta avec sa bouche humide qui bavait sur le torse nu d'Helene. Le mot torse lui traversa l'esprit, et elle pensa à ces modèles anatomiques à l'aide desquels on leur montrait le corps humain pendant sa formation d'infirmière et dans lesquels le cœur battait sans tête ni pensée. Avec leur fonction, les membres avaient perdu leur signification. Il y avait de la pourpre et du violet devant les fenêtres.

Helene essaya de le repousser aux épaules, de toutes ses forces elle voulait le détacher d'elle, mais Eric était lourd comme une pierre, et il suçait sa peau, éperdument. Il voulait l'aspirer, il humectait chaque parcelle de son corps de sa salive qui sentait l'huile de poisson. Comme il lui enserrait les poignets et la pressait dans le fauteuil, Helene tenta de le repousser en se cabrant. Mais c'était comme si chacun de ses mouvements ne l'incitait qu'à plus de fougue. Il léchait avidement sa figure, passait sa langue sur son cou, sur sa poitrine. Helene se pétrifiait. Je t'ai, je t'ai, bégayait Eric sans relâche.

Je venais arroser les cyclamens, énonça soudain une voix derrière eux. La voix de Fanny n'était pas précisément assurée, elle était perçante et claire. Elle tenait un arrosoir en laiton, un petit, avec un bec long et haut. Une minute après elle cognait sur la tête d'Eric avec l'arrosoir. Eric ne s'effondra pas, mais en bondissant il empêcha que le coup suivant n'atteigne Helene, et l'arrosoir vola à terre. Eric avait lâché ses poignets.

Fanny criait. Helene ne comprenait pas exactement ce qu'elle criait. Cela avait quelque chose à voir avec Sodome et Gomorrhe, nous ne sommes pas à Sodome et Gomorrhe ici, c'est ce qu'elle avait dû crier. Les contours de la pourpre se firent plus nets, mais les cyclamens ne courbèrent pas la tête. Tenant son chemisier fermé à deux mains, Helene se leva et fila dans sa chambre. Là elle appliqua ses mains froides contre ses joues brûlantes, quelque chose cognait contre son crâne de l'intérieur, c'était trop mou, et son front trop dur.

Elle entendit Fanny et Eric se quereller tard dans la nuit, mais cela n'avait rien d'inhabituel. Helene alla travailler, elle rentra à la maison et elle évita Fanny.

Helene maudissait son existence, elle avait honte de cette vie qui la faisait sans grand effort respirer, travailler, absorber régulièrement quelque liquide et dormir. Elle avait honte parce qu'elle aurait pu faire quelque chose, elle savait comment provoquer la mort, rapidement, discrètement. Qu'était-ce donc qu'une douleur ou un petit malaise puisqu'ils ne seraient pas éternels. Helene savait qu'elle ne voulait pas qu'on la trouve par surprise, on ne devait pas avoir à s'interroger sur elle ni sur sa mort, elle ne voulait pas que Martha et Leontine ou quelqu'un qu'elle ne connaissait pas, qui ne lui venait pas à l'esprit, n'importe qui, dût réfléchir à sa responsabilité ou même à sa culpabilité à l'occasion de sa mort. Disparaître sans qu'on s'en aperçoive, s'en aller définitivement, c'était déjà plus difficile. Somme toute il fallait se détacher de la vie et du deuil des autres, de cela aussi il fallait prendre congé, chacun restant seul responsable de lui-même. Combien de fois Helene n'avait-elle tenu les poisons dans ses mains et n'en avait-elle dispensé telle ou telle sorte à petites doses en guise de sédatif ou de somnifère. La boîte de Véronal qu'elle avait emportée de la pharmacie le cas échéant avait disparu de sa petite valise sang de bœuf. Helene ne soupçonnait pas tellement Otta, elle supposait plutôt que Fanny fouinait dans ses affaires en son absence, et qu'elle n'avait pas pu résister en voyant la boîte. Mais il y avait bien assez de poisons à l'hôpital. Non seulement la morphine et les barbituriques, mais une seule injection d'un peu d'air pouvait avoir un effet mortel, si on s'y prenait bien. Sa vie semblait à Helene une survie dépourvue de sens, c'était survivre fortuitement, survivre à Carl. Quand elle voulait relativiser sa honte, parce que cela lui paraissait une forme de vaine coquetterie que d'avoir honte de la vie quand on est en possession de cette même vie, elle se disait que le souvenir qu'elle gardait de Carl retarderait ou différerait un peu la totale disparition de celui-ci. Cette idée lui plaisait – tant qu'elle vivait et pensait à Carl avec amour, comme sa famille le faisait elle aussi, il subsisterait une trace de son existence à lui. En elle, avec elle, et par elle. Helene décida de vivre pour l'honorer. Elle voulait un jour recouvrer l'enjouement et le rire, uniquement pour l'amour de Carl. Même si cela ne lui apportait plus rien à lui. Helene ne croyait pas qu'on se revoie dans l'autre monde, il existait peut-être, cet autre monde, mais alors sans ce qui liait ici-bas telle âme à tel corps avec cette exigence constante de s'unir à d'autres, de dissiper et d'adoucir le fait d'être condamné à l'individualité, à la solitude. Ce qui faisait que les gens pensaient, parlaient, s'étreignaient. Helene se débattait dans le doute et la contradiction. Elle ne voulait plus penser, plus parler, plus étreindre une autre personne, plus personne. Mais elle voulait continuer à faire vivre Carl, pas lui survivre, le faire vivre ; que restait-il de lui en effet sinon le souvenir qu'elle en avait. Comment continuer à vivre pouvait-il être possible sans pensée, sans parole, sans étreinte ? L'important était de ne pas interrompre le mécanisme de la vie, cela supposait de dormir un minimum, de manger un minimum, et Helene était soulagée que sa place à l'hôpital fractionnât ses journées en unités bien circonscrites et régu lières, tel le balancier d'une pendule qui délimite le temps, son travail à l'hôpital faisait de la vie d'Helene quelque chose de délimité et de prévisible. Elle n'avait pas à réfléchir au moment où sa vie prendrait fin, elle pouvait s'en tenir tranquillement aux horaires du début et de la fin de son service. Entre les deux, Helene prenait les températures, comptait les battements de pouls et nettoyait les instruments opératoires. Elle tenait les mains des agonisants, des accouchées, des solitaires, elle changeait les pansements, les serviettes, les couches, son travail était utile.

Elle vivait au jour le jour, d'un planning de service à l'autre.

En cherchant un logement, Helene passa devant l'Apostel-Paulus-Kirche, le portail était ouvert, et elle réalisa que cela faisait des années qu'elle n'avait pas été à l'église. Elle entra. Le parfum d'encens imprégnait les rangées de sièges. Elle était seule dans l'église. Helene avança et s'assit au deuxième rang, elle joignit les mains, chercha un commencement de prière, mais elle eut beau s'acharner, aucun ne lui revint.

Mon Dieu, murmura-t-elle, si tu es là, Helene s'interrompit, pourquoi disait-on tu à Dieu au fait ? Tu pourrais m'envoyer un signe, murmura Helene, un petit signe. Les larmes lui coulaient des yeux. Délivre-moi de l'apitoiement sur soi et de la douleur, dit-elle, s'il te plaît, ajouta-t-elle. Ses larmes se tarirent, la douleur dans sa poitrine demeura, un poids qui rétrécissait ses bronches et la gênait pour inspirer. Combien de temps encore ? Helene dressa l'oreille, mais du dehors ne lui parvint que le vrombissement d'un autobus. Ne serait-ce que cela : Combien de temps dois-je encore rester ici ? Personne ne répondit, Helene écouta, l'oreille dressée vers tout l'espace de la nef.

Si tu es là, reprit-elle, mais elle pensait à Carl maintenant et ne savait toujours pas comment continuer sa phrase. Où pouvait-il être à la fin, Carl ? Dans son dos elle entendit des pas. Elle se retourna. Une mère était entrée avec son petit enfant. Helene pencha la tête et posa son front dans ses mains jointes. Fais-moi disparaître, chuchota-t-elle, là il n'y avait plus d'apitoiement sur soi, Helene ne ressentait rien d'autre que le souhait très clair d'être délivrée.

Où ? Elle entendit la voix d'enfant haut perchée derrière elle.

Là, dit la mère, là-haut.

Où, je ne le vois pas. L'enfant s'impatientait, il ronchonnait, où donc, je ne peux pas le voir.

Mais on ne peut pas le voir, pas avec les yeux, dit la mère, tu dois le voir avec le cœur, mon enfant.

L'enfant s'était tu. Voyait-il avec le cœur maintenant ? Helene fixait les encoches des bancs de bois, elle était horrifiée ; comment pouvait-elle demander quelque chose à Dieu, alors qu'elle l'avait oublié si longtemps. Pardon, murmura-t-elle. Carl n'était pas mort pour qu'elle se consume de désir pour lui. Il était mort sans raison. Elle pouvait passer sa vie comme ça, à espérer une réponse qui n'existait pas. Helene se leva et quitta l'église. En sortant elle se surprit à chercher encore des signes, des signes de son existence à lui et de sa délivrance à elle. Dehors le soleil brillait. Était-ce déjà un signe ? Helene pensa à sa mère. Peut-être toutes ces choses qu'elle découvrait, les racines d'arbres, les ailes d'oiseaux, avaient-elles valeur de signes pour elle ? Ce n'était pas des sottises, *kein tinnef*, entendait-elle dire sa mère en yiddish. Un Dieu n'a besoin de rien d'autre que du souvenir et du doute des hommes, avait dit sa mère un jour.

Les loyers des mansardes et des chambres qu'Helene visitait étaient trop chers. Elle n'avait pas assez d'argent et quand elle se présentait à une logeuse, on s'enquérait toujours de son mari et de ses parents. Pour ne pas vivre aux crochets de Fanny et échapper plus sûrement à Eric, Helene fit une demande de chambre au foyer d'infirmières.

Il nous manque vos papiers, remarqua la surveillante aimablement. Helene affirma qu'elle avait appris de Bautzen qu'il y avait eu un incendie et que tout avait été détruit. La surveillante se montra compatissante et autorisa Helene à emménager dans une chambre. Mais il fallait qu'elle se procure rapidement de nouveaux papiers.

La crise économique atteignait sans cesse de nouveaux sommets. Personne n'était épargné. On avait acheté et vendu, spéculé et acquis, chacun disait vouloir à tout prix éviter les pertes maintenant, mais on n'avait pas encore trouvé l'astuce qui permît d'éviter les pertes. Fanny fêta l'anniversaire d'Eric. Elle le fêtait en grande pompe. En son honneur, elle donnerait une fête grandiose, plus grandiose qu'elle, plus grandiose que toutes les précédentes fêtes. Eric s'était séparé de Fanny à plusieurs reprises ces derniers mois, il avait cependant toujours réapparu, et il réapparaissait maintenant pour son anniversaire. Fanny avait lancé une vaste série d'invitations, à des amis et des inconnus, des gens seuls connus d'Eric et des gens qui ignoraient même que Fanny lui fût autre chose qu'une partenaire de tennis.

Helene ne voulait pas venir, mais Martha et Leontine lui avaient forcé la main. Peut-être les deux amies avaient-elles mauvaise conscience de n'avoir pu s'occuper d'elle pendant si longtemps.

L'invitation de Fanny fit à Helene l'effet d'une mesure de réanimation, de maintien en vie, de prolongement de la vie, une pitoyable citation des invitations d'autrefois. Les convives étaient encore habillés somptueusement, les perles de strass jetaient encore leur feu, on parlait encore des paris aux courses et des cours de la Bourse, plus de soixante-dix mille faillites cette année, et on venait juste de dépasser la barre des six millions de chômeurs – on allumait une pipe d'opium – auxquels on pouvait tout juste opposer douze millions de personnes en activité, pas étonnant qu'on dût baisser les salaires, de vingt-cinq pour cent même, on échangeait des opinions et des idées sur l'effondrement financier de la Piscator-Bühne, Helene se refusait à écouter. Fallait-il être gênée d'avoir un travail ? Vivre sans le métronome de ses activités à l'hôpital était impensable. Helene ne regardait pas non plus du côté de Le Baron et de sa Pina qui avaient fini par se marier deux ans auparavant et qui se chamaillaient depuis, pas pour des brillants et des boas de plumes, cette fois ils se querellaient à cause d'une robe que Pina avait acquise sans son accord avec de l'argent qui n'existait pas. Le Baron la soupçonnait de prêter de l'argent à ses amis au détriment de leur communauté de biens. Elle niait en bloc. Puis elle leva les bras au ciel et s'écria : J'avoue, j'ai volé ! Tu voulais absolument savoir, eh bien, voici la vérité : volé. Je suis une voleuse. Au Kaufhaus des Westens. Et alors ? Helene regarda les autres invités, regarda ses chaussures, examina ses mains. Un de ses ongles présentait une ombre sombre. Helene se leva de la méridienne où elle s'était tenue seule en toute quiétude, elle replia son doigt comme elle pouvait, l'enroula pour que personne ne puisse voir l'ongle cerné de noir et sortit dans le corridor où elle dut attendre un instant devant la salle de bains. Dès que la porte s'ouvrit et que la salle de bains fut libre, Helene s'y précipita. Elle verrouilla la porte. Le chauffe-bain était allumé, Helene ouvrit le robinet, l'eau chaude en sortit blanche, fumante, et Helene se frotta les ongles avec la brosse sous l'eau courante. Le savon moussait, Helene frottait, savonnait, frottait et savonnait. Ses mains rougissaient, ses ongles blanchissaient. Elle se lava aussi la figure, et comme cela la démangeait le long de la colonne vertébrale, elle dut aussi se laver le cou, aussi loin qu'elle pouvait le faire sans se déshabiller. Quelqu'un frappa à la porte. Helene savait qu'elle devait fermer le robinet, ses mains rougissaient, se réchauffaient, se nettoyaient et rougissaient, se réchauffaient, se nettoyaient, mais elle eut de la peine à le faire. Sous le robinet on voyait une madrure bleue verdâtre de marques d'eau. Quels sels avaient bien pu se déposer là avec l'eau et le calcaire ?

De retour au sein des invités Helene venait de se décider à partir, car elle devait être rentrée à dix heures au foyer des infirmières, les filles de service de nuit ne pouvant rentrer avant six heures le matin, quand un jeune homme lui fit face en riant. Il avait l'air de la connaître, car il lui souriait de toute sa hauteur avec une assurance indéfectible.

Notre ami Wilhelm, fit Eric qui surgit derrière le jeune homme.

Devinons, dit Wilhelm, devinons comment elle s'appelle.

Ce soir il devine tous les noms, expliqua Eric en tapant sur l'épaule de son ami. Eric riait. Elle s'appelle Hanussen[1].

Wilhelm fit glisser la main d'Eric de son épaule. Hanussen, tu parles.

Il n'a trouvé qu'une fois et même pas avec une dame. Eric vrillait son regard en Helene.

Wilhelm ne se laissa pas troubler par Eric, il regardait Helene avec attention. Ne vous en faites pas, ce n'est qu'un jeu. Wilhelm se pencha de côté vers elle comme si le nom d'Helene figurait sur une étiquette collée à sa tempe. Puis il hocha la tête. Alice. Elle s'appelle Alice.

Eric riait. Fanny qui s'était jointe à eux essuya une larme échappée de ses yeux irrités et demanda à Eric de lui verser une absinthe. Eric ne réagit pas au désir de Fanny, ses yeux brûlaient le visage d'Helene, s'incrustaient dans ses yeux, dans ses joues, dans sa bouche.

Alors, n'est-ce pas une donzelle comme tu les aimes ? Willy adore les blondes. Eric tapait sur l'épaule de son ami comme sur un steak à attendrir. Elle n'a pas grand-chose sur les os, mais pour être blonde, elle est blonde. Eric riait convaincu d'avoir fait un bon mot.

Le regard d'Eric révélait assez comment il aurait empoigné Helene s'ils avaient été seuls. Wilhelm restait planté là

1. Nom de l'astrologue juif d'Hitler.

innocemment, tournant le dos à son ami, et une sorte de stupéfaction, d'étonnement pur, se lisait dans ses yeux.

En tout cas vous êtes d'une beauté enchanteresse, mademoiselle, bégaya Wilhelm. Alice. Vous allez certainement me dévoiler votre nom ?

Helene s'efforça d'esquisser un sourire aimable, par-dessus l'épaule de Wilhelm elle voyait la pendule du corridor, l'horloge blanche marquait neuf heures et demie. Elle fit mine de s'en aller.

Maintenant déjà ? Wilhelm n'en croyait pas ses yeux. La fête vient juste de commencer. Vous ne voulez tout de même pas me quitter tout de suite ?

Helene dit avec un sourire gentil : Je suis obligée.

Le foyer des femmes en blanc, Eric passa sa langue sur ses dents et fit claquer sa langue sur ses lèvres en un geste obscène. Elle loge dans un foyer.

Une sœur, la Vierge Marie. Wilhelm le crut instantanément.

N'importe quoi. Eric l'interrompit. Elle n'est pas bonne sœur, imbécile, elle est infirmière.

Infirmière. Wilhelm prononça le mot avec respect, comme s'il n'y avait pas de différence sensible entre une religieuse, la Vierge Marie et une infirmière. Je vous accompagne.

Merci, ce n'est pas nécessaire. Helene fit un pas de côté et tenta de passer devant le grand jeune homme nommé Wilhelm. Il la conduisit à la porte, l'aida à passer son manteau et la laissa partir en lui présentant ses hommages.

Le lendemain à l'hôpital, elle se trouva soudain nez à nez avec Wilhelm. Mademoiselle l'infirmière, dit-il, il faut que vous m'aidiez.

Helene avait autre chose en tête que plaisanter et faire les yeux doux, elle avait du travail, les lits de la chambre vingt, et le patient de la chambre trente et un qui ne pouvait pas se rendre seul aux toilettes et qui avait sonné voilà bien dix minutes.

Mademoiselle Alice, je vais m'asseoir ici sur ce banc. Vous pouvez appeler la garde ou le médecin-chef, si cela vous chante. J'attendrai là que vous ayez fini. Il n'y en a quand même plus pour longtemps ?

Helene le laissa s'asseoir. Elle s'occupa de son travail. Pendant plus de deux heures elle dut passer et repasser devant lui, avec les femmes qui riaient sous cape dans le bureau des infirmières. Ce monsieur charmant dans le couloir devait être un admirateur. Quel bel homme avec ses cheveux blonds et ses yeux bleus, quelle stature. Une des infirmières s'arrêta près de Wilhelm et engagea la conversation. Plus tard elle dit à Helene en passant : Préviens-moi si tu n'en veux pas, moi, je le prends.

Helene lui aurait bien dit de prendre tout ce qu'elle voulait. Mais répondre aux rires sous cape la décourageait. Sa langue pesait des tonnes dans sa bouche. Même en lavant le sexe et le derrière d'un homme âgé et en dépit de la chair à vif, d'un furoncle ouvert et de nombreuses petites plaies purulentes qu'elle enduisait de pommade et de talc, elle ne pouvait s'empêcher de penser à Carl et qu'il ne viendrait pas la chercher. Jamais. La gorge d'Helene lui faisait mal, elle se serrait, se nouait durement. Les doigts pleins de pommade et de talc, elle ne pouvait pas s'essuyer les yeux.

Vos mains, mademoiselle, elles sont si douces et si bienfaisantes, je demande toujours si vous êtes de service. Vous êtes faite pour ce métier, savez-vous mademoiselle Helene ? Allongé sur son lit, le dos tourné vers Helene, le vieil homme qui aurait dû crier de douleur quand elle soignait sa chair à vif, pensait-elle, se contorsionnait pour regarder dans sa direction. Il tendit la main vers elle, la tira par la manche. Il désigna sa table de nuit là-bas d'un geste de main. Regardez là dans le tiroir, mademoiselle Helene, il y a un peu d'argent, prenez-le.

Helene fit non de la tête, elle remercia en disant qu'elle ne voulait pas d'argent. Quel que fût le moment où on lui glissait de l'argent, elle le rendait. De rares fois elle trouvait dans sa blouse quelques menues pièces qu'on y avait glissées à son insu. Ce vieil homme était depuis deux semaines dans le service, son état s'aggravait. Il était déçu qu'Helene ne prît pas son argent. Prenez-le, l'exhortait-il. Si vous ne le prenez, une autre me le fauchera.

Grand bien lui fasse. Helene ferma la boîte de talc, recouvrit son corps du drap et porta la cuvette à l'évier, là elle nettoya les instruments, puis ses propres mains. Dans son dos, un autre patient se plaignait qu'il ne pouvait plus attendre. Elle alla au lit de l'homme. Il voulait le bassin et pria Helene de rester près de lui, parce qu'il n'arrivait pas à se débrouiller tout seul. Dans le lit d'à côté un homme gémissait de douleur, il gémissait d'une voix comprimée, enrouée, qui prouvait à Helene qu'il prenait sur lui tant qu'il pouvait.

Quand Helene eut suspendu sa blouse dans la penderie deux heures plus tard et enfilé sa jupe, son pull-over et sa veste, Wilhelm attendait toujours bravement sur le banc dans le couloir.

Voulait-elle aller boire un café ? Helene était d'accord, ce n'est pas qu'elle voulait, c'était plutôt la force de l'inertie. À la porte, elle tenta d'ouvrir son parapluie qui se coinça. En riant, sans prêter attention à la pluie et encore moins au mal que lui donnait le parapluie, Wilhelm lui parla du rétrocouplage dans le Récepteur du Peuple, un poste de radio qu'on allait présenter au public dans quelques mois à la grande exposition allemande. D'amplificateur en amplificateur, Wilhelm ouvrait largement les bras pour lui montrer combien l'ampleur des nouvelles inventions technologiques dépassait celle de ses bras. Son enthousiasme plaisait à Helene. Ils allèrent aux berges du canal de la Spree. Avec un rétrocouplage en haute fréquence, on obtenait une réception suffisamment sensible. Helene ne comprenait rien, mais restait poliment à ses côtés quand Wilhelm s'arrêtait au milieu d'une phrase pour lui dépeindre par gestes comment il fallait se représenter la structure de l'appareil.

Certes Helene savait à présent qu'il était ingénieur, mais elle n'avait pas saisi s'il s'agissait de ses propres réalisations ou d'autres. Helene ne comprenait toujours pas de quoi il parlait, mais elle aimait bien l'écouter, le regarder s'essuyer la pluie du front avec son mouchoir, finalement, poursuivait-il, elle ne pouvait certainement pas se représenter encore toute l'étendue de cette réception ni la dimension de cette transmission d'informations, finalement, tout le monde recevrait en même temps les mêmes informations et apprendrait ainsi ces événements dont on était jusqu'ici laborieusement informé et souvent avec des jours de retard par les journaux – et par lesquels ? Il y en a bien trop entre-temps. Faisant le geste de jeter tout ça, Wilhelm avait eu un mouvement aimable, mais décidé. Sa joie avait quelque chose de contagieux, Helene ne pouvait s'empêcher de sourire. Elle avait réussi à ouvrir le parapluie. Voulait-il s'abriter dessous ?

Naturellement, dit Wilhelm en lui prenant le parapluie des mains pour lui éviter de se démancher le bras. Aux belles filles les bons gâteaux, déclara Wilhelm en mettant le cap sur un petit salon de thé. Il y avait de la tarte aux pommes et du café. Helene n'aimait ni l'un ni l'autre, mais elle ne voulait pas attirer inutilement l'attention. Wilhelm dit – la fierté dans sa voix était indéniable – qu'on pourrait passer à la production en série les prochaines semaines, afin d'avoir suffisamment de modèles de la nouvelle invention à vendre pour l'exposition de radios. Comment trouvait-elle le nom de « Heil Récepteur » demanda-t-il en riant. Une petite plaisanterie, précisa-t-il, il y a de meilleurs noms. Helene ne saisit pas la plaisanterie, mais cela la détendait de l'entendre parler avec tant de complaisance.

Son sourire dissimulait la fatigue qui se répandait en elle avec le café et le gâteau après sa longue journée d'hôpital. Dans cette rencontre avec Wilhelm elle avait l'impression que tout ce qu'elle avait à faire était de le regarder avec attention, de hausser les sourcils de temps en temps étonnée, et d'acquiescer. Les mots d'émetteurs et de récepteurs prenaient une signification particulière quand elle l'écoutait ainsi. Un marchand de journaux entra dans le salon de thé. Malgré le petit nombre de personnes présentes, il enleva sa casquette et éleva une voix sonore. Les gros titres des journaux du soir se perdaient en spéculations sur les hommes qui étaient derrière l'incendie du Reichstag.

Ces semaines-là, dans le tramway et dans le métro, une révolte sourde grondait. Partout où les gens se rencontraient, leur visage rougi par le froid, leur manteau parfois trop court parce qu'il avait fallu tailler dans l'étoffe encore une veste pour un enfant, on rouspétait, on râlait, on se disputait. On n'allait pas continuer à se laisser traiter ainsi. C'était inacceptable, cela avait assez duré, on ne se laisserait pas faire plus longtemps. Hommes et femmes étaient furieux.

Wilhelm allait chercher Helene à l'hôpital aussi souvent que possible, on arrêtait les communistes les uns après les autres, mais Wilhelm se promenait avec sa blonde Alice et la sortait au salon de thé. Il dit qu'il aimait la voir dévorer son gâteau, elle lui donnait toujours l'impression de n'avoir rien eu à se mettre sous la dent depuis des semaines. Helene s'interrompit, saisie. Elle n'était pas sûre de désirer savoir ce que pensait Wilhelm en la regardant manger. Manger était devenu une affaire assommante qu'elle différait souvent jusqu'au soir. Elle n'aimait pas la tarte aux pommes, elle voulait juste en avoir fini au plus vite avec elle, la faire disparaître. Wilhelm demanda s'il pouvait lui en commander une autre part. Helene secoua la tête et le remercia. Ses fossettes étaient adorables, dit-il en contemplant sa figure, tout heureux. Helene n'aimait pas ce sentiment de gêne. Allait-elle volontiers au théâtre, au cinéma ? Helene hocha la tête. Cela faisait longtemps qu'elle n'avait pas été au cinéma, elle n'avait pas l'argent. Elle avait accepté d'y aller une fois où Martha et Leontine lui avaient proposé de les accompagner. Pendant la séance elle n'avait pu s'empêcher de pleurer, et cela lui avait été désagréable. Avant, elle ne pleurait pas au cinéma. Elle secoua donc la tête.

Oui ou non, demanda Wilhelm.

Non, dit Helene.

Wilhelm invita Helene à venir danser. Un jour, elle accepta fatiguée de résister, ils allèrent au bal, il lui prit la figure entre ses mains, et en l'embrassant sur le front, il lui dit qu'il était tombé amoureux.

Helene ne s'en réjouit pas et elle ferma les yeux pour que ça ne se voie pas. Wilhelm prit cela pour un geste de pudeur, pour un accord, pour l'annonce qu'approchait le jour où elle se donnerait. Heureusement que Wilhelm ne savait pas avec quelle passion Helene avait répondu aux baisers de Carl, les avait provoqués. Les troupes des SA attaquèrent le Roter Block, la colonie des artistes de Wilmersdorf, écrivains et artistes furent arrêtés, certains de leurs livres brûlés, puis vint le printemps et on brûla encore plus de livres. Par Martha, Helene apprit que Le Baron était parmi les détenus, Pina voulait avoir coûte que coûte des informations sur les motifs de son arrestation et alla demander de l'aide à chacun de ses amis l'un après l'autre. Tantôt on disait qu'il était en contact avec le Parti communiste, tantôt qu'il avait distribué les tracts des sociaux-démocrates. Wilhelm n'attendait pas qu'Helene réponde à ses sentiments, son propre désir le comblait, cela lui suffisait. Il l'appelait Alice bien qu'il sût depuis longtemps qu'elle s'appelait Helene. Alice était son nom à lui pour elle.

Au printemps le Parti national-socialiste récemment entré au gouvernement organisa un nouveau boycott, il s'agissait d'affamer les bouches inutiles et certains parasites, de les laisser manquer de tout, personne ne devait acheter chez les commerçants juifs ou faire ressemeler ses chaussures chez un cordonnier juif, ni consulter un médecin juif ou se faire assister par un avocat juif. Il était inadmissible qu'un Allemand ne trouve pas de travail, alors que d'autres vivaient grassement, déclara le médecin-chef à ses infirmières. Les infirmières approuvèrent, quelques-unes trouvèrent à citer des exemples précis de cette injuste répartition. L'infirmière lesbienne dont on savait qu'elle était juive avait reçu son licenciement subitement la semaine passée. Personne ne s'inquiéta d'elle, personne ne la regretta. Sa famille n'était-elle pas assez aisée, pourquoi aurait-elle dû travailler ? Une fois qu'elle eut disparu, il ne fut plus question d'elle. Sa place fut prise par une autre infirmière. D'une manière générale on parlait beaucoup de place, du peuple et de l'espace qui lui revenait.

Wilhelm vint chercher Helene à son travail, comme toujours elle avait travaillé dix heures, et en comptant les deux pauses, elle avait passé onze heures d'affilée à l'hôpital, il la mena à son bras au salon de thé, et bien qu'il fût déjà six heures du soir, il commanda du gâteau et du café. Par-dessus la table, il attira Helene vers lui, elle devait garder un secret. Sa mission ne se bornait pas à la construction de l'autoroute 4a Berlin-Stettin, elle verrait bien, un jour on pourrait aller jusqu'à Königsberg ! Les yeux de Wilhelm étincelaient. Il baissa encore la voix : mais le secret était le suivant, le choix s'était porté précisément sur lui. C'est lui qui avait été chargé de remettre à l'aéroport de Stettin l'émetteur radio réalisé sous son contrôle et de faire installer le poste émetteur radiogoniométrique au bas de son mât – qui en était extraordinairement haut. On allait équiper l'aéroport pour l'armée de l'air. Wilhelm rayonnait, ce n'était pas tant de fierté que d'audace et de témérité. Ses yeux flairaient et promettaient l'aventure. Comme si cela allait de soi, il lui prit sa fourchette à gâteau, la piqua dans un morceau de tarte et la porta à la bouche d'Helene. Ses activités s'étaient tellement déplacées vers la Poméranie qu'on lui avait suggéré de s'y installer.

Helene hocha la tête, elle n'était pas jalouse de la joie de vivre de Wilhelm ni de son enthousiasme ou de sa conviction de pouvoir faire quelque chose d'important pour le peuple, pour l'humanité, et en particulier pour le progrès technique. Sa joie lui plaisait, tout comme l'allégresse avec laquelle il riait et se frappait les cuisses, elle était agréablement inconvenante comme le rire sous cape des infirmières.

Tu es contente ? demanda Wilhelm à Helene et il laissa retomber son bras avec la fourchette en remarquant qu'elle ne cillait pas et n'ouvrait pas non plus la bouche pour le gâteau.

Je t'en prie, ne me pose pas de question. Helene regardait par la fenêtre au-dessus de sa tasse de café.

Si, il faut que je te pose une question, dit Wilhelm. Je ne veux plus renoncer à toi dans l'avenir, dit-il et il se mordit les lèvres parce qu'il aurait voulu réserver un tel aveu pour le moment où il lui poserait une question bien précise. Mais Helene ne parut pas avoir entendu son aveu.

Au printemps suivant, à un de ses retours de Poméranie après un bon mois de travaux de planification, Wilhelm acheta chez le bijoutier de la gare deux bagues de fiançailles et alla chercher Helene à l'hôpital. Il lui mit la bague sous le nez et lui demanda si elle voulait devenir sa femme.

Helene ne parvint pas à le regarder.

Elle réfléchissait à ce qu'elle devait lui répondre, elle savait comment tout ça marchait, rayonner, sourire, c'était tout simple, il suffisait de relever les coins de la bouche en ouvrant grands les yeux, peut-être même pouvait-on ressentir de la joie un instant, avec cette mimique ?

Cela t'étonne, n'est-ce pas ?

Une chose comme moi ne devrait même pas exister, explosa-t-elle.

Qu'est-ce que cela signifie ? Wilhelm ne comprenait pas ce qu'elle voulait dire.

Je veux dire que je ne possède pas de papiers, pas de passeport généalogique, rien, Helene se mit à rire, et si j'en possédais un, il porterait le mot « mosaïque » à la rubrique « confession de la mère ».

Wilhelm regarda sévèrement Helene. Pourquoi dis-tu cela, Alice ? Ta mère vit quelque part en Lusace. Ta sœur n'a-t-elle pas dit que c'est un cas difficile ? Comme si elle était malade. Es-tu attachée à elle, est-ce que les jours qu'elle fête représentent quelque chose pour toi ? Incrédule, Wilhelm secouait la tête. La détermination et la confiance se dessinaient sur son visage : suis-moi et deviens ma femme, nous commencerons une nouvelle vie.

Helene se tut. Pour quelqu'un comme Wilhelm, le danger et les obstacles n'existaient pas. Helene ne le regardait pas, elle ressentait une étrange rigidité à la nuque ; si elle secouait la tête, il pourrait la traiter de lâche, de pusillanime. Elle resterait ici. Seulement, où ?

Veux-tu dire que tu te méfies de moi parce que je suis allemand, parce que je suis né d'une mère allemande et d'un père allemand, eux-mêmes nés de mères et de pères allemands ?

Je ne me méfie pas de toi. Helene secoua la tête. Comment Wilhelm pouvait-il prendre ses hésitations pour de la méfiance ? Elle n'avait aucunement l'intention de l'irriter. Elle doutait un peu, comment faire autrement ? Sa mère à elle aussi était allemande, seulement par être allemand, Wilhelm entendait visiblement maintenant quelque chose d'autre, quelque chose qui d'après ces conceptions modernes, devait se manifester par des caractéristiques raciales et se démontrer par la pureté du sang.

Tu t'appelles Alice, tu entends ? C'est moi qui le dis et c'est comme ça. Tu n'as pas de passeport généalogique, eh bien je t'en procurerai un, crois-moi, il sera impeccable et ne laissera subsister aucun doute quant à la santé de tes origines.

Tu es fou. Helene était effrayée. Se pouvait-il que Wilhelm fît allusion aux nouvelles lois en vertu desquelles toute malformation devait être notée et signalée par procès-verbal, parce qu'il fallait empêcher coûte que coûte les descendances entachées de maladies héréditaires ? Et certaines affections de l'esprit et de l'âme comme celle dont sa mère était soupçonnée par bien des voisins ne passaient-elles pas aussi pour héréditaires, à éviter absolument ? Rayonner de santé était le commandement suprême, et qui ne pouvait se bien porter et rayonner devait se dépêcher de mourir avant que le peuple allemand ne risque d'être contaminé ou souillé, sali par des descendants malades.

Tu ne me crois pas ? Je ferai tout pour toi, Alice, tout.

Que veux-tu dire quand tu parles d'origines saines ? Helene savait qu'elle n'obtiendrait pas de réponse concluante de Wilhelm.

Des origines propres, ma femme aura des origines propres, c'est tout ce que je veux dire. Wilhelm rayonnait. Ne fais pas cette tête là, trésor, qui pourrait bien avoir un cœur plus propre et plus pur que cette ravissante femme blonde en face de moi ?

Helene s'étonnait de ses dispositions. Peut-être venaient-elles du refus physique qu'elle lui opposait ?

Les gens s'en vont, ils quittent l'Allemagne. Lucinde, l'amie de Fanny, part avec son mari en Angleterre, dit Helene.

Ceux qui ne tiennent ni à nos forêts et ni à la terre natale n'ont qu'à tourner le dos à leur pays. Ils n'ont qu'à partir, en ce qui me concerne. Qu'ils déguerpissent. Ici, nous avons des choses à accomplir. Nous sauverons la nation allemande, notre patrie et notre langue. Wilhelm se retroussait les manches. Nous n'avons pas mérité d'être privés du nécessaire. Avec ces bras-là, vois-tu ? Aucun Allemand n'a le droit de se les croiser maintenant. Se laisser abattre et se lamenter, ce n'est pas notre genre. Tu seras ma femme, je te donnerai mon nom.

Helene secoua la tête.

Tu hésites ? Tu ne vas tout de même pas renoncer à toi, Alice, ne me dis pas ça. Il la regardait, sévère, incrédule.

Wilhelm, je ne mérite pas ton amour, je ne peux y répondre par rien.

Cela viendra, Alice, j'en suis sûr. Wilhelm disait cela spontanément, clairement, comme si cela ne dépendait que d'un accord passé entre eux, d'une décision qui les unirait, rien de ce qu'elle disait ne paraissait le blesser ou le troubler le moins du monde. Sa volonté l'emporterait, la volonté, la volonté pure et simple. N'en avait-elle pas du tout ? Bien sûr qu'une femme a besoin d'un peu de temps après une telle perte, dit-il. Vous vouliez vous marier, toi et ce garçon. Mais cela fait des années maintenant, il faut que tu te décides un jour ou l'autre à terminer cette période de deuil, Alice.

Helene entendait les paroles de Wilhelm qui faisaient fi de ses sentiments et elle les trouvait à la fois bêtes et impudentes. L'accent de supériorité et le ton péremptoire de ses paroles la révoltaient. Il y a des paroles qu'il faut garder pour soi. Quelque chose dans cet héroïsme semblait suspect à Helene, quelque chose là-dedans lui semblait fondamentalement faux. Mais en même temps Helene s'effrayait elle-même. Était-elle malveillante ? Wilhelm était plein d'allant, une chose qu'elle pourrait apprendre de lui. Elle se reprochait son irritation et ses refus. Peut-être était-ce seulement le deuil de Carl, un deuil de bonne femme, comme l'appelait gentiment

Wilhelm, qui faisait qu'elle supportait difficilement l'éclat et la joie de vivre de Wilhelm.

Mais à quoi penses-tu, Alice ? L'avenir est à nos pieds, ne pensons pas qu'à nous, pensons au bien commun, Alice, au peuple, à notre Allemagne.

Elle ne voulait pas être pusillanime, surtout pas amère. La vie ne l'avait pas blessée, il n'y avait pas de Dieu résolu à la faire expier. Wilhelm lui voulait du bien, il se voulait du bien, on ne pouvait lui en faire grief. Comment pouvait-on être aussi orgueilleuse. Tout compte fait, ce qu'il disait était juste, il fallait qu'elle recommence à vivre et le soin, le souci des malades n'étaient peut-être pas d'un grand secours en l'occurrence. Le problème est qu'il lui manquait une représentation de la vie, de ce qu'elle devait, de ce qu'elle pouvait être. Pour cela il lui fallait recourir à quelqu'un. Et pourquoi pas à quelqu'un qui lui voulait du bien, qui se réjouirait qu'elle dise oui, qui voulait la sauver ? Au moins Wilhelm savait ce qu'il voulait, il allait droit au but, et il n'était pas proche de la foi[1], il croyait. Le mot Allemagne avait dans sa bouche des accents de mot-clé. Nous. Nous étions qui ? Nous étions quelqu'un. Seulement qui ? Elle pouvait certainement réapprendre à embrasser, surtout à percevoir et à aimer une odeur, à ouvrir les dents et les lèvres et à sentir les mouvements de sa langue dans sa bouche, peut-être était-ce là le nœud du problème.

Wilhelm courtisait infatigablement Helene. On avait l'impression que chacun de ses refus lui donnait de nouvelles forces. Il se sentait promis à de grandes actions, il se voyait bien en sauveur, et sa première urgence était de gagner cet être gracieux qu'il pensait timide à l'idée d'une vie commune.

J'ai deux places pour le Krolloper, nous les devons à mes bonnes relations. Tu as envie de les voir quand même, les premières images de la télévision ?

Helene fut impossible à convaincre. Elle était presque exclusivement de service de nuit cette semaine, et ça c'était une réalité incontournable.

1. Allusion à un poème de Gottfried Benn, *Das Ganze* : « et cela allait droit au but et était proche de la foi. »

Quand Martha apporta la nouvelle que Mariechen n'avait pu éviter l'incident et que la police avait ramassé puis embarqué sur le Kornmarkt, à Bautzen, une femme éplorée qui s'était ensuite démenée furieusement, Helene s'inquiéta. Leontine appela à Bautzen, d'abord Mariechen, puis l'hôpital et enfin les services de santé. Elle apprit que Selma Würsich avait été conduite au château Sonnenstein à Pirna où l'on allait établir quel mal la tourmentait et déterminer par de nouveaux examens si ce mal était héréditaire.

Helene fit ses bagages, et Wilhelm sentit son heure arrivée. Il ne la laisserait pas partir seule, elle avait besoin de lui, il fallait qu'elle le sache.

Dans le train Wilhelm s'assit en face d'Helene. Elle fut frappée par la confiance avec laquelle il la regardait. Il avait de beaux yeux, des yeux drôlement beaux. Depuis combien de temps n'avait-elle vu sa mère déjà, dix, onze ans ? Helene se demandait avec angoisse si elle allait reconnaître sa mère – de quoi pourrait-elle bien avoir l'air – et si sa mère allait la reconnaître. Wilhelm lui prit la main. Elle inclina la tête et posa son visage sur sa main. Que sa main était chaude. Elle ressentait sa présence auprès d'elle comme un cadeau. Elle lui baisa la main.

Ma courageuse Alice, dit-il. Elle percevait la tendresse de ses paroles, et pourtant elle n'avait pas l'impression que ces douces paroles s'adressaient à elle.

Courageuse ? Je ne le suis pas. Elle secoua la tête. J'ai horriblement peur.

Il posa ses deux mains sur ses épaules et attira sa tête contre sa poitrine, si bien qu'elle faillit glisser de son siège. Ma petite fille, je sais, dit-il, et elle sentit sa bouche contre son front. Mais tu n'es pas obligée de me contredire tout le temps. Tu y vas, c'est courageux.

Une fille digne de ce nom y serait allée depuis des années, elle n'aurait pas laissé tomber sa mère, pour commencer.

Tu ne pouvais rien faire pour elle. Wilhelm caressait les cheveux d'Helene. L'odeur de Wilhelm ne lui était pas désagréable, elle était presque familière. Helene sentait bien, elle savait qu'il voulait la consoler par ces mots. Elle se serra contre lui ; que pourrait-elle aimer en Wilhelm ? Peut-être le fait que quelqu'un puisse la souffrir, elle.

Sur autorisation exceptionnelle des services de santé Leontine avait obtenu à Pirna en passant par Bautzen qu'on permît à Helene de rendre visite à sa mère.

Le terrain était très vaste, et n'eussent été les hautes clôtures, on aurait presque pu s'imaginer comment les rois y avaient résidé des siècles auparavant et joui de la vue ; à l'endroit où la Wesenitz au nord et la Gottleuba au sud venaient se jeter dans l'Elbe, un paysage riant s'étendait à leurs pieds. Le soleil éclatant et le chant bruyant des oiseaux avaient quelque chose d'irréel. C'est ici que sa mère était censée être internée comme malade ?

Un infirmier leur fit monter un escalier, descendre un long couloir, des grilles furent ouvertes et refermées derrière eux. La salle des visites se trouvait à l'extrémité de l'aile du bâtiment.

Sa mère était assise sur le bord d'un banc dans une chemise d'hôpital. Ses cheveux étaient complètement argentés, cela mis à part elle était exactement comme avant, elle n'avait pas pris une ride. Quand Helene entra, elle tourna la tête vers elle et fit : Je te l'avais dit, n'est-ce pas, que tu me soignerais. D'abord fais-moi sortir d'ici, il y a des mains qui fouillent dans mes entrailles. Alors qu'il n'y a pas de fruit en moi, pas de pommes qui donneraient des poires. Il n'y a pas de mélange. Le médecin dit que j'ai des enfants. Je l'ai persuadé du contraire. Volatilisés, envolés. De tels enfants on ne les a pas. Ils vous sont sortis de la tête forcément, par ici la sortie. Sa mère se frappa le front de la paume de la main, puis la nuque, puis le front de nouveau, puis la nuque. Expulsés d'une secousse, c'est aussi simple que ça.

Helene se dirigea vers sa mère. Elle prit une de ses mains fraîches. De la peau et des os. Sa peau vieillie était douce, le dos des mains sec et doux, la paume douce et lisse.

Ne touchez pas. L'infirmier qui était resté à la porte et surveillait la visite fit mine d'approcher.

Vous n'avez pas d'infirmière ici ? Helene avait crié, elle fut effrayée du volume de sa propre voix.

Si, il y aussi des infirmières. Mais pour certaines patientes on a besoin d'un peu plus de force, vous saisissez ?

Il se pourrait, il se pourrait que je morde, se pourrait que je morde, se pourrait que je griffe, à petits coups, tout fins. Sa mère chantonnait d'une voix de jeune fille.

Je t'ai apporté quelque chose. Helene ouvrit son sac. Une brosse, un miroir.

Vous permettez, l'infirmier tendit la main. Le mieux est que je prenne les affaires et que je les garde. Par mesure de protection et de sûreté, ici les malades ne doivent rien garder en leur possession.

Mais sa mère avait déjà saisi la brosse et commença à se brosser vivement les cheveux. Et par-delà les monts de l'âpre Forêt Noire, j'entends toujours le moulin, le moulin du Val. Elle chantait insouciante, fredonnant de la voix de cette jeune fille qu'elle avait été jadis.

L'infirmier tapa du pied. Il en avait assez.

Dieu sait d'où elle tient toutes ses chansons.

L'infirmier saisit la brosse et l'arracha des mains de sa mère. Le miroir glissa alors de ses genoux et se brisa en heurtant le sol. Et lui aussi, cria l'infirmier en ramassant le miroir et les débris par terre. L'infirmier ne lui avait pas plutôt arraché la brosse et ne s'était emparé du miroir que sa mère se laissa glisser de son banc par terre. Elle riait. Découvrant des brèches noires. Helene fut effrayée de voir ces trous dans les gencives de sa mère. Sa mère riait, se gargarisait de rire, elle ne pouvait plus se calmer.

Cela ne sert à rien, mademoiselle, vous voyez bien !

Qu'est-ce que vous voulez dire, servir à quoi ? Helene demandait sans se retourner vers l'infirmier, elle se baissa et posa sa main sur la tête de sa mère, les cheveux gris étaient secs et hirsutes. Sa mère ne se défendit pas, elle riait. Ma mère n'est pas folle, pas comme vous le pensez. Elle n'est pas à sa place ici. Je veux l'emmener.

Je regrette, nous avons des instructions et nous les observons. Vous ne pouvez pas emmener cette femme comme ça, même si c'était votre fille, vous n'en auriez pas le droit.

Viens maman, Helene saisit sa mère sous les bras pour la relever.

L'infirmier se précipita sur elles et sépara la mère et la fille. Vous n'avez pas entendu. Ce sont les instructions.

Je veux parler au professeur. Quel est son nom déjà, Nitsche ?

Le professeur se trouve en ce moment dans une réunion importante.

Ah oui ? Alors j'attendrai que sa réunion soit terminée.

Je regrette, mademoiselle. Il ne vous parlera pas malgré tout. Il faut lui demander rendez-vous par écrit.

Par écrit. Helene chercha dans son sac, elle trouva le carnet noir que Wilhelm lui avait offert quelques jours avant et en déchira une page. Ses mains lui renvoyaient l'odeur de sa mère, son rire, sa peur, le sébum de ses cheveux et la sueur de ses aisselles. Au crayon elle écrivit : Monsieur le Professeur.

Mademoiselle, je vous en prie. Voulez-vous que nous vous gardions ici vous aussi ? Je pense que le professeur ne trouverait pas cela sans intérêt d'un certain point de vue – il examine si ces maladies sont héréditaires, finalement. Quel est votre nom, déjà ?

Un peu de respect, jeune homme, l'heure de Wilhelm était arrivée, il s'interposa. Vous allez laisser partir mademoiselle maintenant. Cette jeune femme est ma fiancée.

L'infirmier ouvrit la porte. Wilhelm tendit son bras à Helene. Tu viens, trésor ?

Helene savait qu'elle n'avait pas d'autre alternative. Elle prit le bras de Wilhelm et marcha vers la porte. À l'extrémité du couloir ils entendirent un cri perçant derrière eux. On ne pouvait pas démêler clairement si c'était un cri humain ou animal. Helene ne reconnut pas non plus de qui était ce cri, ce pouvait être le cri de sa mère. Un infirmier leur ouvrit la porte. Wilhelm et Helene passèrent en silence le couloir suivant. Le silence de cet endroit était inquiétant, il avait quelque chose de définitif.

Wilhelm et Helene prirent place dans le train de Berlin en silence. Le train passa sous un tunnel. Helene sentait que Wilhelm attendait des remerciements.

S'il te plaît, dit-elle, ne m'appelle plus trésor.

Mais tu es mon trésor. Les yeux de Wilhelm étaient rivés à la figure d'Helene. Demain je dois repartir pour Stettin pour une semaine. Je ne veux pas te laisser seule à Berlin plus longtemps.

Pourquoi serais-je seule ? Mes patients m'attendent, ils ont besoin de moi.

Crois-tu qu'il n'y ait pas de patients qui t'attendent à Stettin ? Tu en trouveras dans le monde entier. Mais il n'y en a qu'un comme moi. Alice, ma douce, ton abstinence est noble, pour dire la vérité, elle me rend fou. Il faut en finir avec cela aussi. J'ai besoin de toi.

Helene prit sa main. Tu n'as pas à me persuader, dit-elle et elle embrassa sa main. Cela la réconfortait d'entendre qu'on avait besoin d'elle. Mais comment aborder cela ?

Avec quels certificats pourrais-je t'épouser ? Elle chuchotait. Je n'en possède aucun, pas un seul.

Cela se trouve, affirma Wilhelm à la légère. Tu m'as bien dit un jour que tu t'es déjà servie d'une imprimante ?

Helene secoua la tête. Le papier, les caractères, les tampons et le cachet qui conviennent. Ces certificats sont tout sauf simples à imprimer.

J'en fais mon affaire, promis ?

Helene acquiesça, c'était bien qu'il veuille s'en occuper. Wilhelm évoqua un frère qu'il avait à Gelbensande, depuis son mariage il tenait une ferme, mais il s'y connaissait en faux papiers.

À l'hôpital on menaçait Helene depuis un certain temps, il fallait qu'elle produise enfin ses papiers, sa carte d'identité, au moins un extrait de naissance et les extraits de naissance de ses parents, de préférence leur livret de famille, on voulait les voir. Helene avait prétendu qu'elle ne possédait pas de carte d'identité et toujours elle faisait l'étonnée, elle avait oublié ses papiers. On lui avait donné un délai. D'ici la fin du mois elle devait produire les papiers, sinon elle serait licenciée.

Ce n'est qu'après avoir sorti une pomme un peu ridée du panier, l'avoir astiquée contre sa jupe blanche, découpée au couteau et épépinée pour en tendre un quartier à Wilhelm et que son regard eut embrassé au loin la vallée de l'Oder, les chaînes de collines avoisinantes, les installations portuaires et le Dammscher See, qu'il se fut attardé un peu au-dessus des bordures de la Hakenterrasse [1] plus proches, avant de descendre vers l'Oder où accostait un des vapeurs blancs invitant à l'excursion des gens munis de parasols ou de parapluies selon le temps qu'ils escomptaient pour ce jour de début mai, qu'Helene prit conscience qu'elle ne s'était jamais représenté un mariage. C'était donc comme ça. Helene ramena sur sa poitrine le manteau jeté sur ses épaules nues. Il faisait frais ici, on sentait l'air marin, la proximité de la côte. Helene se lécha les lèvres, elle croyait sentir le goût du sel. Le matin, l'employé de mairie avait inclus le vent dans ses vœux, car le mariage était un havre de sûreté contre de tels vents et la femme devait donner à l'homme qui la protégeait un foyer plaisant et sûr. Il avait ri et, en cette matinée de mai, leur avait conseillé d'aller boire un schnaps. Un vent froid montait vers eux. Wilhelm mâchait la pomme, il mâchait vigoureusement, et Helene entendait le broiement, le jus entre ses dents, sa salive, son désir, il se pencha, examina Helene avec insistance, écarta les mèches de cheveux que le vent lui soufflait dans la figure

1. Promenade renommée à Stettin donnant sur l'Oder, bordée de bâtiments historiques.

et l'embrassa sur le front. Maintenant il en avait le droit, et de bien plus encore. Une mouette riait. Sur le chemin un peu en contrebas, une jeune femme poussait un landau, elle le poussait en avant de la hanche, par à-coups, l'enfant la serrait des deux bras, il criait, un large châle voletait autour d'elle, elle tentait de faire tenir le châle autour de l'enfant, mais le châle se redressait à l'horizontale dans le vent, et l'enfant criait comme s'il avait faim, ou qu'il avait mal.

Incroyable, non ? Wilhelm regardait vers le bas.

Il a sûrement mal au ventre.

Je voulais dire tous ces bateaux ici. Son quartier de pomme en main, Wilhelm lui montra un long navire, le bras tendu. Bientôt des tonnes de raves du Mecklembourg arriveront ici par notre autoroute et elles seront chargées et expédiées dans le monde. Cette année nous pulvériserons notre record de 1913, notre transbordement de marchandises atteindra son maximum, huit millions et demi de tonnes, c'est prodigieux. Heureusement que nous avons mis un terme à l'internationalisation de nos routes maritimes. Ce n'est pas à Versailles de nous dicter ce que nous allons faire de nos fleuves. Wilhelm se leva et désigna le nord-est de son bras tendu. Regarde cet énorme bloc là-devant. Ils vont terminer la deuxième phase de sa construction les prochaines semaines, le plus grand entrepôt de céréales d'Europe. Wilhelm se leva, plein d'admiration, de fierté, les poings sur les hanches, indéniablement l'entrepôt était partie intégrante de Wilhelm et Wilhelm de l'entrepôt. Il se rassit. Helene fit la moue et serra les lèvres, elle avait du mal à réprimer un bâillement. Quand Wilhelm était lancé, il était malaisé de couper court à ses manifestations d'enthousiasme pour de nouveaux acquis techniques ou de nouvelles constructions. Tu vois le mât de ce bateau, là, à droite ? C'est l'antenne, avec ça nous pouvons capter les ondes radiophoniques, les émetteurs radio, et là-bas avec cet autre mât, nous pouvons émettre.

Pour quoi faire ?

Pour mieux communiquer, Alice. Là-derrière on voit le Rügen, les deux cheminées, Bon Dieu, ça c'est un Gribel[1], Wilhelm laissa

1. Nom d'une compagnie d'armateurs.

retomber son bras et s'accouda dans l'herbe. Il regarda Helene. Elle sentit son regard glisser sur elle et s'attarder sur son visage.

La perspective de leur nuit de noces imminente embarrassait Helene. Toute la journée elle avait senti sur elle ses regards joyeux et les avait évités. Maintenant, elle plissait les yeux parce qu'ici sur la hauteur, la clarté éblouissait et le vent soufflait. Elle lui rendit son regard.

J'ai droit à un sourire ? Wilhelm lui leva le menton du doigt.

Dressé comme il l'était à l'instant – même assis maintenant il la dépassait –, aujourd'hui Wilhelm lui paraissait encore plus grand que d'habitude. Helene s'efforça de sourire.

Wilhelm n'avait pas dévié de sa voie initiale. Quand la loi sur la protection du sang avait été promulguée en septembre, il n'en avait pas parlé une seule fois. Ses démarches pour les papiers d'Helene avaient traîné en longueur, elle avait dû cesser de travailler au Bethanien et on lui avait enjoint de quitter le foyer d'infirmières. De retour à l'appartement de Fanny, Helene s'était réjouie qu'Eric semblât avoir quitté définitivement Fanny. Wilhelm rencontrait Helene aussi souvent que possible. Il s'excusait que cela dure aussi longtemps et parfois il lui donnait un peu d'argent qu'elle glissait dans son porte-monnaie, soulagée de moins dépendre de Fanny. Wilhelm avait évoqué une fois l'un de ses collègues qui avait demandé le divorce, ne voulant pas encourir plus longtemps le reproche de souiller la race. Helene s'était demandé s'il le lui disait pour qu'elle sache bien les risques qu'il prenait pour elle ou si c'était tout bonnement l'expression d'un début d'aveuglement. Finalement il le disait comme s'il était à des lieues de considérer que lui-même souillait la race. Peu après ils s'étaient donné rendez-vous au Lietzensee, près de la digue au-dessus de laquelle passait la route. Les feuilles des platanes jonchaient le sol, jaunes et lisses. Je ne fais pas les choses à moitié, dit Wilhelm en lui remettant une enveloppe. Elle s'assit sur un banc, à côté d'un tronc tacheté. Wilhelm prit place auprès d'elle. Il l'entoura de son bras et l'embrassa sur l'oreille. Elle ouvrit l'enveloppe, dedans se trouvaient un diplôme d'infirmière et un carnet scintillant comme du bronze, un livret et un passeport généalogique un peu froissé mais presque neuf. Il sentait encore. Elle le feuilleta. Elle s'appelait Alice Schulze, son père était un certain Bertram Otto Schulze originaire de Dresde, sa mère une certaine Auguste Clementine Hedwig, née Schröder.

Qui sont ces gens ? Le cœur d'Helene battait régulièrement, elle ne pouvait s'empêcher de sourire parce que ces noms avaient une sonorité si nouvelle, si inconnue et si lourde de promesses pour elle, ces noms devaient lui revenir, devenir siens.

Ne pose pas de question. Wilhelm lui mit une main sur la bouche.

Et si quelqu'un me le demande ?

Les Schulze étaient nos voisins à Dresde. Des gens simples.

Wilhelm voulait en rester là de ses explications, mais Helene insista. Elle lui chatouilla le menton : Continue, et elle lui sourit, elle savait que Wilhelm n'aimait pas lui refuser quelque chose.

Nous étions neuf enfants, eux n'en avaient qu'une, une fille. Alice jouait souvent seule dans la rue jusqu'à la nuit tombée. Elle adorait venir chez nous et s'asseoir à la grande table avec nous, mais elle ne voulait rien manger, elle voulait juste être assise avec nous à la grande table. Un jour ses parents firent courir la nouvelle qu'Alice s'était enfuie. Nous les enfants, nous avons aidé aux recherches, mais Alice avait disparu. Tu lui ressembles un peu.

J'ai disparu ? Helene rit, l'idée d'être une disparue la réjouissait.

Elle avait à peu près ton âge. Tout le monde dans notre rue croyait qu'Alice avait été assassinée par ses parents. Sinon, comment auraient-ils pu prétendre avec autant de certitude qu'elle s'était enfuie ?

Par ses parents ?

Wilhelm leva de l'index le menton d'Helene comme il aimait à le faire quand il la trouvait trop sérieuse. Nous nous étonnions juste qu'ils continuent à vivre comme avant, on ne leur voyait aucun signe de deuil. Ils n'ont même pas voulu alerter la police. Chacun d'entre nous a caressé l'idée d'aller au commissariat. Alice aurait dû entrer à l'école l'été suivant, aucun instituteur n'a donc été alerté. Mon Dieu, tu as bien, toi aussi, quelques frères et sœurs qui sont morts, n'est-ce pas ? Tout ce monde qui mourait sans certificat de décès. Peu après, la femme est tombée dans les escaliers et elle est morte sur le coup. L'homme a vécu jusqu'à l'année dernière, il est devenu très âgé, il a toujours été âgé.

Et ils sont censés être mes parents ?

Tu voulais le savoir. Wilhelm se frotta les mains, il avait peut-être froid. C'est comme ça, maintenant tu le sais.

Et leurs ascendants ? Les grands-parents, les arrière-grands-parents – là on mentionne plein de noms que personne ne connaît.

Ils existent, dit Wilhelm. Il n'en avait pas dit davantage et lui avait pris le passeport généalogique des mains, l'avait roulé, puis enfoui dans la poche intérieure de son pardessus. Il s'était emparé de sa main et lui avait proposé de se marier à Stettin où il louait un appartement dans l'Elisabethstrasse depuis quelques mois déjà, et où les tampons et les cachets de Dresde avaient encore moins de chances d'être connus qu'à Berlin.

Helene avait acquiescé. Elle avait toujours eu envie de voir un vrai grand port. Avant même la Noël ils étaient partis pour Stettin. Cela lui en avait coûté de prendre congé de Martha et de Leontine. Elles s'étaient retrouvées le dernier soir dans l'appartement de Leontine, les épais rideaux de velours étaient tirés, Leontine avait offert du whisky irlandais et des cigarettes brunes, trouvant que c'était ce qui convenait à la situation.

Alors quand je t'écrirai, avait dit Martha, il faudra que j'écrive à Alice maintenant ? Leontine avait objecté en riant que personne ne pouvait résilier unilatéralement un lien de parenté. Je t'écrirai toutes les semaines, avait promis Martha, sous le nom d'Elsa, d'une adresse de Bautzen.

À Stettin Wilhelm les avaient inscrits au service de l'état civil, leurs fiançailles furent enregistrées et les bans publiés. Il faisait coucher Helene dans une petite chambre à côté de la cuisine, elle se félicitait des égards qu'il prenait. Le mariage devait avoir lieu début mai. Helene n'avait pas à travailler, Wilhelm lui donnait de l'argent, elle faisait les courses et lui laissait les tickets de caisse sur la table, elle s'occupait de la cuisine, de la lessive, du repassage et du chauffage. Elle était reconnaissante. Quand Wilhelm manifestait le souhait de manger des roulades de bœuf au dîner, elle pouvait courir les boucheries la moitié de la matinée pour dénicher de la viande à roulades. Wilhelm refusait qu'elle fasse les courses à côté chez Wolff dans la Bismarkstrasse. Si aimable fût-il et quels que fussent les prix qu'il consentait à Helene. On ne va pas soutenir de telles personnes, disait Wilhelm, Helene savait ce qu'il entendait par telles et craignait qu'il ne la suive pour vérifier si elle observait ses consignes. Une fois ils s'étaient rencontrés par hasard, Helene sortait deux livres sous le bras de la bibliothèque du Rosengarten, quand Wilhelm l'avait hélée de l'autre côté de la rue. Il avait jeté un regard furtif sur ses livres. Buber, faut-il vraiment lire cela ? *L'Heure et la connaissance*, Ouh, un titre à faire peur. Quelle connaissance espères-tu en tirer, avait-il demandé en riant. Il lui avait passé un bras autour des épaules et dit à l'oreille : Mais, c'est qu'il faut te surveiller. Je ne veux pas que tu fréquentes cette bibliothèque. La Volksbibliothek est pourtant là tout près, au coin. Tu arriveras bien à faire les quelques mètres qui nous séparent de la Grüne Schanze.

Wilhelm lui laissait une chemise à laquelle manquait un bouton et Helene faisait toutes les merceries pour revenir finalement à la première boutique échanger le bouton manquant contre une série complète, faute d'avoir trouvé le même. Helene éprouvait un sentiment de reconnaissance qui la rendait gaie.

Un jour Wilhelm dit qu'en pénétrant dans leur appartement on remarquait alors combien le couloir de la maison était sale. C'était un compliment. Tu es merveilleuse, Alice. Mais il faut que je te dise une chose, il la regardait sévèrement, la voisine du rez-de-chaussée m'a rapporté qu'elle t'avait vue entrer dans la boutique du mercier de la Schuhstrasse, la semaine dernière. Il s'appelle Bader, n'est-ce pas ? Helene se sentit rougir. Baden, Herbert Baden, j'y vais depuis Noël, il a de la belle marchandise, de tels boutons, je n'en ai trouvé nulle part ailleurs. Wilhelm n'avait pas regardé Helene, il avait bu une grande gorgée de son verre de bière et dit : Mon Dieu, eh bien tu n'as qu'à acheter d'autres boutons. Ne vois-tu pas que tu nous mets en danger ? Pas seulement toi, moi aussi.

Le lendemain matin dès que Wilhelm eut quitté l'appartement, Helene se mit au travail. Elle frotta et briqua l'escalier du grenier jusqu'à l'entrée du bas. Pour finir elle le cira si bien qu'il brillait et qu'Helene était tout imprégnée de l'odeur de cire. Le soir Wilhelm ne remarqua pas la propreté de l'escalier et Helene ne dit rien. Elle était contente d'avoir quelque chose à faire, non seulement elle obéissait bien, mais elle obéissait volontiers. Qu'y avait-il de meilleur que la solide perspective de choses à accomplir, de tâches, de courses dont l'exécution ne donnait qu'un souci : que le temps puisse manquer. Et puis ainsi Helene savait à quoi penser, la crème à chaussures et le lard fumé pour le dîner. Elle préférait s'acquitter des tâches avant que Wilhelm ne manque de quelque chose ou ne fasse une observation. En rentrant du travail, il disait qu'il était drôlement heureux de la savoir à la maison et de l'avoir autour de lui. Ma petite fée du logis, l'appelait-il depuis peu. Il lui manquait juste une petite chose, avait-il dit en souriant. Il attendait le mois de mai avec impatience.

Le vent avait tourné à la hauteur de la Hakenterrasse et leur soufflait maintenant d'en bas en plein visage. Wilhelm l'empêcha de couper et d'épépiner la seconde pomme, il voulait y mordre à pleines dents. Elle lui tendit la pomme entière.

Et le gros là-bas, n'est-il pas magnifique ? Wilhelm déballa ses jumelles, il suivit des yeux l'immense cargo, puis observa un temps de silence inhabituellement long. Helene hésitait à lui dire qu'elle avait froid ; cela lui gâcherait l'humeur, mais il fit lui-même une grimace. Le nom jure un peu, Arthur Kunstmann. Tu sais qui est Kunstmann.

Helene secoua la tête, perplexe. Wilhelm leva ses jumelles de nouveau. La plus grande compagnie d'armateurs de Prusse. Eh bien, cela va changer.

Pourquoi ?

Fritzen & fils font de meilleures affaires. Soudain Wilhelm hurla : Plus vite, les gars ! Il se frappa les cuisses comme si un rameur avait pu l'entendre d'en bas. Ils sont trop lents, nos gars. Wilhelm abaissa ses jumelles. Cela ne t'intéresse pas ? Étonné, un peu apitoyé, il dévisagea Helene qui, de si loin, pouvait juste distinguer qu'il s'agissait d'une équipe de huit, en bas de l'autre côté de la rive. Peut-être allait-il lui tendre ses jumelles pour lui faire partager son plaisir ? Mais Wilhelm était maintenant convaincu qu'Helene ne s'intéressait pas à l'aviron. Il se colla les jumelles à l'œil en jubilant. Gummi Schäfer et Walter Volle, ils nous feront gagner. Vite, vite ! Trop dommage que je sois obligé de surveiller les derniers travaux ici, j'aimerais tellement être à Berlin en août.

Nos gars ? Pourquoi vaincre, quelle importance cela a-t-il pour toi ? Helene s'efforça de s'abstraire des cris du nourrisson et suivit le regard de Wilhelm vers le bas, vers l'eau.

Tu n'y comprends rien, petite. Nous sommes les meilleurs. Le beau sexe n'entend rien à la compétition, mais quand Gummi nous aura remporté la coupe d'or, alors tu verras ce qui se passera.

Qu'est-ce qui se passera ?

Alice, trésor ? Wilhelm abaissa les jumelles et dévisagea sévèrement Helene. Il disait cela d'une voix menaçante, il aimait bien menacer Helene par jeu quand elle posait trop de questions. Helene ne réussit pas à sourire. Rien qu'en pensant à la nuit imminente, leur première nuit commune d'homme et de femme, elle ne parvenait même plus à le regarder. Avec ses questions elle lui donnait peut-être l'impression de douter de ses paroles, de trouver sa joie suspecte, qui sait. Sa femme ne devait pas douter de lui, c'était certain, elle devait le respecter et apprendre à se taire de temps à autre pour lui, gaiement. Un peu d'allégresse ne serait pas malvenue non plus, juste un petit peu, une allégresse discrète, enjouée, féminine, voilà qui aurait sûrement beaucoup plu à Wilhelm. Helene avait le sentiment qu'il était content quand elle hochait la tête en signe d'approbation et qu'elle acceptait tout bêtement ce qu'il disait. Et ne pouvait-elle pas, en effet, accepter une petite chose de temps à autre tout simplement ? La veille au soir, il s'était un peu plaint, peut-être était-ce dû à sa nervosité la nuit d'avant leur mariage. En jetant un œil dans son journal, il avait dit qu'un doute l'effleurait parfois : son Alice serait-elle de nature maussade ? Comme aucune réponse ne venait à l'esprit d'Helene et qu'elle continuait à essuyer le fourneau en silence, il avait ajouté : il avait cru parfois remarquer chez elle une tendance à la maussaderie, et même aussi à la sècheresse.

Maintenant Wilhelm regardait dans ses jumelles. Helene avait secrètement honte. Allait-elle lui tenir rigueur de tout voir en rose le jour de son mariage ? Elle se tut et se demanda sérieusement ce qui pourrait bien se passer si c'était l'équipe allemande d'aviron qui gagnait aux Jeux olympiques, dans quelques semaines. Elle se demandait aussi pourquoi Martha ne répondait pas à ses lettres et décida d'écrire à Leontine. Leontine était fiable, pas plus tard qu'au carnaval elle avait écrit à Helene, elle était très contente de lui annoncer qu'elle pourrait probablement faire sortir leur mère de Sonnenschein. Heureusement la vieille Mariechen était restée fidèle au poste et elle se réjouirait vivement du retour de sa dame, c'était certain. Leontine avait signé Leo et Helene avait été soulagée, elle ne cessait de relire la lettre, le nom de Leo, et elle était heureuse.

En bas au débarcadère, le vapeur d'excursion appareillait, les mouettes encerclaient le bateau, espérant sûrement que les excursionnistes allaient jeter quelque chose de comestible par-dessus bord. La cheminée crachait une fumée noire. Helene sentit une goutte sur sa main. Wilhelm ouvrit la bouteille de bière. Ne voulait-elle pas boire sa limonade ? Helene secoua la tête. Elle savait qu'il fallait qu'elle se donne à lui cette nuit, entièrement, telle qu'il ne l'avait jamais possédée. Il s'en faisait une joie. Elle pensait avec lenteur, par à-coups. Elle pensait qu'elle n'allait pas pouvoir porter son bon vieux maillot de corps ce soir. S'ils étaient restés à Berlin, on aurait pu, on aurait dû même donner une fête pour la noce, mais qui auraient-ils pu inviter ? Martha, Leontine et Fanny n'auraient pas été de bonne compagnie, on aurait bientôt su que quelque chose clochait avec leurs papiers, et Martha aurait bien été capable de rire sous cape aux paroles de l'employé de mairie. Et Eric aurait pu surgir et jouer les trouble-fête. Mieux valait être partis suffisamment loin et avoir coupé à ce genre de fête.

Helene prit le cornet de papier dans le panier et piocha dedans. Quand elle mangeait des raisins secs, elle était heureuse.

Ils feraient encore un petit tour du port en bateau ; avec le Hanni ou le Hans, celui des deux vénérables vapeurs coiffés de véritables maisons qui pourrait les prendre aujourd'hui. Tous les enfants de Stettin connaissaient les cheminées bariolées des bateaux de la Maris, et Helene souhaitait depuis longtemps naviguer sur l'un deux.

On y va. Helene emballa couteau et trognons de pomme, remit la bouteille de bière vide dans le panier et posa la petite couverture dessus. Ils commencèrent à descendre vers le quai. Wilhelm la prit par la main et elle se laissa remorquer. Dans son dos elle ferma les yeux, se laissant guider comme une aveugle. Qu'aurait-il bien pu lui arriver ? Elle ressentait une grande fatigue, une faiblesse qui la terrassait, elle aurait pu s'endormir sur-le-champ, mais le jour de noces n'en était même pas à la moitié. Wilhelm acheta deux billets pour le *Hanni* de la ligne Gotzlow. Le bateau tanguait et Helene mettait de temps en temps sa main devant sa bouche pour qu'on ne la vît pas bâiller.

Pendant la promenade, avec le vent qui augmentait et le bateau qui tanguait de plus en plus, il n'y eut pas d'échange de paroles entre Wilhelm et elle. Le lien entre eux n'avait pas simplement faibli, il avait disparu tranché net. Deux étrangers se faisaient face et chacun regardait dans sa propre direction.

Wilhelm ne lui adressa la parole de nouveau qu'après avoir commandé une saucisse à la moutarde au serveur : Tu as faim ? Helene secoua la tête. Ils avaient beau être à couvert – dehors les bordées d'eau frappaient les vitres sur lesquelles coulaient des fils de perles d'eau et le ciel avait l'air brisé – Helene avait mal au cœur à cause du tangage et elle avait froid aux pieds. Tout était si sale sur ce bateau, les poignées des rambardes étaient poisseuses, jusqu'à l'assiette où était servie la saucisse de Wilhelm qui lui semblait exhiber une trace sale, vestige de la portion de moutarde du client précédent. Helene se retint avec peine de le faire remarquer à Wilhelm. À quoi bon ? Il savourait sa saucisse. Helene s'excusa, elle voulait se laver les mains. Cela tanguait à vous rendre malade si vous ne l'étiez déjà. Helene se hissait d'une rambarde à l'autre. Comment avait-elle pu oublier ses gants ? Une excursion sans gants était une aventure d'un genre tout particulier. Wilhelm se serait certainement moqué d'elle parce qu'elle portait des gants en mai, des gants pour le mariage, alors que têtue comme elle était, elle avait dédaigné la traditionnelle robe de mariée et lui avait préféré un tailleur blanc qu'il trouvait sûrement simplet. Mais la porte de la petite cabine derrière laquelle, à côté de la trappe, Helene avait espéré trouver un récipient d'eau pour se laver les mains affichait une pancarte hors service, et elle dut rebrousser chemin, bredouille. Sur le bateau on se préparait déjà à accoster, on lançait des cordages, des hommes criaient des instructions à d'autres hommes et le vapeur fut tiré vers l'appontement par deux solides matelots. Helene sentait un picotement à la gorge.

Ma femme, nous allons manger, puis nous rentrons ? Wilhelm saisit sa main en descendant. Ses paroles sonnaient comme le prologue d'une pièce de théâtre, il s'inclina devant elle en les prononçant. Elle savait pourquoi. D'abord la mairie le matin, ensuite la petite virée dans sa nouvelle auto qui les avait conduits à Braunsfelde pour lui montrer Elsässer Strasse, un trou qui recèlerait bientôt les fondations de leur maison, le pique-nique de midi, et enfin tout ce tour du port, voilà qui avait mis sa patience à rude épreuve. Helene s'assit dans l'auto, noua son foulard neuf, bien que ce fût une automobile couverte, et se tint à la poignée. Wilhelm mit le moteur en route.

Tu n'es pas obligée de tenir tout le temps la poignée de la porte

Mais j'en ai envie.

La porte pourrait s'ouvrir, trésor, lâche-là.

Helene obéit, supposant que le contredire davantage l'irriterait inutilement.

Wilhelm avait retenu une table à l'auberge au pied du château, mais après avoir avalé quelques bouchées de jambonneau, il dit qu'il n'avait plus faim. Si elle ne voulait plus rien, il allait demander l'addition. Il demanda l'addition et ramena sa mariée à la maison.

Le matin elle avait fait le lit, le lit conjugal qu'il avait fait livrer une semaine auparavant.

Wilhelm lui dit qu'elle n'avait qu'à aller se déshabiller dans sa petite chambre. Elle alla dans sa petite chambre et se déshabilla. Elle portait une chemise de nuit blanche qu'elle avait décorée de petites roses et de fines guirlandes de feuilles ces dernières semaines, des petites roses et des guirlandes de feuilles brodées aux points que Mariechen lui avait appris jadis. Quand elle revint, il avait éteint la lumière dans la pièce. Une forte bouffée d'eau de Cologne lui sauta au visage. Il faisait sombre dans la chambre à coucher. Helene avançait à tâtons.

Je suis là, dit-il en riant. Sa main l'attrapa. Tu n'as pas besoin d'avoir peur, trésor, dit-il en l'attirant à lui sur le lit. Cela ne fait pas mal. Il déboutonna sa chemise de nuit, il voulait toucher ses seins et tâta un moment aveuglément en haut, en bas, sur le côté, jusqu'au dos, puis revint devant comme s'il n'avait rien trouvé, retira ses mains de sa poitrine et étreignit ses fesses. Mais là, il y a quelque chose, dit-il. Il rit de sa plaisanterie et elle sentit sa main rude entre ses jambes. Puis elle perçut des secousses régulières, ses yeux s'habituaient à l'obscurité, la respiration de Wilhelm était étale, presque sans bruit, les secousses devinrent plus violentes, visiblement il travaillait son sexe, il n'était peut-être pas assez dur ou il préférait se soulager sans Helene. Helene sentait sa main heurter sans arrêt ses cuisses, elle tendit la sienne et le toucha.

Bien, dit-il, bien. Il le disait dans l'obscurité en respirant toujours sans bruit, et Helene sursauta, parlait-il pour lui-même ou pour elle ? Helene chercha de la main la sienne, elle voulait l'aider, son membre était dur, brûlante cette verge ! Le nez contre la poitrine de Wilhelm où il ne faisait pas bon s'attarder, l'eau de Cologne lui irritant les muqueuses, comment pouvait-on obturer le nez déjà, respirer par la bouche, respirer par la bouche, la bouche sur le ventre de Wilhelm, ne pas se laisser troubler par ces quelques poils dans la bouche, Helene inclina la tête, plus loin en bas la situation ne pouvait que s'améliorer, elle le chercha des lèvres. Il sentait l'urine et avait un goût salé, aigre et déjà un peu amer, elle eut un haut-le-cœur, mais il redit bien et bien, mais il ne faut pas, ma petite fille, déjà elle aspirait son sexe avec un petit bruit, elle suçait, elle lui donnait sa langue, il la prit par les épaules pour la hisser vers lui, peut-être n'aimait-il pas qu'elle l'aspire ainsi. Alice ? Un doute perçait à l'énoncé de son nom comme s'il ne savait pas bien qui il avait près de lui. Elle chercha sa bouche, s'agenouilla au-dessus de lui. Alice. Il parut pris d'indignation. Il l'empoigna aux épaules, la jeta sous lui et pressa son sexe entre les jambes d'Helene d'une main tremblante, en haletant tout fort à présent comme s'il avait perdu la maîtrise de soi.

C'est comme ça qu'on fait, affirma-t-il en entrant en elle. Bien, redit-il et il répéta, bien.

Helene voulut se redresser, mais il la comprimait contre le matelas, il se souleva sur les genoux, sûrement pour se voir entrer en elle, entrer, sortir, pesant sur l'épaule d'Helene, sa main l'empêchait de se tourner, et soudain il poussa un soupir aigu, puis se laissa tomber sur elle, épuisé. Son corps était lourd.

Helene se sentait la figure en feu. Maintenant elle était contente que Wilhelm eût éteint la lumière. Wilhelm trouvait que c'était bête de pleurer. Sa respiration était calme et régulière, Helene se surprit en train de compter, elle comptait ses respirations, et pour faire diversion elle se mit à compter les battements de son cœur qui reposait sur le sien.

Tu ne t'attendais pas à ça ! Il lui écarta les cheveux du front. Qu'est-ce que tu en dis ?

Sa voix était douce et fière, il l'interrogeait comme s'il attendait une réponse bien précise.

Tu me plais, dit Helene. Elle s'étonnait d'avoir trouvé ces mots-là. Mais c'était juste, d'une manière générale elle le pensait malgré le moment précédent. La foi inentamable qu'il avait en lui-même lui plaisait. Pourtant Helene ne pouvait s'empêcher de songer à Carl, à ses mains qui avaient fini par faire corps avec les siennes, ils étaient parfois un corps à deux têtes, parfois un corps sans tête, ses lèvres douces, et son sexe assez petit presque pointu, qui restait gravé dans les pensées et les mouvements d'Helene.

Maintenant je vais te montrer autrement. Wilhelm parlait d'une voix de maître d'école. Il se tourna fougueusement sur le dos, saisit Helene aux hanches et l'attira sur lui. Là, comme ça. Il la bougeait. Un peu plus vite, exactement.

Toutes ces paroles dérangeaient Helene. Cela lui coûtait de l'écouter tout le temps, d'écouter ce qu'il disait et de l'oublier ensuite, de s'oublier, s'oublier tant et si bien qu'on en perdait la vue et l'ouie.

Là. Fais attention. Maintenant prends ta main, là, tiens-moi fort.

Helene ne put s'empêcher de sourire, épuisée. C'était une chance qu'il ne la vît pas. Il portait des coups de butoir et parlait en même temps, à mots brefs, instructifs. Elle ne voulait pas le contredire, le provoquer. Il enfonçait ses doigts dans ses hanches, cherchant un appui pour la faire bouger sur lui.

Là c'est bien.

Helene le laissa un moment la faire bouger. Moins elle voulait elle-même, plus cela semblait lui plaire. Une marionnette, se dit Helene, cela ne lui plaisait pas et elle ne savait pas comment lui retirer la direction des opérations. Brusquement elle cambra les fesses et s'éloigna de lui.

Fais attention, cria-t-il, et il soupira. Juste avant, se plaignit-il.

Elle prit sa main, elle voulait la tenir, mais il se libéra, la repoussa, il soumit Helene et lui retomba dessus. Il enfonçait son sexe en elle comme on enfonce un clou dans le mur avec un marteau. Un coup après l'autre, régulièrement, Pas d'autre bruit, juste son marteau, le drap et le matelas. Un jappement aigu, puis il roula sur le côté. Helene fixait l'obscurité.

Il était couché sur le dos et salivait de bien-être. C'est ça l'amour, Alice, dit-il.

Elle ne trouva pas de réponse. Sans transition il se tourna vers elle, l'embrassa sur le nez et lui tourna le dos. Excuse-moi, dit-il en tirant la couverture sur lui, je ne peux pas dormir quand j'ai le souffle d'une femme dans la figure.

Helene mit du temps à s'endormir, elle se moquait de savoir quelles femmes lui avaient soufflé leur haleine dans la figure et quand et où, sa semence s'écoulait d'elle en un mince filet et collait entre ses jambes, puis ce fut comme si elle avait dormi deux minutes, et elle sentit de nouveau les mains de Wilhelm sur ses hanches.

Comme ça, c'est bien, oui, dit-il. Et il la tourna sur le ventre. Il s'agenouilla derrière elle, l'attira vers lui et la pénétra.

Ça brûlait. Il lui comprimait le dos de sa grande main, ça lui faisait mal, il l'écrasait sous lui contre le matelas. Oui, tu peux toujours remuer, tu ne m'échapperas pas.

Helene lui donna de toutes ses forces un coup dans les genoux qui le fit crier.

Qu'est-ce qui te prend ? Il la saisit aux épaules, ils se calmèrent. Cela ne te plaît pas ?

Tu veux que je te montre ce qui me plaît ? Elle posait la question pour se défendre, aucune réponse ne lui venant à l'esprit, elle ne voulait pas le blesser, mais il acquiesça. Oui, montre-le-moi. Elle s'approcha de lui, de son grand corps, il était agenouillé sur le matelas, assis sur les talons, son sexe reposait lourd et mou entre ses cuisses puissantes. Tu veux peut-être que je m'allonge ? Il y avait une nuance de sarcasme dans sa voix, ou peut-être était-il seulement déconcerté.

Helene dit oui, oui, allonge-toi. Elle se pencha sur lui et renifla sa sueur en faisant abstraction de sa poitrine et de l'eau de Cologne, une sueur qui avait une odeur un peu étrangère. Elle prit le drap et lui sécha la poitrine, lui frotta le front, les cuisses, l'extérieur, puis l'intérieur. Il restait sur le dos, le corps rigide, comme s'il avait peur.

Elle lécha sa peau avec sa langue, cela le fit rire.

Il la pria d'arrêter, cela le chatouillait. Ce n'est pas comme ça, dit-il.

Elle prit les mains de Wilhelm et les posa sur sa poitrine menue où elles demeurèrent indécises, ne sachant quoi faire, Helene se coucha sur lui et remua, elle pressait son corps contre le sien, elle explorait sa peau de ses lèvres, ses dents le touchaient, le bout souple de ses doigts, ses ongles, elle frottait son pubis contre lui et profita de son excitation montante pour s'asseoir sur lui. Elle se mit à califourchon sur lui, elle s'inclinait en avant pour se rapprocher, elle se penchait en arrière pour humer l'air, elle épiait son souffle, son désir et en ressentait elle-même.

Mais qu'est-ce que tu fais de moi ? Il y avait de la surprise dans la question de Wilhelm, presque de la méfiance. Il n'attendit pas la réponse. Tu es une bête, une vraie bête ! Il prit sa figure entre ses mains et l'embrassa sur le front. Ma femme, dit-il. Il s'adressait à lui-même, avec force, se rassurant. Ma femme.

Est-ce qu'il n'aimait pas sa bouche ? Helene se demandait pourquoi il ne l'embrassait pas, il évitait sa bouche. Il se leva et sortit. Helene entendit l'eau couler, il devait se laver.

Quand il revint et qu'il s'allongea près d'elle sur le matelas lourdement après un temps d'hésitation, il demanda d'une voix rauque : Je peux allumer la lumière ?

Bien sûr. Helene frissonnait agréablement, elle avait tiré la couverture jusque sous son menton. À la lumière Wilhelm avait l'air tout froissé, les ombres creusaient des rides qu'Helene ne lui connaissait pas encore. Lui aussi probablement voyait maintenant les siennes, et de petites bosses, des fossés, des cratères qui lui étaient inconnus jusque-là.

Il faut que je te pose une question. Il avait ramené l'autre couverture sur lui. Il la regardait avec sérieux. Ses yeux avaient l'air d'explorer, avait-il peur ?

Il y a des méthodes, dit-elle, ne t'inquiète pas.

Des méthodes ?

Pour éviter les grossesses, précisa-t-elle.

Ce n'est pas à ça que je pensais. Wilhelm était visiblement troublé. Pourquoi devrais-je éviter une grossesse ? Ou toi ? Non, ce n'est pas ça qu'il faut que je te demande.

C'est quoi ?

J'étais dehors à l'instant et je me suis lavé.

Oui ?

Eh bien, comment dire. Normalement j'aurais dû, il y aurait dû, enfin je croyais, il devrait. Comme pour s'encourager lui-même, il lui leva le menton de son index. Tu n'as pas saigné du tout.

Helene regarda son visage tendu et déconcerté. S'était-il attendu à ce qu'elle ait ses règles ou à ce qu'elle saigne pour d'autres raisons ? Elle leva un sourcil, interrogative à son tour. Et alors ?

Tu sais toi-même ce que cela signifie, maintenant il la regardait irrité. Tu es infirmière, ne fais pas la naïve.

Je n'ai pas saigné, non, si j'avais saigné, je serais blessée.

Je pensais que tu étais vierge. La voix incisive de Wilhelm surprit Helene.

Pourquoi ?

Pourquoi ? Tu te moques de moi ? Cela fait trois ans que je te laisse tranquille, je te procure un passeport généalogique, je me fiance, nom de Dieu, et tu me demandes pourquoi je le pensais ? Écoute un peu, comment aurais-je pu savoir... Wilhelm criait. Il s'était assis et donna du poing contre le matelas à côté d'Helene. Helene recula instinctivement. Elle s'aperçut qu'il avait enfilé un caleçon, un caleçon court, blanc, et assis là en caleçon sur le matelas, il se remit à cogner le matelas. Entre la couture et la cuisse, elle distinguait son sexe qui reposait sur sa cuisse, indifférent, et avait légèrement sursauté quand il avait frappé le matelas. Tu me demandes pourquoi je le croyais. Je me demande, moi, pourquoi j'ai fait ça. Quelle mascarade de mauvais goût, tout ça ici, quelle idiotie. Son poing redoubla de coups dans le matelas, de nouveau son sexe mou sauta dans son caleçon. Qu'est-ce qu'il y a ? Pourquoi sursautes-tu ? Tu as la frousse peut-être ? Il secoua la tête, baissa la voix qui s'empreignit de dédain. Tes larmes ne sont que de la comédie, ma fille. Wilhelm secoua la tête amèrement, il renâclait amèrement, un souffle sec, un bruit qui n'était que mépris, avec mépris il la dévisageait. Il se remit à secouer la tête. Quel imbécile je fais, il se cogna le front de la paume de la main, quelle espèce de veau. Il siffla entre ses dents. Quel cinéma ! Il secoua la tête, renâcla sèchement, secoua la tête.

Helene voulait comprendre ce qui le rendait aussi furieux. Il fallait faire preuve de courage. Pourquoi... ?

C'est monstrueux, tu le sais ? Wilhelm l'interrompit, pas question de la laisser commencer une phrase, d'entendre le son de sa voix si hésitante fût-elle. Qu'est-ce que tu attends de moi, exactement, Helene ? Il la houspillait violemment, il aboyait.

Était-ce la première fois qu'il l'appelait Helene ? Son nom résonnait comme un mot étranger dans sa bouche. Le regard étranger qu'il lui lançait maintenant rendait Helene solitaire. Elle était couchée dans le lit conjugal de Wilhelm, la couverture remontée jusqu'au menton, ses doigts s'étaient repliés sous la couverture telles des griffes froides, des serres qu'elle ne pouvait plus ouvrir, même si elle l'avait voulu, elle devait tenir fort la couverture qui la cachait, cachait son corps de ses regards ; la légère sensation de brûlure des lèvres de son sexe n'était pas grave, elle était couchée dans le lit conjugal de Wilhelm, le lit qu'il s'était acheté pour son mariage avec une vierge, dans lequel il voulait initier une vierge à l'amour. Qu'avait-il pensé qu'elle était ? Quel malentendu les avaient menés dans ce lit l'un et l'autre ?

Wilhelm se leva. Il prit sa couverture, s'en couvrit les épaules et quitta la pièce. Il ferma la porte derrière lui ; elle, elle devait rester, rester là. Helene cherchait des pensées sensées. Elles se refusaient à lui venir. Madame Alice Sehmisch, se disait-elle à elle-même dans l'obscurité. Ses pieds étaient aussi glacés que ses griffes, des serres, des griffes, glacées en mai.

Quand elle n'entendit plus rien, Helene se glissa à la cuisine, elle se lava les mains, mit de l'eau à chauffer et mélangea de l'eau chaude à l'eau froide dans la cuvette blanche en émail, ajouta un jet de vinaigre, s'accroupit sur la cuvette et se lava. Un peu de savon ne lui ferait pas de mal, un peu d'iode peut-être aussi ? De sa main creusée elle puisa l'eau et tâta ses lèvres, leur ouverture, leur fente délicate et lisse, elle les rinça soigneusement, se rinça de lui. De l'eau douce, de l'eau dure. Elle se lava longuement jusqu'à ce que l'eau eût refroidi, puis elle se lava les mains à l'évier.

Recouchée, elle avait toujours les pieds froids. De toute façon elle ne pourrait pas dormir, elle préféra se lever et préparer le petit déjeuner. Elle avait acheté des œufs, Wilhelm aimait les œufs à condition qu'ils ne soient pas trop mollets. Allait-il lui parler ? Qu'allait-il dire ?

Pendant la première demi-heure, Wilhelm, levé, se lava, se rasa, se peigna, et il sembla à Helene qu'il ne lui parlerait plus, plus jamais peut-être. Elle se demanda quels petits mots elle devrait lui écrire à l'avenir, et lui à elle. Ils pourraient s'exercer à la langue des signes. Il lui écrirait des mots où il y aurait les emplettes à faire pour lui et ce qu'il souhaitait manger au dîner. Et elle lui écrirait pourquoi elle n'avait pu avoir d'anguille et que la marchande de poissons avait fait des prix sur les carrelets aujourd'hui. Helene savait se taire, il verrait.

Wilhelm s'était attablé et dégustait une gorgée de café. C'est du vrai café ? Il avait dit cela brusquement, elle acquiesça. Le café était ce qu'il préférait à tout ou presque, elle le savait. Le café venait tout de suite après les automobiles, même avant les mâts émetteurs des bateaux, pour le rang des rameurs et des skieurs de compétition elle ne savait pas exactement.

Pour fêter la journée, je me suis dit. Notre premier matin de mariage.

Bonne idée, dit-il, il hocha la tête avec une expression d'approbation factice, sans pouvoir se défendre d'un sourire. Il souriait pour lui-même, il ne leva pas les yeux vers elle.

Cela sent le pain grillé ou je me trompe ?

Tu ne te trompes pas, dit Helene, elle fit un pas de côté, ouvrit le grille-pain et lui tendit le pain brun foncé.

Tu pourrais peut-être t'asseoir ?

Helene obéit, recula sa chaise et s'assit en face de lui.

Je me suis mis dans de beaux draps, constata Wilhelm. Piégé. Il secoua la tête. Aucune notion d'honneur. Et c'est pour ça que je me suis sali les mains. Falsifié des papiers, t'ai procuré cette maudite identité. Wilhelm secoua la tête et mordit dans le pain grillé.

Helene s'imaginait la honte qu'il devait éprouver.

Essayons quand même. Helene prononça cette phrase en espérant que cette histoire de virginité lui paraîtrait bientôt ridicule.

Wilhelm hocha la tête. Tu ne me feras pas porter de cornes, je te le dis tout de suite. Il lui tendit sa tasse pour qu'elle y verse du lait.

Wilhelm lui avait procuré des papiers, il s'était mis en infraction, il y avait de quoi avoir peur de l'autre désormais, chacun pouvait dénoncer l'autre. Pour la première fois Helene comprit ce qui les différenciait radicalement. Il faisait partie de la société, il était quelqu'un, il s'était fait une place. Wilhelm avait quelque chose à perdre, son image, son honneur dont l'honorabilité de sa femme était partie prenante, sa croyance, sa compatibilité avec un peuple, une nation allemande à laquelle il appartenait par le sang et qu'il voulait servir de son sang.

Nous pourrions sortir en mer, aller à Swinemünde, aujourd'hui, Helene entama cette phrase pour masquer sa frayeur : elle craignait que Wilhelm ne s'aperçût des pensées qui l'envahissaient, qu'il comprît combien l'horreur, la honte, le néant la saisissaient.

Fais-moi plaisir, Alice, ménage-moi aujourd'hui. Je sais que tu aimes la mer, le port. Ne me dis pas que le tour d'hier ne t'a pas suffi.

La nuit n'a pas été facile, dit Helene. Elle voulait se montrer compréhensive.

Oubliée. Cette nuit est oubliée, tu entends ? Wilhelm s'efforçait d'affermir sa voix, et Helene distingua des larmes dans ses yeux. Cela lui faisait de la peine. Je ne savais pas que...

Quoi ? Qu'est-ce que tu ne savais pas ?

Helene ne pouvait pas le lui dire. Elle avait honte de sa légèreté. À aucun moment l'idée ne l'avait effleurée que l'amour de Wilhelm pût être fondé sur son innocence.

J'ai déjà eu des femmes. Mais le mariage est, Wilhelm secoua la tête sans regarder Helene, c'est autre chose. Wilhelm se mordit les lèvres, il se doutait bien qu'il n'était plus possible de trouver un consensus là-dessus a posteriori. Il y avait des moments cette nuit où tu étais comme une bête, un chat sauvage.

Les larmes perlaient dans ses yeux. Des larmes dans les yeux d'un homme qu'Helene n'avait encore jamais vu pleurer.

Elle aurait dû le prendre dans ses bras, mais quelle consolation avait-elle à lui offrir ?

Tu as dû être comme ça avec plein d'hommes ? Maintenant Wilhelm la dévisageait avec mépris, elle pouvait difficilement soutenir son regard, puis son regard s'adoucit, une supplication se lisait dans ses yeux, visiblement il voulait qu'elle lui dise qu'il était unique et quel amant fabuleux il faisait, pas un parmi d'autres, le seul, l'unique.

Helene tendit ses doigts, les contracta, les tendit, ils craquèrent très distinctement. Elle aurait voulu se laver les mains. Qu'est-ce que cela pouvait bien faire de mentir un peu ? Elle le regarda pardessus la table, il était encore temps. C'était facile. Il ne s'en rendrait pas compte. Elle secoua la tête et baissa les yeux. Quand elle les rouvrit avec précaution, elle vit qu'il était décidé à la croire.

Wilhelm se leva, il portait la chemise qu'elle avait repassée le matin même. Il avait l'air prêt à aller travailler. Il toucha son épaule, reconnaissant et furieux en même temps. Il inspira, expira profondément, puis il lui tapota le dos. Ma fille à moi. Il regarda l'heure. Il faut que j'aille voir sur le chantier tout à l'heure, les ouvriers se laissent tous aller le week-end. On a prévu une réunion secrète, si tu attends dans la voiture, tu peux m'accompagner.

Helene acquiesça, Wilhelm lui saisit le poignet. Mais d'abord on va au lit. Un certain triomphe se lisait sur son visage. Était-ce une expression d'arbitraire suscitée par la blessure qu'on lisait dans ses yeux, du défi mêlé de désir ? Et un homme n'avait-il pas des droits sur sa femme ? Il la poussa devant lui dans la chambre à coucher, ferma les rideaux, ouvrit son pantalon d'une main et attrapa sa jupe de l'autre. Remonte ta jupe, dit-il.

Helene remonta sa jupe, ce qui n'était pas une mince affaire. Elle avait cousu cette jupe quelques semaines auparavant d'après un modèle de *Modes et Travaux*, c'était une jupe-fourreau avec juste une courte fente en bas, elle avait trouvé un joli tissu, du coton crème imprimé de fleurs bleues, c'était une jupe osée épousant étroitement la jambe, qui s'arrêtait entre le mollet et la cheville. Wilhelm s'impatientait et prit une profonde inspiration. Elle serait bientôt au bout de ses peines et aurait remonté la jupe assez haut. Il fallait qu'elle pense au linge qu'elle avait laissé tremper trop longtemps, il lui restait encore le poisson à vider pour le déjeuner et elle devrait bientôt mettre le bouillon à cuire si elle voulait avoir du ragoût aux haricots le soir, et ne pas oublier la sarriette non plus qu'elle n'avait pu encore se procurer. Wilhelm lui dit de s'agenouiller sur le lit.

Le grand jour était arrivé : c'était un 27 septembre. Un jour auquel Wilhelm avait aspiré avec une fièvre sans égale, un jour très attendu dans toute l'Allemagne.

Dès le matin, alors qu'Helene venait de s'habiller, le regard de Wilhelm se posa sur ses fesses. Il étreignit ses hanches et lui donna un coup de langue sur les lèvres. Tu es la première femme que j'aime embrasser, tu sais ? Helene sourit, décontenancée, et saisit son sac à main. Wilhelm prenait chaque jour un peu plus de plaisir à la voir décontenancée. Elle connaissait cette prédilection naissante et se donnait de temps en temps l'air décontenancé. Rien de plus facile. Montre-moi tes jarretelles, tu as celles qui ont de petites ancres ? Wilhelm tâtait son porte-jarretelles à travers la laine rigide.

Il faut partir, Wilhelm.

Ne t'inquiète pas, je n'oublie pas l'heure. Il disait cela doucement en se mouvant avec souplesse. Surtout avant les départs, et encore plus un grand jour comme celui-ci, Wilhelm ne voulait pas quitter son foyer sans l'avoir possédée, ne serait-ce qu'en vitesse. Il attrapa sa jupe, la remonta et descendit sa culotte aussi bas que possible, elle n'accédait pas à son désir de porter sa culotte sur son porte-jarretelle. Helene le sentit pénétrer en elle et tandis qu'il la forçait à petits coups pressés, elle ne put s'empêcher de penser à Carl qui l'avait toujours dévêtue entièrement. Qui caressait ses seins, ses bras, ses doigts. La première nuit passée, Wilhelm, lui, s'était contenté de soulever sa jupe.

Il ne l'avait pas possédée une minute qu'il repoussa Helene, au poignet de laquelle pendait encore son sac à main, contre la table. Il s'immobilisa un instant, puis lui donna une tape sur les fesses. Apparemment il avait terminé. Elle ne savait pas s'il avait joui ou si le désir l'avait quitté.

On peut y aller, dit Wilhelm. Il avait remonté son pantalon tombé à terre et bouclé sa ceinture. Il s'observa dans la glace. Il ouvrit sa chemise et s'enduisit généreusement le torse d'eau de Cologne.

Helene voulait se laver, mais Wilhelm dit qu'ils n'avaient malheureusement plus le temps. Et sa manie de se laver tout le temps le rendait fou. Il prit son manteau et l'enfila. Il vérifia son allure en manteau dans la glace. Il sortit son petit peigne de sa poche intérieure et se lissa les cheveux.

Tu crois que ça va ?

Bien sûr, dit Helene, tu es très bien. Elle avait passé son manteau et attendait.

Qu'est-ce que c'est, ça, derrière ? Wilhelm se tordait le cou pour mieux se voir de dos.

Quoi donc ?

Eh bien ça. Tu ne vois pas ce pli bizarre ? Et puis, ce manteau est plein de peluches. Aurais-tu la bonté...

Bien sûr, dit Helene, elle prit la brosse sur la console et brossa le manteau de Wilhelm.

Là aussi, sur les manches. Pas si fort, ma petite, c'est de la belle étoffe.

Enfin ils purent partir. La culotte d'Helene était mouillée, Wilhelm s'écoulait d'elle tandis qu'il gagnait la voiture en marchant trois mètres devant. Peut-être y avait-il aussi déjà un peu de sang, depuis trois mois elle s'était remise à saigner, et ce devait être pour demain ou même aujourd'hui.

L'inauguration de l'autoroute du Reich fut une festivité interminable avec force discours, louanges et serments sur l'avenir, l'Allemagne et son Führer, Heil. Helene avait l'impression qu'autour d'elle tout le monde devait s'étonner qu'elle sente si fort le sperme, le sperme de Wilhelm. Il y avait des jours où elle ressentait l'odeur de son sperme comme un sceau particulier. Wilhelm n'avait pas l'air de percevoir l'odeur. Le bras tendu, la carrure massive, il resta debout des heures sans bouger à côté d'elle. En ce jour étaient présentés au public les travaux les plus importants qu'il eût réalisés. On remercia tous les ouvriers, notamment ceux qui avaient risqué leur vie et ceux qui l'y avaient laissée. On ne dit pas comment ils l'y avaient laissée. Peut-être l'un d'eux était-il tombé d'un pont, un autre passé sous un rouleau compresseur. Helene se dépeignait toutes les morts possibles et imaginables. En tout cas ils étaient morts en héros, cela était une construction héroïque. L'évocation de la baisse du nombre de chômeurs était censée étayer la thèse que la construction de cette autoroute et de celles qui suivraient contribuait glorieusement à la lutte contre le chômage en Allemagne. Quand Wilhelm fut sorti du rang pour la remise de la décoration, il n'eut plus un regard pour Helene, empêché sans doute par tous ses collègues qui lui tapaient sur l'épaule. Wilhelm serrait les mains, tendait le bras vers le ciel et regardait à la ronde non sans fierté, son émotion paraissait si grande qu'il en oubliait de sourire. Peut-être la circonstance et le lieu lui semblaient-ils aussi trop sacrés pour qu'il risquât un sourire. D'une voix ferme, il remercia, il remercia tout le monde, de la patrie allemande à la secrétaire du premier Club Automobile allemand de Dames. Heil, Heil, Heil, chacun eut droit à son salut, un salut, le salut. Contrairement aux six messieurs qui avaient été félicités et décorés avant lui, Wilhelm ne rechercha ni n'exploita la moindre brèche de discours pour remercier sa femme. Peut-être était-ce dû à ce qu'ils n'avaient pas d'enfants, les orateurs précédents, eux, avaient une famille à remercier de les avoir particulièrement soutenus les temps précédents.

À l'issue du banquet de midi, avant que le convoi des invités d'honneur ne se mît en route pour faire le tour des installations, Helene prit congé comme la plupart des épouses. Il fallait bien préparer le dîner et faire la lessive. En lui disant au revoir, Wilhelm déclara qu'il espérait rentrer avant six heures, mais qu'elle ne devait pas l'attendre s'il n'était pas là à l'heure du dîner. Un jour pareil pouvait se prolonger tard.

Helene attendit quand même. Elle avait préparé exprès ce jour-là du potage au tapioca et des petites carottes aux lardons, les plats préférés de Wilhelm. Les pommes de terre refroidissaient, le foie frais et les oignons attendaient prêts à cuire à côté du fourneau. Comme Helene détestait le tapioca et le foie, incapable de les manger ou même de les avaler, cela n'aurait eu aucun sens de réchauffer le potage plus tard dans la soirée. Helene écrivit deux lettres à Berlin, l'une à Martha alias Elsa, et l'autre à Leontine, elle voulait savoir pourquoi Martha ne donnait pas de nouvelles. Helene en écrivit une troisième à Bautzen, la lettre porterait le tampon de la poste de Stettin, mais, à la place de l'expéditeur, elle inscrivit simplement son prénom : Helene, d'une écriture enfantine, hésitante, pour que le facteur puisse supposer qu'il s'agissait d'un signe de vie donné par une petite fille et n'en conçoive aucun soupçon. Elle n'avait pas encore informé sa mère ni Mariechen qu'elle avait pris un autre nom et s'était mariée. Avec Martha et Leontine elles avaient décidé d'un commun accord qu'une telle nouvelle ne ferait qu'inquiéter leur mère. Helene écrivit donc qu'elle allait bien et qu'elle était partie pour Stettin pour des raisons professionnelles, pour chercher cet emploi qu'elle ne trouvait pas à Berlin en ce moment. Elle s'enquérait de l'état de santé de sa mère et priait qu'on lui envoie la réponse à l'adresse de Fanny, comme à l'accoutumée. Helene ouvrit le secrétaire de Wilhelm et en sortit la cassette avec l'argent. Elle savait que Wilhelm ne voyait pas d'un bon œil qu'elle touche à son argent sans sa permission. Mais il y a trois mois, elle lui avait demandé de l'argent pour sa mère, et Wilhelm l'avait dévisagée perplexe, enfin il ne connaissait pas ces personnes et ne supposait pas qu'Helene veuille encore considérer ces personnes comme de la parenté, elle savait donc qu'il ne lui donnerait pas d'argent pour sa mère. Était-ce dû à une gestion défaillante ou à une éventuelle réquisition de leurs biens, elle ne savait pas exactement pourquoi, ces derniers temps aucun loyer de Breslau n'arrivait plus à Berlin. Et ces derniers temps Martha avait annoncé qu'elle ne pouvait envoyer de l'argent à leur mère que tous les trois mois, elle était vraiment très juste. Dans une lettre adressée à Berlin, Mariechen avait demandé des envois en nature, elle avait besoin de savon noir et de denrées alimentaires, même des légumes secs feraient l'affaire, des pois, des fruits séchés, de l'avoine et du café, sans parler du tissu pour les vêtements. Helene prit un billet de dix dans la boîte, elle hésita, un deuxième billet de dix posé sur un troisième la tentait, mais Wilhelm comptait son argent. Déjà pour ce billet, il faudrait qu'elle invente une histoire plausible. Le mensonge le plus simple aurait été d'avoir perdu l'argent qu'il lui avait compté pour les courses la veille au soir. Mais Helene avait déjà prétendu une fois avoir perdu de l'argent. Elle prit le billet de dix, le glissa dans l'enveloppe adressée à Bautzen et colla l'enveloppe. Savoir si l'argent allait arriver et où était une autre affaire, Helene ne savait même pas où était passée sa dernière lettre.

Il lui fallut coudre, repasser et empeser le col de Wilhelm avant d'aller au lit peu avant minuit. Wilhelm rentra à quatre heures passées. Il s'affala tout habillé sur le lit à côté d'Helene sans allumer la lumière et se mit à ronfler paisiblement. Helene savait distinguer les différentes gammes de ronflements, il y avait le ronflement enroué, léger de Wilhelm insouciant, le ronflement de défi de Wilhelm travaillant dur et n'ayant pas encore obtenu ce qu'il voulait, chaque ronflement était particulier et révélait à Helene l'humeur dans laquelle se trouvait Wilhelm. Helene le laissait ronfler, elle pensait à sa sœur et se faisait un peu de souci, il était bien possible après tout que Martha n'allât pas bien, ou peut-être était-il arrivé quelque chose à Martha et à Leontine et personne n'en avait averti Helene, car on ne savait pas officiellement qu'il y avait une sœur et encore moins sous quel nom.

Au bout d'une heure, le ronflement de Wilhelm se troubla, se tut subitement, et Wilhelm se leva, sortit et descendit à mi-étage. Quand il revint, Helene qui lui tournait le dos épia la reprise du ronflement. Mais le ronflement ne devait pas reprendre. À sa place, elle sentit la main de Wilhelm sur sa hanche. Elle se tourna vers lui, affrontant des relents de bière, de schnaps et une odeur de parfum entêtant. Elle l'avait déjà sentie auparavant, mais pas si fort.

Quel grand jour pour toi, tu dois être soulagé. Helene posa une main sur la nuque de Wilhelm, ses cheveux fraîchement rasés lui faisaient une drôle d'impression.

Peuh, soulagé. Ce n'est que le début, ma petite, ça ne fait que commencer. Wilhelm était incapable d'articuler distinctement, il glissa sa main entre les jambes d'Helene et appuya les doigts sur les lèvres de son sexe. Allons, dit-il, quand elle voulut repousser sa main. Allons petite bête, petite chatte, allons. Il repoussa les bras d'Helene et la retourna. Elle résista, cela l'excitait, peut-être croyait-il qu'elle résistait exprès pour l'attirer, le provoquer. Quel cul, dit-il. Helene sursauta.

N'importe quelle bonne femme croyait voir dans le cœur des gens, avait-il dit un jour, alors que lui, il pouvait voir dans sa chatte, il pouvait voir au fond de son sexe, l'abîme le plus profond de son corps, le plus juteux, un abîme qui n'appartenait qu'à lui, un abîme qu'elle-même ne pourrait jamais voir – si immédiatement, si directement. Avant, Wilhelm avait dû aller chez une pute avec les collègues. Helene avait senti le parfum entêtant. Même un miroir ne lui permettait de se voir que par la bande. Une femme ne pourrait jamais se rendre maîtresse de ce point de vue-là. Qu'elle regarde dans les cœurs tant qu'elle voulait.

Wilhelm conclut en la gratifiant d'une tape sur les fesses. C'était bon, soupira-t-il, très bon. Il se laissa tomber sur le matelas et roula de côté, après nous irons à Braunsfelde, murmura-t-il.

Nous pourrions aller à la mer aussi, proposa Helene.

La mer, la mer, tu veux toujours aller à la mer. Il y ss, ss, Wilhelm ne pouvait s'empêcher de rire, ss, souffle un vent froid.

Mais c'est presque l'été encore, hier il faisait au moins vingt degrés.

Taratata, Wilhelm était couché au milieu du lit le dos tourné et faisait de petits bruits de bouche. Taratata, ma femme, qui sait tout, tout, tout. On devrait t'appeler Madame je sais tout. Tu as la science infuse, n'est-ce pas ? Mais ça ne fait rien. Nous irons à Braunsfelde.

La maison est terminée ?

La maison est terminée, oui. Mais nous ne la prenons pas.

Helene ne dit rien. C'était peut-être une de ces blagues qu'elle ne comprenait pas du premier coup.

Ça t'étonne, pas vrai. Nous allons à Braunsfelde voir l'architecte et les acheteurs. Nous allons signer. Je n'ai plus rien à voir avec cette maison.

Tu plaisantes.

C'est peut-être une question de race, ma petite, pour les plaisanteries. Wilhelm se tourna maintenant vers elle. Nous ne nous comprenons pas. Pourquoi achèterais-je une maison ici, alors que les nouveaux contrats ne sont pas encore négociés ?

Helene encaissa. Jamais encore il n'avait prononcé le mot race en le mettant aussi clairement en relation avec elle et avec lui.

Pour Pölitz il y a d'importants projets de rénovation, c'est déjà quelque chose. Wilhelm ronflait, le ronflement avait attaqué dès ses dernières paroles, instantanément. Helene se demandait par quel mystère on pouvait tomber dans le sommeil au beau milieu d'une phrase.

À la fin de l'hiver qui fut long, Wilhelm se mit à souffrir de la peau. Ils venaient de dîner, Helene avait débarrassé la table, et Wilhelm s'était lavé au gant de toilette. Helene réfléchissait au moyen d'engager la conversation, une conversation qui lui importait.

Dégoûtantes, ces impuretés, tu ne trouves pas ? Wilhelm était devant la glace et se regardait tantôt par-dessus l'épaule gauche, tantôt par-dessus la droite. Ce ne lui était pas facile de se voir de dos avec sa large carrure. De la paume il passa la main sur sa peau, ses épaules, sa nuque. Là-derrière, un vrai furoncle, regarde.

Helene secoua la tête, moi, ils ne me gênent pas. Elle était à l'évier et lavait la vaisselle dans une bassine.

Toi, non. Un sourire contraint échappa à Wilhelm. Toi, ça t'est bien égal, de quoi j'ai l'air. Wilhelm ne pouvait pas détourner le regard de son dos. Ça ne peut pas se guérir ?

Guérir ? Tu as un dos magnifique, musclé à souhait, qu'est-ce que tu veux guérir ? Helene récurait le fond d'une casserole où les sauces attachaient et brûlaient depuis des semaines. Les boutons, on en a ou on n'en a pas, dit-elle en rinçant la casserole à l'eau claire.

Charmante perspective. Wilhelm enfila un maillot de corps et pencha son front vers la glace en se tripotant la peau.

Du zinc pourrait peut-être faire de l'effet. Helene n'était pas sûre qu'il veuille entendre son conseil. Elle ne pouvait s'empêcher de penser au reste, à ce qu'elle voulait lui dire. Rien qu'en se récitant tout bas la première phrase, telle une information, une nouvelle, une simple succession de mots, elle sentait le sang lui monter au visage. Les boutons par contre ne la gênaient vraiment pas, ils ne l'avaient jamais gênée. Le dégoût, c'était autre chose. Autrefois, quand elle avait vu les vers sur la blessure de son père, elle avait été étonnée. De les voir se recroqueviller et se retourner dans la chair Peut-être ce souvenir était-il le fruit de son imagination, sa mémoire était bonne mais pas infaillible. Mais du dégoût ? Helene pensait à l'étonnement qu'elle avait ressenti en voyant la blessure de son père.

L'agression d'un corps. Les juifs comme vermine, le parasite, c'est moi, Helene ne fit que le penser, elle ne le dit pas. Le corps humain ne souffrait guère la comparaison avec le corps de la nation. Peut-être pouvait-elle adoucir les maux de Wilhelm.

Est-ce que tu pourrais extraire le pus ? Embarrassé, Wilhelm lui souriait familièrement, à qui d'autre aurait-il bien pu demander ce service ?

Bien sûr, si tu veux. Helene leva les sourcils en nettoyant une poêle. Mais ça ne servira pas à grand-chose, cela traumatise la peau et fait venir de nouveaux boutons.

Wilhelm retira son maillot de corps et se planta devant elle, exhibant son dos.

Helene suspendit la poêle à son crochet, enleva son tablier et se lava les mains. Puis elle se mit au travail.

La peau de Wilhelm était épaisse, une peau ferme aux pores dilatés, très claire.

Wilhelm aspira l'air entre ses dents, il lui fallut prier Helene d'y aller un peu plus doucement. Ça suffit, dit-il brusquement en se retournant vers elle.

Helene le regarda mettre ses vêtements les uns après les autres, puis il alla chercher ses chaussures, s'assura minutieusement qu'elles étaient bien cirées et les enfila. Visiblement il s'apprêtait à ressortir. Il était déjà tard.

Nous allons avoir un enfant.

Helene s'était fermement promis de le dire à Wilhelm ce soir. Il y avait eu un raté, elle ne s'était certainement pas trompée dans ses calculs. Helene se rappelait bien. Cela avait dû arriver la nuit où Wilhelm était rentré tard et l'avait tirée du sommeil. Elle savait que c'était un jour dangereux et elle avait tenté de le repousser, mais elle n'y était pas parvenue. Après, elle s'était lavée interminablement, elle avait pris un bain de siège avec du vinaigre, mais manifestement cela n'avait servi à rien. Comme ses règles ne venaient pas, un week-end où Wilhelm avait affaire à Berlin pour son travail et ne voulait l'emmener à aucun prix, elle avait acheté une bouteille de vin rouge et l'avait vidée jusqu'à la dernière goutte. Elle avait pris une aiguille à tricoter et avait piqué. À un moment elle avait saigné et s'était endormie. Mais ses règles n'étaient pas réapparues. Elle le savait depuis des semaines et elle avait cherché une issue. À Stettin elle ne connaissait personne et cela faisait des mois qu'elle n'avait pas reçu de lettres de Berlin. Elle avait voulu appeler Leontine une fois. Personne n'avait décroché. Quand elle avait essayé d'obtenir le numéro de Fanny par l'opératrice, celle-ci lui avait dit qu'il n'y avait plus d'abonné à ce numéro. Fanny n'avait probablement pas pu payer ses factures. Il n'y avait plus d'issue, rien qu'une certitude. Wilhelm leva le nez de ses chaussures.

Nous ?

Helene acquiesça. Elle avait escompté, d'abord craint, puis peut-être espéré finalement que Wilhelm n'allait plus se tenir de joie, elle croyait qu'il ne souhaitait rien plus ardemment que cet état.

Wilhelm se leva et prit Helene aux épaules. Tu en es sûre ? Le coin de sa bouche frémit, c'était bien de la fierté, c'était la première bouffée de joie, un sourire.

Tout à fait sûre.

Wilhelm écarta les cheveux du front d'Helene. En même temps il consultait sa montre-bracelet. Il avait peut-être un rendez-vous, il était attendu. Cela me réjouit, dit-il. Sincèrement. Vraiment beaucoup.

Vraiment beaucoup ? Helene leva les yeux vers Wilhelm, dubitative, cherchant son regard. Quand il était devant elle, elle devait lever la tête pour le regarder dans les yeux et même alors ce n'était possible que s'il remarquait qu'elle le regardait et baissait les yeux vers elle. Il ne baissa pas les yeux vers elle.

Qu'est-ce que ça signifie ? Quelque chose te dérange ?

On ne dirait pas que tu te réjouis.

Wilhelm regarda une deuxième fois sa montre. Tes doutes sont épouvantables, Alice. Tu n'es jamais satisfaite. J'ai un rendez-vous urgent. Nous en reparlerons plus tard ?

Plus tard ? C'était peut-être un de ces rendez-vous de travail secrets qui le retenaient de plus en plus souvent hors de la maison le soir ces derniers temps.

Mon Dieu. Ce n'est pas le moment. Si je rentre trop tard, alors demain.

Helene acquiesça, Wilhelm avait déjà décroché son manteau et pris son chapeau.

À peine la porte était-elle retombée dans ses gonds qu'Helene s'assit à la table de la cuisine et enfouit sa figure dans ses mains.

Elle ne pouvait s'empêcher de bâiller. Les mois précédents avaient consisté à attendre, elle avait attendu du courrier de Berlin, elle avait attendu Wilhelm, attendu qu'il rentre du travail pour entendre des paroles, peut-être pas parler avec quelqu'un, mais au moins entendre des sons. Chaque fois qu'elle l'avait prié de la laisser postuler à un poste à l'hôpital, il avait refusé. Les mots, tu es ma femme, étaient une explication suffisante à ses yeux. Sa femme n'était pas obligée de travailler, sa femme ne devait pas travailler, il ne voulait pas que sa femme travaille. Elle avait tout de même assez à faire à la maison. Tu t'ennuies peut-être ? C'est ce qu'il lui répliquait parfois en disant qu'elle pourrait aussi refaire les vitres, cela faisait bien des mois qu'elles n'avaient pas été faites. Et Helene faisait les vitres, alors qu'elle les avait faites quatre semaines auparavant. Elle les frottait avec du papier journal froissé jusqu'à ce que les vitres brillent et que ses mains fussent sèches, rugueuses, grises d'encre d'imprimerie. Les seules personnes avec lesquelles elle échangeait quelques mots dans la journée étaient la maraîchère, le boucher et quelquefois la marchande de poissons en bas aux quais. Le crémier ne parlait pas à Helene, ou plutôt, il ne lui disait que le prix. Il ne répondait ni à ses bonjour ni à ses au revoir. La plupart des jours s'écoulaient sans qu'Helene prononçât plus de trois ou quatre phrases. Le soir Wilhelm n'était pas particulièrement loquace. Quand il était à la maison et qu'il ne devait pas ressortir, comme c'était le cas un ou deux soirs par semaine ces derniers temps, il répondait à Helene par monosyllabes.

Assise à la table, Helene se frotta les yeux. Une immense fatigue la submergeait. Il lui fallait encore laver les chemises de Wilhelm et empeser le linge de lit. Et l'os de la soupe était au frais dans le placard à provisions sous le rebord de fenêtre. Une petite bulle d'air éclata dans le ventre d'Helene. Était-ce bien de l'air ? Elle n'avait rien mangé qui pût fermenter et provoquer des gaz. Peut-être était-ce l'enfant. Est-ce ainsi que se manifestaient les mouvements de l'enfant ? Mon enfant, murmura Helene. Elle posa une main sur son ventre. Mon enfant, elle ne put réprimer un sourire. Il n'y avait pas d'autre issue, elle allait avoir un enfant. C'était peut-être bien avec un enfant ? Helene se demanda de quoi il aurait l'air. Elle voyait une petite fille aux yeux noirs, il faudrait qu'elle ait les cheveux foncés, les yeux de braise de Martha, et le rire noir de

Leontine. Helene se leva, trempa les chemises de Wilhelm dans la grande lessiveuse qu'elle mit sur le feu. Puis elle lava les carottes, les gratta et les plongea avec l'os dans une marmite pleine d'eau. Une feuille de laurier et un peu de piment. Helene éplucha l'oignon, y planta un clou de girofle et le joignit à l'os dans le faitout. Elle brossa le céleri, le coupa en deux et le cala entre l'os et les carottes. Enfin elle lava les poireaux et la racine de persil. Il ne faudrait pas oublier d'ajouter les poireaux. Elle n'aimait pas que les poireaux ramollissent la nuit dans la soupe, se défassent le lendemain, et qu'il faille aller les pêcher dans la soupe.

Quand Wilhelm rentra, Helene dormait déjà. Le lendemain matin était un dimanche, et comme Wilhelm n'abordait pas spontanément le sujet de l'enfant, Helene dit sans qu'il le lui ait demandé : C'est pour début novembre.

Quoi ? Wilhelm mangeait sa tartine de confiture avec un couteau et une fourchette, une particularité qu'Helene n'avait remarquée que depuis peu. Le pain qu'elle lui coupait de sa propre main ne lui paraissait-il pas propre ?

Notre enfant.

Ah bon, c'est à ça que tu pensais. Wilhelm mâchait si bien qu'on l'entendait saliver. Il mâcha longuement. Il avala, et repoussa son couvert.

Encore une tasse de café ? Helene avait déjà la cafetière en main, s'apprêtant à le resservir.

Wilhelm ne répondit pas, il oubliait souvent de répondre, elle lui versa du café.

Tu sais, je pense...

Écoute, Alice. Tu attends un enfant, c'est très bien comme ça. J'ai dit hier que je m'en réjouissais et je m'en réjouis, tu entends ? Je me réjouis que tu aies bientôt de la compagnie.

Mais ?

Ne m'interromps pas, Alice. C'est vraiment une habitude exécrable que tu as là. Nous n'allons pas ensemble, tu le sais bien. Wilhelm prit une gorgée de café, posa sa tasse, et prit une deuxième tranche de pain dans la corbeille.

Il voulait certainement dire leur lien, leur mariage, elle comme femme, lui comme mari. Quelque chose le dérangeait manifestement dans cette descendance. Alors qu'Helene avait pensé qu'il se réjouissait, de toute évidence il se réjouissait uniquement pour elle, à la perspective qu'elle aurait de la compagnie et qu'elle ne l'importunerait pas plus longtemps. Mais lui ne se réjouissait pas d'avoir un enfant. Il n'y avait ni joie ni fierté sur son visage. Ne voulait-il pas de lien avec sa race impure à elle ? Helene savait qu'il exploserait si elle le lui demandait. Il ne voulait pas en parler, surtout pas avec elle.

Ne me regarde pas comme ça, Alice. Tu sais bien ce que je veux dire. Tu crois que je suis à ta merci ? Mais tu te trompes. Je pourrais te démasquer. Je ne te démasque pas, parce que tu attends un enfant.

Helene sentit sa gorge se serrer, elle savait qu'elle ferait mieux de ne rien dire, mais il fallait qu'elle le dise. Parce que j'attends un enfant ? J'attends un enfant de toi, Wilhelm, c'est notre enfant.

Ne t'énerve pas comme ça, tu entends, hurla Wilhelm en tapant du poing sur la table et en faisant tinter les tasses sur les sous-tasses.

Tu as conçu cet enfant, Wilhelm.

C'est toi qui le dis. Wilhelm repoussa l'assiette et les sous-tasses, il ne la regardait pas, dans sa voix il y avait plus d'indignation et de besoin de se justifier que d'émotion. Brusquement une idée lui vint. Son visage se fit sarcastique. Qui me dit que tu ne couches pas avec d'autres, hein, espèce de, espèce de... ? Wilhelm se leva, il ne trouvait pas les mots pour la houspiller convenablement. Chienne, cela ne lui venait-il vraiment pas à l'esprit ? Ses lèvres étaient retroussées et laissaient voir ses dents, deux rangées bien nettes, l'une sur l'autre. Cela lui donnait un air méchant, juste méchant. Je vais te dire une chose, Alice : c'est mon droit, mon droit le plus strict d'avoir des rapports intimes avec toi. Tu en as bien profité aussi, avoue-le. Mais personne ne t'a jamais demandé de tomber enceinte.

Non, dit Helene à voix basse en secouant la tête, personne ne me l'a demandé.

Bon alors ! Wilhelm marchait de long en large les mains croisées dans le dos. Il serait temps que tu réfléchisses à la façon dont tu vas nourrir ta progéniture. Je ne suis pas disposé à pourvoir seul à tes besoins et à ceux de ton enfant.

La déclaration ne déplaisait pas à Helene. Combien de fois ne lui en avait-elle demandé l'autorisation ces derniers mois, comme elle aurait voulu retravailler en hôpital ! Les malades lui manquaient, elle avait besoin d'être sûre que ce qu'elle faisait aidait quelqu'un, qu'elle était utile. Mais Helene ne trouvait pas maintenant le calme nécessaire pour le prendre au mot. Elle avait une autre chose à dire, il lui sauterait à la gorge, mais il fallait qu'elle le lui dise. Elle leva les yeux vers lui. Je sais pourquoi tu ne me démasques pas. Parce que tu as falsifié les papiers, parce que tu ne peux pas me démasquer sans te démasquer toi-même.

Wilhelm bondit vers elle, elle avait mis ses mains au-dessus de sa tête pour se protéger, il l'attrapa et la força à se lever de sa chaise, lui maintenant les bras. La chaise s'effondra par terre sous elle. Wilhelm la poussa à travers la cuisine et l'accula au mur. Il la pressa contre le mur et la lâcha d'une main, juste pour lui appuyer la tête contre le mur, de sa paume, lui faisant mal. Jamais, tu entends, jamais tu ne répéteras ça. Espèce de Vipère. Je n'ai rien falsifié, rien du tout. J'ai fait ta connaissance en tant qu'Alice. D'où tu sors ces papiers, cela ne me regarde pas. Personne ne te croira, que ce soit clair. Je dirai que tu m'as menti, Helene Würsich.

Sehmisch, je m'appelle Sehmisch, je suis ta femme. Helene ne pouvait bouger la tête, elle se tordait et se contorsionnait sous la poigne de Wilhelm.

Il la bâillonna de la main, ses yeux lançaient des éclairs : Boucle-là. Il attendait, elle ne pouvait rien dire parce qu'il lui pressait la main contre la bouche. Tu te tais, que ce soit clair. Je ne te le dirai pas deux fois.

Un soir de septembre, Wilhelm invita deux collègues avec lesquels il travaillait au grand complexe de Pölitz. Helene ne devait rien savoir de ces travaux ni de ces projets, elle avait juste saisi au passage des bribes d'informations et se gardait bien d'interroger Wilhelm. Avec ces deux collègues il planifiait probablement la transformation du terrain. Il faudrait loger les ouvriers, trouver de la place dans le camp sur le terrain pour des colonnes entières. L'usine d'hydrogénation requérait des plans intégrant, outre l'usine de retraitement chimique, une logistique d'approvisionnement et de circulation appropriée. Wilhelm présenta Helene aux deux collègues comme sa femme. Sur son ordre elle avait préparé une anguille au vert et elle servait les trois hommes maintenant attablés.

De la bière, cria Wilhelm en levant sa canette vide sans se retourner vers Helene. Pour un peu il aurait heurté son ventre de sa bouteille. Helene lui prit la bouteille. Et ces messieurs ?

L'un en avait encore, l'autre acquiesça, de la bière, encore de la bière, il n'y aurait jamais assez de bière.

Bon Dieu, Wilhelm, c'est une sacrée cuisinière, ta femme.

L'anguille au vert, c'était la spécialité de ma mère, s'extasiait l'autre.

Tout le monde est plus ou moins bon à quelque chose, Wilhelm rit et avala une bonne rasade de bière à la bouteille. Son regard effleura furtivement le tablier d'Helene. Là, il y a quelque chose qui pousse, et il rit en lui mettant hardiment la main sur la poitrine. Helene recula. Ses collègues avaient-ils vu et entendu ? Helene se détourna, personne n'était obligé de la voir rougir.

C'est pour quand ? Le jeune collègue regardait son assiette comme si c'était à l'anguille qu'il posait la question.

Alice, c'est pour quand ? Wilhelm était d'excellente humeur, ravi, il se tourna vers Helene qui versait les dernières pommes de terre fumantes dans le plat avant de le poser sur la table.

Dans six semaines, Helene s'essuya les mains à son tablier et prit une cuiller pour déposer les pommes de terre dans les assiettes des hommes.

Dans six semaines déjà ? Elle ne savait pas si Wilhelm était vraiment surpris ou s'il faisait juste semblant. Mes enfants, comme le temps passe.

Et tu postules pour Berlin ? Le collègue plus âgé était étonné. Helene n'était pas au courant de la candidature de Wilhelm pour Berlin.

Par les temps qui courent on nous demande partout, à Königsberg, Berlin, Francfort, Wilhelm trinqua avec ses collègues. Pölitz est bientôt terminé, on a intérêt à voir ce qu'on va pouvoir faire après.

Très juste, dit le jeune collègue en buvant.

Helene servit Wilhelm le dernier en pommes de terre. Elles fumaient encore, peut-être faisait-il trop froid dans la cuisine. Il faudrait qu'elle ajoute du charbon. Depuis qu'Helene attendait l'enfant, elle était peu frileuse et s'apercevait trop tard que l'appartement refroidissait.

Laisse Alice, nous nous débrouillerons tout seuls. Tu peux te retirer maintenant. Wilhelm se frottait les mains au-dessus de son assiette fumante.

C'était exact, les hommes avaient leur repas et Wilhelm savait où était la bière, il pouvait se lever et s'occuper lui-même d'en remettre. Quand Helene quitta la cuisine, elle l'entendit dire à ses collègues : Vous connaissez celle de Renate-Rosalinde et de son rempart de barbelés ?

Les collègues beuglèrent avant que Wihlem ait pu poursuivre.

Elle demande au permissionnaire : Qu'est-ce que tu dis de ma nouvelle robe ? Fabuleux, dit le bidasse, on dirait un rempart de barbelés.

Les hommes rirent bruyamment. Helene installa la planche à repasser dans la chambre à coucher attenante.

De barbelés, demande la fille, comment ça ? Bon, le permissionnaire sourit et lève les yeux au ciel, ça protège les endroits stratégiques sans les soustraire au regard.

Rires. Helene entendit les bouteilles cliqueter et les coups pleuvoir sur la table. Un des collègues, le plus âgé probablement, dit : On l'a bien mérité.

Le rire de Wilhelm l'emportait sur celui de ses collègues.

Helene prit dans la corbeille la chemise que Wilhelm mettrait le lendemain et la repassa. Pour son anniversaire quelques semaines auparavant, Wilhelm lui avait offert un fer à repasser électrique. Le fer à repasser était étrangement léger, Helene glissait si rapidement sur le tissu avec qu'elle devait s'appliquer à repasser lentement. À côté on riait bruyamment, Helene ne cessait d'entendre des bruits de bouteilles. L'enfant dans son ventre donnait des coups de pied, il cognait contre sa côte droite, son foie était douloureux, et Helene libéra une de ses mains pour sentir la bosse toute dure de son ventre. Ce devait être le derrière qu'il avait du mal à tourner de gauche à droite, quand il le faisait, la bosse se pressait contre la paroi abdominale. La petite tête en elle appuyait parfois si douloureusement contre sa vessie qu'Helene devait aller sans arrêt à mi-étage. Cela dérangeait Wilhelm qu'elle utilise le seau la nuit et il fallait qu'elle sorte quand elle avait envie. Ce long goutte-à-goutte en lequel s'était mué son jet ces dernières semaines devait insupporter Wilhelm, peut-être Helene le dégoûtait-elle maintenant. Depuis cette dispute au printemps, il ne l'avait plus touchée, plus une fois. Au début Helene avait pensé qu'il était juste un peu fâché, mais que son désir se ranimerait. Elle le connaissait, elle était bien placée pour savoir comme il pouvait être submergé par le désir, pris d'une convoitise inextinguible. Mais les jours et les semaines passant, Helene réalisa que son désir s'était détourné d'elle. Cela venait-il de ce qu'elle attendait un enfant et de ce qu'il ne voulait pas coucher avec une femme qui attendait un enfant pour ne pas effaroucher l'enfant en elle, et que son corps lui déplaisait de plus en plus, ou bien trouvait-il tout simplement la conséquence de son désir si terrifiante, si catastrophique et était-ce la conscience qu'un enfant avait été conçu ainsi, Helene se posait rarement la question. Elle s'était éveillée une fois vers le matin et avait entendu sa respiration étale dans l'obscurité de l'autre côté du lit. Sa couverture remuait en rythme, puis un gémissement aigu, étouffé, s'était élevé quand il avait expiré l'air qu'il retenait. Helene avait fait semblant de dormir et ce ne serait pas la dernière fois qu'elle l'entendrait ainsi la nuit. Cela ne la désolait pas, elle n'était pas déçue non plus. Un agréable détachement s'était emparé d'Helene en ce qui concernait son mari. Certaines nuits il restait longtemps sorti, et elle respirait si distinctement l'odeur du parfum entêtant quand il trébuchait dans sa chambre au matin et s'affalait sur le lit qu'elle savait qu'il était allé avec une autre femme. Ces nuits-là aussi, elle feignait de dormir. Elle se félicitait qu'ils se laissent en paix l'un l'autre. Pendant la journée, quand Helene était revenue des courses, qu'elle avait fait le ménage et mis une première lessive à tremper puis à bouillir, elle s'accordait une demi-heure de lecture. Tout le monde fait une pause de temps en temps, se disait-elle. Elle lisait un livre sur un garçon qui était dans une école de domestiques à Berlin. Son institut s'appelait Benjamenta[1]. Bien penser, vouloir bien faire. L'anéantissement de la volonté propre, quelle idée fameuse. Souvent Helene ne pouvait s'empêcher de rire aux éclats pour elle-même, sans bruit. Jamais un livre ne l'avait autant divertie intérieurement. Quand elle riait, son ventre tout entier s'affermissait, se durcissait, l'utérus se dilatait, le grand muscle protégeait le bébé de toute agitation violente. Elle

1. *Institut Benjamenta* : il s'agit du roman éponyme de Robert Walser.

avait emprunté le livre à la bibliothèque interdite du Rosengarten, parce qu'il n'y avait plus de livres de cet éditeur à la Volksbibliothek. Helene pensait à l'irrésistible rire noir de Leontine, à la délicieuse tendresse des lèvres de Carl, à ses yeux, à son corps. Ce n'était pas facile d'allonger le bras au-dessus de ce gros ventre, elle ne pouvait plus non plus se presser un oreiller entre les cuisses et chercher les bons mouvements à plat ventre comme elle aimait tant le faire avant, son ventre était trop gros pour qu'elle puisse s'allonger dessus, maintenant Helene se contentait de se caresser et de ne penser à rien.

C'est au milieu de la nuit qu'un élancement dans le ventre réveilla Helene. Wilhelm était tout le mois de novembre à Königsberg où il avait des réunions sur d'importants projets de construction à planifier. L'élancement reprit et son ventre durcit. Helene alluma la lumière, il était trois heures. Avec un bain chaud on pouvait parfois stopper ou accélérer une naissance. Helene mit de l'eau à bouillir et en remplit le grand baquet de zinc dans lequel Wilhelm était le seul à prendre un bain de temps en temps. Elle grimpa dans le baquet et attendit. Les contractions se rapprochèrent. Elle essaya de tâter, mais son bras n'allait pas assez loin à cause du gros ventre, sa main ne pouvait pas pénétrer assez profondément dans l'ouverture et elle ne sentait que la chair douce, béante. Helene comptait les pauses, toutes les huit minutes, toutes les sept, puis de nouveau toutes les huit minutes. Elle ajouta de l'eau chaude. Sept minutes, sept minutes et demie, six minutes et demie. Les intervalles diminuaient. Helene sortit du baquet et se sécha. Elle savait où était l'hôpital. Elle était souvent passée devant, désirant postuler à un poste, avec en poche une fausse autorisation sur laquelle elle avait tâché d'imiter la signature de Wilhelm. Bien que Wilhelm lui eût dit de réfléchir au moyen de nourrir sa progéniture, il était opposé à ce qu'elle cherche un emploi fixe pendant sa grossesse. Tôt ou tard il l'aurait appris et il aurait été capable de la sortir de l'hôpital en la traînant par l'oreille. Il l'avait tirée par l'oreille une fois, parce qu'il était furieux qu'elle eût laissé un pli dans une chemise. Il lui avait pris l'oreille entre ses doigts et l'avait traînée par l'oreille de la cuisine à la chambre à coucher. Une nouvelle contraction, l'élancement était tellement douloureux à présent qu'Helene se recroquevilla imperceptiblement au-dessus de son ventre tendu. Elle prit dans l'armoire le maillot de corps de Carl qui avait pu passer si longtemps inaperçu de Wilhelm, parce qu'il lui laissait le soin de sortir les affaires qu'il devait mettre. Elle enfila le maillot de corps de Carl, il se tendit sur son ventre et remonta. Il fallait respirer, malgré les contractions, respirer à fond. Elle enfila des caleçons longs, maudit porte-jarretelles qui la pinçait sous le ventre, maudits bas et maudite robe par-dessus. Il ne fallait pas oublier le passeport généalogique ni le livret de famille, elle les sortit tous deux du secrétaire de Wilhelm. Elle prit aussi un peu d'argent. Il gelait la nuit, les trottoirs étaient verglacés, Helene devait faire attention de ne pas glisser, surtout ne pas perdre l'équilibre. Dans les rues désertes elle était forcée de s'arrêter tous les quelques mètres. Respirer, respirer à fond. Qu'était-ce à la fin que cette douleur, Helene riait, cette douleur finirait, son enfant allait naître, aujourd'hui, sa petite, sa petite fille. Helene continuait, s'arrêtait. Il lui semblait déjà avoir la tête de la petite entre les cuisses, elle ne pouvait guère marcher jambes serrées. Respirer à fond et continuer. Jambes écartées Helene avançait avec peine sur la glace.

À l'hôpital une sage-femme lui vint en aide, elle lui palpa d'abord doucement le ventre qui se raidit aussitôt dur comme pierre, les contractions persistèrent. Puis le vagin avec la main.

Voilà la petite tête.

La petite tête, vous avez dit la petite tête ? Helene ne put s'empêcher de rire, elle eut un rire nerveux, impatient.

La sage-femme hocha la tête. Oui, je sens déjà les cheveux.

Les cheveux ? Helene respirait à fond, à fond, encore plus à fond, par le ventre. Elle savait comment il fallait respirer, mais la sage-femme le lui disait maintenant.

Voulez-vous vous allonger, madame Sehmisch ?

Peut-être. Respirer, respirer, respirer, respirer librement, respirer à fond, retenir sa respiration et expirer.

Ne voulez-vous pas appeler votre mari, pour qu'il puisse venir vous chercher au moins ?

Je vous l'ai dit, il est à Königsberg. Respirer à fond. Helene se demandait comment c'était pour un fœtus quand tout se raidissait et se durcissait comme pierre autour de lui. Peut-être ne sentait-il encore rien. Comment commençait l'être ? Était-on, si on ne sentait rien ? Respirer à fond. Je n'ai pas de numéro de téléphone là-bas. Il revient à la fin du mois.

La sage-femme remplissait sa fiche.

Excusez-moi, j'ai mal au cœur.

Vous feriez bien d'aller aux toilettes une dernière fois. La sage-femme montra les toilettes à Helene. Helene savait que le mal au cœur était un signe infaillible, maintenant ça ne pouvait plus durer longtemps. C'était signe qu'un nerf bien précis était stimulé. Nervus vagus. Sept centimètres d'ouverture, il en manquait encore trois. La stimulation du parasympathique, ce ne pouvait être que cela.

À son retour on la fit étendre sur la couche. On lui dit de s'installer confortablement, mais aucune position n'était confortable. Le médecin voulait qu'elle s'allonge sur le dos. Les contractions étaient moins rapprochées, plus que toutes les quatre minutes, toutes les cinq, puis elles reprenaient, plus fréquentes. Helene transpirait, respirait, poussait. Elle voulait se tourner sur le côté, elle voulait se lever, elle voulait s'accroupir. La sage-femme la tenait.

Restez bien allongée.

Elle perdait le sentiment du temps, il faisait jour maintenant, la sage-femme de nuit avait été remplacée par une autre. Une bonne douleur, se disait Helene, une bonne douleur, elle serrait les dents, elle ne voulait pas crier, certainement pas, et sûrement pas aussi fort que cette femme dans l'autre lit qui avait déjà accouché de sa fille. Helene poussait, cela brûlait, elle avait les larmes aux yeux.

Il faut respirer, respirer, mais respirez donc. La voix de la sage-femme rendait un son étrangement déformé. Elle respirait, pourtant.

Vous y arriverez, allez, allez. Vous y arriverez. La sage-femme avait pris une voix d'adjudant. Helene regrettait d'être allée à l'hôpital. Elle ne supportait pas cette infirmière et son ton aux accents martiaux. Allez, allez, encore une fois et une, deux, retenez, retenez. Vous entendez ? Vous devez retenir, pas pousser ! Voilà qu'elle se mettait en colère, l'adjudant. Helene ne se souciait pas de ses ordres, elle accoucherait comme elle voulait, l'adjudant n'avait qu'à se taire. Respirer, respirer à fond, c'était sûrement bon, et pousser, bien sûr, pousser, pousser, pousser. Les mains de la sage-femme palpaient l'intérieur de son vagin, elles palpaient et ça griffait, comme si ses ongles fouillaient dans la chair molle, amollie, totalement vague, de la chair qui pouvait se distendre dans toutes les directions. Qu'est-ce qu'elle fabriquait, l'adjudant, avec ses mains ? Ça lui appuyait sur l'intestin, ça appuyait tellement qu'Helene était sûre que la sage-femme ne pouvait attraper que des excréments, du sang et des matières fécales dans les mains de l'adjudant. Pas le temps d'avoir honte, il fallait respirer.

Voilà que l'adjudant lui tapait sur le bras, la saisissait. Arrêtez, vous devez arrêter de pousser, sinon vous aller vous déchirer complètement.

Helene l'entendait, mais n'écoutait pas, elle pouvait bien se déchirer, quant à elle, complètement, quant à elle, que se déchire ce qui devait se déchirer, que se déchire ce qui voulait se déchirer, il resterait bien quelque chose, l'enfant finirait bien par sortir. Helene respirait, une bonne douleur, mais pourquoi cela faisait-il si mal ? Non, c'est ce qu'elle avait failli dire, elle sentait sa langue contre son palais, nn nn, nn, elle ne le dirait pas, nullement, nul ne serait choqué, nullement.

Respirez ! L'adjudant perdait son sang-froid visiblement. Laissez-vous aller, criez, poussez maintenant, oui.

Ouf, c'était juste, les mains de l'adjudant, vite, le médecin retournait quelque chose entre les cuisses d'Helene, ça grinçait. Le médecin acquiesça. La tête pointait.

La tête ? La tête est sortie ? Helene n'arrivait pas à le croire. Elle sentit quelque chose de gros entre ses jambes, quelque chose qui ne faisait pas partie d'elle, plus maintenant, qu'elle sentait pour la première fois, plus en elle, le corps de son enfant, contre elle. Le médecin ne s'occupait pas d'Helene. Elle alla tâter de la main en bas. Elle voulait la toucher, la petite tête. Étaient-ce des cheveux, les cheveux de l'enfant ?

Enlevez vos mains ! Le bras d'Helene fut arraché, on la saisit au poignet, fort, au poignet. Vous devez respirer, vous entendez. L'adjudant s'en mêlait. Et à la prochaine contraction, vous poussez. Inspirez à fond, inspirez, là, maintenant. Helene aurait respiré sans les ordres de l'adjudant, nécessairement.

L'enfant glissa au dehors, d'un coup. La sage femme le réceptionna habilement dans ses mains.

L'enfant était là. Comment était-il ? Était-il tout gris, était-il vivant ? On l'emporta tout de suite. Râlait-il seulement, avait-il crié ? Il criait. Helene entendait son enfant crier et aurait voulu le serrer contre elle. Helene se retourna, elle aurait voulu jeter un œil. Les blouses blanches et marron des infirmières lui bouchaient la vue, rien que des dos. On le lava, le pesa, l'habilla.

Mon enfant, murmura Helene. Des larmes lui vinrent aux yeux elle voyait les blouses des infirmières et de la sage-femme. Ma petite Helene était heureuse. La sage-femme revint et lui ordonna de pousser encore une fois.

Encore une fois ?

Je croyais que vous étiez infirmière.

Mais pourquoi encore une fois, il y en a encore un ?

Le placenta, madame Sehmisch. Et maintenant, poussez encore une fois à fond, madame Sehmisch, Helene savait que c'était à elle qu'on parlait. Helene fit ce qu'on lui commandait.

Elle dut attendre une éternité avant qu'on lui apporte l'enfant. Trois kilos cent cinquante grammes, un superbe gaillard. L'infirmière des nourrissons tendit le petit paquet à Helene. Helene contempla son enfant, ses yeux étaient des fentes plissées, la bouche encore toute petite, au-dessus du nez il avait une ride, une ride profonde, et sur le nez un tas de petits grains. Il pleura. Helene prit l'enfant contre elle. Ma petite, ma petite mignonne, dit Helene. Quels beaux longs cheveux noirs elle avait, comme ses cheveux étaient lisses et soyeux.

Il faut tenir la petite tête comme ça. L'infirmière des nourrissons plaçait la main d'Helene comme il fallait. Helene savait comment tenir un enfant, cela ne lui faisait rien que l'infirmière la corrige, rien du tout. Qu'elle lui pétrisse et lui presse la main tant qu'elle voulait. Rien ni personne ne pouvait altérer le bonheur d'Helene.

Voulez-vous allaiter le petit ?

Helene dévisagea l'infirmière, étonnée. Le petit ?

Oui, votre fils, je vous demande si vous voulez allaiter votre fils.

C'est un fils ? Helene examina le petit visage gris. Son enfant ouvrit la bouche et cria. Il devint rouge brique. C'était quelque chose qu'Helene n'avait pas envisagé. Elle n'avait jamais pensé à un garçon, toujours à une fille.

Décidez-vous maintenant, sinon nous lui donnons un biberon.

Je vais l'allaiter, naturellement. Helene ouvrit sa chemise de nuit, elle voulait mettre l'enfant au sein, mais l'adjudant s'interposa de nouveau.

Là, il faut faire comme ça. Le sergent saisit rudement le sein d'Helene entre deux doigts et le fourra dans la bouche de l'enfant. Comme ça, vous voyez ? Vous devez veiller à ce que l'enfant soit dans la bonne position. Quant à savoir si ça va donner quelque chose avec vos seins, on verra bien.

Helene devina tout de suite où l'adjudant voulait en venir. Sa poitrine avait pris ces derniers temps une ampleur et une fermeté dont Helene n'aurait jamais rêvé, mais sa grosseur était relative. Comparés aux seins des autres accouchées, les siens étaient petits, minuscules même, Helene le savait bien.

L'enfant à son sein avalait en respirant difficilement par son nez minuscule, il était littéralement collé au sein, il tétait, ça chatouillait, il tétait, ça appuyait, il tétait comme s'il en allait de sa vie. L'enfant n'ouvrait pas les yeux, il tétait si fort qu'Helene se demanda si par hasard il avait déjà des dents.

Nom ? Quelqu'un s'était approché du lit d'Helene. Mais pourquoi l'adjudant était-elle si sévère ? Elle devait être débordée de travail, il y avait certainement une raison. Helene avait peut-être fait quelque chose qu'il ne fallait pas. Quelle humiliation pour une infirmière d'être couchée dans un lit d'hôpital.

Nom ?

Sehmisch. Alice Sehmisch.

Pas le vôtre, nous l'avons. Comment va s'appeler votre fils ?

Helene observa son enfant respirer par le nez et aspirer son sein comme s'il voulait l'aspirer elle, l'aspirer tout entière. Qu'il avait de petites menottes fines et délicates, et ces petits doigts effilés, tous ces petits plis, cette peau fine, sa main enserrait l'index d'Helene comme une branche à laquelle il lui fallait se tenir à tout prix. Comment pouvait-elle lui donner un nom, il ne lui appartenait pas. Quelle présomption, un nom pour un enfant. Quand elle-même n'avait plus de nom, du moins plus celui qui lui avait été donné pour la vie. Il pourrait en changer, plus tard, s'il voulait. Cela rassura Helene. Et elle dit : Peter.

Quand l'infirmière fut enfin partie, elle chuchota à son enfant : C'est moi, ta mère. L'enfant plissa les yeux, il éternua. Comme elle aurait aimé le montrer à Martha et à Leontine. N'avait-il pas l'air d'une petite fille ? Bouton-d'or, murmura Helene contre sa joue en caressant ses longs cheveux souples.

Wilhelm rentra à la maison avant la Noël. Entre-temps ils s'étaient télégraphiés. Il n'était pas surpris qu'elle eût accouché. Un garçon, Wilhelm hocha la tête, il n'en attendait pas moins. Peter ? Pourquoi pas. Il fallait le nourrir correctement ce garçon, préconisa-t-il quelques heures après son arrivée. Cet enfant avait faim, ne l'entendait-elle pas ? Et pourquoi cette odeur bizarre dans l'appartement, il aurait bien voulu le savoir, son regard tomba sur les couches jaunies qui pendaient sur le fil. Que se passe-t-il, tu ne sais plus faire la lessive ? Tu ne vois pas que ces couches sont sales ?

Je ne peux pas les avoir plus propres, dit Helene en pensant que s'il y avait eu du soleil, elle aurait pu les faire blanchir à la lumière. Mais dehors c'est tout juste si le jour se levait, il neigeait depuis des semaines.

Quand le petit garçon se mit à crier la nuit et qu'Helene se leva pour prendre son Peter au lit avec elle, Wilhelm lui dit, le dos tourné : Mais tu te crois où ? Va à la cuisine, s'il le faut. Un homme qui travaille a besoin de dormir.

Helene fit ce qu'il ordonnait. Elle s'installa avec son enfant dans la cuisine froide et elle lui donna le sein jusqu'à ce qu'il s'endorme. Mais dès qu'elle voulut le remettre dans son couffin, il s'éveilla en pleurant. Au bout de deux heures, elle se glissa épuisée dans la chambre à coucher. La voix de Wilhelm lui parvint dans l'obscurité. Arrange-toi pour que cet enfant se calme et dorme la nuit, sinon demain je plie bagage.

Tous les enfants ne font pas leur nuit.

Tu sais tout mieux que tout le monde, hein ? Wilhelm se retourna vers elle et cria : Écoute Alice, ce n'est pas toi qui vas m'expliquer le monde.

Dans le noir, Helene sécha sur sa figure les postillons de ses paroles. Comme si elle avait jamais espéré lui expliquer le monde.

Il est temps que tu te mettes à travailler, dit-il calmement en lui tournant le dos de nouveau. Nous ne pouvons pas nous permettre de parasites.

Helene regarda vers la fenêtre, une faible lueur éclairait le rideau. Wilhelm commença à ronfler d'une façon hachée, étrangère. Qui était cet homme dans son lit ? Helene se dit qu'il avait probablement raison. Elle était peut-être déjà trop habituée aux cris de l'enfant pour reconnaître qu'il avait faim. Son lait ne lui suffisait pas, il mourrait de faim, certainement. Dès le matin il faudrait qu'elle aille chercher du lait. Ce pauvre enfant, si seulement il pouvait s'endormir. Peterle, chuchota Helene qui n'aimait pourtant pas les diminutifs, Peterle. Elle remuait les lèvres sans faire de bruit. Ses paupières étaient lourdes.

Quand Helene se réveilla, son sein gauche lui faisait mal, le sein était dur comme pierre, et une grosse rougeur s'étalait sur la peau. Elle savait ce que signifiaient ces symptômes. Elle alla donc au couffin, prit le petit Peter, le porta dans la cuisine et le mit au sein. Le petit Peter attrapa son sein, c'était comme si on lui avait retourné un couteau dedans, la douleur, acérée, lancinante, aveuglante, tarissait toute pensée. Helene serra les dents, sa figure était brûlante. Le petit Peter ne voulait pas boire, il ne cessait de détourner la tête, préférant avaler l'air plutôt que le lait, il recrachait et pleurait, il serrait les poings, se recroquevillait.

Mais qu'est-ce qu'il y a encore ? Wilhelm se tenait dans l'embrasure de la porte et regardait de haut Helene et l'enfant. Tu peux m'expliquer ce qui se passe ? Il fixait la poitrine d'Helene, indigné. L'enfant pleure, Alice, et tu restes assise là, depuis des semaines si ça se trouve, à le laisser mourir de faim, c'est ça ?

Je ne le laisse pas crier. Fallait-il le lui dire ? Le petit Peter hurlait maintenant, sa tête était écarlate et tout autour du petit nez se dessinait une empreinte blanche.

Tu as perdu la parole ? Tu ne vas tout de même pas laisser cet enfant mourir de faim ? Tiens, Wilhelm lui tendit un billet. Tu t'habilles sur-le-champ, tu vas acheter du lait et tu le lui donnes, compris ?

Helene avait compris. La douleur, l'élancement dans son sein étaient si épouvantables qu'elle en avait mal au cœur et pouvait à peine réfléchir aux ordres de Wilhelm. Elle ferait ce qu'il disait, naturellement, suivre tout simplement. Elle posa l'enfant sur le lit et s'habilla. Sans un regard pour Wilhelm, elle emmaillota son enfant dans une couverture, prit le paquet sur le bras et descendit l'escalier.

Vos yeux sont tout vitreux, dit la crémière, vous avez de la fièvre, madame Sehmisch ?

Helene s'efforça de sourire. Non, non.

Elle prit une bouteille de lait, un petit pot de fromage blanc et monta l'escalier avec l'enfant qui hurlait. À mi-palier, elle dut s'arrêter. Les lochies n'étaient pas terminées et sa douleur au sein lui brouillait l'esprit. Elle posa le lait et le fromage blanc, et mit l'enfant sur les marches dans sa couverture. Elle alla aux toilettes. Quand elle en sortit, elle tomba sur le visage enjoué de la nouvelle voisine qui avait ouvert sa porte et sortait la tête. Puis-je vous aider ?

Helene secoua la tête, non. Elle prit le paquet dans ses bras et continua de monter l'escalier. En passant devant la voisine son regard tomba sur la plaque du nom. Kozinska. Voilà qu'elle gardait maintenant en tête avec une extrême facilité les choses les plus anodines. Kozinska, ainsi s'appelait la nouvelle voisine.

Quand elle arriva en haut, Wilhelm avait déjà mis son manteau. Il devait partir pour Pölitz pour une visite d'usine. Elle n'aurait pas besoin de l'attendre. Helene déposa l'enfant dans son couffin et mit le lait sur le feu. Elle versa le lait dans le biberon qui jusqu'à ce matin n'avait contenu que des décoctions, appliqua une compresse de fromage blanc sur son sein pour le refroidir, et donna le biberon à son enfant. L'après-midi, son corps était si lourd et si brûlant qu'elle pouvait à peine se lever et descendre à mi-palier. L'enfant hurlait. On entendait ses gaz, des gaz causés par le lait et les cris, il avalait de l'air, mais bientôt il serait repu, c'était sûr, bientôt il serait repu et calmé. Helene ne pouvait plus rester couchée sur aucun côté, la peau la démangeait, elle était tellement sensible qu'Helene ressentait le contact du drap comme un frottement et l'air comme une intolérable démangeaison, elle voulait sortir de cette peau, elle avait froid, elle frissonnait, de la sueur perlait sur son front. Toutes les heures, elle se levait en vacillant sur des jambes de coton et elle se faisait une nouvelle compresse, c'est tout juste si elle pouvait encore essorer les linges et les couches tant elle était faible. La fièvre persista toute la nuit. Helene était contente que Wilhelm ne rentre pas. Elle voulut mettre l'enfant au sein, mais l'enfant se détourna, cria et mordit le sein dur et brûlant. Il criait, indigné.

Helene nourrit son enfant au biberon. D'abord il en fut indigné, recracha des morceaux de lait caillé, s'étrangla, le lait du biberon était ou trop chaud ou trop froid, et Helene serrait les dents. Il boirait, c'était sûr, il ne se laisserait pas mourir de faim. L'inflammation régressa, son sein désenfla, et une semaine plus tard tout n'était pas encore au mieux, pas tout à fait, mais cela allait à peu près, l'inflammation avait tari le lait, et Wilhelm était persuadé avoir rétabli la loi et l'ordre. Il restait juste la question du travail d'Helene qu'il voulait savoir réglée avant son départ pour Francfort prévu au début de l'année. Wilhelm l'accompagna donc à l'hôpital communal sur les Pommerensdorfer Anlagen.

Nous pouvons très certainement embaucher votre femme, dit la chef du personnel à Wilhelm. Vous savez que nous ne parvenons pas à motiver la moitié des infirmières dont nous aurions besoin. De plus, nous venons d'avoir un licenciement. Une infirmière polonaise, métisse au second degré, ils n'ont qu'à aller soigner leurs semblables. Votre livret de famille, le diplôme, c'est bien que vous ayez pensé à tout apporter. Le certificat de santé pourra être établi chez nous, ici, dans la maison. La chef du personnel examina les documents.

Ce n'est qu'en raccompagnant Wilhelm et Helene jusqu'à la porte qu'elle découvrit le landau laissé devant le bâtiment, devant l'escalier du sous-sol. Et l'enfant, il restera chez sa grand-mère ?

Wilhelm et Helene regardèrent en direction du landau. Nous trouverons à le faire garder, dit Wilhelm avec son plus beau sourire. La chef du personnel acquiesça et ferma la porte. Helene poussait le landau, Wilhelm marchait à longues enjambées à côté d'elle. Sans broncher il n'emprunta pas le chemin qui allait à sa voiture, mais mena Helene et l'enfant à Oberwiek. L'Oder était gris et le vent levait des vagues. Wilhelm regarda sa montre et annonça avec un regard en direction de sa voiture qu'il était obligé de partir, il était attendu à Berlin l'après-midi. Le tramway allait sûrement arriver, elle réussirait bien à rentrer toute seule, n'est-ce pas ? Helene acquiesça.

Au cours des premiers mois, les fins cheveux foncés et tout brillants de l'enfant tombèrent les uns après les autres, et la petite tête devint totalement chauve, puis un duvet blond platine se mit à pousser qui donna des boucles blond doré, du même blond doré qu'Helene. Le contrat d'Helene stipulait qu'elle devait travailler soixante heures hebdomadaires par roulement, en réalité elle faisait plus de soixante heures, elle avait un jour libre tous les quinze jours et allait chercher son enfant chez madame Kozinska, jusqu'à ce qu'au troisième anniversaire de celui-ci, on lui attribue une place au jardin d'enfants. Elle en fut bien aise, car il lui était arrivé maintes fois de frapper à la porte de madame Kozinska et de la trouver close. Son enfant criait derrière la porte fermée, il criait maman, maman, ou bien il appelait tata comme il nommait madame Kozinska. Et Helene attendait derrière la porte close, parce que madame Kozinska était descendue faire une petite course et mettait parfois une heure à revenir.

Comment s'appelle donc votre petite ? lui demanda l'éducatrice au jardin d'enfants lorsque Helene y conduisit son fils la première fois. Helene contempla les boucles dorées qui tirebouchonnaient souplement sur les épaules de Peter.

Peter. Elle ne lui avait encore jamais coupé les cheveux.

Nous nous occuperons de votre petit garçon. Quel beau petit gars !

Helene allait devoir lui couper les cheveux maintenant. L'éducatrice caressa la tête de Peter et le prit par la main.

Helene suivit à deux, trois pas derrière, elle s'accroupit à terre et embrassa Peter sur la joue. Elle le pressa contre elle. Il pleurait et la tenait serrée dans ses petits bras.

Je reviens bientôt, dit Helene, je reviens te chercher après le dîner.

Peter secoua la tête, il ne la croyait pas, il ne voulait pas rester là, il criait et se cramponnait à elle, les larmes lui coulaient des yeux, il lui mordit le bras pour qu'elle reste ou qu'elle l'emmène, et Helene dut improviser un sourire rapide et se lever, se détacher de lui, lui tourner le dos et se dépêcher de sortir. Elle ne devait pas pleurer devant Peter. Cela rendrait les choses encore plus difficiles.

Quand Helene vint le chercher, son regard était celui d'un étranger. Il lui demanda : Où étais-tu, maman ?

Helene pensa à l'aide-soignante blessée de Varsovie à qui manquaient les deux jambes. On la leur avait amenée quelques jours auparavant, c'était la première blessée de guerre qu'Helene voyait. Elle avait des ganglions proéminents sur tout le corps, et à plusieurs endroits ces petits nodules typiques couleur cuivre qui se transformaient déjà en larges vésicules dans les plis cutanés. Helene devait enfiler des gants et un masque pour soigner les excroissances, car les vésicules étaient déjà purulentes et risquaient d'être contagieuses. Heureusement que la patiente ne ressentait aucune démangeaison. Grâce à l'antibiose, les blessures des moignons cicatrisaient bien, mais le muscle cardiaque ne s'était pas encore accoutumé à la station couchée prolongée et au ralentissement de la circulation, elle souffrait donc d'insomnie. Il se pouvait que le Prontosil puisse aussi soigner la syphilis, peut-être.

Où étais-tu, maman ? entendait-elle son petit garçon lui demander. Ils étaient assis côte à côte dans le tramway. Devait-elle lui raconter qu'elle était allée à l'observatoire, ou à la maison des papillons, lui raconter une belle histoire qui lui rendrait forcément encore plus incompréhensible qu'elle l'eût donné à garder pendant douze heures ?

Maman ! Dis quelque chose. Pourquoi est-ce que tu dis toujours rien ?

Travailler, dit Helene.

Travailler quoi ? Peter lui tirait la manche, il fallait qu'il cesse de lui tirer la manche. Travailler quoi ?

Ne pouvait-il rester tranquille, ne pouvait-il arrêter de poser des questions ? Helene dit à Peter : Ne pose pas de questions.

Une femme âgée se leva du siège devant Helene, elle devait descendre à l'arrêt suivant et se tenait à la barre. La femme caressa les cheveux fraîchement coupés de Peter. Quel joli petit bonhomme, dit-elle. Helene regarda par la fenêtre. Il n'arrivait pas encore beaucoup de blessés à Stettin, la plupart restaient dans les hôpitaux militaires, et du fait qu'elle avait un enfant, on renonçait d'une fois à l'autre à la muter. On parlait de pénurie d'infirmières, on cherchait désespérément des volontaires pour les hôpitaux militaires, on abrégeait les temps de formation, les infirmières célibataires étaient mutées d'office dans les hôpitaux militaires, et on recourait de plus en plus aux infirmières mariées pour pouvoir assurer le fonctionnement des hôpitaux publics. Un jour trois infirmières furent mutées d'office à Obrawalde, on voulait y envoyer Helene aussi, déjà on lui avait dit que c'était là qu'on avait besoin d'infirmières expérimentées comme elle. Mais elle eut de la chance, on apprit par un médecin qu'à la clinique gynécologique de Stettin on avait aussi un urgent besoin de main-d'œuvre expérimentée et la direction concéda que ce serait difficile à Helene d'emmener son enfant avec elle à Obrawalde. La pluie frappait les vitres. L'obscurité était tombée depuis longtemps. Les phares des voitures se brouillaient.

Dieu soit loué, les femmes comme vous se remettent à avoir des enfants. C'est vrai, enfin ! La femme hochait la tête en signe d'approbation.

Helene jeta un regard furtif à la femme, elle ne voulait pas hocher la tête, elle ne voulait rien dire, mais la femme n'était pas facile à décourager.

Elle ne put s'empêcher de penser brièvement à cette fille de seize ans, à midi. Quels beaux cheveux roux avait cette jeune fille. Des yeux bruns en amande sous des cils roux, dorés. Ses seins étaient déjà aussi gros que des pommes. Elle avait un rire de soleil matinal, elle était à peine éclose, seize ans. Avant l'anesthésie, dans le langage des gestes, la jeune fille avait fait des signes à Helene qui se doutait de ce qu'ils pouvaient signifier. C'était des signes interrogateurs, anxieux. Ils lui avaient administré une anesthésie générale. Helene avait tenu les écarteurs. Personne n'avait la main aussi sûre qu'Helene. Le chirurgien avait ligaturé les trompes. Il fallait faire attention aux trompes en recousant. Le chirurgien avait prié Helene de tenir. Il avait envie d'éternuer et de se moucher. On pouvait se fier à elle, avait dit le chirurgien à Helene, et il l'avait priée de terminer la suture.

Vous pouvez être fière, la femme changea de main et se tint de l'autre à la barre, parce que le tramway prenait un tournant, vraiment fière, la femme hochait la tête, bienveillante. Elle voulait dire : de Peter. Helene ne ressentait aucune fierté. Pourquoi aurait-elle dû être fière d'avoir un enfant ? Peter ne lui appartenait pas, elle l'avait mis au monde, mais il n'était pas sa propriété, ni sa réalisation à elle. Helene était contente quand il riait, mais elle le voyait rarement, la plupart du temps il dormait quand elle était avec lui, il dormait dans le lit d'Helene, il avait souvent peur et ne voulait pas dormir seul. En fin de compte les hommes étaient des mammifères, n'est-ce pas ? Pourquoi un petit d'homme aurait-il dû dormir tout seul quelque part, quand tous les autres mammifères tenaient leurs petits au chaud, près d'eux ? Helene voyait rarement Peter réveillé et encore plus rarement en train de rire.

Vous savez, sinon nous serions promis à l'extinction.

Helene fixa la rue à travers la vitre. À qui pensait la femme en disant nous ? À la race nordique, à l'humanité ? La jeune fille dont on avait ligaturé les trompes ce midi était une fille gaie et saine. Simplement elle ne pouvait pas parler de façon audible. On disait vouloir éviter qu'elle ne mît au monde des enfants sourds-muets. Pourquoi était-ce donc si grave que quelqu'un s'exprime par gestes au lieu de s'exprimer par la bouche ? Pourquoi les enfants de cette jeune fille auraient-ils été plus malheureux que son Peter qui n'obtenait pas de réponse à toutes ses questions lui non plus ? Quand la jeune fille s'était réveillée ensuite, Helene était allée la trouver et lui avait apporté une orange. Elle n'avait pas le droit de lui apporter une orange. Les oranges étaient destinées à d'autres patientes. Helene lui avait apporté l'orange en cachette. Elle avait tenu les écarteurs, fermé la suture. Si le chirurgien avait dit à Helene : Incisez, Helene aurait bien été capable de ligaturer les trompes aussi. Helene sentait le verre froid de la vitre contre son front.

Maman, tu m'écoutes pas du tout ? Peter lui pinçait la main. Il avait l'air rempli de doutes, presque fâché. Visiblement il essayait de gagner son attention depuis un bout de temps.

J'écoute, dit Helene. Peter lui racontait quelque chose, il lui racontait que les autres enfants avaient zoé aux billes.

Joué, dit Helene, joué aux billes, et elle repensa à la jeune fille.

Joué, les yeux de Peter brillaient. Il pouvait parler distinctement quand elle le reprenait. La jeune fille devait maintenant être seule dans son lit dans la salle avec trente-huit autres patientes. Lui avait-on dit quelle opération on lui avait fait subir ? Helene pourrait le lui dire, demain, elle devait le lui dire. Il ne fallait pas qu'elle s'étonne plus tard, il fallait au moins qu'elle sache. Peut-être ne serait-elle même plus là le lendemain.

Faim, Peter se mit à geindre. Ils devaient descendre. Helene se rappela qu'elle n'avait pas pu faire les courses tôt le matin. Quels magasins auraient bien pu ouvrir, aussi, avant le début de son service ! Peut-être pourrait-elle sonner chez la crémière ? Elle n'aimait guère qu'on sonne le soir après l'heure. Mais souvent Helene n'avait pas le choix, quand elle n'avait pas pu faire les courses, aujourd'hui elle n'avait rien à manger à la maison.

La crémière lui donna deux œufs, un quart de lait et toute une livre de pommes de terre. Les pommes de terre avaient déjà de petits germes, mais n'empêche qu'Helene était contente d'avoir eu des pommes de terre.

Ttterre, pas bon, ronchonna Peter quand Helene lui présenta son assiette de pommes de terre. Elle ne voulait pas perdre patience, elle ne voulait pas lui crier qu'il devait s'estimer heureux et manger Elle prit le parti de ne rien dire.

Pas bon, répéta Peter en laissant tomber un morceau de pomme de terre de sa petite cuiller par terre.

Helene lui arracha la cuiller des mains et faillit la claquer sur la table, elle pensa à sa mère, à cette lueur mauvaise dans les yeux de sa mère, à son imprévisibilité, et elle posa la cuiller sur la table. Si tu n'as pas faim, dit-elle d'une voix étouffée, tu n'es pas obligé de manger. Elle saisit Peter au poignet et le tira vers l'évier. Il pleura, elle le lava.

Veux range, geignait Peter. Veux range, Peter désignait de la main le tableau accroché au-dessus de la commode. Une corbeille remplie de fruits y resplendissait. Voulait-il dire oranges ? Aurait-elle dû lui apporter une orange de l'hôpital ? C'est la jeune fille qui avait besoin d'oranges, Peter avait des pommes de terre.

Range ! Peter criait maintenant à lui écorcher les oreilles. Helene se mordit les lèvres, serra les dents, il n'était pas question de perdre patience, la patience était tout ce qu'elle avait, elle était pour elle contenance et forme. Helene prit Peter dans ses bras, retourna le tableau contre le mur en passant, et le porta dans son lit.

Un autre jour, lui chuchota-t-elle à l'oreille. Un autre jour, tu auras une orange. Peter se calma, il aimait être câliné. Helene lui caressa le front et borda sa couverture.

Maman, sanson ?

Helene savait qu'elle ne pouvait pas chanter, elle le câlina et fit non de la tête. Une femme à l'hôpital l'avait agrippée par le bras aujourd'hui, de sa vieille main osseuse, elle lui avait demandé d'accepter de la laisser mourir. S'il vous plaît, juste mourir. Dors, petit Peter.

Sanson, te plaît, sanson ? Peter ne voulait pas fermer les yeux.

Peut-être suffisait-il de faire un petit effort, Helene aurait voulu chanter, seulement elle ne pouvait pas. Y avait-il une chanson qui lui vînt à l'esprit ? Maria qui traversait la forêt d'épines. Noël était passé depuis longtemps. Sa voix était éraillée, aucun son ne voulait se détacher du précédent. Peter l'observait. Helene ferma la bouche.

Sanson.

Helene secoua la tête. Elle avait une boule dans la gorge qui était dure, serrée, et ses forces étaient infimes, ses cordes vocales raidies et vermoulues. Existait-il une forme de vieillissement prématuré, pathologique, de la voix, la défaillance de la voix ?

Tata sanson, réclamait Peter qui faisait mine de se redresser maintenant. Helene savait que madame Kozinska lui chantait parfois des chansons. Elle chantait aussi quand Helene la rencontrait dans la rue ou dans l'escalier. Parfois son chant montait jusqu'à l'appartement. Helene secoua la tête. Madame Kozinska aimait chanter, une irréductible gaieté, qu'on lui enviait, mais elle avait laissé Peter trop souvent tout seul, et quand elle était là le soir, elle était portée sur la bouteille. C'était une bénédiction qu'il y eût le jardin d'enfants maintenant. Seules les semaines où elle était de service de nuit posaient problème. Helene alors laissait Peter tout seul, il dormait, aussi, la plus grande partie du temps. Avant de le coucher, elle l'assurait qu'elle reviendrait et elle fermait la porte. Quand elle rentrait à la maison le matin, elle allait d'abord chercher les blocs de charbon à la cave, elle en traînait le plus souvent une bonne douzaine d'un coup, les portait dans une hotte sur son dos, tenant dans la main gauche et dans la droite un seau plein de briquettes et de petit bois. Arrivée en haut, elle allumait le poêle, Peter dormait dans son lit, elle caressait ses courts cheveux blonds jusqu'à ce qu'il s'étire et veuille venir dans ses bras, elle lui faisait sa toilette, l'habillait, lui donnait à manger et le conduisait au jardin d'enfants où il voulait revenir dans ses bras, mais où elle ne le reprenait pas, parce que sinon ils n'arrivaient pas à se quitter. De retour à la maison, Helene faisait la lessive ou recousait une bretelle de la culotte de cuir de Peter, depuis que Baden avait renoncé à son magasin elle ne trouvait plus d'articles de mercerie de bonne qualité ni bon marché, Baden avait disparu, en février il avait été emmené avec les autres, à l'Est, disait-on, Helene recousait donc solidement la bretelle de la culotte de cuir et remplaçait l'edelweiss perdu par un bouton de couleur, elle dormait elle-même quelques heures, remettait une ou deux briquettes, allait chercher Peter au jardin d'enfants, le ramenait à la maison, le mettait à table pour dîner, puis au lit, éteignait la lumière et se faufilait dehors, il fallait se dépêcher pour attraper le tramway pour le service de nuit à l'hôpital.

Quand Helene avait un jour de congé, toutes les deux semaines, elle descendait au port en tenant Peter par la main. Ils regardaient les bateaux, il arrivait, très rarement, qu'un navire de guerre entrât dans le port. Peter regardait bouche bée les navires de guerre, et elle lui montrait les vols d'oiseaux.

Canards, disait-elle en montrant de la main le petit groupe d'oiseaux qui volaient. Ils volaient par groupes de cinq en V. Peter aimait le canard, mais Helene n'avait pas assez d'argent pour en acheter. De temps à autre Wilhelm envoyait de l'argent de Francfort. Elle ne voulait pas de son argent ; c'était la rançon du silence, elle n'avait pas besoin de son argent pour se taire. Tous les quelques mois, il lui envoyait une lettre avec de l'argent à l'intérieur et un billet : Mon Alice, achète des gants et un bonnet au petit, était-il écrit. Cela faisait beau temps qu'Helene avait tricoté des gants et un bonnet à Peter, elle prenait l'argent, le fourrait dans une enveloppe et écrivait dessus : Madame Selma Würsich, Tuchmacherstrasse 13, Bautzen, Lusace. Elle envoyait les lettres à Bautzen sans mention d'expéditeur, jusqu'à ces derniers temps, jusqu'au jour où elle reçut un long paquet étroit de Berlin. Dans le paquet se trouvait le poisson sculpté en corne. Dedans il manquait la chaîne. Peut-être avait-on eu besoin d'argent et dû vendre les rubis, peut-être le paquet avait-il été ouvert à la poste et la chaîne avait-elle tenté quelqu'un. À l'intérieur du poisson il y avait une lettre. La lettre dégageait un parfum enivrant, elle embaumait le parfum de Leontine. C'était l'écriture de Leontine. Ma petite Alice, à Berlin il ne cesse de pleuvoir, mais le gel est enfin passé. Habites-tu toujours à cette adresse ? Martha a été très malade ces dernières années. Tu la connais, elle ne se plaint pas, elle ne voulait pas que tu l'apprennes. Nous ne voulions pas t'inquiéter. Elle m'a interdit de t'écrire. Elle a dû abandonner son travail à l'hôpital. On l'a commise à un travail dans un des nouveaux camps de travail. Là, j'ai les mains complètement liées. C'est un mari qu'il lui faudrait maintenant, des parents influents, un parent direct. Dès que j'aurai l'autorisation de lui rendre visite, je devrai l'informer qu'une lettre de la Fondation d'intérêt générale pour l'administration des hospices est arrivée hier. La lettre dit que sa mère est morte il y a quelques semaines à Grosschweidnis d'une pneumonie aiguë. J'en ai beaucoup de peine pour elle. Encore que je sache que bien des gens considèrent cette mort comme une grâce.

Les sirènes basses des grands navires vous faisaient vibrer tout le corps. Helene en sentait le vrombissement jusque dans la plante des pieds. Peter voulait que sa mère lui dise où se trouvaient les canons des navires. De la main de Leontine, il y avait écrit en bas de la lettre : Prends soin de toi. Ta sœur Elsa. En post-scriptum, elle avait noté la phrase suivante : Te souviens-tu encore de Fanny, la vieille voisine ? Elle a été emmenée. Dans son appartement loge maintenant la famille d'un Obergruppenführer, sa femme et trois enfants charmants. Helene savait ce que signifiait cette lettre. Leontine était obligée de brouiller les pistes, sous peine de compromettre leurs vies à toutes deux. Elle avait choisi les seuls mots possibles pour écrire l'horreur. Leontine avait roulé des pétales de roses séchées dans la lettre. Les pétales de roses étaient tombés sur Helene. Helene avait envie de pleurer, mais elle ne pouvait pas. Quelque chose l'en empêchait, elle ne réussissait pas à conférer une réalité à ce qu'elle avait compris. Un doux parfum s'échappait des pétales, peut-être était-ce seulement l'odeur du parfum de Leontine. Il ne fallait pas qu'on puisse établir un lien funeste entre son vrai nom et Martha, Helene ou quiconque. Est-ce qu'elle travaillait toujours à l'hôpital ? Était-elle obligée de ligaturer des trompes, voulait-on l'envoyer dans un hôpital militaire elle aussi ? En fin de compte Leontine était divorcée entre-temps, elle n'avait pas d'enfant, on pouvait l'envoyer où on voulait. Elle pouvait prendre tous les noms qu'elle voulait, Léo, Elsa, ou Abélard tant qu'elle y était. Helene reconnaîtrait toujours son écriture ferme et rapide, elle était gravée à l'intérieur d'Helene. Une nostalgie incoercible s'empara d'Helene, elle eut un vertige et se mit à transpirer.

Des canons ? Peter tirait sa mère par la manche avec impatience. Où ils sont, les canons ? Helene ne le savait pas.

Tu es triste ? Peter avait levé les yeux vers elle et l'observait.

Helene secoua la tête. Le vent, dit-elle. Viens, allons à la gare, allons voir les trains. Ce fut plus fort qu'elle, Helene se demanda ce qui se passerait si elle prenait simplement un billet pour Berlin et y partait avec Peter. Il devait être possible de retrouver Leontine. Ce devait l'être. Mais au prix de quels dangers ?

La gare était située en contrebas de la ville au bord de l'Oder. Les trains entraient et sortaient. Le vent balayait le quai et leur emplissait les yeux de larmes. Ils s'étaient assis sur un banc et se tenaient par la main. À l'hôpital il y avait une nouvelle infirmière, Ida Fiebinger, qui venait de Bautzen. Helene avait eu un drôle de sentiment en entendant parler Ida Fiebinger pour la première fois, cette mélodie saxonne, cette façon de traîner sur les phrases et de les terminer en étranglant les sons. Helene cherchait sans cesse la proximité d'Ida. Un jour où la tempête avait abattu un arbre dans la cour de l'hôpital, Ida dit : Quand le vent ne sait où aller, sur Budissin [1] il vient souffler. Et Ida avait ri et dit aux autres infirmières en jetant un œil vers l'arbre abattu que maintenant elle n'avait plus à se faire de souci

1. Budissin : Bautzen en sorabe.

pour sa ville natale. Helene aurait pu rentrer sous terre en entendant cette phrase et elle avait eu de la peine à réprimer un sourire. Depuis combien de temps n'avait-elle entendu ce proverbe ?

Peter dit qu'il avait froid, qu'il voulait rentrer. Helene le fit patienter, ils attendraient juste encore un train. Une fois, alors qu'elles déjeunaient debout en cercle avec leurs assiettes dans la cuisine des infirmières, Ida s'était tournée vers Helene au beau milieu d'une phrase et avait dit : Maintenant je sais pourquoi j'ai tout le temps l'impression de te connaître. Tu es de Bautzen. Helene avait posé très tranquillement sa fourchette sur son assiette, elle avait senti le sang lui monter au visage tout à coup et elle avait feint en s'excusant d'être prise d'une quinte de toux. Tu connais sûrement mon oncle, avant sa retraite c'était un juge connu à Bautzen, ajouta Ida avec feu.

Helene secoua la tête. Non, se hâta-t-elle de dire, je viens de Dresde, je n'ai visité Bautzen qu'en passant, au cours d'un voyage. N'y a-t-il pas une sorte de tour penchée ? Ida dévisagea Helene déçue, un peu incrédule, mais surtout déçue. En passant ? En allant à Breslau, affirma Helene, espérant vivement qu'aucune des infirmières ici présentes ne vînt de Breslau et ne voulût parler avec elle d'une ville qu'elle ne connaissait pas en fait. Depuis, certains jours, Helene sentait sur elle le regard scrutateur d'Ida. Le vent mugissait et grondait contre les poteaux téléphoniques. Helene regarda la locomotive. Sa cheminée fumait encore faiblement. Elle avait l'impression qu'elle n'arriverait plus à quitter la gare aujourd'hui. Personne n'était venu, et Helene ne prendrait pas de billet. Elle se leva, Peter lui tenait la main très fort, ils remontèrent l'escalier vers la ville en silence.

Helene ne s'attendait pas à ce que Wilhelm veuille lui rendre visite encore une fois ni qu'il profite justement de l'été où Peter allait entrer à l'école pour le faire. Elle avait arrangé l'appartement, repeint le mur à côté de la fenêtre de la cuisine où la pluie avait pénétré, elle avait collé du papier peint dans la chambre à coucher et enfoncé des clous dans la chaise bancale jusqu'à ce qu'elle tienne solidement sur ses pieds, bien stable, à la table de la cuisine, enfin elle avait lavé les rideaux, nettoyé les vitres, et acheté un bouquet de cosmos. Il fallait que tout soit rutilant quand Wilhelm arriverait. Il ne fallait pas qu'il hoche la tête en pensant qu'elle ne s'en sortait pas toute seule avec l'enfant. Elle s'en sortait très bien toute seule. Peter l'aida à transporter le vieux divan du voisin d'à côté dans la cuisine. Elle lui expliqua qu'il allait devoir dormir sur le divan cette semaine. Mais finalement, Wilhelm préféra dormir lui-même sur le divan, et Peter put rester dans le lit d'Helene. Wilhelm dit qu'il était en congé ; il était arrivé en complet veston. Helene ne savait pas exactement s'il servait vraiment comme soldat. Il en faisait un mystère. Il n'était pas du genre à se défiler, la fierté qu'il affichait suggérait plutôt qu'il était voué à de plus hautes missions, de nature stratégique, semblait-il à Helene. Les courtes missives qu'il envoyait tous les quelques mois avec un peu d'argent venaient d'ailleurs toujours de Francfort ou de Berlin. Dernièrement elle avait fourré l'argent dans un gros bas de laine dépareillé qu'elle avait caché tout en bas de sa corbeille. Un jour où Peter s'était ouvert le genou et réclamait un pansement en pleurant, alors qu'Helene lui disait que la blessure sécherait mieux à l'air, Wilhelm l'interrompit en donnant à Peter une pichenette sur la nuque : Arrête de pleurer, Peter. Et retiens bien ça, l'homme est fait pour tuer et la femme pour panser ses blessures. Peter avait levé la tête et regardé son père. Peut-être souriait-il ? Mais non, son père lui parlait sérieusement.

Wilhelm avait bonne mine, il était gai, plein de vigueur. La nuit il émettait un ronflement sonore et satisfait, et Helene ne fermait pas l'œil. Ses cols étaient propres, ses chemises repassées, et dans son portefeuille il gardait la photographie d'une femme qui souriait. Helene avait pris son pantalon pour le laver et le portefeuille lui était alors tombé dans les mains. Cela ne la regardait pas, elle ne posa pas de questions, tout comme elle ne voulait pas qu'on lui en pose. Le quatrième jour Wilhelm déclara qu'avant de repartir dimanche il voulait faire une petite sortie à Velten avec le petit. Il se pouvait que son frère de Gelbensande se joigne à eux. Helene n'avait jamais fait la connaissance du frère de Wilhelm, elle ignorait toujours si c'était lui qui lui avait fabriqué le passeport et le diplôme. Peter enlaça les hanches de sa mère, il ne voulait pas partir sans sa mère. Mais son père lui dit de ne pas faire la poule mouillée, un garçon devait pouvoir voyager aussi sans sa mère. Velten ? Wilhelm crut lire de la méfiance dans le regard d'Helene.

Ne te fais pas de souci, dit-il, partagé entre le rire et l'irritation, tu peux être sûre que je te ramènerai le gamin. Même en congé, on peut avoir à rencontrer un collègue. Comme Wilhelm avait laissé sa voiture à Francfort, tous deux prirent le train. Pour Peter c'était un grand jour, ce serait son premier voyage en train. Wilhelm voulait-il abréger leur temps commun en faisant une petite excursion avec Peter pendant la moitié de la semaine de congé annoncée ? Ou le voyage était-il vraiment en rapport avec son travail ?

À ce moment-là Helene était au service des accouchées. Les femmes demandaient des soins constants, sans arrêt il fallait changer les serviettes et renouveler les bassins et on devait remplacer toutes les heures les enveloppements froids contre la fièvre puerpérale ainsi que ceux qui étaient à base de lait caillé pour enrayer les mastites. Il fallait soigner les crevasses et talquer les nombrils. Helene sortait les bébés de la chambre des nourrissons pour les apporter à leurs mères et les leur mettre au sein. Les enfants roses et bien portants tétaient le lait savoureux des seins épanouis de leurs mères, tandis que leurs pères se battaient au front au loin, à l'Est ou à l'Ouest, sur terre, sur mer ou dans les airs, et veillaient à ce que Leningrad assiégée crève de faim. Helene ne voulait pas penser, il y avait des instructions, des successions d'actes, des appels, il fallait agir, il fallait courir, elle pressait les nourrissons contre le sein de leur mère, les emmaillotait, les pesait, les vaccinait et elle écrivit une dernière lettre à la vieille adresse qu'elle avait de Leontine. Elle n'en enverrait plus d'autre, n'ayant reçu de réponse à aucune de ses lettres. La standardiste lui dit qu'il n'y avait pas d'abonné à ce numéro et qu'aucune dame docteur n'était connue au numéro en question. Helene ne rentrait à la maison que pour dormir.

Le dimanche qui suivit leur retour de Velten, Peter raconta qu'ils avaient visité une fonderie et dormi dans une pension. L'oncle n'avait pas pu venir, il n'avait pas dû obtenir de congé. Il y avait de la salade de harengs avec des oignons, des pommes et des betteraves, mais Helene n'avait pas pu se procurer de câpres. Peter lécha son assiette, sa bouche fut colorée de rouge-rose par les betteraves. Wilhelm devait repartir pour Francfort.

J'en ai plus que je n'en peux dépenser, dit Wilhelm à la porte en fourrant un billet de dix dans la main de Peter en guise d'adieu. Il n'avait qu'à s'acheter des caramels. Helene était heureuse que Wilhelm fût reparti.

Quand Helene se mit au lit le soir à côté de Peter, il n'était pas encore endormi. Il se tourna vers sa mère.

Papa dit que nous allons vaincre.

Helene garda le silence. Wilhelm avait probablement parlé des bombes au petit. Wilhelm était fermement convaincu que seul le service armé faisait d'un homme un homme. Helene caressa le front de son fils. Comme il était beau.

Papa dit qu'il faut que je devienne grand et fort.

Helene ne put que sourire. Ne l'était-il pas déjà, grand et fort ? Elle savait qu'il avait souvent peur, mais comment être courageux quand on ne connaît pas la peur ? Pendant que Wilhelm était parti avec le petit, elle avait acheté un couteau de poche pour Peter. Elle voulait le lui offrir en novembre pour son sixième anniversaire. Elle savait qu'il ne souhaitait rien si ardemment qu'un couteau de poche. Il voulait se sculpter une canne à pêche et il voulait couper son pain avec.

Papa dit que tu ne dis jamais rien parce que tu es froide.

Helene regarda son Peter dans les yeux, les gens disaient qu'il avait ses yeux, clairs comme du cristal et bleus ; couchée, c'était dur de secouer la tête. Elle lui caressa les épaules, et Peter appuya son front contre sa poitrine.

Mais ça, je ne crois pas, dit Peter contre sa poitrine. Je t'aime, maman. Helene caressa le dos de son petit garçon. Elle avait du mal à remuer le bras. Peut-être avait-elle soulevé trop de malades dans la journée. Elle se sentait faible. Que pouvait-elle être pour son Peter ? Et comment pouvait-il être son Peter si elle ne pouvait lui être quelque chose, si elle ne pouvait lui parler, rien lui raconter, rien dire, tout simplement ? Une autre femme pleurerait, supposait Helene. Peut-être Wilhelm disait-il vrai, peut-être son cœur était-il de pierre. Froid, glacé, d'airain. Elle ne pleurait pas, elle n'avait pas envie de pleurer, ses pieds lui faisaient mal, son dos était douloureux, elle avait couru toute la journée, elle savait qu'il ne lui restait plus que cinq heures de sommeil avant de se lever, de repasser le linge, passer la serpillière dans la cuisine, préparer le petit déjeuner pour Peter, le réveiller, l'envoyer à l'école et aller elle-même travailler à l'hôpital. Ce bras avec lequel elle avait caressé Peter et qui reposait maintenant sur lui, son enfant endormi, ce bras lui faisait mal. Il n'était pas question d'avoir une tendinite. Une infirmière ne tombait pas malade. Dimanche en prenant congé, Wilhelm lui avait dit : Alice, tu es en fer, tu es coriace. Tu n'as pas besoin de moi. Elle n'avait pas pu interpréter ses paroles. Était-il fier, était-il froissé, était-il satisfait parce que son départ s'en trouvait ainsi justifié d'une certaine manière ? Peut-être cela le blessait-il qu'elle n'eût pas besoin de lui. Un homme voulait qu'on ait besoin de lui, sans nul doute. Son énergie d'acier ne devait pas perdre son objectif, pas dévier de son objectif, cette énergie devait éprouver sa force d'acier, et sûrement pas être dépouillée de sa raison d'être. Et en était-il autrement d'une femme ? Elle aussi, est-ce qu'il ne lui importait pas plus que tout d'être tous les jours, ponctuellement, à l'hôpital ? Être de fer, était-ce un critère, une qualité, une particularité ? Une discipline de fer. Combien de fois n'avait-elle fait des heures supplémentaires. Aucune infirmière ne partait quand elle voyait les bassins s'empiler sur le chariot, qu'une patiente avait vomi sur sa chemise, et qu'une autre était mourante. Une compassion de fer. Peter aussi s'était habitué à ne pas tomber malade. Une raison de fer. Quand il était petit, il avait eu la varicelle et les oreillons, et elle avait dû demander à la Kozinska de le garder pour pouvoir être à son travail à l'heure dite. De toute la journée la Kozinska n'avait même pas réussi à faire la toilette de son Peter, elle avait oublié les enveloppements froids, et le soir elle ne lui avait pas donné assez à boire. Elle devait être occupée à chanter.

Le matin Helene fut réveillée par Peter, il faisait déjà jour, il se pressait contre sa mère et l'entourait de ses bras en murmurant : Je t'aime tellement, maman. Soudain il fut couché sur elle et enfouit son visage dans son cou. Ses cheveux soyeux la chatouillaient. Il ne devait pas se coucher sur elle, ne le savait-il pas ? Et alors qu'elle le repoussait, il dit : Ta peau est si douce, maman, tu sens si bon, je resterai toujours avec toi, toujours, il luttait pour ne pas être repoussé, il la tenait solidement, sa main toucha sa poitrine, et elle sentit quelque chose de petit et de dur contre sa cuisse qui ne pouvait être qu'une érection, son érection. Helene le repoussa et se leva.

Maman ?

Dépêche-toi, Peter, il faut te laver et aller à l'école, dit-elle en lui tournant le dos. Elle n'en dit pas plus, elle ne voulait pas se tourner vers lui, elle ne voulait pas voir son visage.

Beaucoup de gens envoyaient leurs enfants à la campagne maintenant pendant la guerre, mais si elle l'envoyait à la campagne, on l'enverrait elle à Obrawalde, dans un hôpital militaire, ou à Ravensbrück. Helene ne voulait être envoyée nulle part, elle ne pouvait donc envoyer son Peter à la campagne.

Le soleil glissait vers l'oblique, adoptant son inclinaison d'automne par rapport à la terre. Le vent soufflait, il gémissait, il sifflait. Alors qu'elle était en train d'étendre le linge un jour dans la cour, Helene entendit les enfants jouer et crier. Ils se poursuivaient et se faisaient enrager. Helene entendit distinctement la voix de Peter parmi les voix des autres enfants :

Les juifs puent le foie de morue
Il faut les mettre à la rue
Les youpins sont des coquins
qui nous piquent tout notre pain.

Le drap lui bouchait le passage, le vent le lui rabattait sur la figure, le vent était frais, elle ne pouvait pas voir les enfants, seule une petite fille de la maison d'à côté se tenait sous le portail, indécise. Helene fixa la dernière pince sur le drap et fit volte-face. Où avait bien pu passer ce garnement ? Souvent, elle était contente quand il allait courir autour du pâté de maisons et qu'elle pouvait vaquer tranquillement à ses occupations, il avait des copains, il devenait autonome, un jour il n'aurait plus besoin d'elle, mais maintenant, elle voulait savoir où il était. D'où tenait-il ces rimes ? Les juifs à l'huile de foie de morue, à cause de celle qu'on leur donnait ? Cela faisait près de trois ans qu'il n'y avait plus de juifs à Stettin, pas un seul, ils avaient tous été emmenés[1].

Tu as vu mon Peter ? Helene interrogea la petite fille sous le porche. Elle secoua la tête, non, elle ne savait pas où il était allé.

Helene l'attendait pour dîner. Les aliments étaient rationnés, la crémière lui avait donné un œuf, un quart de lait et une laitue, et de la fille de la vieille poissonnière en bas sur le quai elle avait obtenu un maquereau qu'elle avait farci du dernier morceau de beurre et d'une feuille de sauge et qu'elle avait fait cuire au four. Peter aimait le poisson au four. Quand il surgit sur le seuil de la porte, il avait les deux genoux écorchés et la croûte de son coude s'était rouverte. Ses mains étaient noires et il avait une trace de charbon sur le nez. Ses yeux brillaient, visiblement il s'était bien amusé.

Maintenant, va te laver les mains, s'il te plaît, dit Helene. L'idée ne lui serait pas venue de contredire sa mère. Peter se lava les mains, se frotta les ongles avec la brosse et se mit à table.

Le charbon sur ta figure, dit Helene, tu peux le laver aussi, s'il te plaît ?

Peter le noir, dit Peter en riant. Il aimait jouer, quand les autres riaient de lui, ils riaient avec eux.

Tout à l'heure, je t'ai entendu crier de méchantes rimes. Helene posa la moitié supérieure du maquereau sur l'assiette de Peter et coupa le croûton de pain en deux.

---

1. En 1940, les mille deux cents juifs de Stettin furent déportés à Lubin en Pologne et périrent dans les chambres à gaz. Ce furent les premiers juifs en Allemagne déportés en Pologne.

Moi ?

Sais-tu vraiment qui sont les juifs ?

Peter haussa les épaules, déconcerté. Il ne voulait pas fâcher sa mère, il n'en avait pas la moindre envie. Des gens ?

Bien, alors pourquoi fais-tu de méchantes rimes sur eux ?

Peter haussa les épaules de nouveau.

Je ne le veux pas, Helene parlait d'une voix sévère et sobre, je ne veux plus jamais entendre cela. C'est clair ?

Peter la regarda sous sa frange, il ne put retenir un sourire, il avait l'air malicieux quand il souriait ainsi, il avait du mal à croire que sa mère soit aussi fâchée à cause d'une méchante rime.

Qu'est-ce que c'est comme gens, les juifs ? Peter souriait toujours. Il voulait vraiment le savoir et devrait se résigner à ce qu'Helene ne lui réponde pas. Helene ressentait un sentiment d'insuffisance, d'insuffisance pénible. Était-elle lâche ? Comment aurait-elle pu expliquer à son enfant qui étaient les juifs, qui elle était et pourquoi elle ne pouvait pas parler ? Nul ne savait ce qu'un enfant allait faire de son savoir, il pouvait en parler le lendemain à l'école à son maître ou aux autres élèves. Helene ne le voulait pas. Elle ne voulait pas le savoir en danger. Il comprenait, Helene en était certaine, Peter était un enfant intelligent. Des personnes, cela suffisait comme explication, n'est-ce pas ? Helene ne répondit pas à son sourire, ils mangèrent le poisson en silence.

Maman, dit-il après avoir léché son assiette, merci pour le maquereau, c'était un maquereau fameux. Peter savait reconnaître la plupart des poissons, il aimait les différences, leurs différences de noms, de goûts. Le mot fameux agaçait Helene. Tout le monde l'utilisait, alors qu'il était peu clair, ce mot, complètement ambigu. Si elle lui offrait le couteau de poche en novembre, il serait déjà trop tard pour pêcher près de la ville, la majeure partie du rivage était gelé à ce moment-là, les poissons nageaient trop en profondeur, et il n'aurait guère de chance de prendre un poisson comestible. Helene esquissa un sourire. D'où tenait-il cette politesse appuyée ? Lui avait-elle jamais dit qu'il devait la remercier ? Ils garderaient les arêtes pour le chat de la cour. Personne ne savait à qui appartenait ce chat, c'était un beau chat qui ressemblait à un siamois, blanc avec des pattes brunes et des yeux clairs, étincelants. Elle demanda à Peter de faire la vaisselle et l'en remercia à l'avance. Il le faisait volontiers, il aidait sa mère tant qu'il pouvait. Il irait au lit tout seul, Helene prit sa blouse repassée et lui dit au revoir, elle était de service de nuit.

Une brume épaisse enveloppait le Haff, les bateaux cornaient, leurs sirènes de brume se succédaient. En haut en ville brillait un soleil doré qui projetait de longues ombres, le jour venait juste de se lever.

Nous allons aux champignons, déclara Helene un dimanche qu'on lui avait accordé à sa demande instante, par égard pour l'enfant, et elle prépara le panier. Les conditions n'auraient pu être meilleures, il avait plu pas plus tard que la veille et la lune était pleine la nuit passée. La moitié de la ville pouvait bien se retrouver dans la forêt le dimanche, Helene s'y connaissait, elle les trouverait, les clairières isolées. Un torchon, deux couteaux, un journal, car les champignons ne devaient pas s'écraser ni se frotter quand ils étaient les uns sur les autres.

Ils prirent le train jusqu'à Messenthin et eurent bientôt laissé derrière eux les petites maisons à colombages aux toits de chaume, Helene connaissait son chemin dans la forêt. Les pins formaient d'abord un bois touffu, puis les hêtres et les chênes gagnaient du terrain. L'air était frais. Cela sentait bon le début de l'automne, les champignons, la terre. Des feuilles de hêtre lisses, certaines déjà couleur de bronze, de petits chênes secs. Helene marchait devant, elle allait d'un pas rapide, elle connaissait sa forêt et ses clairières. Elle avait une sensation de faim, ce qui n'était pas du meilleur augure pour la cueillette. Ses regards effleuraient les buissons, le sous-bois, ici c'était trop sombre, là-bas trop sec, il fallait pénétrer plus profondément dans la forêt, là où les abeilles étaient encore sur les troncs, se réchauffant au bois, se mouvant lentement, engourdies par l'arrivée du froid.

Maman, attends, tu vas trop vite. Peter était déjà sûrement vingt, trente pas derrière elle. Helene se retourna vers lui, il était jeune, il avait de bonnes jambes, qu'il arrête de rêvasser. Elle poursuivit son chemin, elle marchait sur les branches mortes qui se brisaient sous ses pieds, elle n'aimait pas les champignons de Juda, ils n'avaient qu'à pulluler tout seuls sur leurs souches pourries, elle continua, elle voulait trouver des cèpes, des cèpes et des bolets fauves. La lumière filtrait a travers les arbres, plus loin devant on voyait du vert, le vert tendre et sec d'une petite clairière, c'est là qu'ils devaient être, c'est là qu'il fallait qu'ils soient, elle en trouverait un, deux, elle en pillerait tout une colonie. Helene courait, entendant à peine Peter qui marchait d'un pas lourd derrière elle en l'appelant. Il y en avait un là. Il était coiffé d'un vieux chapeau racorni, pas du tout ce qu'on était supposé trouver un pareil matin. Alors qu'il avait plu la nuit dernière et que la lune était pleine. Une rosée tardive était encore suspendue à certaines herbes. Il n'y avait qu'une explication possible, quelqu'un les avait précédés et avait sévi dans leur forêt, à la lisière de leur bois, dans leur clairière. Helene s'arrêta hors d'haleine et regarda autour d'elle. Cette branche là-bas derrière avait-elle été brisée récemment ?

Attends-moi, cria Peter qui n'avait pas encore atteint la clairière, comme elle faisait mine de se retourner et de poursuivre son chemin dans les fourrés. Elle n'attendit pas, elle se contenta de marcher plus lentement Elle entendit un chien aboyer, cela venait de loin, puis un coup de sifflet, suivi d'un deuxième. Les gardes forestiers n'allaient tout de même pas chasser un dimanche ? Du lapin aux girolles, Helene pensa au lapin très tendre qu'elle avait mijoté à Wilhelm, une fois, il y avait longtemps. C'est un fusil qu'il aurait fallu avoir. Des girolles, mais encore mieux des bolets au beurre, des cèpes. Les yeux d'Helene erraient sur le sol, exorbités, les yeux lui sortaient de la tête. Une amanite avec son vigoureux chapeau, jeune, ventrue comme dans un livre d'images. Helene avançait toujours, toujours suivie de Peter. Ils croisèrent une voie ferrée. Le vent leur souffla à la figure une puanteur étourdissante. Cela puait le cadavre, l'urine, les excréments. Sur la voie, à quelque distance de là, il y avait un convoi de wagons à bestiaux. Les wagons rouillés étaient fermés jusqu'en haut. Helene longea les rails, Peter suivait, elle distingua un policier. La locomotive avait dû tomber en panne, et le bétail souffrir de la faim avec ce transport interminable. Un chien aboya, et Helene dit brièvement : Viens.

Elle reprit le chemin de la forêt. Ils durent contourner le train, faire un grand détour pour échapper à cette puanteur et ne pas tomber sur les chiens.

Pourquoi tu cours, maman ?

Peter ne sentait-il pas cette puanteur ? Elle eut un haut-le-cœur, il fallait respirer par la bouche, ou mieux, ne pas respirer du tout, Helene courait, les branches cassaient, lui fouettaient la figure, elle mettait ses bras devant ses yeux pour se protéger, du bois pourri se brisait sous ses pieds, sous ses pieds cela glissait, elle dérapa, un champignon se dressait là, sûrement un de ces faux cèpes amers, elle ne voulait pas s'arrêter, ni se baisser, ni du tout s'attarder, continuer à tout prix, marcher contre la puanteur. Une fois qu'ils auraient contourné le train par le nord-ouest, cela irait mieux, portée par le vent qui venait de la mer la puanteur allait vers le sud-est. Le sifflet à roulette transperça derechef les oreilles d'Helene. Du bétail leur avait peut-être échappé ? Ils chassaient peut-être la vache et le petit goret dans les bois, le dimanche matin ? Helene sentait la faim, elle eut une vision de quenelles vertes aux cèpes. Les faines des hêtres sautaient sous ses semelles. Surtout ne pas se baisser, si jolis que fussent leurs petits chapeaux velus à trois compartiments et leurs noyaux lisses à trois plis, les faines, elles avaient un goût de noisettes quand on les faisait griller, il faudrait les montrer à Peter, seulement pas maintenant.

Ils étaient au bout de leur peine, apparemment ils avaient dépassé le train, l'avaient contourné de loin, la puanteur avait disparu. Le silence de la forêt, le bourdonnement des insectes. Un pic-vert.

Maman, j'ai vu un écureuil.

Helene s'essuya la sueur du front, du dos de la main.

Le tronc massif et long d'un hêtre était couché en travers du chemin, son écorce luisait, gris argenté. Entre les cicatrices des branches, cela grouillait d'insectes plats à carapace noire tachetée de rouge qui s'étaient encastrés les uns dans les autres, comme les petits lamas à deux têtes « Tire-moi Pousse-moi ». Cette histoire-là au moins, elle aurait pu la lire à son Peter, puisqu'il ne voulait pas de celle du *Cœur froid*[1] qui l'angoissait, celle-ci au moins l'amuserait, l'histoire de *L'Extravagant Docteur Doolittle*[2], si elle trouvait un jour encore le temps de lire, mais elle aurait encore le temps, sûrement,

1. Wilhelm Hauff, *Das kalte Herz/Le Cœur froid*, conte.

2. Stossmich-Ziehmich/Poussemoi-Tiremoi : petit animal fantastique des livres pour enfants du Dr. Doolittle dont chaque extrémité du corps se termine par une tête.

il leur restait encore du temps, il suffirait de quitter l'hôpital plus tôt exceptionnellement un de ces jours pour arriver à temps à la bibliothèque, que le livre y soit et qu'elle l'emprunte. C'était un fameux obstacle qu'un tel tronc. Helene posa son panier et prit appui sur les mains, surtout ne pas écraser d'insectes, le tronc ne vibra pas le moins du monde.

Maman, attends.

Helene chercha de la paume une surface bien plane, s'appuya des deux mains sur le tronc et lança une jambe par-dessus. Le tronc était si large et sa convexité le bombait tellement qu'elle se retrouva à califourchon. Et comment redescendre à présent ? Il y eut un craquement. Le tronc ne pouvait pas casser. Le craquement était tout proche. La puanteur, elle était revenue, la gorge d'Helene se serra, elle eut une nausée, avala sa salive, retint sa respiration, refoulant toute bouffée d'air. Atroce, cette odeur, pas une odeur de cadavre, mais de purin, de misérable purin. Comment était-ce possible, ils lui avaient échappé au transport de bestiaux, il était derrière eux, sûr et certain. Un éternuement. Helene se retourna. Au-dessous du tronc, dans la cavité laissée par les racines qui se dressaient vers le ciel, une créature humaine était accroupie. Helene ouvrit la bouche sans pouvoir crier. Sa frayeur était si profonde qu'aucun son ne sortit de sa gorge. La créature se tenait recroquevillée, des branches reposaient sur la bosse qu'elle formait, sa tête n'était pas visible, elle l'enfonçait dans la terre, sûrement parce qu'elle espérait disparaître, espérait qu'on ne la verrait pas. Elle tremblait si fort qu'elle faisait trembler les feuilles jaunes et fanées des branches dont elle s'était couverte. Il y eut encore un craquement. Visiblement elle avait du mal à rester immobile, à ne rien toucher et à ce que rien ne la touche.

Maman ? Peter n'était pas à dix mètres maintenant. Son sourire malicieux illuminait sa figure. Tu voulais te cacher ? Il demandait, il n'avait plus besoin de crier tellement il était proche maintenant. Helene se laissa glisser le long du tronc, alla vers lui, s'empara de sa main, et l'entraîna dans la direction opposée.

Je peux t'aider, maman, si tu n'arrives pas à passer l'arbre, je vais t'aider, je sais comment faire, tu vas voir. Peter voulait revenir au tronc d'arbre, il ne voulait pas changer de direction, il voulait s'élancer et montrer à sa mère comment on grimpe sur ce genre de tronc. Mais sa mère mettait imperturbablement un pied devant l'autre et le tirait derrière elle.

Mais, lâche-moi, maman, tu me fais mal.

Helene ne le lâchait pas, elle courait, elle trébuchait, des toiles d'araignées lui collaient au visage, elle courait en tenant le panier devant elle comme s'il avait pu anéantir les toiles d'araignées, la forêt s'éclaircit un peu, des fougères et des herbes hautes se dressaient, ici il n'y avait presque plus de vent, il ne fallait pas faire de pause, il fallait s'en aller. Le bétail était humain, ce devait être des gens, là-bas sur les voies, qui pourrissaient et qui puaient. Des prisonniers, qui d'autre se serait recroquevillé sous les branches aussi légèrement vêtu ? Un fugitif. C'était peut-être un des transports qui allaient à Pölitz et devaient fournir un renfort de main-d'œuvre. Depuis le début de la guerre, on ne pouvait produire assez de carburant, nommer d'office assez d'ouvriers, réduire assez de prisonniers en esclavage, en convoyer assez de force. Il y avait même des femmes – disaient les rumeurs qui couraient et que se racontaient les infirmières en cachette – qui travaillaient dans les usines, qui trimaient jusqu'à ne plus pouvoir travailler, jusqu'à en perdre le boire et le manger, et jusqu'à y laisser un jour leur dernier souffle. Avait-elle vu le visage du fugitif, avait-il levé la tête et l'avait-elle regardé dans les yeux, des yeux épouvantés, des yeux noirs ? C'était les yeux de Martha qu'Helene voyait maintenant. Les yeux épouvantés de Martha. Helene voyait Martha dans le wagon à bestiaux, les pieds nus de Martha qui glissaient sur les excréments, Martha cherchant l'équilibre, les plaintes des reclus parqués là, le gémissement de la créature, son tremblement, son feuillage de chêne et son éternuement. Un coup de feu retentit.

Un chasseur, dit Peter tout joyeux.

Des chiens aboyèrent au loin, un second coup de feu.

Attends, maman, Peter voulait s'arrêter, reconnaître le terrain, voir d'où venaient les coups de feu. Mais Helene n'attendit pas, la main de Peter glissa de la sienne, elle continua en se hâtant, elle trébuchait, tombait, se rattrapait à des troncs abattus, se tenant à des branches et à des tiges, et elle ne cessait de mettre un pied devant l'autre, un pied devant l'autre, elle était bonne marcheuse. Du lapin aux girolles, quoi de plus facile, en allant chercher mon pain, je rencontre trois lapins, je les mets dans mon panier, je les mets au coin du feu, ils s'endorment tout heureux. Sûrement, tout heureux. Du bétail. Comment avait-elle jamais pu manger du lapin ?

Ils marchèrent un certain temps dans le bois jusqu'à ce que Peter crie derrière qu'il n'en pouvait plus, et qu'il s'arrête tout bonnement. Helene ne se laissa pas retarder, elle poursuivit son chemin, frénétiquement.

Est-ce que tu sais où nous sommes ? cria Peter derrière elle.

Helene ne le savait pas, elle ne pouvait lui répondre, elle avait continuellement veillé à avoir l'ombre du soleil du côté droit dès qu'elle l'apercevait à travers la voûte de feuilles. Était-ce le soleil qui faisait de l'ombre ou les arbres ? Helene n'avait pas de certitude en l'occurrence. Une simple question, pourtant insoluble. C'était peut-être la faim qui la poussait, qui précipitait son cœur, qui la faisait transpirer. Oui, elle avait faim. Son panier ne contenait pas un seul champignon, elle n'avait fait que courir et elle ne savait même pas où. Elle ne s'était occupée que d'aller vers l'est et de laisser le train derrière eux. Peut-être avait-elle réussi. Il fallait continuer, Helene vit que cela s'éclaircissait un peu plus loin, une clairière, une friche, une route, peu importe.

Une main saisit la sienne, Peter l'avait rattrapée, sa main était ferme, petite et sèche. Comment un petit garçon pouvait-il avoir tant de force dans les mains ? Helene voulut se libérer, mais Peter la tenait solidement, solidement, par la main.

Une jambe en avant, un, deux, trois, Helene se surprit à compter ses pas, elle voulait s'échapper, partir, rien que partir. Peter s'agrippait à elle, il saisit son manteau, elle secoua sa manche, la secoua violemment jusqu'à ce qu'il fût obligé de lâcher prise. Elle marchait devant, lui derrière. Elle allait plus vite que lui. L'éclaircie de la forêt se révéla être un mirage, rien ne s'éclaircit, la forêt devenait de plus en plus dense, le sous-bois, des nuages s'étaient formés au-dessus des cimes. Les nuages passaient là-haut, ils couraient vers l'intérieur des terres. Quelle heure pouvait-il être ? Tard dans la matinée, midi, midi passé ? D'après sa faim, il devait être tard, deux heures, peut-être trois déjà d'après la position du soleil. Maman ! Des champignons sautés avec du thym, simplement revenus dans du beurre, avec du sel, du poivre, du persil frais, quelques gouttes de citron, des champignons mijotés, sautés, bouillis. Cru, le premier, elle le dégusterait cru, sur-le-champ. Helene en avait l'eau à la bouche, elle avançait en trébuchant, dans un rêve. Des feuilles et des branches, des épines de baies, des mûres peut-être, et où étaient-ils passés à la fin ces champignons ? Maman ! Les hêtres se raréfiaient, une ancienne pépinière, rien que des résineux, petits, des résineux de plus en plus bas, les branches touchaient presque le sol, les aiguilles craquaient, le sol de la forêt descendait en pente. Une petite clairière, de douces collines de mousse surgirent sous les aiguilles. Une amanite, puis une seconde, gardiennes empoisonnées. Et voilà qu'il se dressa devant elle, avec son chapeau incliné, sombre et brillant. Des limaces avaient déjà dû se délecter, un, deux petits creux signalaient ces précédents amateurs. Helene s'agenouilla, ses genoux s'enfoncèrent dans la mousse, elle s'inclina sur le chapeau et le renifla. Le feuillage, le champignon, cela sentait la forêt, la nourriture d'automne. Helene coucha sa tête dans la mousse, elle le contempla d'en dessous, les canaux étaient encore blancs et fermes, un magnifique champignon. Maman ! Le son semblait venir de très loin. Helene se retourna. Ils formaient une haie là dans la pente, alignés l'un près de l'autre, de jeunes champignons de la dernière nuit, Helene se faufila à quatre pattes sous les branches, se fraya un chemin avec les mains en écartant les branches, en rampant, et se coucha sur le sol de la forêt. Comme cela embaumait. Maman ! Helene saisit un champignon, le cueillit et le fourra tout entier dans sa bouche, la chair tendre et ferme fondait sous la langue, quel délice ! Où es-tu ? La voix de Peter se cassa, il avait peur, il ne pouvait pas la voir et se croyait tout seul. Où es-tu ! Sa voix s'étranglait. Helene avait laissé son panier dans la clairière. Le deuxième champignon était encore plus petit, plus ferme, plus frais, son pied clair presque plus gros que son chapeau brun. Maman ! Peter luttait contre les larmes, elle voyait ses jambes maigres de garçon à travers les branches, il traversa péniblement la clairière, s'arrêta près de son panier, se pencha et se redressa. Il mit ses deux mains en cornet devant sa bouche : Maman !

Il n'y avait pas d'écho, en haut le vent grondait dans les cimes, il fouettait les branches du haut, cherchant à atteindre la terre. Le garçon cria dans toutes les directions : Maman !

Comme c'était simple de rester silencieuse ! L'exercice le plus simple du monde, ne pas trembler, ne rien faire craquer, juste le silence.

Le garçon s'assit sur son séant et se mit à pleurer. Ce n'était pas un jeu. Si elle surgissait des fourrés maintenant à quelques mètres de lui, il saurait qu'elle l'avait observé et s'était cachée sciemment. Dans quel but, pourquoi ? Helene avait honte, ne faisait aucun bruit, et le garçon pleurait. Elle respirait sans bruit, rien de plus facile. Pas d'éternuement, rien ne la trahit. Les fourmis la chatouillaient, cela lui cuisait déjà à la hanche, les minuscules bestioles s'insinuaient dans ses vêtements et piquaient. Une araignée rouge aux membres grêles pas plus grosse qu'une tête d'épingle escaladait sa main. Le garçon se leva, il inspecta chaque direction, prit le panier d'Helene et se mit à marcher vers le sud-est. Il n'était pas bête, c'était la bonne direction pour regagner le village et la ville. Helene se fourra un champignon après l'autre dans la bouche, comme la solitude était douce, la mastication, le calme !

Quand elle eut cessé d'entendre ses pas dans le sous-bois, elle rampa hors de sa cachette. Des aiguilles et de l'écorce adhéraient à son manteau court. Elle les fit tomber en tapotant sa jupe. Il y eut un froissement, un oiseau s'envola. Helene se mit à marcher dans la forêt entre les sapins et les jeunes chênes, dans la direction où il avait disparu. Elle appela, Peter, il répondit dès la seconde syllabe de son nom et d'une voix haut perchée, soulagé, heureux, avec un rire plein d'impatience, il cria : Je suis là, maman, ici.

Une fine suture, la peau si délicate du dessus de l'œil, l'œil d'un blessé, d'un père, blessure de guerre. On pouvait à peine distinguer la prunelle sous la chair enflée. Helene retirait à la pince les éclats de verre du visage, du front, de la tempe, les éclats de verre très fins d'une des joues qui était encore reconnaissable, et de l'autre qui n'était plus que chair à vif, sanglante. Le blessé ne bougeait pas, le médecin avait réussi à anesthésier l'homme malgré la faiblesse de la dose, après plusieurs tentatives. On manquait de médicaments, on devait soigner les gens sans anesthésie la plupart du temps. Ils étaient sur des brancards, des châlits que d'autres avaient sortis des maisons, certains étaient assis par terre parce qu'on ne parvenait pas à se procurer assez de couchage, sous des toiles de tente, et dans la remise de l'hôpital détruit en grande partie. Helene tamponnait les blessures de teinture couleur rouille, elle demanda de la gaze, mais aucune des infirmières n'en avait plus. Une petite fille la fixait muette, depuis des jours, elle avait les cheveux un peu brûlés devant, une bosse, rien d'autre – juste perdu sa mère. Elle ne desserrait plus les dents. Il aurait fallu la faire sortir de l'hôpital, l'emmener quelque part, mais qui aurait eu le loisir d'y penser. Ici elle avait de la soupe, dès que quelqu'un arrivait à en faire une, dès que le gaz revenait et que l'eau recommençait à couler du robinet.

En mars peu après les dernières offensives, la clinique gynécologique avait été évacuée à Seebad Lubmin, à côté de Greifswald. Helene avait promis de les rejoindre dès qu'ils auraient pu soulager la misère des blessés de la ville, elle ne parlait même plus de son garçon.

La pince, Alice, la pincette. Helene courait, elle tendait les instruments, elle ouvrait un péritoine, elle incisait, parce qu'il fallait aller vite et que le médecin s'occupait maintenant dans l'autre tente d'une jeune femme enceinte dont le pied était blessé, à moins qu'il ne fût perdu. Helene incisait et recousait, elle cautérisait avec des tampons, une jeune fille lui tendait les instruments, le scalpel et les couteaux, la pince et les aiguilles. Helene travaillait jour et nuit, quelquefois elle s'assoupissait deux heures, dans le hangar que les infirmières avaient transformé en cuisine. Helene pensait rarement qu'elle aurait dû aller voir ce qui se passait à la maison. Peter n'avait qu'à aller à l'école. Il la contredisait, il n'y avait plus d'école, eh bien en classe, bon Dieu, il n'avait qu'à se procurer quelque chose à manger, il avait deux jambes, non, il fallait qu'il se débrouille. N'avait-il pas eu de la chance ? À aucun bombardement il ne lui était arrivé quoi que ce soit. Une fois cet hiver, il avait ramené une main, il n'avait rien voulu lui dire de cette main. Si ça se trouve, il l'avait dénichée dans la rue, cette main, une main d'enfant. Helene avait eu toutes les peines du monde à lui retirer cette main. Il ne voulait pas la lâcher. Il fallait éloigner ce garçon, ça ne faisait pas l'ombre d'un doute, elle ne savait pas quoi en faire, qu'il écrive ses devoirs, s'occupe du poêle, il n'avait qu'à se débrouiller pour trouver du charbon et du bois, il y en avait partout, elle avait dû le laisser seul, depuis des semaines, depuis des mois. Quand elle rentrait à la maison, il la regardait les yeux écarquillés, sans arrêt il voulait savoir quelque chose, il posait des questions, il voulait savoir où elle était et il voulait qu'elle reste avec lui. Il l'attrapait avec ses mains, et quand elle se couchait auprès de lui dans le lit commun ses bras l'enserraient comme une pieuvre. Des tentacules, il l'aspirait et restait collé. Ses bras lui prenaient le peu d'air qui subsistait. Mais elle ne pouvait pas rester, elle avait à faire. Elle ne parlait plus à personne. Maman ! Une vieille moribonde appelait de son grabat. Il ne s'agissait pas d'Helene, Helene n'était la maman de personne, elle n'avait pas à se retourner, elle pouvait se taire et tamponner, recoudre, panser. Dès qu'il y avait de l'eau, elle lavait les blessés, un minimum, les malades, c'est à peine si elle tenait encore les mains des mourants, il en mourait trop, trop de mains, trop de voix, des geignements et des gémissements, qui finissaient par se taire, et il fallait refermer les draps, traîner les cadavres sur la voiture. Et on revenait aux opérations, un homme devait être opéré du crâne pour la quatrième fois, le médecin voulait qu'Helene l'assiste, y avait-il encore quelque chose à tenter, nul ne savait, mais on l'opérait. La tête de pont avait sauté, l'Armée rouge était embusquée aux portes de la ville, la rage des affamés, d'abord c'étaient les rumeurs qui pénétraient : ils avaient fait leurs premières victimes, ils gagnaient du terrain, il y avait de quoi avoir peur, déjà elle les pénétrait, l'Armée rouge, il manquait une bande de gaz, une compresse, n'importe quel pansement pour les blessures. Depuis combien de temps n'avait-elle été à la maison, un jour, deux jours ? Elle était incapable de le dire. La nuit dernière elle avait dormi quelques heures sur le lit de camp dans le hangar, à tour de rôle avec les autres infirmières, elle n'avait rêvé qu'une fois pendant ces mois, elle avait cousu des gens les uns aux autres, une personne après l'autre, cela formait un grand réseau de personnes, et elle ne savait pas quelle partie était vivante et laquelle était déjà morte, elle n'avait fait que coudre, chacun avec chacun, et toutes les autres nuits et heures de sommeil étaient restées sans rêve, agréablement noires, Helene se hâtait vers la maison, il faisait déjà sombre, elle ne levait pas les yeux, n'observait pas les dégâts, les dégâts matériels, qu'était-il arrivé à cette maison, et à celle-là, elle se hâtait d'avancer, il fallait dire à Peter de leur procurer une nouvelle serrure. Helene se hâtait, ses pieds devaient la porter plus vite, elle n'avançait pas, le sol cédait sous ses pieds, elle glissait, des pierres, des éboulis, du sable, elle faisait du surplace, piétinait la terre, glissait encore plus profond, lentement toujours plus profond, ses pieds s'enfonçaient dans le sol avec le sable, elle s'aida de ses mains pour avancer, elle dut remonter à quatre pattes, mais glissa de nouveau. Un cratère de bombe pouvait se transformer en piège, en piège à retardement, en piège nocturne. Un seul pas dedans et mille autres ne suffisaient pas à vous en extraire, on pouvait faire tous les efforts possibles et imaginables. Helene n'appela pas, il y avait bien quelques personnes dehors, mais chacun suivait son chemin, il n'y avait personne sur le sien. Ses mains tâtonnaient, elle prit un nouvel élan, elle tâtonna en haut, elle tâtonna en bas, jusqu'à ce qu'elle sente quelque chose de solide à quoi s'agripper. Il faisait si sombre qu'elle ne pouvait distinguer ce que c'était. Elle se suspendit le long de la chose solide, un câble peut-être, un câble bien solide, une conduite d'eau, pliée, puis quelque chose de mou, elle lâcha la chose molle, c'était peut-être une personne, un morceau de cadavre, c'est à la chose solide qu'il fallait se suspendre et c'est en la tenant qu'elle s'extirpa et grimpa en haut. La rue était noire, le ciel sombre, aucune des maisons n'était éclairée, panne d'électricité peut-être. Le pavé était glissant à cause de la bruine. Aux voleurs ! De loin retentit une voix de femme indignée qui criait au pillage. Qui aurait bien pu faire chorus avec elle cette nuit-là, ou la suivante, ou celle d'après ? Un jeune homme se penchait à l'une des fenêtres noires. Les bras écartés il cria dans la nuit : le sauveur, le sauveur ! C'était rare qu'on vît encore des hommes jeunes, ils pouvaient vraiment invoquer le sauveur, peut-être y croyait-il, à la rédemption. Qui partait était mal parti. Helene devait faire attention de ne pas glisser. Elle entendit des hommes derrière elle. Des paroles scabreuses, elle accéléra le pas, se mit à courir. Surtout ne pas se retourner. Il aurait fallu un déguisement ; la terre sentait bon le printemps, nuit poussiéreuse de printemps.

Il fallait qu'elle fasse un choix, elle le sentait ; non, ce n'était pas un choix, ce n'était plus qu'une décision, une décision à prendre. Tous les Allemands étaient instamment invités à quitter la ville, ici il n'y avait plus rien, plus d'école, plus de poisson pour Peter. Où l'envoyer ? Il ne se séparerait pas d'elle, jamais, pas de son plein gré. Elle n'avait pas le temps de parcourir de longs trajets, elle ne pouvait pas l'emmener, et elle ne savait pas non plus où. Jamais Peter ne se laisserait envoyer quelque part. Il devinait tous les prétextes, mettait à jour tout argument un peu cousu de fil blanc. Alors qu'elle n'avait plus rien pour lui, les paroles étaient épuisées depuis longtemps, elle n'avait ni pain, ni une heure, il ne lui restait plus rien pour l'enfant. Le temps d'Helene signifiait soulager, soulager les malades, vivre un peu plus longtemps, souffrir un peu moins. Il est un désir lancinant du monde qui bat dans nos cœurs et dont il nous faudra mourir. Pourquoi cette Else la hantait-elle constamment ? Pas mourir, Else, expirer seulement. Et c'était bien ainsi. Helene se donnait aux blessés et aux malades, eux ne lui posaient pas de questions ; juste retrousser les manches, c'est ce qu'elle devait faire et elle savait le faire.

À la maison, elle trouva Peter dans son lit. Il dormait déjà. Elle alluma une bougie et posa sur la table le petit hareng qu'elle avait apporté dans la poche de sa blouse, enveloppé dans un journal. Il serait content, un hareng au petit déjeuner. Elle prit la petite valise sang de bœuf dans l'armoire et l'ouvrit. Au fond de la valise, elle mit le bas de laine bourré de l'argent de Wilhelm. Au-dessus deux chemisettes, deux caleçons, et un pull-over qu'elle lui avait tricoté cet automne encore. Le pyjama qu'il portait lui était déjà beaucoup trop court. Pourquoi fallait-il que Peter grandisse juste maintenant ? Elle se mettrait cette nuit même à la machine à coudre qu'elle avait transférée de l'appartement voisin dans le sien après l'incendie. Elle lui coudrait un nouveau pyjama, rien de sophistiqué, un tout simple. Elle avait le tissu. À quoi bon sinon avoir gardé toutes ces années un pyjama de Wilhelm ? Elle déposa deux paires de chaussettes dans la valise, et son livre préféré dont il lisait et relisait les histoires depuis des mois, les légendes de l'antiquité classique. Sans réfléchir plus avant, elle écrivit sur une feuille : Oncle Sehmisch, Gelbensande. Il devait bien exister ce frère de Wilhelm ? Ou au moins une femme qui attendrait là son mari censé rentrer bientôt de la guerre. À la campagne, il y avait encore de quoi manger. Ils s'occuperaient de Peter, l'argent de Wilhelm serait peut-être une aide. Elle mit la fiche avec l'adresse de l'oncle et l'acte de naissance de Peter sous le bas de laine, tout au fond, il ne fallait pas qu'il soit découvert avant l'heure. Le poisson aussi, Peter devait l'avoir, il l'emporterait dans la valise, le poisson sculpté dans la corne. Qu'avait-elle encore à faire de ce poisson ? Elle brûla les lettres de Leontine dans une casserole sur le fourneau, toutes les lettres elle les brûla. Dès qu'elle serait forcée de quitter Stettin, elle se mettrait à la recherche de Martha, il fallait qu'elle trouve Martha. Elle avait l'intime conviction que Martha vivait encore, bien sûr qu'elle vivait. Peut-être le camp de travail avait-il été un lieu sûr. Un lieu sûr pour vivre ? Martha aussi était coriace, suffisamment coriace. Qui pouvait bien savoir où elle avait échoué ? Helene voulait passer à Greifswald, à Lubmin, ses patientes avaient besoin d'elle. Helene cousait le pyjama de Peter, activer régulièrement la pédale l'apaisait. Il ne fallait pas qu'il manque de quoi que ce soit, c'est pour cela qu'il fallait qu'il s'en aille, loin d'elle. Helene ne pleura pas, elle était soulagée. Il connaîtrait un sort meilleur, quelqu'un lui parlerait – de choses et d'autres, du soleil couchant, elle était contente à cette perspective. Helene doubla la couture des poignets et ajouta une petite poche à la veste. Dans la poche, elle glissa son alliance. Un peu d'or, cela ne pouvait pas faire de mal. Elle ferma la couture de la poche. Elle posa le pyjama dans la valise, au-dessus,. Elle ne devait pas lui dire qu'il s'agissait d'un adieu. Il ne la laisserait pas partir.

Épilogue

Peter écoutait ce que lui disait son oncle. La voilà qui va venir, celle qui prétend être ta mère. L'oncle se moucha dans son mouchoir à carreaux et cracha avec mépris en direction du tas de fumier. Allez, faudrait voir à vous dépêcher, dit-il avec un regard aux grues cendrées dans le ciel. Cela faisait des semaines que les autres avaient déjà migré vers le sud. Peter devait aider son oncle à nettoyer l'étable. Qu'il n'aille pas croire qu'il était là pour fainéanter. Ce n'est pas parce qu'il faisait l'intelligent à l'école qu'il devait se croire supérieur. Peter ne se croyait pas supérieur. Il aidait à l'étable, il aidait à la traite, et on lui donnait sa ration de lait, et il avait un coin à lui où coucher sur le banc de la cuisine. On le tolérait.

Toutes ces années, elle n'a pas donné signe de vie, celle-là, râlait l'oncle. S'est volatilisée tout simplement. Et ça se prend pour une mère. Méprisant, l'oncle secoua la tête et cracha derechef. L'oncle piqua sa fourche dans le grand tas. Fais attention que le tas ne s'élargisse pas en bas, Peter, remets toujours bien au-dessus.

Peter hocha la tête, il passa devant et il alla à la porte de l'étable qu'on tenait déjà fermée parce que l'automne était particulièrement rigoureux. Il ouvrit la porte. Il aimait le souffle chaud des bêtes, leur grognement, leur beuglement, la mastication, le broyage. Elle s'était annoncée pour son anniversaire, le dix-septième. Peter savait que son oncle était remonté contre sa mère. Sa femme et lui n'avaient pas d'enfants à eux, visiblement ils n'avaient jamais voulu en avoir non plus. L'âge avait fait de Peter une aide appréciable à la ferme, mais les premières années avaient été difficiles, on pensait qu'il fallait s'habituer les uns aux autres, mais on ne savait pas si cela allait être pour quelques semaines ou quelques mois. Entre-temps tout le monde avait compris que c'était pour toujours, jusqu'à ce que Peter soit assez âgé. Personne ne s'était habitué, ils se supportaient mutuellement. À chaque dépense de vêtement, l'oncle et la tante gémissaient. Le vélo avec lequel Peter était d'abord allé à l'école à Graal-Müritz, puis plus tard à la gare pour gagner Rostock, il l'avait bricolé avec des pièces récupérées, et il avait dû les trouver lui-même les pièces récupérées, ou au besoin gagner l'argent pour les acheter d'occasion. Il s'était fait de l'argent en retournant le foin du matin au soir pendant ses premières vacances d'été. Après ça, il savait faire et il avait démontré à son oncle et à sa tante qu'il pouvait se rendre utile. C'était une bonne chose. Il ne fallait pas non plus s'empiffrer, quand il mangeait trop il s'entendait dire : Il va nous mettre sur la paille avec son appétit. L'oncle et la tante n'avaient cessé de caresser ouvertement l'espoir que quelqu'un viendrait chercher Peter, sa mère, c'est sa mère surtout qui aurait dû venir, elle avait bien donné leur adresse autrefois. Oncle Sehmisch, Gelbensande. Comme ça, sans demander. Mais elle était restée longtemps disparue. Le frère aussi aurait pu se montrer, lui qui avait une adresse chic à l'Ouest entre-temps avec sa nouvelle compagne, place du Marché, à Braunsfels, près de Wetzlar. On était devenu quelqu'un et on n'avait pas de temps à perdre avec un gosse. Bouche à nourrir, avait-on surnommé Peter à la ferme les premières années.

D'où vient-elle ? Est-ce qu'elle vient de l'Ouest ? Peter savait que sa question ne ferait qu'attiser l'irritation de son oncle, mais il voulait le savoir, il voulait savoir d'où elle venait.

Taratata, l'Ouest ! Elle vit aux environs de Berlin. Veut te voir une fois, peuh. L'oncle fronça le nez sans regarder Peter. La tante a tout de suite écrit au cas où elle voudrait te reprendre. On lui a demandé. Tu parles. Te reprendre. Ses moyens ne le lui permettraient pas, peuh, vit très modestement avec sa sœur dans un studio, travaille beaucoup. Peuh. L'oncle se baissa. Et nous, on travaille pas beaucoup peut-être ? Là, Peter, attrape. Peter souleva l'auge, l'oncle la leva de l'autre côté, ensemble ils portèrent l'auge dans l'étable du fond où la plus vieille truie de l'étable devait mettre bas ces jours-ci.

Maintenant Peter savait qu'elle venait des environs de Berlin. Elle n'avait pas de mari et elle ne voulait quand même pas le reprendre. Ce qu'elle voulait, c était juste le voir, comme ça. Peter se sentit presser les lèvres l'une contre l'autre, en détacher une peau sèche avec les dents, la ramollir, la mâchonner et la tirer. Mais qu'est-ce qui lui prenait à sa mère ? Après toutes ces années. Il ne se montrerait pas comme ça, juste comme ça, jamais de la vie. Elle pouvait toujours venir.

L'oncle alla chercher sa mère à la gare de Gelbensande le matin, elle devait arriver par le train de Rostock. L'oncle demanda à Peter s'il voulait l'accompagner à la gare, mais la tante dit que la truie avait mis bas dans la nuit, il fallait s'occuper des gorets. La truie avait fait trop de petits, il manquait deux pis et les deux petits en surnombre risquaient d'être mordus à mort ou de mourir de faim, parce que chaque goret surveillait jalousement son pis. Peter aimait bien aller à l'étable, il s'agenouilla à côté de la truie couchée et choisit le plus vigoureux des gorets en train de téter. Les soies claires de la truie étaient étrangement douces le long des mamelles, ses pis inégalement remplis, certains gros, noueux, d'autres petits et allongés. Les gorets n'ouvraient pas encore les yeux. Peter retira d'un pis le goret le plus vigoureux qui couina comme si on avait tenté de l'égorger. Il le tiendrait dans ses bras un moment pour qu'un des deux plus faibles puisse prendre sa place au pis de la truie pendant ce temps. Peter avançait difficilement dans la paille, le goret dans les bras. Il grimpa sur l'échelle étroite qui menait au grenier à foin. Il y faisait sec et chaud, encore plus chaud qu'en bas. C'est là que Peter se cachait parfois pour rêver et pour lire. Par les fentes de la lucarne du toit on avait une vue panoramique sur toute la ferme. De là-haut on voyait le portail, l'entrée de la ferme, et le début de l'allée de peupliers. Il sortit son couteau de poche de son pantalon et sculpta une petite entaille dans le cadre de la lucarne déjà richement orné, une de plus, un motif, un motif décoratif. Peu après il y eut un bruit de moteur, et la camionnette apparut dans son champ de vision. L'oncle descendit ouvrir le portail, remonta, rentra la voiture dans la cour et ressortit fermer le portail. Hasso lui fit fête en aboyant. C'était un brave chien de berger, assez méchant pour surveiller la ferme. Le chien précédent, un grand bâtard que Peter avait pris en affection, l'oncle l'avait fait piquer, parce qu'il n'aboyait pas assez fort. L'autre porte de la voiture s'ouvrit et une jeune femme en descendit. D'ici en haut, elle avait l'air d'une jeune fille, avec ses longues jambes sous sa jupe, son manteau pied-de-poule à la mode, et un foulard bleu. Peter reconnut ses cheveux blonds qui lui parurent très clairs, comme s'ils étaient devenus blancs. Sa silhouette familière, sa façon de marcher, de mettre un pied devant l'autre, Peter en eut la chair de poule. Elle avait un tout petit sac et un filet à provisions à la main. Elle regarda autour d'elle, hésitante. Elle lui avait peut-être apporté un cadeau. Quel âge pouvait bien avoir sa mère maintenant ? Peter fit rapidement le calcul, elle devait avoir quarante-sept ans. Quarante-sept ans ! N'empêche, six ans de moins que l'oncle et la tante. Le goret cria dans les bras de Peter. Peter observa l'oncle disparaître dans la maison avec sa mère. Prestement, il redescendit l'échelle et remit le goret dans l'auge.

Peter ! C'était la voix de l'oncle. Il avait dû sortir sur le seuil pour appeler Peter. Peter ne broncha pas, ne répondit pas. Le café, rentre !

Jamais encore l'oncle ne l'avait appelé pour prendre le café. Peter s'en était versé un peu une fois en cachette, et il avait goûté au café avec beaucoup de lait et de sucre.

Peter patienta jusqu'à ce qu'il n'entende plus que le souffle bruyant des bêtes, leur respiration, et il remonta dans sa cachette. Par la fente, il voyait la maison, au-dessus de la porte avançait un auvent de bois, avec des bancs à gauche et à droite où on pouvait enlever ses bottes en caoutchouc et enfiler les galoches de bois pour la maison. Quand il faisait froid comme maintenant, Hasso se couchait sur les madriers entre les chaussures et les bancs. Il aimait bien manger les chaussures, c'était son seul défaut, on le lui pardonnait, parce qu'il aboyait tellement bien. Par la fente de la lucarne, Peter distingua la queue de Hasso qui frappait les madriers à intervalles réguliers. Puis il le vit bondir et remuer la queue. L'oncle apparut sous l'auvent et hurla : Peter !

Rien qu'à sa façon de l'appeler en criant juste son nom, on reconnaissait qu'il y avait de la visite. Autrement, jamais l'oncle n'aurait été aussi patient et n'aurait crié son nom sans jurer, ce vaurien, et où est-il fourré encore. Peter ne put s'empêcher de sourire. Bientôt elle allait paraître sous l'auvent. Peut-être allait-elle crier son nom ? Peter sentait monter l'excitation. Il ne se montrerait pas, pas une seule fois. Peter ! Elle pouvait toujours l'appeler, l'attendre, espérer qu'il vienne. D'une main, Peter tâta son pantalon, partout sur son pantalon s'accrochaient paille et foin.

Attends un peu, entendit-il dire son oncle qui parlait au chien, je vais te le faire presser un peu, moi, celui-là. Peter avait envie, mais il ne voulait pas quitter sa place, il voulait la voir apparaître sous l'auvent et le chercher des yeux.

Où est Peter, entendit-il l'oncle demander à Hasso. Va chercher, Hasso, va chercher. L'oncle se frappait la cuisse avec impatience. À l'intérieur, la tante avait dû mettre les pommes de terre sur le feu. Sa mère restait déjeuner. La tante avait voulu faire des roulades au chou. Peter lui avait proposé de faire des harengs saurs. Il pensait que sa mère les aimait autant que lui. Les rollmops et les harengs saurs. Mais la tante n'aimait pas le poisson. Ils habitaient à huit kilomètres de la côte et la tante n'avait jamais mangé un poisson de sa vie. Il n'y en avait donc jamais. Peter se rappela que sa mère lui cuisinait souvent du poisson jadis. Baies de genièvre, le mot lui vint à l'esprit. Quel joli mot. Il le prononça à voix haute : baies de genièvre. C'était les petites baies noires avec lesquelles sa mère faisait cuire le poisson. Peter aimait renifler ses mains, même quand elle avait vidé le poisson et l'avait mis à cuire, ses mains sentaient merveilleusement bon. Peut-être arriverait-il à l'oublier un jour, l'odeur de sa mère. Le train qui la ramènerait de Gelbensande à Berlin via Rostock ne partait qu'à quatre heures. Hasso remuait la queue. Visiblement il ne prenait pas la consigne de l'oncle au sérieux.

Peter sortit son mouchoir de la poche de son pantalon et s'essuya les mains. Il était obligé de s'essuyer fréquemment les mains, plusieurs fois par jour. Les autres garçons de l'école disaient que ça rendait stérile. Tant mieux. Lui, Peter, ne pouvait pas se figurer concevoir un jour des enfants. Maintenant sa mère apparut sous l'auvent. Elle ne portait plus son foulard et avait dû se débarrasser de son manteau à l'intérieur. Ses cheveux étaient relevés. Elle avait sûrement froid. Peter la vit croiser les bras et rester sur le petit perron sous l'auvent, indécise. Son souffle projetait un halo blanc devant son visage. Elle avait un beau visage. Grand, régulier. Un front haut, bombé, des yeux étroits, Peter se souvenait encore de quelle clarté ils brillaient parfois, la clarté de la Baltique l'été. L'oncle était sorti dans la cour et encourageait Hasso à chercher Peter. Cherche, Hasso, cherche. Peter vit l'oncle se diriger vers l'étable, en fin de compte on avait bien dit à Peter le matin de s'occuper des gorets. L'oncle disparut de son champ de vision et Peter entendit la porte en dessous. Prudemment, sans faire de bruit, il s'insinua entre les bottes de foin. Il entendit l'oncle crier son nom, puis il entendit quelque chose claquer, un choc comme si l'oncle avait cogné du pied et renversé un seau et le cri des gorets comme s'il leur avait donné des coups de pied.

Les pas de l'oncle résonnèrent en bas à travers l'étable, il supposait peut-être que Peter était derrière, avec les vaches. Son nom lui parvint encore une fois d'en bas, assourdi par la paille. Hasso aboya brièvement, de loin cette fois.

Quand la porte du fond de l'étable se fut refermée et que la place lui sembla nette, Peter rampa hors de sa cachette. De la fente, le regard pouvait embrasser l'auvent, Hasso et l'oncle. Sa mère avait dû rentrer au chaud. Est-ce qu'elle posait des questions, demandait des nouvelles de lui ? Elle était peut-être fière qu'il aille au lycée. L'oncle et la tante n'aimaient pas en parler, mais ils n'avaient pas osé aller à l'encontre du maître et de sa recommandation. Ben, s'il en tient qu'à moi, avait dit l'oncle après l'entretien à l'école. Tant que Peter aidait à la ferme, il n'avait qu'à continuer l'école. Peter savait déjà où il voulait aller plus tard. À Postdam, près de Berlin, une école de cinéma avait ouvert quelques semaines plus tôt, il l'avait lu dans les journaux. Il y avait eu un long reportage dessus à la radio un dimanche, on voulait y former de jeunes talents soi-disant. Qui sait, peut-être en était-il un. Il leur ferait voir à tous, à l'oncle et à la tante, à son père et à sa mère.

En bas à l'étable, un bruit de caquètements et d'ailes s'éleva parmi les oies. Quelqu'un avait dû les effaroucher, les oies ne se mettent pas à caqueter comme ça sans raison. Il fallait qu'elles aient faim ou que quelqu'un leur ait fait peur. Peter serait bien descendu voir ce qui se passait, mais c'était trop risqué. Là bas, de la fumée montait de la cheminée. C'était l'heure du déjeuner, Peter avait faim. À table, criait la tante maintenant sous l'auvent étroit, Peter, à table !

C'était un plaisir de résister à la faim et à la vue de sa mère, un plaisir incoercible, impérieux, doux-amer. Peter se les représentait en train de manger, l'oncle tempêtant, la tante gênée le maudissant à voix basse, sa mère silencieuse. Sa mère était-elle assise sur le banc de la cuisine qui lui servait de lit la nuit ? Elle n'allait certainement pas demander : Où dort-il donc ? On ne pose pas ce genre de questions et elle devait leur être reconnaissante qu'il ait pu loger ici, ces dernières années. Une fois, Peter avait entendu l'oncle et la tante se disputer la nuit à propos d'argent, on aurait dit que son père envoyait de l'argent de temps à autre pour lui. Mais Peter n'en savait rien, ce qu'il savait, c'est qu'il fallait qu'il gagne lui-même son séjour, et il le gagnait son séjour, et quand il allait à l'école, il rattrapait le temps qu'il manquait à la ferme. Comment pouvait-elle bien parler de lui ? Disait-elle mon Peter ou disait-elle simplement juste Peter ou même le garçon ? Peut-être ne parlait-elle pas de lui. Peut-être se taisait-elle. Elle ne comprenait peut-être pas pourquoi il ne paraissait pas. Elle était peut-être très gênée que son fils soit aussi mal élevé et refuse de la voir. Bien fait si cela la tourmentait. Peter appuyait son poing sur la bosse dans son pantalon, il se massait, se boxait tendrement. Qu'elle décampe, sa mère là en bas, qu'elle s'en aille, à la fin. N'avait-elle pas compris qu'elle attendait en vain ? Elle ne le verrait plus, plus maintenant, plus aujourd'hui, ni plus jamais. Elle n'avait qu'à écarter ses mèches blondes de son front, aller laver ses blouses blanches et retourner chez sa sœur à la noix aux environs de Berlin. Du balai, mais du balai !

Peter regardait fixement par la fente de la lucarne. De grands flocons souples titubaient dans l'air. On ne pouvait pas dire qu'ils tombaient, ils planaient, ils voletaient vers l'avant, vers l'est, dansants, et s'échouaient sur les pierres ventrues en bas dans la cour. Combien de fois ne s'était-il imaginé, enfant, s'enfuir de chez l'oncle et la tante, sortir dehors dans le champ, dans la neige. Il se serait couché là dans la neige et il aurait attendu simplement que sa respiration s'arrête. Mais ça, c'était fini maintenant, il ne leur ferait pas ce plaisir, il les laisserait attendre, les laisserait mijoter et il se contenterait d'aller seul son chemin. Il n'avait besoin de personne.

Hasso aboya et courut au portail en remuant la queue. Quelqu'un avec un vélo, un bidon de lait au guidon, ouvrait le portail et s'essuyait les flocons de la figure. Bärbel, elle avait son anorak rouge. Bärbel était mieux que les autres, bien bien mieux, à ce qu'elle croyait. Le week-end, ses parents l'envoyaient chercher le lait à la ferme. Bärbel avait le même âge que Peter, mais elle faisait déjà son apprentissage de vendeuse à Willershagen. L'été il la voyait quelquefois à la plage, à Graal-Müritz. Peter avait rarement le droit d'aller au bord de la mer à vélo par la lande de Rostock. Alors qu'on y était vite ! Parfois, il y allait sans demander la permission. Sur la plage on voyait des garçons et des filles qui étaient presque nus. Bärbel aussi. Bärbel croyait que le monde lui appartenait parce que la plage et les estivants étaient à ses pieds. Ce n'est pas eux qui la voyaient venir à la ferme l'hiver, son bidon au guidon et glisser. Elle glissa vraiment et s'étala de tout son long avec sa bicyclette et Hasso aboya en remuant la queue. L'oncle surgit sous l'auvent. Il ne pouvait pas savoir comment était Bärbel l'été à la plage, parce qu'il n'allait jamais à la plage. N'empêche qu'il aimait bien Bärbel et qu'il ne voulait pas que ce soit Peter ou la tante qui remplisse son bidon. L'oncle préférait faire ça tout seul. Bärbel était une oie. Elle avait dit à Peter qu'il était en retard pour son âge. Elle voulait toujours avoir raison, en tout, elle avait toujours raison.

Peter entendit la porte de l'étable s'ouvrir en dessous de lui. Fichu le camp, entendit-il dire l'oncle à Bärbel. Juste aujourd'hui. C'est pas croyable. Bärbel ricana. Elle ricanait tout le temps quand elle allait à l'étable avec l'oncle. Elle ricanait aussi sur sa bicyclette et au magasin où on la laissait déjà tenir la caisse comme apprentie, là aussi elle ricanait et poussait des gémissements quand Peter lui demandait quand il y aurait à nouveau du véritable miel de ruche.

Peter épiait les bruits en dessous. L'oncle et Bärbel parlaient bas maintenant. Ils chuchotaient. Peut-être qu'ils ne parlaient même pas du tout. Peter entendit le lait couler de la grosse cuve dans le bidon de Bärbel. Puis il entendit la porte de l'étable se refermer et il vit par la fente Bärbel donner la main à l'oncle, ouvrir le portail et sortir en poussant sa bicyclette. L'oncle revint à la maison. Il se retourna encore une fois vers le portail que Bärbel était en train de refermer. Hasso était devant lui, les oreilles dressées, et battait de la queue en geignant. Sûrement qu'il sentait les roulades au chou, il devait espérer qu'il en resterait un peu pour lui. L'oncle regarda dans différentes directions. Il n'appelait plus Peter, on ne pouvait pas savoir qu'il n'avait disparu que momentanément, pas vraiment. Le ciel bleuit, fonça. Une pénombre d'après-midi de novembre ; il était temps pour sa mère. Peut-être n'étaient-ce que les nuages de neige qui donnaient cette impression de soirée. L'oncle était capable de se réjouir déjà, soulagé que Peter soit enfin parti. Fichu le camp. Sûr que l'oncle serait furieux quand Peter réapparaîtrait le soir et réclamerait sa place pour dormir sur le banc de la cuisine. Et exigeant avec ça, dirait l'oncle.

Qu'est-ce que sa mère s'était imaginée ? Elle voulait le voir et après ? Elle voulait peut-être lui demander pardon, il était peut-être censé lui pardonner ? Il ne pouvait pas lui pardonner, jamais il ne pourrait lui pardonner. Ce n'était absolument pas en son pouvoir, même s'il avait voulu, il n'aurait pas pu. Qu'espérait-elle découvrir en le voyant ? Elle ne manquait pas de courage. Débarquer maintenant après toutes ces années. Simplement comme ça. Et elle avait choisi son dix-septième anniversaire. Il le passait maintenant au grenier à foin dans sa cachette. Il colla son œil à la fente pour ne pas manquer le moment de son départ. Avec l'obscurité qui tombait on voyait difficilement. La petite lampe de la porte d'entrée s'était allumée. Derrière la fenêtre de la cuisine brillait de la lumière. Peter n'avait pas froid. Mais la faim le reprit. Il descendit doucement l'échelle et se glissa vers la cuve de lait. L'obscurité ne le gênait pas, ici à l'étable il était chez lui. Il ouvrit le robinet et but. Les bruits de tétée des gorets et leurs petits couinements rendaient un son bienfaisant. Aucun ne criait ou ne hurlait, peut-être que les deux en surnombre étaient déjà morts. Dehors Hasso aboya brièvement, Peter s'essuya de la manche le lait des lèvres, il fallait qu'il se dépêche, il ne voulait pas manquer le moment où elle s'en irait. Il remonta l'échelle à la hâte. Il reprit position à la fente et fixa la cour bleu foncé dehors. Dans la paille au-dessus des bêtes, il faisait chaud. Il avait pissé dans un coin tout à l'heure quand il avait eu envie. Qu'aurait-il pu faire d'autre ? Ici dans l'étable, nul ne pouvait s'en apercevoir, personne ne le sentirait. Peter aimait bien pisser dans la paille. Qu'y avait-il de meilleur que de pisser dans la paille ? Il pissait en décrivant de beaux arcs de cercle, aussi loin qu'il pouvait

Il entendit des voix dans la cour. Est-ce qu'elle souriait encore parfois ? Autrefois quand elle souriait, des fossettes se creusaient dans ses joues. Peter les avait en mémoire, ses fossettes. Elle souriait rarement. Peter s'agenouilla contre la fente. Dans l'heure bleue il vit sa mère marcher sur le mince tapis de neige fraîche, elle mit son foulard et ouvrit la porte de la voiture. Que lui était-il resté de sa mère ? Peter pensa au poisson, au drôle de poisson en corne. Personne n'avait su quoi faire de ce poisson, pas plus l'oncle que la tante. Peter avait examiné longtemps le poisson, tous les soirs il l'avait ouvert et avait regardé dans son ventre, mais il n'y avait rien, juste une cavité. Sa mère, là en bas, avait noué son foulard. Vu d'ici en haut, personne n'avait l'air de sourire et les mots d'adieu devaient être brefs et comptés. Sa mère tenait son petit sac et son filet à provision à la main. Avait-elle repris le cadeau ? Elle n'avait peut-être pensé à aucun cadeau et c'était tout bêtement un casse-croûte pour le voyage qu'elle portait dans son filet. La cavité dans le ventre du poisson avait semblé inquiétante à Peter. Cela devait faire trois ans, ou peut-être seulement deux, qu'il avait emporté le poisson à la côte et l'avait jeté à la mer. Idiot de poisson, il ne voulait pas couler, il nageait sur les vagues. La courbe de l'horizon, elle plaisait à Peter. On la voyait particulièrement bien de la côte est très escarpée, de la péninsule de Fischland. Le dos de sa mère s'était peut-être un peu creusé ? Très légèrement, juste comme si elle avait du chagrin. Qu'elle en ait, du chagrin, Peter le lui souhaitait. Il ne pouvait pas s'imaginer qu'elle n'ait pas de chagrin. Mais cela lui était bien indifférent, il n'y avait qu'une seule chose dont il était sûr : il ne voulait plus la revoir de sa vie. Peter vit sa mère se tenir solidement à la poignée de la porte et se hisser dans la voiture. L'oncle lui ferma la portière et passa de l'autre côté pour monter lui-même. Peter entendait le vent dans les peupliers. La tante ouvrit les battants du portail. Le moteur fut mis en marche, la camionnette fit une petite boucle dans la cour et passa l'entrée. La tante dit quelque chose à Hasso et elle referma le portail. Peter s'allongea sur le dos. La paille lui chatouillait la nuque. L'obscurité était apaisante, il était tout à fait calme.